Ça va s'arranger. Sincèrement. Il y a vraiment quelque
part des gens que tu apprécieras et qui t'apprécieront.

MORWENNA

JO WALTON

MORWENNA

ROMAN TRADUIT DE L'ANGLAIS (PAYS DE GALLES)
PAR LUC CARISSIMO

Collection LUNES D'ENCRE
Sous la direction de Gilles Dumay

Titre original

Among Others

© 2010 by Jo Walton
Publié pour la première fois en 2010 par Tor Books, New York

Et pour la traduction française :
© Éditions Denoël, 2014

*À toutes les bibliothèques du monde
et aux bibliothécaires qui, jour après jour,
prêtent des livres au public.*

REMERCIEMENTS ET NOTES

Je voudrais remercier tante Jane, qui a accepté comme une évidence que je grandisse et que j'écrive, ainsi que sa fille, Sue Ashwell, qui m'a offert aussi bien *Bilbo le Hobbit* que la trilogie de *Terremer* de Le Guin. Toute ma reconnaissance aussi à Mrs Morris, mon ancien professeur de gallois, qui m'a aidée pendant près de trente ans.

Mary Lace et Patrick Nielsen Hayden m'ont encouragée pendant la rédaction de ce livre. Mes correspondants de My LiveJournal ont su avec brio me fournir les informations nécessaires, surtout Mike Scott, sans qui la chose se serait révélée impossible. Certains écrivains ont des assistants de recherche à plein-temps qui ne sont pas aussi rapides ni aussi efficaces. Encore merci, Mike.

Emmet O'Brien et Sasha Walton et, bien souvent, Alexandra Whitebean m'ont supportée quand j'écrivais ; Alter Reiss m'a acheté un portable pour que je puisse continuer à écrire, et Janet M. Kegg m'a trouvé et livré une batterie pour l'alimenter. Mon plus proche voisin, René Walling, m'a suggéré le titre de ce livre. J'ai les meilleurs des amis. Sérieusement.

Louise Mallory, Caroline-Isabelle Caron, David Dyer-Bennett, Farah Mendlesohn, Edward James, Mike Scott, Janet Kegg, David Golfarb, Rivka Wald, Sherwood Smith, Sylvia Rachel Hunter et Beth Meacham ont lu mon manuscrit quand il était en cours de rédaction et m'ont fait des remarques utiles.

Liz Gorinsky, l'équipe de fabrication et les responsables du marketing de Tor ont toujours été très attentifs à mes livres et les ont aidés à trouver leur public.

On entend souvent dire qu'il faut écrire sur ce qu'on connaît, mais je me suis aperçue que c'était beaucoup plus difficile que d'inventer. Il est plus facile de faire des recherches sur une période historique que sur sa propre vie, et beaucoup plus aisé de traiter de choses qui ont moins de poids émotionnel et vis-à-vis desquelles vous aurez plus de détachement. Le conseil est donc mauvais! C'est pourquoi vous constaterez qu'il n'existe pas de lieux tels que les vallées galloises, pas de charbon dans leur sous-sol ni de bus rouges qui les sillonnent; il n'y a jamais eu d'année 1979, d'âge tel que quinze ans et de planète comme la Terre. Mais les fées sont bien réelles.

Er'perrehnne.

Ursula K. LE GUIN,
L'Autre Côté du rêve

*Quel conseil donneriez-vous à votre moi
plus jeune, et à quel âge ?*
N'importe quel âge, entre dix et vingt-
cinq ans :
Ça va s'arranger. Sincèrement. Il y a
vraiment quelque part des gens que tu
apprécieras et qui t'apprécieront.

Farah MENDLESOHN,
My LiveJournal, 23 mai 2008

L'usine Phurnacite d'Abercwmboi avait tué tous les arbres à des kilomètres à la ronde. Nous avions mesuré avec le compteur de la voiture. On l'aurait dit sortie des profondeurs de l'enfer, sombre et menaçante, avec ses cheminées cracheuses de flammes se reflétant dans une mare noire qui tuait tout animal qui se risquait à y boire. La puanteur était indescriptible. Nous remontions les vitres de la voiture au maximum quand nous devions passer par là et essayions de ne pas respirer, mais Grampar disait que personne ne pouvait retenir sa respiration si longtemps, et il avait raison. Dans cette odeur se mêlaient le soufre, produit de l'enfer, comme chacun sait, et bien pire, des métaux innommables surchauffés et de l'œuf pourri.

Ma sœur et moi appelions cet endroit Mordor, et nous n'y étions encore jamais allées seules. Nous avions dix ans et étions donc de grandes filles, mais, dès que nous avons commencé à la regarder, à notre descente du bus, nous nous sommes donné la main.

C'était le soir et, plus nous approchions, plus elle se dressait noire et terrifiante. Six de ses cheminées étaient éclairées ; quatre crachaient une fumée délétère.

«Certainement une ruse de l'Ennemi», ai-je murmuré.

Mor n'avait pas envie de jouer. «Tu crois vraiment que ça va marcher?

— Les fées en sont sûres, ai-je répondu de mon ton le plus rassurant.

— Je sais, mais par moments je me demande ce qu'elles comprennent au monde réel.

— Leur monde est réel, ai-je objecté. Il est juste différent, c'est une question de point de vue.

— Oui.» Elle ne pouvait détacher les yeux de l'usine, de plus en plus grosse et effrayante à mesure que nous approchions. «Mais je me demande d'où elles voient notre monde. Et c'est incontestablement le nôtre. Les arbres sont morts. Il n'y a pas une fée à des kilomètres à la ronde.

— C'est pour ça que nous sommes là», ai-je dit.

Nous étions arrivées à l'enceinte, trois rangées de fil de fer, dont seule la plus haute était barbelée. Une pancarte y était accrochée : «Accès interdit. Attention aux chiens.» L'entrée était loin de l'autre côté, hors de vue.

«Il y a des chiens?» a demandé Mor. Elle en avait peur, et ceux-ci le sentaient. Des toutous parfaitement gentils qui jouaient avec moi se hérissaient devant elle. Ma mère disait que c'était un moyen permettant de nous distinguer l'une de l'autre. Le pire était que cela aurait pu marcher mais, venant d'elle, c'était, comme souvent, inadmissible, impraticable et légèrement extravagant.

«Non, ai-je dit.

— Comment le sais-tu?

— Ça gâcherait tout si nous renoncions maintenant, après nous être donné tout ce mal et être allées si loin. En plus, c'est une quête et on ne renonce pas à une quête parce qu'on a peur des chiens. Je ne sais pas ce que diraient les fées. Pense à toutes les choses que les gens qui se lancent dans une quête doivent supporter.» Je sentais qu'elle n'était pas convaincue. Tout en parlant, je scrutais la nuit tombante. Mor a serré ma main plus fort. «En plus, les chiens sont des animaux. Même des chiens de garde bien dressés essaieraient de boire de l'eau, et ils en mourraient. S'il y avait vraiment des chiens, il y aurait au moins quelques cadavres à côté de la mare, et je n'en vois pas. C'est du bluff. »

Nous avons soulevé à tour de rôle les fils de fer pour nous glisser dessous. La mare immobile avait un aspect de vieil étain non astiqué, réfléchissant les flammes des cheminées en traînées vacillantes. On voyait plus bas des lumières à la lueur desquelles travaillait l'équipe du soir.

Il n'y avait aucune végétation, pas même des arbres morts. Des cendres crissaient sous nos pieds, du mâchefer et des scories menaçant de nous faire tordre les chevilles. Il semblait n'y avoir que nous de vivant. Les fenêtres éclairées sur le versant opposé de la colline semblaient ridiculement hors de portée. Nous avions une camarade de classe qui vivait là, nous étions allées à une fête, une fois, et avions remarqué l'odeur, même dans la maison. Son père travaillait à l'usine. Je me suis demandé s'il y était en ce moment.

Nous avons fait halte au bord de la mare. Elle était complètement immobile, sans même le frémissement naturel de l'eau. J'ai pris ma fleur magique dans ma poche. « Tu as la tienne ?

— Elle est un peu froissée », a dit Mor en la sortant. J'ai regardé la mienne, elle était aussi un peu froissée. Jamais ce que nous faisions n'avait paru aussi puéril et stupide, seules au milieu de cette désolation près de cette mare sans vie tenant deux fleurs de mouron fanées dont les fées avaient dit qu'elles tueraient l'usine.

Je n'ai rien trouvé d'autre à dire. « Eh bien, un, deux, trois ! » Et à « trois », comme toujours, nous avons jeté les fleurs dans la mare, où elles ont disparu sans même en rider la surface. Il ne s'est rien passé. Puis un chien a aboyé au loin. Mor a tourné les talons et détalé, et je l'ai suivie.

« Il ne s'est rien passé », a-t-elle dit quand nous avons retrouvé la route en moins du quart du temps qu'il nous avait fallu pour venir.

« À quoi t'attendais-tu ? ai-je demandé.

— À ce que la Phurnacite s'écroule et devienne un lieu sacré, a-t-elle dit d'un ton parfaitement naturel. Enfin, soit ça, soit les Huorns. »

Je n'avais pas pensé aux Huorns et je l'ai regretté amèrement. « J'avais imaginé que les fleurs se dissoudraient et que les ondes se répandraient, après quoi l'usine serait tombée en ruine et les arbres et le lierre seraient venus tout recouvrir sous nos yeux et la mare se serait transformée en eau claire que les oiseaux viendraient boire et puis les fées seraient là et nous diraient merci et prendraient l'usine pour palais.

— Mais il ne s'est rien passé, a-t-elle conclu en soupirant. Demain, nous allons devoir leur dire que ça n'a pas marché. Allons-y. Tu préfères rentrer à pied ou attendre le bus ? »

Ça avait fonctionné, pourtant. Le lendemain, le gros titre du *Leader* d'Aberdare disait : « Fermeture de l'usine Phurnacite : des milliers d'emplois perdus. »

Je commence par cela parce que c'est concis et que ça permet de comprendre le reste, qui n'est pas si simple.

Voyez ça comme des Mémoires. Pensez-y comme un de ces recueils de souvenirs dont l'auteur s'est discrédité en se faisant passer pour un autre qu'il n'était ni par la couleur, ni par le genre, ni par la classe ou la religion. J'ai le problème inverse. Je dois sans arrêt me battre pour qu'on cesse de me prendre pour plus normale que je ne suis. La fiction est bien pratique. Elle vous laisse choisir et simplifier. Ceci n'est pas une belle histoire, et ce n'est pas une histoire facile. Mais c'est une histoire qui parle de fées, donc sentez-vous libre de penser que c'est un conte de fées. De toute façon, vous n'y croyez pas.

Très privé.

Ceci n'est PAS un cahier de cours!

Et haec, olim, meminisse
iuvabit!

Virgile, *L'Énéide*

MERCREDI 5 SEPTEMBRE 1979

« Et ça te fera le plus grand bien de vivre à la campagne, disaient-elles. Après avoir vécu dans un endroit aussi industrialisé. L'école est en pleine nature, il y a des vaches, de l'herbe et du bon air. » Elles voulaient se débarrasser de moi. M'envoyer en pension était un bon moyen d'y parvenir, elles pourraient ainsi continuer à faire comme si je n'existais pas. Elles ne me regardaient jamais en face. Elles regardaient dans le vague, ou elles plissaient les yeux. Je n'étais pas la sorte de parente qu'elles auraient présentée si elles avaient eu le choix. *Il* regardait peut-être, je ne sais pas. Je ne peux le regarder directement. Je ne cessais de jeter de petits coups d'œil à la dérobée dans sa direction, pour le voir, apercevoir sa barbe, la couleur de ses cheveux. Me ressemblait-il ? Je ne pouvais le dire.

Elles étaient trois, ses sœurs aînées. J'avais vu une photo d'elles, beaucoup plus jeunes, mais leurs visages étaient exactement les mêmes, toutes habillées en demoiselles d'honneur entourant ma tante Teg, brune comme une noix. Ma mère était aussi sur la photo, dans son affreuse robe de mariée rose — rose parce qu'on était en décembre, que nous devions naître en juin suivant et qu'elle n'avait pas osé se marier en blanc — mais *lui* n'y était pas. Elle l'avait supprimé. Après son départ, elle l'avait déchiré ou découpé ou brûlé sur toutes les photos de mariage. Je n'avais jamais vu un seul portrait de lui. Dans *Les Vacances de Jane* de Lucy Montgomery, une fille dont les parents étaient divorcés reconnaissait son père sur une photo dans le journal sans le connaître. Après avoir lu le livre, nous avions regardé des photos, mais nous ne l'avions jamais reconnu. Pour être franche, la plupart du temps nous ne pensions pas beaucoup à lui.

Même dans sa maison, j'étais presque surprise de les trouver réels, lui et ses trois demi-sœurs despotiques qui me demandaient de les appeler «tante». «Pas tata, avaient-elles dit. Tata, c'est vulgaire.» Je les appelais donc tante. Leurs noms étaient Anthea, Dorothy et Frederica, je le sais, comme je sais beaucoup de choses, même si certaines sont des mensonges. Je ne peux rien croire de ce que m'a dit ma mère, à moins de l'avoir vérifié par moi-même. Mais certaines choses ne peuvent être vérifiées dans les livres. De toute façon, il est inutile que je sache leurs noms, car je suis incapable de les distinguer les unes des autres, alors je ne les appelle que tante, rien d'autre. Elles, elles m'appellent «Morwenna», très cérémonieusement.

«Arlinghurst est une des meilleures écoles de filles du pays, a dit l'une d'elles.

— Nous y sommes toutes allées, a ajouté l'autre.

— Nous en avons de très bons souvenirs», a terminé la troisième. Se répartir ce qu'elles ont à dire semblait être une de leurs habitudes.

Je me tenais devant la cheminée, cachée derrière ma frange et appuyée sur ma canne. C'était encore une chose qu'elles ne voulaient pas voir. J'avais vu la pitié sur le visage de l'une d'elles quand j'étais descendue de voiture. J'ai horreur de ça. J'aurais aimé m'asseoir, mais je n'allais pas le dire. J'ai maintenant beaucoup moins de mal à rester debout. Je vais aller mieux, quoi que disent les docteurs. Parfois je désire tellement courir que mon corps souffre plus de cette envie que de ma douleur à la jambe.

Je me suis retournée pour me changer les idées et ai regardé la cheminée. Elle était en marbre, très recherchée, décorée de branches de bouleau en cuivre. Tout était très propre, mais pas très confortable. « Donc nous allons acheter tes uniformes aujourd'hui à Shrewsbury, et nous te conduirons là-bas demain. » Demain. Elles ne pouvaient pas attendre pour se débarrasser de moi, avec mon affreux accent gallois, ma jambe folle et, pis que tout, mon existence gênante. Je ne voulais pas non plus être là. Le problème, c'est que je n'avais nulle part d'autre où aller. On ne vous laisse pas vivre seul avant seize ans ; j'avais découvert ça au Refuge. Et c'était mon père, même si je ne l'avais jamais vu avant. En un sens, ces femmes sont vraiment mes tantes. Je me sens plus seule et plus loin de chez moi que jamais. Ma vraie famille, qui m'a laissée tomber, me manque.

Le reste de la journée s'est passé à courir les magasins, avec mes trois tantes mais sans lui. Je ne sais pas si j'en étais heureuse ou non. L'uniforme d'Arlinghurst devait venir de certaines boutiques, tout comme l'uniforme de mon ancienne école. Nous avions été si fières quand nous avions réussi l'examen d'entrée en sixième. Nous étions la crème des Vallées, nous avait-on dit alors. Maintenant c'est oublié, et on me force à aller dans cette pension snob avec ses exigences bizarres. Une des tantes avait une liste et elles ont acheté tout ce qu'il y avait dessus. Elles n'hésitaient pas à dépenser de l'argent. On n'avait jamais dépensé autant pour moi. Dommage que tout ait été si horrible. Des tenues pour toutes sortes de sports. Je ne dis pas que je ne les utiliserai pas un jour. J'essaie d'éviter d'y penser. Pendant toute mon enfance, nous avions couru. Nous avions gagné des courses. Dans les compétitions, à l'école, nous avions couru l'une contre l'autre, laissant tout le monde loin derrière. Grampar avait parlé des Jeux olympiques comme d'un rêve, certes, mais quand même. Il n'y a jamais eu de jumelles aux jeux, avait-il dit.

Quand on en est arrivé aux chaussures, il y a eu un problème. Je les ai laissées acheter des chaussures de course et des chaussons, pour la gym, parce que je pourrai toujours les porter. Mais quand on en est venu aux chaussures d'uniforme, pour tous les jours, j'ai dû les arrêter. « J'ai une chaussure spéciale, ai-je dit sans les regarder. Elle a une semelle qui doit être faite par un orthopédiste. On ne peut pas l'acheter toute faite. » La vendeuse a confirmé qu'on ne pouvait pas trouver ce modèle. Elle a montré une chaussure de l'école. Elle était affreuse, et guère différente de mes godillots. « Ne peux-tu pas marcher avec ça ? » a demandé une tante. J'ai pris la chaussure dans mes mains et l'ai regardée. « Non, ai-je dit en la retournant. Regardez, il y a un talon. » C'était indiscutable, même si l'école s'imaginait probablement que le talon est le minimum que toute adolescente qui se respecte acceptera de porter.

Elles n'avaient pas l'intention de m'humilier totalement en se moquant de ma chaussure et de sa semelle orthopédique. J'ai dû faire un effort pour m'en souvenir, plantée là comme un roc, un demi-sourire peiné sur le visage. Elles auraient voulu me demander quel était le problème avec ma jambe, mais je les ai dévisagées et elles n'ont pas osé. Cela m'a réconfortée. Elles ont cédé pour les chaussures et dit que l'école devrait bien comprendre. « Ce n'est pas comme si mes chaussures étaient rouges et voyantes », ai-je dit.

C'était une erreur, parce qu'elles se sont toutes mises à regarder mes pieds. Ce sont des chaussures d'infirme. J'avais eu le choix entre marron et noir, et j'avais choisi noir. Ma canne est en bois. Elle appartenait à Grampar, qui est encore vivant. Il est à l'hôpital en attendant d'aller mieux. S'il se remet, je pourrai peut-être rentrer chez moi. C'est peu probable, tout bien considéré, mais c'est mon seul espoir. J'ai mon porte-clefs accroché à la fermeture à glissière de mon cardigan. C'est un morceau d'arbre, avec l'écorce, il vient du Pembrokeshire. Je l'ai depuis longtemps. Je l'ai touché, pour toucher du bois, et les ai vues qui me regardaient. J'ai vu ce qu'elles voyaient, une drôle d'adolescente estropiée, mal lunée, et un vieux morceau de bois. Mais ce qu'elles auraient dû voir c'était deux enfants confiantes qui rayonnaient. Je sais ce qui est arrivé, mais pas elles, et elles ne comprendront jamais.

« Vous êtes très anglaises », ai-je dit.

Elles ont souri. D'où je viens, « Saes » est une insulte, un terrible terme de défi, la pire chose qu'on puisse dire à quelqu'un. Ça veut dire « Anglais ». Mais je suis maintenant en Angleterre.

Nous avons dîné autour d'une table qui aurait été petite pour seize, où un cinquième couvert avait été disposé de guingois pour moi. Tout était assorti, les sets de table, les serviettes, les assiettes. Ce n'aurait pas pu être plus différent de chez moi. La nourriture était, comme je m'y étais attendue, atroce : une viande qui avait tout du cuir, des pommes de terre aqueuses et un légume vert en forme de lance qui avait le goût d'herbe. J'avais entendu dire toute ma vie que la nourriture anglaise était infecte, et il était rassurant de voir que c'était vrai. Elles ont parlé des pensionnats, où elles étaient toutes allées. Je sais tout de ce genre d'établissements, ce n'est pas pour rien que j'ai lu Greyfriars et Malory Towers et les œuvres complètes d'Angela Brazil.

Après dîner, il m'a fait venir dans son bureau. Les tantes n'ont pas eu l'air ravies, mais elles n'ont rien dit. En entrant dans la pièce, ma surprise a été totale, parce qu'elle était pleine de livres. Je m'étais attendue à de vieilles éditions de Dickens, Trollope et Hardy (Gramma adorait Hardy) reliées en cuir, mais au lieu de ça les étagères étaient bourrées de livres de poche, dont beaucoup de SF. Je me suis détendue pour la première fois dans cette maison, pour la première fois en sa présence, parce que s'il y a des livres, l'atmosphère sera peut-être supportable.

J'ai vu plein d'autres choses dans la pièce — des chaises, une cheminée, un plateau à rafraîchissements, un tourne-disque — mais j'ai tout ignoré et me suis dirigée aussi vite que je l'ai pu vers le rayonnage de SF.

Il y avait plusieurs Poul Anderson que je n'avais pas lus. Coincé au-dessus des A, j'ai repéré *Le Vol du dragon* d'Anne McCaffrey, qui semblait être la suite de la nouvelle *La Quête du Weyr* que j'avais lue dans une anthologie. Sur l'étagère inférieure, un John Brunner que je ne connaissais pas. Mieux que ça, deux John Brunner, non, trois... Je ne savais pas où donner du regard.

J'avais passé l'été pratiquement sans livres, avec seulement ceux que j'avais emportés avec moi quand je m'étais enfuie de chez ma mère — les trois volumes du *Seigneur des Anneaux*, bien sûr, *The Wind's Twelve Quarters*, volume II d'Ursula Le Guin, que je défendrai contre n'importe qui comme le meilleur recueil de nouvelles d'un même auteur de tous les temps, et *Dernier vaisseau pour l'enfer* de John Boyd, au milieu duquel j'étais arrivée à l'époque et dont je n'avais pas pu reprendre la lecture comme je l'avais espéré. J'avais lu, mais sans l'emporter avec moi, *Quand Hitler s'empara du lapin rose* de Judith Kerr, et la comparaison avec Anna emportant un nouveau jouet à la place de son lapin rose adoré quand elle avait fui le Troisième Reich m'avait récemment mise mal à l'aise quand j'avais regardé le livre de Boyd.

« Puis-je..., ai-je demandé.

— Tu peux emprunter tous les livres que tu veux, simplement prends-en soin et rapporte-les », a-t-il répondu. J'ai attrapé plusieurs Anderson, le McCaffrey et les Brunner. « Qu'as-tu pris ? » a-t-il demandé. Je me suis retournée et les lui ai montrés. Nous les avons regardés ensemble.

« Tu as lu le premier ? a-t-il demandé en montrant le McCaffrey.

— À la bibliothèque. » J'avais lu tout ce que je pouvais de science-fiction et de fantastique à la bibliothèque d'Aberdare, de *L'Enseigne Flandry* d'Anderson à *Royaumes d'ombre et de lumière* de Roger Zelazny. J'avais trouvé ce dernier bizarre, et je ne suis toujours pas trop sûre qu'il m'ait plu.

« Tu connais Delany ? » s'est-il enquis. Il s'est versé un

whisky et l'a bu lentement. La boisson avait une odeur bizarre, infecte.

J'ai secoué la tête. Il m'a tendu un volume double, dont *Empire Star*, par Samuel R. Delany. Je l'ai retourné pour voir l'autre, mais il a claqué la langue impatiemment et je l'ai regardé pendant un moment.

« L'autre moitié est sans intérêt, a-t-il dit avec dédain en écrasant sa cigarette avec une force inutile. Et Vonnegut ? »

J'avais dévoré ses œuvres complètes. Certaines, debout dans la librairie Lears de Cardiff. *R comme Rosewater!* ou *Des perles aux pourceaux* est très étrange, mais *Le Berceau du chat* est un des meilleurs livres que j'aie jamais lus. « Oh oui, ai-je dit.

— Lesquels ?

— Tous, ai-je dit avec assurance.

— *Le Berceau du chat* ?

— *Le Breakfast du champion, Bienvenue au pavillon des singes…* » J'ai aligné les titres. Il a souri, l'air ravi. Mes lectures avaient été une consolation et une addiction, mais personne ne m'avait jamais félicitée pour ça.

« Tu as lu *Les Sirènes de Titan* ? » a-t-il demandé comme j'arrivais à la fin.

J'ai secoué la tête. « Je n'en ai jamais entendu parler ! »

Il a posé son verre, s'est penché, a attrapé un livre sans même regarder les étagères et l'a ajouté à ma pile. « Et Zenna Henderson ?

— La *Chronique du Peuple* », ai-je dit dans un souffle. C'est un livre qui parle à mon imagination. Je l'adore. Je n'ai jamais rencontré personne qui l'ait lu. Je ne l'avais pas emprunté à la bibliothèque. Ma mère en avait une édition américaine avec un trou dans la couverture. Je ne pense pas qu'il en existe même une édition britannique. Henderson n'était pas au catalogue de la bibliothèque. Pour la première fois j'ai compris que s'il était mon père, ce qui était vrai, en un sens, il la *connaissait* il y a longtemps. Il l'avait épousée. Il possédait la suite de *Chronique du Peuple* et deux recueils de nouvelles. Je les ai pris, très hésitante. Je pouvais tout juste tenir ma pile de livres d'une main. Je les ai tous mis dans mon sac, que je portais en bandoulière, comme toujours.

«Je pense que je vais aller au lit et lire un peu», ai-je dit. Il a souri. Il a un joli sourire, pas du tout comme les nôtres. On m'a dit toute ma vie que nous lui ressemblions, mais je ne vois pas en quoi. S'il est Lazarus Long et nous Laz et Lor, il devrait y avoir une certaine ressemblance. Nous n'avons jamais ressemblé à personne dans notre famille, mais à part les yeux et la couleur des cheveux, je ne vois rien. Ça n'a pas d'importance. J'avais des livres, de nouveaux livres, et je peux tout supporter tant que j'en ai.

JEUDI 6 SEPTEMBRE 1979

Mon père m'a conduite à l'école. Sur le siège arrière se trouvait une valise qui renfermait, m'a assuré une des tantes, mon uniforme soigneusement plié. Il y avait aussi un cartable avec des fournitures scolaires. Ni l'un ni l'autre n'était éraflé et je pense qu'ils devaient être neufs et avoir coûté une fortune. Mon propre sac contenait ce qu'il contenait depuis que je m'étais sauvée, plus les livres que j'avais empruntés. Je l'ai agrippé de toutes mes forces et ai résisté à leurs tentatives de me le prendre pour le mettre avec les bagages. Je leur ai fait signe de la tête, incapable de parler. C'est drôle comme il m'était impossible de pleurer, ou de montrer la moindre émotion violente, devant ces gens. Ce ne sont pas les miens. Ils ne sont pas comme eux. Ça ressemblait aux premiers vers d'un poème et il me démangeait de l'écrire dans mon carnet. Je suis laborieusement montée dans la voiture. C'était douloureux, mais au moins j'avais la place d'étendre ma jambe. À l'avant, les sièges sont plus confortables qu'à l'arrière, ai-je déjà remarqué.

J'ai réussi à dire merci et au revoir. Les tantes m'ont fait chacune un baiser sur la joue.

Mon père ne me regardait pas en conduisant, ce qui veut dire que je pouvais l'observer, de côté. Il fumait, allumant chaque cigarette au mégot de la précédente, tout comme ma mère. J'ai baissé ma vitre pour avoir un peu d'air. Il ne nous ressemblait décidément pas. Ce n'était pas juste la barbe. Je me suis demandé ce que Mor aurait dit de lui, puis j'ai écarté cette pensée. Au bout d'un petit moment, il a dit en recrachant de la fumée : « Je t'ai inscrite sous le nom de Markova.»

C'est son nom. Daniel Markova. Je l'ai toujours su. C'est le nom inscrit sur mon acte de naissance. Il était marié à ma mère. Elle s'appelle comme ça. Mais je ne l'ai jamais utilisé. Mon nom de famille est Phelps, et c'est celui que je portais à l'école. Phelps veut dire quelque chose, du moins à Aberdare, il veut dire mes grands-parents, ma famille. Mrs Markova, c'est ma folle de mère. Mais Phelps ne signifie sans doute rien à Arlinghurst.

« Morwenna Markova est un peu compliqué », ai-je fini par dire.

Il a ri. « C'est ce que j'ai dit quand vous êtes nées. Morwenna et Morganna.

— Elle a raconté que c'était toi qui avais choisi nos noms », ai-je dit, pas trop fort, en regardant par la fenêtre ouverte le patchwork changeant de champs plats, certains couverts de chaume, d'autres déjà labourés.

« C'est possible. Elle avait des listes et elle m'a fait choisir. Les noms étaient tous très longs, et très gallois. J'ai fait remarquer qu'ils allaient être compliqués à prononcer, mais elle a prétendu que les gens allaient les raccourcir. C'est vrai ?

— Oui, ai-je répondu en regardant toujours dehors. Mo, ou Mor. Ou Mori.» Mori Phelps est le nom que j'utiliserai quand je serai une poétesse célèbre. C'est lui que j'écris dans mes livres : *Ex-libris* Mori Phelps. Et qu'a Mori Phelps à voir avec Morwenna Markova et que va-t-il bien pouvoir lui arriver dans cette nouvelle école ? J'en rirai certainement un jour. J'en rirai avec des gens si intelligents et raffinés que je n'arrive pas encore à bien les imaginer.

« Et on appelait ta sœur Mog ? » m'a-t-il demandé.

Il ne m'avait encore posé aucune question sur elle. J'ai secoué la tête, puis je me suis aperçue qu'il conduisait et ne pouvait donc pas me voir. « Non, ai-je dit. Mo ou Mor toutes les deux.

— Mais comment vous distinguait-on ? » Il ne me regardait toujours pas : il allumait une autre cigarette.

« On ne le pouvait pas. » J'ai souri toute seule.

« Ça ne te fait rien de t'appeler Markova à l'école ?

— Je m'en fiche. De toute façon, c'est toi qui paies. »

Il a tourné la tête et m'a regardée une seconde, puis de nouveau la route. « Ce sont mes sœurs qui paient, a-t-il dit. Je n'ai pas d'autre argent que ce qu'elles me donnent. Tu connais ma situation familiale ? »

Qu'y avait-il à savoir ? J'ignorais tout de lui, à part qu'il était anglais, ce qui m'avait valu des bagarres sans fin, qu'il avait épousé ma mère à dix-neuf ans et l'avait abandonnée deux ans plus tard alors qu'elle était à l'hôpital pour accoucher d'un nouveau bébé, qui était mort à cause du choc. « Non, ai-je dit.

— Ma mère était mariée à un certain Charles Bartleby. Il était très riche. Ils ont eu trois filles. Puis la guerre est arrivée. Il est parti se battre en France en 1940, a été fait prisonnier et a été jeté dans un camp. Ma mère a laissé ses trois petites filles avec leur grand-mère au Vieux Manoir, la maison que nous venons de quitter. Elle est allée travailler dans une cantine de la RAF, pour contribuer à l'effort de guerre. Elle y a rencontré un officier polonais du nom de Samuel Markova dont elle est tombée amoureuse. Il était juif. Je suis né en mars 1944. En septembre 1944, Bartleby a été libéré et est rentré en Angleterre, où lui et ma mère ont divorcé. Elle a épousé mon père, qui venait d'apprendre que toute sa famille avait été tuée en Pologne. »

Avait-il une femme et des enfants, lui aussi ? J'en étais sûre. Un juif polonais! Je suis en partie polonaise, en partie juive ? Tout ce que je connais du judaïsme vient d'*Un cantique pour Leibowitz* et de *Futur intérieur*. Enfin, et de la Bible, sans doute aussi.

« Ma mère avait un peu d'argent à elle, mais pas beaucoup. Mon père a quitté la RAF après la guerre et a travaillé en usine à Ironbridge. Bartleby a laissé son argent, et la maison, à mes sœurs. Quand j'avais treize ans, ma mère est morte dans un accident. Mes sœurs, qui étaient alors adultes, sont venues à l'enterrement. Anthea a proposé de payer pour m'envoyer à l'école et mon père a accepté. Elles m'ont toujours entretenu depuis. Comme tu sais, je me suis marié quand j'étais encore à l'université.

— Qu'est-il arrivé à Bartleby ?» ai-je demandé. Il ne pouvait pas être plus vieux que mon grand-père.

« Il s'est tué quand les filles avaient vingt et un ans, a-t-il dit sur un ton qui décourageait de poursuivre.

— Et qu'est-ce que tu… fais ?

— Elles tiennent les cordons de la bourse, mais je dirige le domaine.» Il a laissé tomber son mégot dans le cendrier, qui débordait déjà. « Elles me versent un salaire et je vis dans la maison. Tout ça est très victorien, n'est-ce pas ?

— Tu vis ici depuis que tu t'es enfui ?

— Oui.

— Mais elles ont dit ne pas savoir où tu étais. Mon grand-père est venu jusqu'ici et leur a parlé.» J'étais indignée.

« Elles ont menti.» Il ne me regardait pas. « Ça t'ennuie tellement que je me sois sauvé ?

— Je me suis aussi enfuie de chez elle», ai-je dit, ce qui ne répondait pas à sa question mais semblait suffisant.

« Je savais que tes grands-parents veilleraient sur toi.

— Et ils l'ont fait. Tu n'avais pas à t'en faire pour ça.

— Ah. »

Puis j'ai réalisé avec un sentiment de culpabilité que

ma simple présence dans sa voiture était en fait un énorme reproche. Tout d'abord, il n'y a que moi, alors qu'il a abandonné des jumelles. Ensuite, je suis infirme. Et enfin, je suis là ; je me suis sauvée. J'ai dû demander son aide... pire, j'ai eu pour cela recours aux services sociaux. De toute évidence, les dispositions qu'il avait prises pour nous étaient loin d'être adéquates. En fait, mon existence même lui démontrait qu'il était nul comme parent. Et, à vrai dire, il l'était. Sans tenir compte de ma mère, laisser tomber des bébés n'est pas une conduite acceptable — en fait, la simple idée d'abandonner des bébés à sa garde est particulièrement irresponsable. Mais je me suis aussi enfuie de chez elle.

« Je n'aurais pas pu grandir autrement. » Mes grands-parents. Les Vallées. La maison. « Vraiment. Il y avait tant à aimer. Je n'aurais pas pu avoir une meilleure enfance.

— Bientôt, je t'emmènerai voir mon père, peut-être aux petites vacances », a-t-il dit. Il a signalé qu'il allait tourner et nous nous sommes engagés entre deux ormes, tous deux mourants, sur une allée de gravier qui crissait sous les roues de la voiture. C'était Arlinghurst. Nous étions arrivés.

C'est une grande et belle demeure victorienne, majestueusement dressée au centre de son domaine. Mais l'endroit avait une odeur d'école — craie, chou bouilli, désinfectant, sueur. Dès le début, j'ai dû me battre pour suivre le cours de chimie. La directrice était bien élevée et distante. Elle n'a pas autorisé mon père à fumer, ce qui l'a désarçonné. Ses chaises étaient trop basses. J'ai eu du mal à m'extraire de la mienne. Mais rien de cela n'aurait eu d'importance s'il n'y avait eu l'emploi du temps qu'elle m'a tendu. D'abord, il y avait trois heures de sports d'équipe chaque jour. Ensuite, l'éducation religieuse et artistique était obligatoire. Et enfin j'avais le choix entre chimie ou français et entre latin ou biologie. Les autres choix étaient très simples, du genre physique ou économie et histoire ou musique.

Dans *Le Vagabond de l'espace*, Robert Heinlein dit que les

seules choses qui valent le coup d'être étudiées sont l'histoire, les langues et les sciences. À vrai dire, il ajoute les maths, mais honnêtement quelqu'un a oublié la partie mathématique de mon cerveau. Mor a tout pris. Cela dit, c'était la même chose pour toutes les deux : soit nous comprenions instantanément, soit on pouvait aussi bien se servir d'une chignole pour nous l'enfoncer dans la tête. « Comment voulez-vous comprendre le calcul booléen si vous avez encore des problèmes pour faire des divisions ? » demandait mon professeur de mathématiques, au désespoir. Mais les diagrammes de Venn sont faciles, alors que les divisions longues restent un casse-tête. Le plus dur, ce sont les problèmes où les gens font des choses absurdes sans aucune raison. J'avais tendance à oublier la solution pour me demander pourquoi des gens voudraient à tout prix savoir à quelle heure deux trains se croisaient (des espions ?), étaient si regardants sur les plans de table (des gens récemment divorcés ?), ou — ce qui me reste à ce jour incompréhensible — faisaient couler un bain sans fermer la bonde.

L'histoire, les langues et les sciences ne me posaient pas autant de problèmes. Quand on a besoin des maths dans les matières scientifiques, c'est toujours logique, et en plus on vous laisse utiliser une calculette.

« J'ai besoin d'étudier le latin et la biologie ainsi que le français et la chimie, ai-je dit en levant les yeux de l'emploi du temps. Mais je n'ai pas besoin de l'éducation artistique ou religieuse, ce doit donc être facile à arranger. »

À ces mots, la directrice est montée sur ses grands chevaux, parce que manifestement les emplois du temps étaient sacrés ou quelque chose comme ça. « Il y a plus de cinq cents filles dans cette école, me proposez-vous de les déranger toutes pour vous complaire ? »

Mon père, qui avait sans doute aussi lu Heinlein, m'a soutenue. Entre Heinlein et une directrice d'école, le choix est simple. Nous avons fini par parvenir à un compromis aux termes duquel je renonçais à la biologie si je prenais trois des autres matières, ce qui pouvait s'arranger avec un peu de mélange entre les classes. Je suivais la chimie avec une autre classe, mais je m'en fichais. J'avais suffisamment le sentiment d'avoir gagné pour consentir à visiter mon dortoir et à rencontrer mon professeur principal et mes « nouvelles amies ».

Mon père m'a embrassée sur la joue pour me dire au revoir. Je l'ai regardé par la porte d'entrée et l'ai vu s'allumer une cigarette à la seconde où il s'est trouvé en plein air.

VENDREDI 7 SEPTEMBRE 1979

Cette histoire de campagne avait tout d'une mauvaise blague.

Enfin, c'était vrai, en un sens. Arlinghurst se dresse isolée au milieu de ses terrains de sport, entourée de champs. À trente kilomètres à la ronde il n'y a pas un pouce de terre qui ne soit pas exploité. Il y a des vaches, d'affreuses créatures stupides, noires et blanches comme des jouets, pas rousses comme les vraies vaches que nous avions vues en vacances. (Comment ça, une vache rousse? Personne n'avait envie de parler à celles-là.) Elles tournent dans les prés jusqu'à l'heure de la traite, puis elles regagnent en file indienne la cour de la ferme. J'ai découvert cet après-midi, quand on m'a laissée me promener dans le domaine, que ces vaches sont idiotes. Bovines. Je connaissais le mot, mais je n'avais pas tout à fait compris à quel point il pouvait être littéral.

Je viens des Vallées galloises. Ce n'est pas pour rien qu'elles portent ce nom. Ce sont d'étroites vallées glaciaires aux parois abruptes, sans beaucoup de terrain plat au fond. Il y en a comme ça dans tout le pays de Galles. La plupart ne sont peuplées que d'un millier de personnes, avec quelques fermes et une église. C'est tout ce à quoi elles peuvent subvenir naturellement. La nôtre, Cynon Valley, comme ses voisines, a une population d'environ cinq cents personnes qui vivent dans des maisons victoriennes mitoyennes étagées à flanc de coteau, collées les unes aux autres avec à peine la place entre elles de faire sécher du linge. Les bâtiments et les gens sont entassés, comme dans une ville, ou pire, sauf que ce n'en est pas une. Mais en dehors des rangées de maisons, c'est sauvage. Et même au milieu d'elles, vous pouvez toujours lever les yeux. Vous pouvez « lever les yeux vers les collines d'où vous vient l'aide »… un psaume qui m'a toujours paru aller de soi. Les collines étaient magnifiques, elles étaient vertes et il y avait des arbres et des moutons, et elles étaient toujours là. Elles étaient sauvages, dans le sens où n'importe qui pouvait y aller à tout moment. Elles n'appartenaient à personne, contrairement à la campagne plate et clôturée qui entourait l'école. Les collines étaient à tout le monde. Et même au fond des vallées il y avait des rivières, des forêts et des ruines, laissées par les fonderies qui avaient fermé, par les industries qui avaient été abandonnées. Sur les ruines avaient poussé des plantes qui étaient retournées à l'état sauvage, puis les fées s'étaient installées. Ce que nous pensions qu'il arriverait à la Phurnacite s'était effectivement passé. Cela avait simplement pris un peu plus longtemps que nous ne l'avions imaginé.

Nous avions passé notre enfance à jouer dans les ruines, parfois seules, parfois avec d'autres enfants ou avec les fées. Pendant longtemps, nous n'avions pas compris ce qu'étaient les ruines. Il y avait près de la maison de tante Florrie une ancienne fonderie où nous allions tout le temps jouer. Il y avait là d'autres enfants avec qui nous faisions parfois de merveilleuses parties de cache-cache. Je ne savais pas ce qu'était une fonderie. Si on avait insisté, j'aurais deviné que c'était un lieu où on avait dû fondre de l'acier, mais personne n'avait jamais insisté. C'était un endroit, une chose. C'était envahi de lauriers-roses en automne. Nous ne cherchions pas à savoir ce que c'était.

La plus grande partie des ruines où nous jouions, dans la forêt, n'avait pas de nom et il aurait pu s'agir de n'importe

quoi. Nous les appelions la chaumière de la sorcière, le château
du géant, le palais de la fée, et nous faisions comme si c'était
la dernière redoute de Hitler ou les murailles d'Angband, alors
qu'il s'agissait en réalité des vestiges croulants d'un site indus-
triel. Ce n'étaient pas les fées qui les avaient construits. Elles
les avaient investis en même temps que la végétation quand les
gens les avaient abandonnés. Les fées ne pouvaient rien faire
de réel. C'est pourquoi elles avaient besoin de nous. Nous ne
le savions pas. Il y avait beaucoup de choses que nous ignorions, que nous n'avions pas pensé à demander. Avant que les
gens viennent, je suppose que les fées vivaient dans la forêt et
n'avaient pas de maison. Les fermiers mettaient peut-être du
lait dehors pour elles. Il ne devait pas y en avoir tellement,
d'ailleurs.

Les ancêtres des habitants des Vallées étaient arrivés là au
début de la révolution industrielle. Sous les collines, il y avait
du fer et du charbon et les Vallées étaient les villes-champi-
gnons de l'époque dans lesquelles ils s'entassaient. Si vous vous
êtes jamais demandé pourquoi les Gallois n'avaient pas émigré
vers le Nouveau Monde comme les Irlandais ou les Écossais,
ce n'est pas parce qu'ils n'avaient pas besoin de quitter leurs
fermes de la même façon. C'est parce qu'ils avaient quelque
part chez eux où aller. Du moins considéraient-ils que c'était
chez eux. Les Anglais aussi étaient venus. La langue galloise
avait disparu. Le gallois était la première langue de ma grand-
mère, la deuxième de ma mère et moi je ne sais que le bara-
gouiner. La famille de ma grand-mère venait de l'ouest du
pays de Galles, du Carmarthenshire. Nous y avons encore de
la famille, Mary «de la campagne» et les siens.

Mes ancêtres sont venus comme tout le monde après
la découverte du fer et du charbon. Ils ont commencé à
construire des hauts fourneaux, des lignes de chemin de fer
pour l'exportation, des maisons pour les ouvriers, encore
des hauts fourneaux, des mines, des maisons, jusqu'à ce que
les vallées ne soient plus que des bandes continues d'habita-

tions. Les collines étaient toujours là, entre les Vallées, et les fées avaient dû s'y réfugier. Puis le fer s'était épuisé, ou il était moins cher à produire ailleurs, et s'il y avait toujours des mines de charbon, c'était un pitoyable souvenir de la folie que ç'avait été un siècle plus tôt. Les fonderies étaient abandonnées. Les puits fermés. Certains étaient partis, mais la plupart étaient restés. Ils s'y sentaient chez eux. Quand nous étions nées, le chômage chronique était une réalité quotidienne et les fées étaient revenues dans les Vallées, investissant les ruines dont personne ne voulait.

Nous avions grandi en jouant librement dans les ruines et n'avions aucune conscience de cette histoire. C'était un endroit merveilleux pour des enfants. Il était abandonné, envahi par la végétation et ignoré, et une fois qu'on s'éloignait des maisons… c'était la nature sauvage. On pouvait toujours aller dans les montagnes, où il y avait des rochers, des arbres et des moutons, gris de poussière de charbon et peu attirants. (Je ne comprends pas pourquoi les gens font du sentiment à propos des moutons. Nous avions l'habitude de leur crier «Sauce à la menthe!» pour les faire détaler. Tante Teg tiquait toujours et nous disait de ne pas faire ça, mais nous ne l'écoutions pas. Ils descendent dans la vallée, renversent les poubelles et détruisent les jardins. C'est la raison pour laquelle il faut garder les grilles fermées.) Mais, même au fond de la vallée, il y avait des arbres et des ruines qui quadrillaient toute la ville. Ce n'était pas le seul paysage que l'on connaissait. Nous allions dans le Pembrokeshire pour les vacances, et dans les vraies montagnes — les Brecon Beacons —, et à Cardiff, qui est une grande ville, avec des boutiques. Dans les Vallées, nous étions chez nous, c'était le paysage de la normalité, et nous ne nous posions pas de questions à son sujet.

Les fées n'ont jamais dit qu'elles avaient construit les ruines. Je doute que nous le leur ayons demandé, mais si nous l'avions fait elles auraient simplement ri, comme à la plupart de nos questions. Elles étaient inexplicablement là, ou bien, certains jours, inexplicablement absentes. Parfois, elles nous parlaient, et d'autres fois, elles nous fuyaient. Comme les autres enfants que nous connaissions, nous pouvions jouer avec elles ou sans elles. Tout ce dont nous avions vraiment besoin, c'était l'une de l'autre et de notre imagination.

Les lieux de mon enfance étaient reliés par des chemins magiques que presque aucun adulte ne suivait. Ils avaient les routes, nous avions ces chemins que nous suivions à pied. Ils étaient différents et plus larges qu'un sentier, mais pas assez pour des voitures, parfois parallèles aux vraies routes et parfois coupant à travers nulle part, d'une ruine d'elfe au labyrinthe de Minos. Nous leur donnions des noms tout en sachant qu'ils s'appelaient en réalité «dramroads». Si j'avais un peu réfléchi, j'aurais vu que c'était le mot «tram». Le gallois pratique la mutation de la consonne initiale. En fait, toutes les langues le font, mais la plupart mettent des siècles pour cela, alors que le gallois le fait avant que vous ayez refermé la bouche. «Tram» devient «dram», bien sûr. Il y avait eu autrefois des trams qui roulaient sur ces «dramroads», des trams pleins de minerai de fer ou de charbon. Vides et jonchés de feuilles, fréquentés uniquement par les enfants et les fées, ils avaient jadis été de petites voies ferrées.

Ce n'est pas que nous ignorions l'histoire. Même en ne comptant que le monde réel, nous en savions plus que la plupart des gens. On nous avait appris les hommes des cavernes, les Normands et les Tudor. Nous connaissions les Grecs et les Romains. Nous savions des tas d'histoires sur la Seconde Guerre mondiale. Nous connaissions même beaucoup d'histoires de famille. Simplement, nous ne faisions pas le rapport avec le paysage. Et c'était le paysage qui nous formait, qui faisait de nous ce que nous étions, qui affectait tout. Nous pensions vivre dans un paysage de *fantasy*, alors qu'en fait nous vivions dans un décor de science-fiction. Dans notre ignorance, nous nous déplacions dans ce que les elfes et les géants nous avaient laissé, prenant les possessions des fées pour un titre de propriété. Je nommais les dramroads d'après des lieux du *Seigneur des Anneaux* quand j'aurais dû reconnaître qu'ils sortaient des *Chrysalides*.

C'est étonnant comment les choses peuvent vous échapper.

MARDI 18 SEPTEMBRE 1979

L'école est affreuse, comme je m'y attendais. Tout d'abord, comme je l'avais lu, une des choses les plus importantes en pension, ce sont les sports collectifs. Je ne suis pas en état d'y participer. Ensuite, toutes les autres filles viennent du même milieu. Elles sont presque toutes anglaises, de la région, issues du même paysage que l'école. Elles varient un peu en taille et en forme, mais elles ont presque toutes la même voix. Ma propre voix, qui était snob pour les Vallées et signalait immédiatement à tout le monde ma classe d'origine, me catalogue ici comme une barbare étrangère. Comme si être une barbare estropiée n'était pas suffisant, il y a aussi le fait que j'intègre en milieu d'année une classe où tout le monde se connaît depuis deux ans, avec des alliances et des inimitiés bien établies dont j'ignore tout.

Heureusement, je comprends vite. Je ne suis pas idiote. Je ne suis jamais allée dans une école où je ne suis pas connue, moi ou ma famille, et je n'ai jamais intégré une école sans ma sœur, mais je venais de passer trois mois au Refuge pour enfants et ça ne pouvait pas être pire. À leur accent, j'ai identifié les autres barbares, une Irlandaise (Deirdre, surnommée Meirdre) et une Juive (Sharon, surnommée Charogne). Je me suis arrangée pour devenir leur amie.

Je décoche un regard noir aux autres filles quand elles essayent de me harceler, de me traiter avec condescendance ou de s'en prendre à moi, et je suis satisfaite de voir que mon regard est toujours aussi efficace. Elles m'appellent «Taffy», «Taf» ou «Coco», ou, légèrement plus justifiés, «Bancroche» et «la Lèche». « Coco», ça vient de ce qu'elles pensent que mon nom est russe. J'avais tort de croire qu'il ne voudrait rien dire pour elles. Elles me pincent et elles me frappent quand elles pensent pouvoir le faire impunément, mais il n'y a pas de réelle violence. D'ailleurs, ce n'est absolument rien après le Refuge. J'ai ma canne et mon regard furibond, et j'ai commencé à leur raconter des histoires de fantômes après l'extinction des feux. Qu'elles me craignent, du moment qu'elles me laissent tranquille. Qu'elles me détestent, du moment qu'elles me craignent. C'est une bonne stratégie dans une pension, d'ailleurs elle a bien marché pour Tibère. Je l'ai dit à Sharon et elle m'a regardée comme si j'étais une extraterrestre. Quoi? Comment? Je ne m'habituerai jamais à cet endroit.

Je me suis vite hissée en tête de la classe dans toutes les matières sauf en maths. Très vite. Plus vite que je ne m'y attendais. Peut-être ces filles ne sont-elles pas aussi intelligentes que celles du lycée? Là, une ou deux nous donnaient un peu de fil à retordre, mais ici il ne semble y en avoir aucune. Je me suis élevée au-dessus des autres. Ma popularité, bizarrement, croît et décroît légèrement en même temps que mes notes. Elles se fichent des leçons et elles me détestent parce que je les bats, mais on gagne des points pour son équipe quand on a des notes exceptionnelles, et elles accordent une grande importance au classement de leur équipe. Il est déprimant de voir comme le pensionnat ressemble aux livres d'Enid Blyton, et ce qui s'en écarte, c'est parce que c'est pire.

Le cours de chimie, avec un autre groupe de filles, est beaucoup mieux. C'est le professeur de sciences, le seul homme de l'école, qui le donne et les filles ont l'air beaucoup plus intéressées par la matière. C'est la meilleure partie du programme et je suis bien contente d'avoir insisté. Je me fiche d'avoir manqué les arts plastiques — mais ce ne sera pas le cas de tante Teg. Je ne lui ai pas écrit. J'y ai pensé, mais je n'ose pas. Elle ne dirait pas à ma mère où je suis — ce serait bien la dernière à le faire — mais je ne peux pas prendre le risque.

Puis, hier, j'ai trouvé la bibliothèque. J'ai obtenu la permission d'y passer le temps quand les filles sont sur le terrain de sport. Soudain, être estropiée commence à sembler un avantage. Ce n'est pas une bibliothèque extraordinaire, mais c'est tellement mieux que rien que je ne me plains pas. J'ai fini tous les livres que mon père m'a prêtés. (Il avait raison pour le roman accompagnant *Empire Star*, mais *Empire Star* lui-même est un des meilleurs livres que j'aie jamais lus.) Ici, j'ai trouvé *Le Taureau sorti de la mer* et un autre Mary Renault dont je n'avais jamais entendu parler, *L'Aurige*, plus trois romans de SF pour adultes de C. S. Lewis. Les murs de la bibliothèque sont recouverts de boiseries et les chaises sont en vieux cuir craquelé. Jusqu'ici elle semble désertée par tout le monde sauf moi et la bibliothécaire, Miss Carroll, avec qui je suis scrupuleusement polie.

Je vais avoir l'occasion de tenir mon journal intime. Une des pires choses, ici, c'est qu'il est impossible d'être tranquille et que les gens vous demandent tout le temps ce que vous faites. «J'écris un poème» ou «Je tiens mon journal» serait le baiser de la mort. Au bout de quelques jours, j'ai renoncé à essayer, même si j'en avais vraiment envie. Elles me trouvent déjà bizarre. Je dors dans un dortoir avec onze autres filles. Je ne suis même pas seule dans la salle de bains — il n'y a de portes ni aux toilettes ni aux douches, et bien sûr elles trouvent que l'humour scatologique est le comble de l'esprit.

Par la fenêtre de la bibliothèque je vois les branches d'un orme malade. Les ormes meurent de la graphiose dans tout le domaine. Ce n'est pas ma faute, je ne peux rien y faire. Mais je pense quand même que je pourrais, si les fées me disaient comment. C'est le genre de choses auxquelles on doit pouvoir remédier. Les arbres qui meurent me rendent très triste. À ma demande, la bibliothécaire m'a donné un vieux numéro du *New Scientist* et d'autres revues. La maladie est arrivée d'Amérique avec une cargaison de bois et elle est causée par un champignon. Cela rend encore plus vraisemblable qu'il soit possible de faire quelque chose. Les ormes sont tous un seul et même arbre, ce sont des clones, c'est pourquoi ils dépérissent tous. Pas de variation génétique, donc pas de résistance naturelle parmi la population. Les jumeaux sont aussi des clones. Vous n'imagineriez pas, en regardant un orme, qu'il ne fasse qu'un avec tous les autres. Vous verriez juste un arbre. C'est la même chose quand les gens me regardent maintenant : ils voient une personne, pas la moitié d'un couple de jumelles.

MERCREDI 19 SEPTEMBRE 1979

Entre l'étude et le dîner, nous avons quartier libre pendant une demi-heure. Hier, comme il ne pleuvait pas, je suis sortie dans le soir tombant. Je suis descendue tout en bas, à la limite du terrain de l'école. On y trouve un pré avec des vaches noires et blanches. Elles m'ont regardée, apathiques. Il y a aussi un fossé et quelques arbres. S'il y a ici des fées, c'est là qu'elles devraient être. Il faisait froid et humide. Le ciel se décolorait sans qu'il y ait un vrai coucher de soleil.

C'est assez dur de trouver les fées exprès quand on sait qu'elles sont là. J'ai toujours pensé qu'elles sont comme les champignons, on tombe dessus quand on ne pense pas à elles, mais elles sont difficiles à repérer quand on les cherche. Je n'avais pas pris mon porte-clefs et tout ce que j'avais sur moi était neuf, sans aucun lien qui puisse me servir. Mais ma canne était vieille et en bois, ça pouvait marcher. Je me suis efforcée de penser aux ormes et à ce que je pourrais faire pour eux.

J'ai fermé les yeux et me suis appuyée sur ma canne. J'ai essayé d'ignorer la douleur et l'énorme vide qu'avait laissé Mor. La douleur est dure à mettre de côté, mais je sais que rien ne les effarouche davantage. Je me rappelais qu'elles avaient bondi et s'étaient éparpillées comme des moutons terrifiés la fois où je m'étais coupé la main, derrière Camelot. Normalement, la douleur de ma jambe se décomposait en un lancinant élancement et un lent écrasement. Si je restais immobile et en équilibre, l'écrasement se réduisait à une simple courbature et l'élancement ne revenait pas si je ne déplaçais pas mon poids, aussi ai-je attendu que la douleur s'atténue. J'ai pensé à ce que nous faisions quand nous voulions les appeler. J'ai ouvert mon esprit. Il ne s'est rien passé. «Bonsoir?» ai-je lancé timidement, en gallois. Mais, en Angleterre, les fées parlaient peut-être anglais? Ou peut-être n'y en avait-il pas ici. Ce n'était pas un paysage qui leur offrait beaucoup de place. Quand j'ai rouvert les yeux, les vaches s'étaient éloignées. Il devait être l'heure de la traite. J'ai vu un buisson, un petit sorbier rabougri et un noisetier au bord du fossé, côté école. J'ai posé la main gauche sur l'écorce lisse du noisetier, sans vraiment espérer quoi que ce soit.

Il y avait une fée dans les branches. Elle était prudente. J'ai toujours remarqué que les fées ressemblent plus souvent à des plantes qu'à autre chose. Avec les gens ou les animaux, vous avez un modèle standard : deux bras, deux jambes, une tête = une personne. Ou quatre pattes et de la laine = un mouton. Pour les plantes et les fées, en revanche, il y a des signes qui disent ce qu'elles sont, mais un arbre peut avoir n'importe quel nombre de branches et pousser n'importe où. Il y a bien un modèle, mais un orme ne ressemblera pas exactement à un autre, il pourrait même avoir l'air complètement différent, parce qu'ils n'ont pas poussé dans les mêmes conditions. Les fées ont tendance à être soit très belles soit absolument hideuses. Elles ont toutes des yeux, et beaucoup ont une tête plus ou moins reconnaissable. Certaines ont des membres évoquant vaguement un humain, certaines sont plus comme des animaux et d'autres ne ressemblent à rien. Celle-là était de cette dernière espèce. Elle était longue et grêle, avec une peau comme de l'écorce. Si on n'avait pas vu ses yeux, qui étaient cachés, on aurait pu la prendre pour une plante rampante couverte de toiles d'araignée. De même que les chênes ont des glands et des feuilles en forme de main et les noisetiers des noisettes et de petites feuilles recourbées, la plupart des fées sont noueuses et grises, ou vertes, ou marron, et elles ont généralement des touffes de poils. Celle-ci était grise, vraiment très noueuse, et indéniablement hideuse. Les fées ne raffolent pas des noms. Nous en avions donné à celles que nous connaissions, chez nous, et elles y répondaient ou non. Elles avaient l'air de trouver ça drôle. Elles ne nomment pas les lieux non plus. Elles ne s'appellent même pas fées, c'était nous qui les nommions ainsi. Elles ne sont pas portées du tout sur les noms, à bien y réfléchir, et la façon dont elles parlent... Bref, cette fée m'était complètement étrangère, comme je l'étais pour elle, et je n'avais aucun nom ou mot de passe à lui donner. Elle me regardait simplement, comme si elle pouvait à tout moment s'enfuir, ou se fondre dans l'arbre. Le genre est aussi une chose complètement aléatoire avec elles, quand elles n'ont pas une longue chevelure pleine de fleurs, un pénis aussi gros que le reste de leur corps ou quelque chose comme ça. Celle-ci ne présentait aucun signe de cet ordre, aussi ai-je décidé qu'elle était neutre.

«Ami», dis-je, ce qui n'engageait à rien.

Alors, elle est passée d'une totale immobilité à une frénésie de mouvements et de paroles. «Fuir! Danger! Trouvée!» Les fées ne parlent pas exactement comme les gens. Peu importe à quel point vous voudriez que ce soit Galadriel du *Seigneur des Anneaux*, elles ne vont jamais faire ce genre de discours. Celle-là a parlé et disparu d'un seul coup, avant que j'aie pu dire qui j'étais ou demander si je pouvais faire quoi que ce soit pour les ormes. J'avais l'impression d'avoir cligné des yeux, mais il n'en était rien. C'est toujours comme ça quand elles s'en vont si vite — disparues entre un battement de cœur et le suivant, comme si elles n'avaient jamais été là.

Danger? Trouvée? Je n'avais aucune idée de ce qu'elle avait voulu dire. Je ne voyais aucun danger et je suis revenue vers l'école, où la cloche du dîner sonnait. J'étais une des dernières dans la queue, mais de toute façon la nourriture n'est pas mangeable même quand elle est chaude. Le danger ne m'a pas trouvé et je n'ai pas trouvé le danger, du moins ce soir-là. J'ai bu mon chocolat aqueux en espérant que la fée allait bien. J'étais heureuse qu'elle soit là, même si elle n'était pas très communicative. C'était comme un petit morceau de chez nous.

JEUDI 20 SEPTEMBRE 1979

Ce matin, j'ai découvert ce que la fée voulait dire par « trouvée » et « danger ». Il y avait une lettre de ma mère au courrier.

Je ne sais pas comment ma découverte de la fée l'a informée du lieu où je me trouvais. Le monde ne fonctionne pas de façon très logique. Les fées ne le lui auraient pas dit, et s'il y avait des gens qui en étaient capables, ils auraient pu le faire à n'importe quel moment. Ce que je crois, c'est qu'elle me cherchait. Comme j'étais dans un paysage inconnu et avec des vêtements neufs, je devais avoir été difficile à repérer — je n'ai ici que ma canne et quelques livres, et ce qu'elle a gardé de mes affaires a dû perdre beaucoup de pouvoir. Mais en ouvrant mon esprit pour appeler la fée, j'ai attiré son attention. Ça a peut-être incité quelqu'un à lui donner mon adresse, ou peut-être a-t-elle réussi à l'apprendre directement. Mais peu importe. On peut toujours trouver un enchaînement de coïncidences pour réfuter la magie. Parce que ça ne se passe pas comme dans les livres. On y voit un enchaînement de coïncidences. C'est tout. C'est comme si en claquant des doigts vous faisiez apparaître une rose, mais quelqu'un à bord d'un avion aurait très bien pu faire tomber une rose juste au bon moment pour qu'elle atterrisse dans votre main. Si cet avion, ce passager et cette rose existent, le fait que vous avez cette fleur dans la main ne prouve pas que vous avez eu recours à la magie.

C'est là où je me suis toujours trompée. Je m'attendais à ce que ça fonctionne comme dans les livres. Si ça se passe comme dans les livres, ça ressemble plus à *L'Autre Côté du rêve* qu'à autre chose. Nous pensions que la Phurnacite tomberait en ruine sous nos yeux, alors qu'en réalité la décision de la fermer avait été prise depuis des semaines à Londres, et pourtant elle ne l'aurait pas été si nous n'avions pas jeté ces fleurs. C'est plus difficile à contrôler que si ça marchait comme dans les histoires. Et c'est plus facile à réfuter si vous êtes plutôt sceptique de nature, parce qu'il y a toujours une explication rationnelle. Tout arrive par une suite de causes naturelles, et il est toujours possible de nier que ce soit magique.

La lettre de ma mère était du même ordre, en un sens. Elle était piégée, mais personne d'autre que moi n'y aurait vu un traquenard. Elle proposait de m'envoyer des photos de Mor si je lui écrivais. Elle disait que je lui manquais, mais que c'était le tour de mon père de s'occuper un peu de moi, une interprétation de la situation qui me donnait envie de l'étrangler. Et l'enveloppe était nettement adressée de son inimitable écriture à Morwenna Markova, ce qui voulait dire qu'elle savait quel nom j'utilisais.

J'étais terrifiée. Mais j'aurais aimé avoir les photos, et j'étais convaincue d'être hors de sa portée.

SAMEDI 22 SEPTEMBRE 1979

Aujourd'hui il pleut.

Je suis allée à Oswestry — qui n'est d'ailleurs même pas une ville — et j'ai acheté du shampoing pour Sharon. Elle ne peut pas utiliser d'argent le samedi, parce qu'elle est juive. J'ai trouvé une bibliothèque, mais elle ferme à midi. Pourquoi avoir une bibliothèque si elle ferme à midi le samedi? C'est tellement anglais! Il n'y a pas de librairie, mais ils ont quelques livres chez Smiths, uniquement des best-sellers — c'est mieux que rien.

Je suis rentrée et j'ai passé le reste de l'après-midi dans la bibliothèque à lire *L'Aurige*, qui m'a choquée. Je n'avais pas fait attention au fait que les hommes qui tombaient amoureux l'un de l'autre, dans les livres de Mary Renault sur la Grèce antique, étaient homosexuels, mais je vois maintenant bien sûr qu'ils le sont. Je l'ai lu furtivement, comme si quelqu'un allait venir me le prendre s'il savait ce que je lisais. Je suis ébahie qu'il se trouve dans une bibliothèque d'école. Je me demande si je suis la première personne à vraiment le lire depuis 1959, date de son achat.

DIMANCHE 23 SEPTEMBRE 1979

Nous sommes censées écrire à nos parents le dimanche après-midi. J'ai écrit à mon père, Daniel, d'assez longues lettres, toutes à propos de livres, à part un vague souhait que mes tantes et lui aillent bien. Il m'a répondu dans un style similaire et m'a envoyé dans un paquet le seul livre dont je n'avais pas besoin, une édition brochée en trois volumes du *Seigneur des Anneaux*. L'édition de poche que j'ai est un cadeau de tante Teg. Il m'a aussi envoyé *Le Vol du dragon* — qui reprend *La Quête du Weyr* et ce qui se passe aussitôt après —, *La Cité des Illusions* de Le Guin et *The Flight of the Horse* de Larry Niven. C'est bien, mais pas aussi bon que *L'Anneau-Monde* ou *A Gift from Earth*.

Aujourd'hui j'ai rédigé une lettre à l'intention de ma mère. J'ai dit que j'allais bien et que j'appréciais les cours. Je lui ai donné mes notes et mon classement. Je lui ai rapporté les résultats de mon équipe en hockey et en lacrosse. C'était une lettre modèle, et je l'ai copiée sur la lettre que mon amie irlandaise, Deirdre, qui trouve laborieux d'écrire, a envoyée à ses parents. En échange, j'ai laissé Deirdre, que je n'appelle jamais Meirdre, copier ma version latine. Elle est vraiment très gentille — pas très brillante, et elle utilise toujours le mauvais mot, mais très gentille. Elle m'aurait laissée copier sa lettre sans rien demander en échange, je pense.

MARDI 25 SEPTEMBRE 1979

Ma lettre a eu un résultat, pratiquement par retour du courrier. Comme promis, elle m'a envoyé une photo de nous deux
sur la plage, en train de construire un château de sable. Mor
tourne le dos à l'appareil, occupée à tasser le sable. Je regarde
l'appareil, ou plutôt Grampar qui devait le tenir, mais on ne
voit plus rien d'autre qu'un simple contour, parce que j'ai très
soigneusement été brûlée.

MERCREDI 26 SEPTEMBRE 1979

L'école, comme d'habitude. Première de la classe dans
toutes les matières, sauf en maths, comme d'habitude. Je suis
descendue près du fossé chercher des fées, pour leur demander
ce qu'on peut faire pour les ormes qui continuent de mourir,
mais je n'en ai trouvé aucune. Lu *Le Silence de la Terre*, qui est
loin de valoir *Le Monde de Narnia*. Une autre lettre épouvantable. J'en suis malade.

SAMEDI 29 SEPTEMBRE 1979

On ne sait jamais trop où on est avec la magie. Et il est
impossible de savoir si on a vraiment obtenu un résultat ou si
on n'est pas simplement en train de jouer. En tout cas, je ne
ferai rien de la sorte, parce que ça attirerait son attention plus
que de raison.

En été, quand il ne pleuvait pas, Mor et moi sortions jouer.
Nous jouions à être des chevaliers livrant de derniers combats
désespérés pour sauver Camelot. Nous nous lancions dans des
quêtes. Nous avions de longues conversations avec les fées où
nous faisions les questions et les réponses. Il serait parfaite-

ment possible de supprimer les fées de ces souvenirs — mais bien sûr pas Mor, je ne peux donc toujours pas en parler. Je ne peux pas parler de mon enfance, parce que je ne peux pas dire « je » quand je veux dire « nous », et si je dis « nous » cela entraîne des questions sans fin sur ma sœur morte au lieu de ce dont je voulais parler. J'ai découvert ça cet été. Alors je n'en parle plus.

Nous suivions une des « dramroads » en bavardant, en chantant et en jouant, et, quand nous arrivions près d'une des ruines, nous nous glissions furtivement à l'intérieur, comme si cela nous donnait une meilleure chance de prendre les fées par surprise. L'une d'elles, que nous appelions Glorfindel, rôdait parfois dans les ruines pour nous surprendre et nous jouions à chat avec elle. D'autres fois, elles nous demandaient de faire des choses. Elles en savent beaucoup, mais elles ne peuvent pas faire grand-chose dans le monde réel.

On peut lire dans *Le Seigneur des Anneaux* que les elfes ont dépéri et mènent une existence secrète. Je ne sais pas si Tolkien connaissait les fées. Mais je le crois. Je pense qu'il les connaissait et qu'il notait les histoires qu'elles lui racontaient, ce qui signifierait que tout est vrai. Les fées ne peuvent pas exactement mentir. Mais, quoi qu'il en soit, elles ne parlent pas ses langues elfiques. Elles parlent gallois. Et elles n'ont pas, en général, un aspect aussi humain que ses elfes. Et elles ne nous ont jamais raconté d'histoires, en tout cas pas vraiment. Elles supposaient juste que nous savions tout, que nous faisions partie d'un grand tout, comme elles.

Avant la fin, les connaître ne nous a rien amené de bon. Et à la fin, je ne pense pas qu'elles aient compris. Non, ce n'est pas vrai. Elles étaient aussi lucides qu'on peut l'être. C'est nous qui n'avons pas compris.

Je voudrais que la magie soit plus spectaculaire.

DIMANCHE 30 SEPTEMBRE 1979

À titre de précaution, j'ai écrit aujourd'hui à tante Teg.
Ma famille est nombreuse et complexe, et parfaitement normale sur tous les plans. C'est simplement... non. Si j'essaie
de l'expliquer à quelqu'un qui ne sait rien d'elle, c'est perdu
d'avance.

Ma grand-mère n'avait ni sœur ni frère, et elle avait été élevée par sa tante Syl parce que sa mère était morte. En fait,
c'est encore plus compliqué que ça. Je devrais commencer par
la génération d'avant, pour être claire. Cadwalader et Marion
«Mam» Teris avaient quitté l'ouest du pays de Galles, où ils
avaient laissé une grande partie de leur famille, pour s'installer à Aberdare. Là, lui a travaillé dans les mines et elle a
ouvert une petite école. Ils ont eu cinq enfants, Sylvia, Susannah, Sarah, Shulamith et Sidney. Je suis désolée pour la pauvre
Shulamith, mais que pouvaient-ils faire, une fois qu'ils avaient
commencé à donner des noms commençant par S et qu'ils
n'avaient que des filles ?

Sylvia ne s'est jamais mariée et elle a élevé les enfants de
toute la famille.

Susannah a épousé un bon à rien. C'était un mineur. Il la
battait et elle s'est enfuie, emmenant ses deux filles avec elle. À
l'époque, c'était s'enfuir qui était considéré comme une honte,
pas les mauvais traitements, elle a donc laissé ses filles, Gwen-
dolen et Olwen, à tante Syl et est allée à Londres s'embaucher
comme domestique. La première, tante Gwennie, est devenue
une très belle jeune fille, a épousé oncle Ted et a eu deux filles
qui lui ont donné cinq petits-enfants si parfaits, à l'entendre,
qu'on ne pouvait s'empêcher de les haïr. Tante Olwen est devenue infirmière et a vécu avec une autre infirmière, tante Ethel,
à partir des années trente. Elles vivaient comme un couple
marié et tout le monde les traitait comme tel.

Sarah a épousé un clergyman du nom d'Augustus Thomas. C'était une ascension sociale pour elle. Ils se sont connus

quand il était vicaire de St Fagans, notre église locale, mais ils ne se sont mariés que quand il a acheté une maison dans la péninsule de Gower, près de Swansea. Il y a emmené Sarah et elle a eu un fils, lui aussi prénommé Augustus, mais qu'on a toujours appelé Gus et que son père a confié à tante Syl pour qu'elle l'élève après la mort de la pauvre Sarah. Oncle Gus était un héros de la guerre et il a épousé une infirmière anglaise, Esther, qui n'aimait aucun de nous. C'était le cousin préféré de ma grand-mère et elle ne le voyait pas autant qu'elle l'aurait souhaité.

Shulamith a épousé un mineur, Matthew Evans. C'était mon arrière-grand-mère maternelle et, avant son mariage, elle était institutrice, comme sa mère avant elle. Les femmes mariées n'avaient pas le droit de continuer à exercer ce métier, mais elles pouvaient très bien tenir une petite école à domicile. Elle a eu un bébé qui est mort, suivi de ma grand-mère, Rebecca, puis elle aussi est morte.

Sidney a tenu une boutique de drapier dans le village, et est plus tard devenu maire. Il a épousé Florence, qui est morte en donnant naissance à tante Flossie. Tante Flossie a eu elle-même trois enfants, puis son mari a été victime de la mort noire, contaminé par un rat. Tante Flossie a alors repris l'enseignement et a confié ses enfants à tante Syl, si bien que mon cousin, qui avait alors six ans, puisqu'il est né en 1958, était le dernier des bébés confiés à Sylvia, quand la première, tante Gwennie, née en 1898, en avait déjà soixante.

La mortalité peut sembler terrible, mais c'était l'ère victorienne, ils n'avaient pas d'antibiotiques ni de notions d'hygiène et on venait juste de découvrir que les maladies étaient dues à des microbes. Je pense quand même qu'ils devaient être fragiles, parce qu'il n'y a qu'à regarder la famille Phelps pour voir la différence. J'en parlerai une autre fois. Ma tante Florrie, la sœur de mon grand-père, en accusait l'éducation tant prisée par les Teris. Je ne vois pas comment ça aurait pu les tuer et tante Syl, qui était aussi éduquée qu'eux, a vécu plus de quatre-vingts ans. Je me souviens d'elle.

Ça semble beaucoup plus compliqué par écrit que ça ne l'est en réalité. Je devrais peut-être faire un dessin. Mais peu importe. Vous n'avez pas besoin de vous rappeler qui sont tous ces gens. Tout ce que je voulais expliquer c'est que, quand vous appartenez à une famille pareille, où vous connaissez tout le monde et les histoires de chacun, même celles qui sont arrivées longtemps avant votre naissance, et où tout le monde sait qui vous êtes et connaît les histoires vous concernant, vous n'êtes jamais simplement Mor mais « la Mor de Luke et Becky » ou « les petites-filles de Luke Phelps ». Et donc, quand vous avez besoin de quelqu'un, quelqu'un sera là pour vous. Ce ne sera peut-être pas vos parents, ni même vos grands-parents, mais si vous avez un besoin urgent de quelqu'un pour vous élever, l'un ou l'autre interviendra, comme l'avait fait tante Syl. Mais elle était morte avant le décès de ma grand-mère et, quand j'ai eu besoin de quelqu'un, le filet de sécurité de la famille sur lequel je comptais pour rebondir comme sur un trampoline avait disparu et, au lieu de rebondir, je me suis écrasée par terre. Ils n'avaient pas voulu admettre qu'il y avait quelque chose qui clochait chez ma mère, et il aurait fallu qu'ils le fassent pour m'aider. Et après que je m'étais adressée aux services sociaux pour lui échapper, ils ne pouvaient plus rien faire, parce que pour les services sociaux une tante que vous avez connue toute votre vie n'est rien à côté d'un père que vous n'avez jamais rencontré.

Il a une famille lui aussi.

MARDI 2 OCTOBRE 1979

En fait, *Warm Worlds and Otherwise*, de James Tiptree Jr., soutient la comparaison avec le volume II de *The Wind's Twelve Quarter*. Je dirai que Le Guin est un peu supérieure, mais ce n'est pas aussi net que je le pensais. Les autres livres envoyés par mon père, aujourd'hui, sont deux Zelazny. Je ne les ai pas encore commencés. *Royaumes d'ombre et de lumière* était vraiment bizarre.

JEUDI 4 OCTOBRE 1979

Les Neuf Princes d'Ambre et *Les Fusils d'Avalon* sont absolument géniaux. Je n'ai fait que les lire ces deux derniers jours. Le concept d'Ombre est étonnant, et les Atouts aussi, mais ce qui les rend si bons, c'est la voix de Corwin. Il faut que je lise plus de Zelazny.

J'ai reçu aujourd'hui une lettre de tante Teg, qui a l'air très soulagée de savoir que je vais mieux. Elle a glissé dans l'enveloppe un billet d'une livre, et me donne beaucoup de nouvelles de la famille. Le cousin Arwel a un nouveau travail chez British Rail à Nottingham. Tante Olwen est sur la liste d'attente pour une opération de la cataracte. La cousine Sylvie a eu un autre bébé… et Gail n'a même pas deux ans! Oncle Rhodri va se marier. Elle ne parle pas de ma mère. Je n'y comptais pas. Je n'en ai pas non plus parlé. Je ne lui ai pas dit que j'avais abandonné l'art pour la chimie. Elle est professeur d'arts plastiques ; elle ne comprendrait pas. La chimie, la physique et le latin sont mes trois matières favorites, même si c'est en littérature anglaise, le cours le plus barbant de tous, que j'obtiens les meilleures notes. Nous lisons *L'Ami commun*, que j'appelle secrètement *L'Ennemi commun*. On pourrait le réécrire sous ce titre pour mettre l'accent sur le personnage de Rogue Riderhood.

VENDREDI 5 OCTOBRE 1979

Le père de mon grand-père était français. Il venait de Rennes, en Bretagne, et sa mère était indienne. Il avait le teint très sombre, et grand-père et ses sœurs étaient aussi très bruns — les cheveux noirs et les yeux marron, avec une peau qui bronzait davantage qu'une peau européenne. Ma mère était comme eux. Grampar se moquait de nos épidermes qui brûlaient au soleil. Alexandre avait pris le nom de sa femme quand il a épousé mon arrière-grand-mère, Annabelle Phelps, parce que, sinon, elle ne lui aurait jamais accordé sa main. Il travaillait dans les mines. Elle était d'une famille de huit enfants, en a eu sept elle-même, dont cinq ont atteint l'âge adulte, elle a vécu jusqu'à l'âge de quatre-vingt-treize ans et a été toute sa vie un vrai tyran. Elle est morte l'année précédant ma naissance, mais j'ai entendu parler d'elle toute mon enfance.

Alexandre, qui était français, parlait anglais à la maison, contrairement à la famille de ma grand-mère, qui parlait toujours de préférence gallois. Leurs cinq enfants survivants se sont tous mariés et ont eux-mêmes eu des enfants.

L'aîné des garçons, Alexandre, s'est marié à la veille de la Grande Guerre et a laissé sa femme enceinte quand il est parti dans les tranchées pour ne jamais revenir. La famille a reçu un télégramme annonçant qu'il avait été porté disparu au combat. Sa jeune épouse, ma tante Bessie, s'est installée chez ses beaux-parents, a eu son bébé, mon oncle John, et était, comme ma tante Florrie, traitée en gros comme la servante non payée de mon arrière-grand-mère. Des années plus tard, en 1941, une jeune femme est descendue du bus à Aberdare avec deux petits garçons à l'air grave, mes oncles Malcolm et Duncan. Elle s'est présentée à la maison de mon arrière-grand-mère comme la veuve de son fils Alexandre. Il n'était pas du tout mort, il était resté dans l'armée et était parti en Inde, où il s'était remarié sans prendre la peine de divorcer de tante Bessie.

Sa deuxième femme, Lilian, qui était anglaise, avait grandi en Inde et avait un peu d'argent. Elle avait l'habitude de vivre dans un pays chaud et d'avoir des serviteurs. Mes arrière-grands-parents l'ont accueillie, ce que certains ont trouvé très généreux de leur part, vu les circonstances, mais vivre avec eux n'avait pas été facile pour elle. Au bout d'un moment elle s'est entendue avec tante Bessie, qui touchait une petite pension de veuvage, et elles se sont rendu compte qu'à elles deux elles pouvaient se payer une petite maison. Quand je suis née, le scandale était de l'histoire ancienne — je savais qu'elles étaient toutes les deux veuves du même homme, mais que pouvait-on leur reprocher ? Il était mort, après tout. Les deux veuves s'en sont bien sorties. Elles ont passé la guerre à tricoter des chaussettes pour les soldats, puis elles ont ouvert dans leur salon une boutique où elles vendaient de la laine et des articles tricotés main. Il y régnait une étrange senteur animale qu'elles tentaient de masquer avec des saladiers de lavande séchée du jardin de tante Florrie, le premier pot-pourri que j'aie jamais vu.

Mon grand-père avait trois sœurs, qui se sont toutes mariées et ont eu des enfants. L'une, tante Maudie, s'est déshonorée en épousant un catholique et en allant vivre en Angleterre, où elle a eu onze enfants, dont le dernier est trisomique, et en a adopté quatre de plus, dont deux Africains. Je ne trouve pas cela choquant, du moment qu'elle pouvait s'occuper de chacun, ce qui était le cas. Elle avait été la sœur préférée de mon grand-père, mais maintenant ils ne pouvaient plus se voir sans se disputer. Elle ressemblait beaucoup à sa mère. Je ne vois pas ce qu'il y a de plus choquant à être catholique que bigame, ce que tout le monde pardonnait à feu Alexandre, ou lesbienne, comme tante Olwen, ce dont les gens ne parlaient pas mais acceptaient en silence.

Tante Bronwen avait trois fils et une fille, et son mari était mineur de fond. Tante Florrie habitait tout près de chez nous et nous la voyions tout le temps... ma grand-mère l'utilisait comme baby-sitter. Son mari, qui avait aussi été mineur, était mort à la guerre. Elle avait deux garçons, mon oncle Clem, qui est allé en prison pour contrefaçon, et oncle Sam, qui avait l'air de ne pas tenir en place. Un jour, ayant vu le diable dans sa maison, elle l'avait chassé dans l'escalier à l'aide d'un livre de prières et enfermé au grenier. Après ça, elle avait demandé à mon grand-père de murer la porte du grenier afin que le diable ne puisse pas sortir. Des années plus tard, quand elle est morte, il a cassé son mur et est entré, dévoré de curiosité, pour trouver une presse à imprimer. Il l'a jetée, mais pas avant que nous prenions un certain nombre de cartes de visite vierges et des lettres de plomb.

Mon grand-père, Luke, était plus jeune que lui. Il a épousé ma grand-mère, Becky, et ils ont eu deux enfants, Liz et Tegan. Liz, ma mère, a épousé mon père et nous sommes nées. Tante Teg ne s'est jamais mariée, toujours trop occupée à nous élever. Dans l'ensemble, c'était plus une grande sœur qu'une tante.

Elle me manque, et Grampar aussi.

SAMEDI 6 OCTOBRE 1979

Très belle journée, aujourd'hui, la plus belle depuis que je suis ici.

Je suis allée en ville avant la fermeture de la bibliothèque et j'ai essayé de m'inscrire. Ils n'ont pas voulu. Je me suis remarquablement maîtrisée, je n'ai pas pleuré et je n'ai pas élevé la voix ni quoi que ce soit. Ils ont dit qu'ils avaient besoin de la signature d'un parent et d'une attestation de domicile. Je leur ai dit que j'étais à Arlinghurst, comme s'ils ne pouvaient pas le voir à l'uniforme. Quand nous sortons, nous devons porter une jupe plissée bleu marine, un blazer de la même couleur, un imper de l'école (quand il pleut, mais il pleut toujours, sauf aujourd'hui où le soleil brille) et un chapeau de l'école. En hiver, c'est un béret. Pour l'été, il y a un canotier en paille. Le chapeau est une vraie pénitence pour moi ; il cherche toujours à tomber de ma tête quand je bouge.

Le bibliothécaire, un très jeune homme, a dit que si j'étais à Arlinghurst, je devais aller à la bibliothèque de l'école. Je lui ai répondu que c'était ce que je faisais et que c'était insuffisant pour mes besoins. Il m'a alors regardée, en remontant ses lunettes sur son nez, et pendant un instant j'ai cru avoir gagné, mais non. «Il vous faut la signature d'un parent sur ce formulaire, et une lettre de la bibliothécaire de l'école disant que vous avez besoin d'avoir accès à la bibliothèque», a-t-il dit. Derrière lui, je voyais tous les livres alignés sur les étagères. Il n'a même pas voulu me laisser entrer les feuilleter.

J'ai quand même trouvé une librairie, et un petit bout de terrain sauvage. Le centre commerçant d'Oswestry se résume à deux rues et une place de marché. La bibliothèque, un bâtiment typiquement victorien, se trouve juste à côté. La dernière fois, c'est tout ce que j'ai vu… le bus s'arrête au pied de la colline et la bibliothèque est au sommet. Mais il y a une rue qui tourne vers la gauche et je pensais qu'elle rejoignait peut-être l'arrêt du bus. Il n'en était rien, c'était un quartier résidentiel et j'allais retourner sur mes pas quand j'ai aperçu, après le tournant, un étang, avec des canards et des cygnes, entouré d'arbres et, de l'autre côté de la route, une rangée de boutiques, dont la librairie.

J'ai acheté *Triton* de Samuel Delany. Je ne sais pas si mon père l'a déjà et je m'en fiche. Il coûtait 85 pence. La dame de la boutique était très gentille. Elle ne lit pas de SF, mais elle essaie d'en avoir un bon choix. Ça n'a rien à voir avec le choix de Lears à Cardiff, bien sûr, mais ce n'est pas mal du tout. Je vais demander de l'argent de poche à mon père pour acheter des livres. Je vais aussi lui demander de signer le formulaire de la bibliothèque. Je suis pratiquement sûre qu'il voudra bien. Convaincre Miss Carroll sera peut-être plus difficile.

À côté de la librairie, il y a une brocante avec trois étagères de livres d'occasion, tous vieux et abîmés. J'ai acheté *Trois femmes dans un château*, de Dodie Smith, pour 10 pence. J'ai bien aimé ses histoires de dalmatiens, surtout *La Grande Nuit des dalmatiens*, ou «les robes qui déchirent» comme l'appelait Mor. Je ne savais pas qu'elle avait écrit de la fiction historique. Je vais le garder en attendant d'être d'humeur à le lire.

Il me reste 5 pence. Il n'y avait rien à ce prix-là. La troisième boutique de la rangée est un salon de thé. Je suis entrée, parce que Sharon m'avait demandé d'acheter des gâteaux. C'est une habitude qu'ont les filles. Voici comment ça se passe : vous achetez les gâteaux vous-même, ou vous chargez quelqu'un de les acheter. Puis vous donnez le sac à la cuisine avec vos instructions et le dimanche après déjeuner ils les distribuent aux personnes que vous avez désignées. La règle est qu'il faut en acheter au moins deux, vous ne pouvez pas en acheter juste pour vous. Les filles les plus populaires ont des piles entières de gâteaux différents toutes les semaines. D'habitude, je n'en ai pas. Deirdre n'a pas beaucoup d'argent et Sharon est juive. Mais elle l'a fait cette semaine, c'est particulièrement gentil de sa part, parce qu'elle ne peut même pas en manger. Les juifs doivent avoir une nourriture spéciale. Celle de Sharon a l'air bien meilleure que celle de l'école. Elle arrive sur un plateau. Je me demande s'ils m'en donneraient si je disais que je suis juive. Mais que se passerait-il si je n'étais pas assez juive et que ça me tue ou me rende malade ? Il faut que j'en parle à Sharon avant d'essayer. Quoi qu'il en soit, Sharon m'a demandé d'acheter des gâteaux pour Deirdre, Karen et moi. Alors j'ai acheté des gâteaux, ils coûtaient 10 pence chacun ou quatre pour 35 pence, aussi en ai-je acheté quatre en me servant des 5 pence qui me restaient. C'étaient des gâteaux fourrés au miel, ils étaient encore tout chauds, et je suis allée au bord de l'étang en manger un. Il était absolument délicieux.

Il y a un banc près de l'étang, avec de l'herbe qui pousse autour, et des saules qui se penchent sur l'eau. Les feuilles de leurs branches tombantes jaunissent. Je me dis toujours que saules pleureurs est un nom qui leur va bien, mais « saules rieurs » l'est aussi. Les saules aiment l'eau et les aulnes la détestent. Il y a une route au-dessus du marais de Croggin appelée Heol y Gwern, la voie des Aulnes, parce que les gens en ont planté le long de la route pour marquer le chemin le plus sûr. On pense que c'était au néolithique. En tout cas, c'était avant les Romains. Ça a été un choc de lire l'histoire de la vallée. Quand je rentrerai, je ne sais pas si je pourrai la regarder de la même façon.

Assise sur le banc près des saules, j'ai mangé mon gâteau au miel en lisant *Triton*. Il y a des choses affreuses dans le monde, c'est vrai, mais il y a aussi des livres magnifiques. Quand je serai grande, je voudrais écrire quelque chose que quelqu'un pourra lire assis sur un banc par une journée pas trop chaude et qui lui fera complètement oublier le lieu et l'heure. J'aimerais écrire comme Delany, Heinlein ou Le Guin.

J'ai pris le bus de justesse pour rentrer à l'école. Je l'ai aperçu au pied de la colline et j'ai voulu courir pour l'attraper. Je me suis élancée comme dans mes souvenirs, mais je n'avais pas fait un pas que j'ai pesé sur ma mauvaise jambe et j'ai senti comme un coup de poignard. Le chauffeur du bus m'a vue arriver, a reconnu l'uniforme et a attendu. Il y avait beaucoup d'autres filles de l'école dans le bus, la plupart d'autres classes. Elles savent presque toutes, ou croient savoir, que je marche avec une canne parce que ma mère plante des aiguilles dans une poupée vaudou. J'ai pris un siège et Gill Scofield, qui est dans mon cours de chimie, est venue s'asseoir à côté de moi.

« Que faisais-tu pour être en retard ?

— Je lisais. J'ai oublié l'heure.

— Tu n'es pas sortie avec des garçons ?

— Non !

— N'aie pas l'air si choquée, c'est ce que faisaient la moitié des filles dans ce bus. Plus de la moitié. Regarde-les. » J'ai regardé. Beaucoup avaient leur jupe froissée et les lèvres d'un rouge suspect.

« Comme c'est vulgaire. »

Gill a ri. « Je veux être un grand savant, m'a-t-elle dit.

— Un savant ?

— Oui. Un vrai. Je lisais l'autre jour un article sur Lavoisier. Tu connais ?

— Il a découvert l'oxygène. Avec Priestley.

— Oui, et il était français. C'était un aristocrate, un marquis. Il a été guillotiné sous la Révolution française et il a dit qu'il clignerait des yeux aussi longtemps qu'il resterait conscient après qu'on lui aurait coupé la tête. Il les a clignés dix-sept fois. Ça, c'était un savant.» Elle est bizarre. Mais je l'aime bien.

DIMANCHE 7 OCTOBRE 1979

J'ai fini *Triton*. C'est étonnant. Mais plus j'y pense moins je comprends pourquoi Bron a menti à Aubri.

J'ai passé le temps réservé à l'écriture des lettres, aujourd'hui, à envoyer un mot à mon cousin Arwell Parry pour lui souhaiter bonne chance et adresser mes félicitations à oncle Rhodri. *Pourquoi* Bron a-t-elle menti à Aubri?

LUNDI 8 OCTOBRE 1979

D'un côté, Gramma et Grampar n'ont jamais parlé de sexe. Ils doivent l'avoir fait au moins deux fois, sinon ils n'auraient pas eu tante Teg et ma mère, mais je ne pense pas qu'ils l'aient fait plus souvent. Puis il y a la façon dont on parle de sexe à l'école et à l'église. Et il n'y a pas de sexe, pratiquement pas d'histoires d'amour du tout, dans la Terre du Milieu, ce qui me fait toujours penser que le monde se porterait mieux sans. Arwen est juste une concession à la bienséance. Ou bien simplement un réceptacle pour les futurs demi-elfes rois de Gondor et d'Arnor. Une récompense. Il aurait mieux valu qu'Aragorn épouse Eowyn — qui était une héroïne à part entière, après tout — et laisse dépérir les Númenóréens. (Après tout, regardez-nous maintenant!) Donc le sexe est un mal nécessaire pour produire des enfants. C'est normal.

Et quand on voit les filles dans le bus, et ma mère avec

ses petits amis, et celles qui se glissent dans le lit les unes des autres la nuit, *ach y fi*.

Mais, d'un autre côté, j'ai des sentiments liés au sexe. Et *Triton*, Heinlein et *L'Aurige* me font penser qu'en fait le sexe en lui-même est neutre, c'est sa diabolisation par la société qui le rend dégoûtant. Et les histoires de changement de sexe de *Triton* impliquent qu'il peut y avoir tout un spectre de la sexualité, la plupart des gens se situant quelque part au milieu, attirés par les hommes ou les femmes, et certains en dehors — moi à un bout, Ralph et Laurie à l'autre. Ce qui m'a toujours plu dans la science-fiction, c'est qu'elle vous fait réfléchir et regarder les choses sous des angles auxquels vous n'auriez jamais pensé.

Désormais, je considérerai le sexe de manière positive.

MERCREDI 10 OCTOBRE 1979

Si l'école voulait essayer de nous détacher de la magie, elle ne s'y prendrait pas autrement. Je me demande si ce n'était pas voulu au départ. Je suis sûre que personne ici n'en sait rien maintenant, mais Arlinghurst fonctionne comme ça depuis plus de cent ans.

Nous ne faisons aucune cuisine, nous sommes complètement coupées de ce que nous mangeons, et la nourriture est incroyablement mauvaise. Hier, par exemple, on nous a servi au dîner du corned-beef frit, une purée complètement insipide et du chou bouilli trop cuit. Au dessert, c'était un plat de crème renversée avec une demi-noix au milieu pour six personnes. Ils appellent ça un Délice Hawaïen. On nous sert un plat similaire au moins une fois par semaine : la Surprise Hawaïenne, de la crème renversée avec une demi-cerise confite. Je n'aime ni les cerises confites ni les noix, de sorte que les autres filles m'apprécient un peu plus quand on nous en sert parce que je ne me joins pas à la bagarre générale pour les avoir. Je n'aime pas non plus la crème renversée, mais j'ai parfois assez faim pour en manger. On ne peut pas trouver pire nourriture, ni plus détachée de la nature, même en essayant. Si vous mangez une pomme, vous êtes connecté à un pommier. Si vous mangez un plat de crème renversée et une demi-cerise confite, vous n'êtes connecté à rien.

Toujours à propos de nourriture, nous n'avons pas nos assiettes attitrées, ni nos couteaux, fourchettes ou tasses. Comme presque tout ce que nous utilisons, ils sont communs, on nous les distribue au hasard. Il n'y a aucune chance que quoi que ce soit s'imprègne, établisse un lien privilégié. Rien ici n'est conscient, ni chaise ni tasse. On ne peut s'attacher à rien.

À la maison, je me déplaçais dans un halo d'objets qui savaient, au moins vaguement, à qui ils appartenaient. Le fauteuil de Grampar en voulait au moins autant que lui à quiconque d'autre s'asseyait dedans. Les chemises et les pulls de Gramma s'ajustaient d'eux-mêmes pour cacher son sein absent. Les chaussures de ma mère vibraient pratiquement de conscience. Nos jouets nous cherchaient. Il y avait dans la cuisine un couteau à pommes de terre que Gramma ne pouvait pas utiliser. C'était un couteau ordinaire avec un manche en bois brun, mais elle s'était coupée une fois avec et, depuis, il avait soif de son sang. Quand je fouillais dans le tiroir de la cuisine, je le sentais qui ruminait. Quand elle est morte, ça a passé. Et puis il y avait les cuillers à café, rarement utilisées, toutes petites, un cadeau de mariage. Elles étaient en argent et elles se savaient spéciales, supérieures à tout le reste.

Aucune de ces choses ne faisait rien. Les cuillers à café ne remuaient pas le café sans qu'on les tienne ou quoi que ce soit. Elles ne discutaient pas avec les pinces à sucre pour savoir qui étaient les préférées. (Mais nous avions toujours l'impression qu'elles l'auraient pu à tout moment.) Je suppose que c'était psychologique, en fait. Elles confirmaient le passé, elles connectaient tout, c'étaient les fils d'une tapisserie. Ici, il n'y a pas de tapisserie, nous existons séparément.

Une autre lettre. Je ne l'ai pas ouverte. Mais je l'ai remarquée, à cause de ce que je viens de dire. Elle palpite de son importance — importance maléfique, mais importance tout de même. Tout le reste se tait autour d'elle.

JEUDI 11 OCTOBRE 1979

Miss Carroll a accepté sans hésitation d'écrire une lettre pour la bibliothèque. « J'ai vu que vous en étiez réduite à lire Arthur Ransome », a-t-elle dit.

En fait, j'aime bien Arthur Ransome. Je ne dirais pas « réduite à lire ». Je les ai déjà tous lus, bien sûr, il y a des années, mais j'ai apprécié. Il y a quelque chose d'agréable dans un livre pour enfants sans sexe et avec une fin heureuse — Ransome, Streatfield, ce genre de choses. Ce n'est pas d'une lecture trop difficile et vous savez à quoi vous attendre, c'est une histoire simple et agréable d'enfants qui font des bêtises en bateau, ou qui prennent des cours de danse ou je ne sais quoi, et ils connaissent des petites joies et des petits désastres et tout s'arrangera à la fin. C'est réconfortant, surtout après avoir lu Tchekhov hier. Je suis vraiment contente de ne pas être russe.

Mais c'est un pas vers l'obtention d'une carte de bibliothèque, je me suis donc contentée de sourire. Si seulement il renvoyait le formulaire, je pourrais en avoir une ce week-end. Je ne devrais pas l'appeler « il » comme ça. Mais je ne sais pas comment l'appeler. Comment appelle-t-on son père quand on vient tout juste de le rencontrer ? « Papa » serait ridicule. Et même si c'est son nom, je trouverais un peu étrange de l'appeler Daniel.

VENDREDI 12 OCTOBRE 1979

La lettre de mon père est arrivée ce matin, avec un billet de 10 livres (!) et le formulaire signé. Il dit que l'argent est pour acheter des livres, mais je vais en dépenser une partie en gâteaux. J'ai eu une discussion avec Sharon sur la nourriture juive. Elle dit que c'est ce que Dieu leur a dit de manger, ou de ne pas manger, et que c'est spécial mais que ça ne peut faire de mal à personne. Les plateaux qu'on lui sert sont bons, d'après elle. Elle a beaucoup de rosbif et de poisson, et ils sont cuits à point, mais toujours froids, parce qu'ils ne peuvent même pas être réchauffés en même temps que nos repas. Elle dit que le pain qu'on lui donne est excellent, mais toujours un peu rassis parce qu'il vient de Manchester. On dirait qu'être juif a beaucoup d'inconvénients, et je détesterais ne pas pouvoir dépenser de l'argent le samedi, d'autant plus que c'est le seul moment où nous sommes autorisées à sortir. Mais ça pourrait en valoir la peine.

J'ai eu du mal à la faire parler. On l'a beaucoup taquinée avec ça, et elle s'en sert aussi pour faire peur aux gens, elle ne veut donc pas qu'ils en sachent trop. J'ai dû lui parler du père juif de mon père. Elle dit que ça ne fait pas de moi une juive du tout, on ne peut pas être partiellement juif, c'est transmis par la mère. Si je veux être juive, il faut que je me convertisse.

Je me souviens de la fois où un missionnaire est venu à l'église nous parler de la conversion des païens. Il disait que certains feignaient de se convertir pour manger gratuitement à la mission et retournaient à leurs anciens dieux dès qu'il y avait un problème. Il les appelait des «chrétiens de riz». Je suppose que je pourrais être une «juive de riz».

D'un autre côté, Grampar ferait carrément une crise s'il l'apprenait. Ma mère ne manquerait pas de le lui dire, dans l'espoir qu'il ait une autre attaque.

SAMEDI 13 OCTOBRE 1979

Le temps a complètement changé d'une semaine à l'autre. Dimanche dernier, il faisait doux et ensoleillé, comme si l'automne regardait à regret vers l'été par-dessus son épaule. Aujourd'hui, il faisait humide et venteux, et il avait l'air de se précipiter impatiemment vers l'hiver. Le sol était glissant de feuilles mortes. Oswestry paraissait moins attrayant que jamais. Maintenant que Gill me l'a signalé, je remarque que les filles dans le bus se passent en gloussant un bâton de rouge pourtant prohibé. Elles me font penser à Susan dans *La Dernière Bataille*. J'ai sombré dans une rêverie où je rencontrais C. S. Lewis, même s'il est mort depuis longtemps. Beaucoup trop embarrassant à raconter.

Je suis allée à la bibliothèque, armée de ma lettre et du formulaire signé, et j'ai été reçue par une bibliothécaire amicale et enjouée qui, j'en suis sûre, m'aurait acceptée sans eux. Elle les a à peine regardés. J'ai maintenant une petite série de huit cartes qui me permettront de prendre huit livres à n'importe quel moment — ou, plus exactement, n'importe quel samedi matin où je pourrai arriver en ville avant midi. Elle m'a aussi dit que si j'avais besoin de quelque chose qu'ils n'avaient pas, le prêt entre bibliothèques était gratuit pour les moins de seize ans. Je pourrai donc commander tout ce que je veux et ils me l'obtiendront. Il me suffira de leur indiquer le titre et l'auteur. J'ai donc commencé par tous les livres de Mary Renault mentionnés dans *L'Aurige*. Je vais me faire une liste des œuvres «du même auteur» signalées dans les autres livres et l'apporter la semaine prochaine. La bibliothécaire a dit qu'ils pouvaient avoir tous les ouvrages jamais publiés en Grande-Bretagne, même épuisés. Elle a ajouté qu'ils m'enverraient une carte, mais j'ai dit que ça irait, qu'ils gardent l'argent du timbre pour acheter des livres, je passerai simplement toutes les semaines et je prendrai ce qu'ils auront reçu.

Le prêt entre bibliothèques est une des merveilles du monde et une gloire de la civilisation. Les bibliothèques sont vraiment géniales. Mieux même que les librairies. Parce que les librairies font des bénéfices en vous vendant des livres, alors que les bibliothèques attendent tranquillement de vous prêter des livres par pure bonté d'âme.

J'ai passé une heure de bonheur entre les rayons, qui ont en commun avec ceux de la bibliothèque de l'école de renfermer quelques joyaux, bien trop rares. Et les rayons de SF sont abondamment garnis, je m'y suis encore plus attardée. Avec un chargement de huit livres et la pluie me coulant sur le visage, j'ai hésité à retourner tout droit à l'école pour les lire dans le confort de la bibliothèque. Mais je voulais vérifier la librairie, et si huit livres semblent (et pèsent!) beaucoup, ce n'est pas comme s'ils allaient me durer toute la semaine. Je lis normalement au petit matin, si je me réveille avant la cloche, pendant les trois heures de sports collectifs, pendant les cours qui m'ennuient, en permanence après avoir appris mes leçons, durant la demi-heure de quartier libre après la permanence et une demi-heure avant l'extinction des feux. J'arrive donc à lire à peu près deux livres par jour.

J'ai descendu la colline vers la librairie. Le vent agitait les branches des saules au-dessus de l'eau. La plupart des feuilles jaunies étaient tombées et flottaient à la surface. Il n'y avait aucune trace des cygnes. Mais j'ai vu que derrière l'étang il y avait d'autres arbres.

J'ai acheté deux ou trois choses. J'aurais aimé savoir combien de temps cet argent était censé durer. La plupart des livres coûtaient 75 pence, et les plus gros un peu plus. J'avais abandonné des tas d'ouvrages quand je m'étais sauvée. Je pouvais les remplacer, mais je voulais aussi de nouvelles choses à lire. J'ai acheté un nouveau recueil de Tiptree. Celui-là a une introduction de Le Guin, donc elle doit bien l'aimer aussi! Je suis ravie quand des auteurs que j'aime s'apprécient mutuellement. Ils sont peut-être amis, comme Tolkien et C. S. Lewis. La librairie avait une nouvelle biographie des Inklings par Humphrey Carpenter, l'auteur de la biographie de Tolkien. C'est une édition cartonnée, je la commanderai à la bibliothèque. Après la librairie, j'ai jeté un coup d'œil aux étagères de la brocante et y ai acheté aussi deux ou trois choses. J'avais tant de livres que j'avais du mal à marcher, et bien sûr ma jambe me faisait terriblement mal, comme toujours quand il pleut. Je n'ai pas demandé qu'on remplace ma bonne jambe par une vieille girouette rouillée grinçante, mais je suppose que ça ne vient à l'idée de personne. J'aurais fait de bien plus grands sacrifices. J'étais prête à mourir, Mor *était* morte. Je devrais penser à ma jambe comme à une blessure de guerre, une cicatrice de vieux soldat. Frodo avait perdu un doigt, et toute possibilité de bonheur. Tolkien avait compris ce qui se passe après la fin. Parce qu'alors, c'est tout le *Nettoyage de la Comté*, il faut apprendre à vivre en un temps qui n'était pas censé arriver après le dernier baroud d'honneur. J'avais sauvé le monde, ou du moins je le pensais et, voyez, le monde est toujours là, avec des couchers de soleil et le prêt entre bibliothèques. Et il ne se soucie pas plus de moi que la Comté de Frodo. Mais ça ne fait rien. Ma mère n'est pas une reine noire que tout le monde désespère d'aimer. Elle est en vie, d'accord, mais elle est piégée dans les rets de sa malveillance comme une araignée prise dans sa propre toile. Je l'ai fuie. Et elle ne pourra plus jamais faire de mal à Mor, maintenant.

Je suis entrée dans le salon de thé et je me suis assise à une des tables près de la fenêtre pour manger un chausson à la viande et un gâteau au miel en jouant avec un pot de thé. Je n'aime pas le thé, et encore moins le café, l'odeur est agréable mais le goût infect. En fait, je ne bois que de l'eau ou, à la limite, de la limonade. Je préfère l'eau. Mais l'avantage d'un pot de thé, c'est que personne ne peut savoir si vous l'avez fini, et il vous donne un prétexte pour vous attarder à lire et vous reposer.

C'est donc ce que j'ai fait, et je me suis offert en plus quatre gâteaux, sur mon argent cette fois. Un pour Deirdre, un pour Sharon, mais elle ne pourrait pas le manger, bien sûr, aussi aurais-je celui-là aussi, un pour moi et un pour Gill. La semaine dernière j'avais eu le gâteau de Sharon et cette semaine elle aurait le mien. C'est plus pour le symbole que pour la pâtisserie, même si Dieu sait si c'est bon. Je n'en ai pas pris pour Karen, parce qu'elle m'appelle la Boiteuse, ce que je déteste encore plus que mes autres surnoms. Coco est presque affectueux, et Taffy est inévitable pour une Galloise, mais la Boiteuse ou, surtout, Bancroche dénotent l'hostilité.

Puis je me suis renseignée sur l'étang auprès de la vendeuse.

« C'est un parc ?

— Un parc, mon chou ? Non, c'est la limite du domaine.

— Mais il y a un banc près de l'étang. Un banc public.

— Le conseil municipal l'a mis là pour que les gens se reposent. Près de la route, ça appartient à la municipalité, alors je suppose qu'on peut appeler ça un parc, mais pas un vrai parc avec des fleurs. Mais ce que tu vois derrière, les arbres et tout, ça fait partie du domaine, et tu trouveras avant long-temps une pancarte "Entrée interdite", crois-moi, parce qu'il y a des faisans. On entend tirer des coups de fusil tout le mois d'août. »

C'est donc un domaine avec une maison campagnarde et des gardes-chasse et le reste, mais laissé à demi sauvage pour les faisans. Je parierais qu'il y a des fées partout.

DIMANCHE 14 OCTOBRE 1979

Je me suis fait passer un savon après le déjeuner, et j'ai eu mon premier avertissement. Apparemment, ça ne se fait pas de donner des gâteaux aux filles qui ne sont pas dans votre équipe ou dans votre classe, à moins qu'elles ne soient de votre famille. Et Gill, bien qu'elle suive le même cours de chimie que moi, n'est pas de mon équipe ou de ma classe, je ne suis donc pas censée être amie avec elle et le fait de lui donner un gâteau est un geste éminemment suspect, peut-être même un signe de lesbianisme. Si j'y ai pensé, c'est parce que le bruit court que Gill pourrait être lesbienne. Et alors ? Ça ne me pose pas de problème. Je n'en suis pas une, mais je suis parfaitement d'accord avec Heinlein et Delany sur ce plan. Jusqu'à Deirdre et Sharon qui pensent que je n'aurais pas dû donner ce gâteau à Gill. Deirdre a essayé de me trouver des excuses, en disant que je ne comprenais pas parce que je n'étais pas ici depuis assez longtemps, et peut-être qu'à force de faire de la chimie, ça m'avait embrouillé la tête.

Je ne comprendrai jamais cet endroit.

LUNDI 15 OCTOBRE 1979

Je ne lui ai pas répondu, mais elle continue malgré tout à m'écrire et à m'envoyer des photos. J'en reçois une ou deux par semaine. J'ai tellement envie de revoir Mor que je continue à ouvrir ses lettres et je ne peux jamais éviter complètement de les lire. Je les garde pour la bibliothèque, parce que je ne peux pas supporter que quelqu'un me voie faire. Mais aujourd'hui, Lorraine Pargeter, qui avait un mauvais rhume, est entrée dans la bibliothèque et m'a vue regarder une des photos découpées. Lorraine est une grosse blonde stupide, capitaine de l'équipe de hockey de la classe et demi d'ouverture. Elle m'a certes affublée de divers surnoms et m'a pincée, mais elle a empêché les autres d'essayer de me faire tomber en sortant des douches, alors je ne lui en veux pas trop. Aujourd'hui, elle avait le nez très rouge et avait l'air vraiment malheureuse de ne pas être dehors à pratiquer son sport préféré. Je l'ai entendue demander à la professeur si elle pouvait se couvrir et sortir regarder.

« Qu'est-ce que c'est, Morwenna ? » Je ne voulais pas qu'elle sache que j'y tenais, ce qui aurait bien sûr été le cas si j'avais caché la photo, alors je l'ai fait glisser vers elle sur la table.

Elle l'a prise et l'a regardée. C'était un cliché de nous deux à la distribution des prix, à l'école, et j'y étais brûlée, comme d'habitude.

«Ma mère est une sorcière», ai-je dit, désinvolte.

Lorraine en a eu le souffle coupé et a lâché la photo. «C'est du vaudou?» a-t-elle chuchoté.

Je me l'étais moi-même demandé. Je ne sais pas comment ces choses marchent. Qu'est-ce que ça veut dire, brûler quelqu'un sur une photo? Qu'est-ce que ça peut faire? Quelles conséquences cela peut-il avoir? J'ai tâtonné à la recherche de mon amulette en bois, mais bien sûr je ne l'avais pas, je ne peux pas la porter avec mon uniforme. Mais j'ai mis la main sur le caillou que je gardais dans ma poche. Je ne sais pas si ça aide, mais ça rassure. J'ai touché le bureau de bois de la bibliothèque, poli par les ans et par des centaines de mains.

«En quelque sorte, ai-je posément dit. Elle me brûle, mais ça ne me fait rien.

— Mais tu es juste là», a-t-elle objecté, assez fort pour que Miss Carroll nous regarde.

Lorraine, naturellement, ne sait rien de Mor. Je n'ai pas parlé d'elle parce que, premièrement, c'est personnel, deuxièmement je ne supporte pas la compassion, et troisièmement je supporte encore moins qu'on plaisante avec ça. Les gens qui plaisantent à propos de Mor pourraient me faire perdre mon calme. «Oh, vraiment? ai-je dit en prenant la photo. Je n'avais pas encore regardé celle-là. D'habitude c'est moi qu'elle brûle. Mais je suis protégée. Ça serait terrible si elle commençait à s'en prendre à mes amies.»

Lorraine a sursauté et est allée s'asseoir de l'autre côté de la bibliothèque où elle a fait semblant de lire *Autant en emporte le vent* le reste de la journée. «Qu'elles me craignent pourvu qu'elles m'obéissent» avait marché encore mieux que d'habitude, mais Deirdre et Sharon me battaient froid et je risquais de me retrouver terriblement isolée.

MARDI 16 OCTOBRE 1979

Le style, c'est comme la magie. Il n'y a là rien sur quoi on puisse mettre le doigt, ça s'envole si vous essayez de l'analyser, mais c'est réel et ça affecte le comportement des gens et ça a des conséquences.

Sharon a probablement plus d'argent qu'aucune autre fille de la classe. Nous sommes la 5ᵉ inf., ce qui ne veut rien dire dans un contexte normal et ça m'énerve rien que d'y penser. On compte à partir de la « 3ᵉ sup. ». En théorie, il devrait exister une école primaire virtuelle qui commencerait en 1ʳᵉ à l'âge de sept ans, mais il n'y a rien de tel, je le déduis seulement de l'existence de ces chiffres ridicules. Quand on arrive en classe de 6ᵉ, inf. ou sup., on est dans le même système que le reste du monde qui va de la 1ʳᵉ à la 4ᵉ à la petite école et de la 1ʳᵉ à la 6ᵉ à l'école secondaire. Arlinghurst va de la 1ʳᵉ à la 6ᵉ comme une école secondaire ordinaire, mais en comptant stupidement.

Nous sommes, plus précisément, la 5ᵉ inf. C. Il y a un A et un B, mais nous ne sommes pas réparties en groupes de niveau (le ciel nous en préserve, ce serait mal !). Mais en fait nous le sommes, parce que Gill et toutes les autres élèves du cours de chimie sont en A, et elles sont incontestablement brillantes. Vu mes notes, je devrais être en A, mais on ne peut pas changer de groupe en cours de trimestre. Miss Carroll, la bibliothécaire, m'a dit qu'on lui avait confié que j'aurais dû passer en A à Noël, mais que j'avais bousculé l'emploi du temps, ce qui veut dire que je vais rester avec les cancres jusqu'en septembre prochain. Elle m'a raconté ça comme si ça devait m'apprendre à rester à ma place, mais je suis contente de m'être battue pour faire de la chimie. J'aurais voulu avoir tenu bon pour la biologie aussi.

Le système d'équipes est indépendant de celui des classes. Les classes sont organisées horizontalement, les équipes verticalement. Les élèves des trois classes de chaque année sont réparties dans les quatre équipes existantes. Celles-ci sont en compétition les unes avec les autres pour des coupes… de véritables coupes en argent qui sont gardées dans le hall. Chaque équipe porte le nom d'un poète victorien. Je fais partie de Scott. Les autres sont Keats, Tennyson et Wordsworth. Pas de Shelley ni de Byron, sans doute parce qu'ils ont une réputation un peu trop sulfureuse. Gramma aimait beaucoup tous ces poètes sauf, ironiquement, Scott. Le système des classes gère les leçons, le système des équipes tout le reste… en particulier les sports collectifs, mais aussi les points de conduite gagnés ou perdus. Nous sommes censées beaucoup nous préoccuper de notre équipe et de son rang, et nous méfier des intrusions des filles qui lui sont étrangères. Inutile de préciser que je m'en fiche complètement. C'est du *granfalloon* le plus pur, et je suis profondément reconnaissante à Vonnegut de m'avoir appris ce mot.

Bref, j'essayais de parler de style. En 5ᵉ inf. C, où sont les seules filles que je connaisse vraiment bien, c'est la famille de Sharon qui a le plus d'argent. Elle part en vacances à l'étranger plus souvent que tout le monde, son père est chirurgien, ils ont une grande maison et une grosse voiture. Mais, socialement, elle est très bas, parce que, étant juive, elle est différente, et aussi à cause de cette chose impalpable, le style, qui est comme la magie. Elle n'a pas de cheval, mais ses parents pourraient facilement se le permettre. Ils ont une piscine, mais pas de cheval, parce que leurs priorités sont différentes. Elle va skier à Noël, mais en Norvège, parce qu'ils ne veulent pas aller en Allemagne ou en Suisse.

Les parents de Julie n'ont pas beaucoup d'argent. Elle porte les vieux uniformes de sa sœur. Ils ont une vieille voiture. Mais sa sœur est déléguée et sa mère était préfète et a remporté une coupe de tennis pour Wordsworth, qui était aussi son équipe. On y a mis Julie parce que sa mère, ses tantes et sa sœur y étaient. Il y a une vieille photo en noir et blanc de sa mère avec sa coupe dans la salle des Trophées. Et la légende de la

photo dit «L'Hon. Monica Wentworth», parce que le père de
la mère de Julie est vicomte. Julie n'est pas une «honorable»,
mais, sur le plan social, elle fait mieux que n'importe qui parce
que sa mère l'est. Ce n'est pas juste ça, c'est la combinaison de
l'«Hon.», de la coupe et de la tradition de l'école. Et Julie n'est
pas très intelligente, mais elle est bonne en sport, ce qui est
beaucoup plus important.

Il y a en 4ᵉ sup. une grosse fille qui glousse tout le temps,
Lady Sarah. Son père est comte. Je pense que Julie reconnaî-
trait sa supériorité, mais je n'en suis pas sûre. Le style n'est pas
pur snobisme, c'est beaucoup de choses. Mais tout le monde
s'en préoccupe par-dessus tout. Une des premières questions
qu'elles m'ont posée, c'était le type de voiture de mon père.
«Une noire» n'est pas trop bien passé. Elles n'arrivaient pas à
croire que je ne savais pas. Je ne leur ai pas dit que je ne l'avais
vue que deux ou trois fois, et que de toute façon je n'aimais
pas les voitures. Il se trouve que c'est une Bentley — j'ai écrit
pour lui demander —, ce qui est une marque acceptable. Mais
pourquoi s'en soucient-elles? Elles veulent pouvoir situer tout
le monde très précisément. Bien sûr, elles ont vite vu que je ne
venais de nulle part — pas de cheval, pas de titre, et Galloise.
J'ai marqué des points grâce à la maison où vit mon père — il
n'y a que lui qui les intéresse. Certaines ont des parents divorcés — la pauvre Deirdre, par exemple —, mais même quand
elles vivent avec leur mère, seul le père compte.

Le style est absolument impalpable, la façon dont il affecte
les choses n'est pas sujette à l'analyse scientifique, et il n'est pas
censé être réel, mais omniprésent et tout-puissant. Bref : tout
comme la magie.

MERCREDI 17 OCTOBRE 1979

Quand je serai adulte et célèbre, je n'avouerai jamais avoir
fréquenté Arlinghurst. Je prétendrai n'en avoir jamais entendu

parler. Quand les gens me demanderont où j'ai fait mes études, je ne répondrai pas.

Il y a d'autres personnes comme moi, quelque part. C'est un *karass*. Je sais qu'il y en a, il doit y en avoir.

JEUDI 18 OCTOBRE 1979

Cette école rendrait n'importe qui communiste. J'ai lu le *Manifeste du parti communiste* aujourd'hui, il est très court. Vivre dans cette société serait comme vivre sur Anarres. Je suis partante tout de suite.

VENDREDI 19 OCTOBRE 1979

J'aimais Mor, mais n'ai jamais apprécié ma chance. Je n'ai jamais vraiment compris à quel point il était merveilleux d'avoir toujours quelqu'un à qui parler qui sache ce que vous voulez dire, quelqu'un avec qui jouer qui comprenne le genre de jeu auquel vous voulez jouer.

Plus qu'une semaine de classe avant les vacances de milieu de trimestre.

SAMEDI 20 OCTOBRE 1979

Vive le prêt entre bibliothèques. Ils m'ont trouvé *Purposes of Love* et *The Last of Wine*!

J'ai rapporté les huit livres de la semaine dernière. J'ai aussi trouvé cinq autres œuvres d'auteurs que je connais et un roman intitulé *Le Mage*. Je n'ai jamais entendu parler de l'auteur (Fowles) mais, pensez, un livre sur un sorcier!

J'ai commandé vingt-huit livres, relevés dans les pages «du même auteur». Le bibliothécaire a eu l'air un peu décontenancé, mais il n'a pas fait de difficultés. Il pleuvait des cordes et il n'y a presque plus une feuille sur les arbres. Je suis allée au salon de thé, parce que les autres filles n'y vont pas, elles fréquentent les vrais cafés, en ville. Après, je suis allée au bord de l'eau, où le cygne m'a accueillie par des sifflements menaçants. Mes chaussures s'enfonçaient dans la boue de la berge, et je suis allée sous les arbres, à la recherche de fées. Il y en avait une ou deux, mais elles étaient difficiles à voir, et peu disposées à la conversation, ce que je regrette, car à part une lettre de mon père, je n'ai pas eu l'occasion de parler à quelqu'un de toute la semaine.

DIMANCHE 21 OCTOBRE 1979

James Tiptree Jr. est une femme! Ça alors!
Je ne l'aurais jamais deviné. Bon sang, Robert Silverberg doit se sentir ridicule. Mais je parie qu'il s'en fiche. (Si j'avais écrit *L'Oreille interne*, je ne me soucierais plus jamais de passer pour un idiot. C'est peut-être le livre le plus déprimant du monde, je le place parmi les meilleurs avec Thomas Hardy et Eschyle, mais il est aussi tellement brillant.) Les nouvelles de Tiptree sont bonnes, aussi, bien qu'aucune n'arrive au niveau d'*Une fille branchée*. Je suppose qu'elle a pris ce pseudonyme pour s'attirer le respect, mais Le Guin n'a pas eu besoin de ça pour être respectée. Elle a gagné le prix Hugo. Je pense qu'en un sens Tiptree a choisi la facilité. Mais quand on pense à quel point ses personnages aiment les fausses pistes et les déguisements, on se dit qu'elle est peut-être aussi comme ça. Je suppose que tous les écrivains se servent de leurs personnages comme de masques, et que peut-être ce nom masculin en est un supplémentaire. Tout bien réfléchi, si j'écrivais *Le Plan est l'amour, le Plan est la mort*, je ne voudrais peut-être pas non plus que les gens sachent où je vis.
J'ai été la seule aujourd'hui à ne pas avoir de gâteau, mais

je m'en fiche. Même Deirdre en a eu un de la part de Karen. Elle me regarde d'un drôle d'air perplexe, ce qui en fait est pire que tout. Je comprends maintenant beaucoup mieux la dépendance de Tibère envers Séjan. Je comprends aussi pourquoi il est devenu bizarre. Être laissée seule — et je suis laissée seule — n'est pas aussi désirable que je le pensais. Est-ce comme ça que les gens deviennent méchants ? Je ne veux pas le devenir. J'ai écrit à tante Teg, en essayant d'avoir l'air gaie. J'ai aussi écrit à mon père, dans l'espoir d'arriver à le persuader de m'emmener la voir, et peut-être aussi de m'emmener rendre visite à Grampar à l'hôpital. Ils sont tout ce qui me reste, maintenant. Il ne voudra sans doute pas les rencontrer, mais il pourrait m'attendre dans la voiture. Ce serait vraiment agréable de voir des gens qui m'aiment bien. Plus que cinq jours avant de pouvoir échapper à cet endroit pour une semaine de vacances.

LUNDI 22 OCTOBRE 1979

Aujourd'hui, en cours de chimie, Gill est venue s'asseoir à côté de moi. C'est très courageux de sa part, vu la façon dont tout le monde me traite. « Tu ne penses donc pas que je suis une lépreuse vaudou ? lui ai-je demandé tout à trac après la classe.

— Je suis une scientifique. Je ne crois pas à tous ces trucs. Et je sais que tu as eu des ennuis parce que tu m'as donné un gâteau. »

C'était l'heure du déjeuner, nous sommes donc allées ensemble au réfectoire. Je me fiche de ce que pensent les gens. Gill dit qu'elle ne lit pratiquement jamais de fiction, mais elle m'a prêté un ouvrage de vulgarisation d'Asimov intitulé *The Left Hand of the Electron*. Elle a trois frères, tous plus vieux qu'elle. L'aîné est à Oxford. Ils sont tous scientifiques, eux aussi. Je l'aime bien. Elle est reposante.

Le Mage est très bizarre. Je ne sais pas si je l'aime ou non, mais je suis impatiente de m'y replonger et j'y pense tout le temps. Ce n'est pas sur la magie, pas vraiment, mais l'atmosphère en est proche. C'est une lecture étrange, parce que le héros marche sans arrêt des kilomètres dans une île au milieu des odeurs de thym, comme nous en avions l'habitude. Nous n'avions pas peur de parcourir des kilomètres sur les « dramroads », jusqu'à Llwydcoed ou Cwmdare. Nous prenions d'habitude le bus jusqu'à Penderyn, mais une fois que nous y étions nous nous promenions sur les sommets pendant des heures. J'aimais la vue qu'on avait de là-haut. Nous nous étendions sur l'herbe et regardions les alouettes dans le ciel, et nous ramassions des touffes de laine qu'avaient perdues les moutons, nous les cardions et les donnions aux fées.

MARDI 23 OCTOBRE 1979

Ma jambe me fait vraiment mal aujourd'hui. Il y a les jours où je peux presque marcher, et les autres. Des jours où les escaliers sont pénibles et des jours où ils sont une torture. Aujourd'hui, c'est sans conteste un jour sans. J'ai reçu une autre lettre ! Il faut que je les brûle ou je ne sais quoi. Elles sont si malfaisantes qu'elles en brillent presque. Je peux les voir du coin de l'œil, mais c'est peut-être la douleur qui me donne des hallucinations. Vendredi, je suis en vacances. Mon père passe me prendre à six heures. Il ne m'a pas dit où nous allions, mais ce sera loin d'ici. Je ne peux pas prendre les lettres, mais bien sûr je ne peux pas les laisser non plus.

Je ne sais vraiment pas quoi penser de la fin du *Mage*. C'est encore plus ambigu que *Triton*. Qui écrirait les deux dernières lignes en latin, une langue que presque personne ne comprend ? C'est un livre de la bibliothèque, mais j'ai écrit au crayon la traduction sur la page, très légèrement :

Qu'il aime demain celui qui n'a jamais aimé,
Et que celui qui a aimé aime demain encore.

Donc Alison l'aimera, je suppose. Ce n'était pas assez, avant. Il n'a vraiment voulu d'elle que quand il a pensé qu'elle était morte. Dans la dernière partie du livre, quand Nicholas, de retour à Londres, veut retourner dans le mystère, quel qu'il soit, c'est exactement ce que je ne veux pas être. Je n'aurais jamais dû essayer de parler à cette fée. Que quelqu'un d'autre fasse quelque chose pour la graphiose de l'orme. Ce n'est pas mon problème. J'en ai fini de vouloir sauver le monde, et je n'ai jamais attendu de lui la moindre gratitude, de toute façon. J'ai cette stupide douleur lancinante qui m'obsède et je ne comprends que trop bien Nicholas. Mais je ne veux pas être pitoyable comme lui.

JEUDI 25 OCTOBRE 1979

Comme il ne pleuvait pas, pour la première fois depuis des siècles, et que ma jambe allait un peu mieux, je suis sortie pendant la demi-heure après l'étude. Je suis descendue à la limite du terrain de sport, près du fossé où j'avais vu la fée et j'ai fait un feu de joie de toutes les lettres. Il faisait presque nuit et elles se sont enflammées tout de suite à la première allumette. Ça venait sans doute du papier photo, déjà partiellement brûlé, qui attendait avec avidité le feu. « Souvent la volonté du mal ruine le mal », comme a dit Gandalf. Souvent, pas toujours. On ne peut pas y compter, mais cela semble assez souvent. Je me suis sentie beaucoup mieux une fois qu'elles ont flambé. Quelques fées sont venues danser autour des flammes, comme elles le font toujours. Nous les appelions salamandres, et ignéides. Elles sont d'une couleur étonnante, d'un bleu qui palpite et devient orange. La plupart faisaient comme si elles ne pouvaient pas me voir, ou comme si je ne pouvais pas les voir, mais l'une d'elles m'a regardée, furtivement. Elle a changé le jaune des taches sur l'écorce de l'arbre en me voyant la regarder et j'ai compris qu'elle savait ce que j'avais demandé. « Que puis-je faire ? » ai-je dit, pitoyable malgré ce que j'ai dit hier de Nicholas.

Au son de ma voix, elles ont toutes disparu, mais sont revenues au bout d'un moment. Elles n'étaient pas tout à fait comme les fées de chez nous. Peut-être est-ce parce que celles-ci ne vivent pas dans les ruines. Elles semblent toujours préférer les endroits où la nature s'est réinstallée. Nous ne faisons des clôtures que depuis peu de temps. Le pays entier était couvert d'espaces sauvages partagés — comme le pré commun, je suppose, où les paysans pouvaient faire paître leurs animaux, ramasser du bois ou cueillir des mûres. Ils n'appartenaient à personne en particulier. Je parie qu'ils étaient pleins de fées. Puis les seigneurs ont persuadé les gens de bâtir des clôtures et des fermes bien proprettes, sans comprendre, avant que les prés communs ne disparaissent, à quel point les gens seraient à l'étroit sans eux. La campagne est censée être parcourue de veines de nature sauvage, sans quoi elle souffre. Ici, la campagne est plus morte qu'une ville. Le fossé et les arbres sont là uniquement parce qu'il y a une école, et les arbres près de la librairie font partie d'un domaine.

Les fées ne m'ont pas parlé, pas même dit quelques mots comme celle sur l'arbre. Mais la jaune a continué à me regarder, prudemment, pour que je sache qu'elle avait compris. Ou plutôt qu'elle avait compris *quelque chose*. On ne peut jamais être sûr de quoi. Les fées sont comme ça. Même celles que nous connaissions bien, celles à qui nous avions donné des noms et qui nous parlaient tout le temps, pouvaient se comporter bizarrement.

Puis elles ont toutes à nouveau disparu. Les lettres n'étaient plus que des cendres — le papier brûle vite — et Ruth Campbell m'a surprise et m'a collé dix points d'avertissement pour avoir failli provoquer un incendie. Dix! Il faut trois points d'équipe pour annuler un point d'avertissement, ce qui est parfaitement injuste, si vous voulez mon avis. Au cours du trimestre, j'avais gagné jusqu'ici quarante points d'équipe, pour mes notes. Et j'avais eu onze avertissements, qui m'en annulaient l'équivalent de trente-trois. C'est un système stupide et je m'en fiche, mais honnêtement, est-ce que ça vous semble juste?

Le plus bizarre, c'est que Ruth semblait plus embêtée que moi par cette histoire. Elle est préfète, et elle est Scott, si bien qu'en me donnant dix points d'avertissement, elle handicapait sa propre équipe, et elle se soucie de ça beaucoup plus que moi. Quand on a dix points d'avertissement, on est privée de sortie le samedi suivant, mais comme cette semaine c'est les vacances, ça ne compte pas. Je ne risquais rien, de toute façon, j'ai assez de points d'équipe à annuler, mais je ferais mieux de faire attention à l'avenir.

De toute manière, je n'aurais pas pu mettre le feu à l'école. C'était un tout petit feu, sous contrôle, et je fais de petits feux depuis des années. Je savais ce que je faisais. Même si je n'avais pas su, j'étais très loin des bâtiments, le sol était détrempé par la pluie et le fossé plein d'eau. Il y avait aussi beaucoup de feuilles mouillées avec lesquelles étouffer le feu en cas de danger. J'ai accepté les avertissements, parce je ne voulais surtout pas que le problème vienne aux oreilles d'un professeur. Mieux valait éviter de les mêler à ça. Ruth a aussi confisqué mes allumettes.

C'est un grand soulagement que ces lettres soient détruites. Je me sens beaucoup plus légère maintenant qu'elles ne sont plus là.

VENDREDI 26 OCTOBRE 1979

Aujourd'hui, il régnait à l'école une atmosphère presque palpable d'excitation contenue. Toutes étaient impatientes de sortir. Elles parlaient de leurs projets pour la semaine, tous plus magnifiques les uns que les autres. Sharon devait partir dans la matinée, car en plus d'une foule d'interdits, les juifs ne peuvent pas voyager le vendredi soir et le samedi. Qu'arrive-t-il s'ils le font ? Je me le demande.

Quelques filles sont parties juste après les cours de l'après-midi. Les autres regardaient par les fenêtres de la bibliothèque pour voir quel genre de voiture venait les chercher et ce que portaient leurs mères. La grande sœur de Deirdre est passée la prendre dans une Mini blanche. Je suppose qu'on va lui en parler longtemps. Les mères, semblerait-il, se doivent de porter un Burberry avec un foulard en soie. Burberry est une marque d'imperméable de luxe.

Personne ne m'a demandé ce que porte ma mère, parce que personne ne me parle. Mais c'est aussi bien. Elle pioche au hasard dans sa garde-robe et ses tenues se succèdent dans un ordre étrange qu'elle seule connaît. Je ne sais pas si elle fait ça parce que c'est magique ou parce qu'elle est folle. On a vraiment du mal à voir la différence. Parfois on dirait un vrai garçon, et à d'autres moments elle a l'air parfaitement normale — en général parce qu'elle sent que ça pourrait lui être utile —, par exemple, la dernière fois que je l'ai vue au tribunal, elle avait l'air modeste et respectable. Il y a longtemps, quand elle tenait un jardin d'enfants, elle avait toujours l'allure d'une institutrice parfaitement raisonnable — mais c'était parce que Gramma était encore en vie et pouvait la surveiller. Sinon, je l'ai vue porter sa robe de mariée pour aller faire les courses, un manteau d'hiver au mois de juillet ou pratiquement rien sur le dos en janvier. Ses cheveux sont longs et noirs et, même peignés, ils ressemblent à un nœud de vipères. Si elle portait un Burberry et un foulard de soie, elle aurait l'air déguisée avec une nappe prise à un autel sur lequel on a sacrifié un animal.

Mon père est arrivé en même temps qu'une nuée d'autres parents et personne ne m'a fait de commentaire à son propos.

Il était toujours égal à lui-même. Je crains d'avoir recommencé à l'observer à la dérobée. Je ne sais pas pourquoi, c'est vraiment absurde alors que tout ce temps nous nous sommes écrit comme des êtres humains. Il m'a ramenée au Vieux Manoir. «Nous passerons la nuit ici, puis demain je t'emmène voir mon père», a-t-il dit. Les phares éclairaient la route. Je voyais des lapins s'écarter d'un bond et une dentelle de branches s'illuminer un instant avant de replonger dans le noir. «Nous allons descendre à l'hôtel. Tu en as déjà eu l'occasion?

— Tous les étés. Nous allions dans le Pembrokeshire et logions deux semaines à l'hôtel. C'était le même chaque année.» Je sentis ma gorge se serrer en y repensant. C'était si gai. Grampar nous emmenait sur différentes plages, dans des châteaux, ou voir des menhirs. Gramma nous racontait leur histoire. Elle était professeur, tous les membres de ma famille l'étaient, mais j'étais déterminée à déroger à la tradition. Elle aimait les vacances, quand elle n'avait pas à faire la cuisine et quand tante Teg et elle pouvaient se détendre et plaisanter. Parfois, ma mère venait avec nous et restait assise dans les cafés à fumer et à manger des nourritures bizarres. C'était beaucoup mieux les années où elle ne venait pas, bien sûr. Mais elle était bien plus facile à éviter dans le Pembrokeshire, et moins envahissante. Mor et moi avions nos jeux, et il y avait toujours à l'hôtel d'autres enfants avec qui nous pouvions organiser des parties et monter des spectacles pour les parents.

«La nourriture était bonne? a-t-il demandé.

— Merveilleuse. On nous servait du melon, ou du maquereau.» Des choses délicieuses qu'on n'avait jamais à la maison.

«Eh bien, la nourriture sera bonne aussi là où nous allons. Comment est celle de l'école?

— Épouvantable», ai-je répondu, et je l'ai fait rire avec la description que j'en ai faite. «Y a-t-il une chance pour que j'aille au pays de Galles?

— Je ne peux pas t'y emmener, mais si tu veux y aller quelques jours en train, ça peut se faire.»

Je n'étais pas sûre, parce dans le train je serais piégée, et qu'elle était aussi là-bas et, si elle m'empoignait de force, je ne savais pas ce que je ferais. Mais elle ne s'approcherait probablement pas de moi. Elle ne saurait pas que j'étais là. Je m'abstiendrais d'utiliser la magie.

Quand nous sommes enfin arrivés au Vieux Manoir, les tantes étaient toutes assises dans le parloir. Mais elles ne parlaient guère. Je les ai embrassées, puis, après une visite à la bibliothèque de Daniel, je suis allée me coucher avec *La Fin de l'Éternité*.

SAMEDI 27 OCTOBRE 1979

Je n'imaginais pas Londres aussi grand. La ville s'étend à perte de vue. Elle s'impose à vous par surprise, vous ne vous en rendez pas compte, et soudain elle est partout. Au début, il y a des bâtiments isolés avec des espaces vides entre eux, puis ils sont de plus en plus nombreux.

Le père de mon père s'appelle Sam. Il a un drôle d'accent. Je me demande si on le surnomme Coco. Il habite un quartier de Londres qui s'appelle Mile End, et il est coiffé d'une calotte, mais pour le reste il n'a pas l'air le moins du monde juif. Ses cheveux — et il en a encore beaucoup, malgré son âge — sont tout blancs. Il porte un gilet brodé, très beau mais un peu élimé. Il est terriblement vieux.

Pendant tout le trajet, en voiture, mon père et moi avions parlé de livres. Il n'avait pas mentionné Sam, sauf pour dire que c'était chez lui que nous allions. Je pensais plus à l'hôtel et à Londres, ça a donc presque été une surprise quand nous sommes arrivés. Mon père a klaxonné selon un rythme convenu, la porte s'est ouverte et quelqu'un est sorti. Mon père nous a présentés sur le trottoir, Sam nous a serrés tour à tour dans ses bras. J'étais un peu inquiète, au début, parce qu'il ne ressemblait à personne que je connaisse, surtout à Grampar. Avec mon père et ses sœurs, c'est très facile de garder ses distances, même quand on les connaît bien, parce qu'ils sont anglais, sans doute. Mais Sam n'est pas anglais, pas du tout, et il a semblé m'accepter instantanément, alors qu'avec eux j'ai toujours l'horrible impression de passer un examen.

Sam nous a fait entrer et m'a présentée à sa propriétaire comme sa petite-fille. Elle a répondu qu'elle voyait la ressemblance. « Morwenna est bien de ma famille, a-t-il dit comme s'il me connaissait depuis des années. Regardez-moi ce teint. Elle ressemble à ma sœur Rivka, *zichrona livracha*. »

Devant mon air ébahi, il a traduit : « Que sa mémoire soit bénie. » Ça me plaît. C'est une jolie façon de dire que quelqu'un est mort sans mettre un terme à la conversation. J'ai demandé comment ça s'écrivait et quelle langue c'était. C'est de l'hébreu. Les juifs prient toujours en hébreu, m'a dit Sam. Peut-être un jour serai-je capable de dire « Ma sœur Mor, *zichrona livracha* » aussi naturellement que lui.

Puis il nous a emmenés dans sa petite chambre. Cela doit faire bizarre de vivre à l'étage chez quelqu'un d'autre. Je vois bien qu'il n'a pas beaucoup d'argent. Je le sais sans le savoir. Il y a un lit, un lavabo et une chaise dans la pièce, et des livres empilés un peu partout. Et aussi une commode, avec encore des livres empilés dessus, un samovar électrique et quelques verres. Il y avait un chat aussi, un gros chat roux et blanc appelé Président Mao, ou Président Miaou. Il occupait la moitié du lit, mais quand je me suis assise tout au bord, il est venu s'installer sur mes genoux. Sam a dit que ça voulait dire qu'il m'aimait bien, et il n'aime pas beaucoup de monde. Je l'ai caressé, prudemment, et il ne m'a pas griffée au bout d'une minute comme Perséphone le fait toujours, chez tante Teg. Il s'est mis en boule et endormi.

Sam a fait du thé, pour lui et pour moi. Mon père a pris un whisky. (Il boit énormément. Il est descendu au bar de l'hôtel, maintenant. Il fume aussi beaucoup. Il serait injuste de dire qu'il a tous les vices, vu qu'il m'a aidée à m'échapper et qu'il paie mon école. Ce n'est pas comme si c'était lui qui avait exigé ma présence.) Le thé était servi dans des verres avec des porte-verre en métal, sans lait ni sucre, comme ça c'était bien meilleur. Il avait un parfum agréable. C'était surprenant, car d'habitude je n'aime pas le thé et n'en bois que par politesse. Sam avait pris l'eau au samovar électrique qui, disait-il, la gardait à la bonne température.

Au bout d'un moment, j'ai regardé les livres et vu le *Manifeste du parti communiste*. J'ai dû faire un petit bruit, car ils m'ont tous les deux regardée. « Je viens de remarquer que vous avez le *Manifeste du parti communiste* », ai-je dit.

Sam a ri. « C'est mon bon ami le Dr Schechter qui me l'a prêté.

— Je l'ai lu récemment », ai-je ajouté.

Il a de nouveau ri. « C'est un beau rêve, mais ça ne marchera jamais. Voyez ce qui se passe en ce moment en Russie, ou en Pologne. Marx est comme Platon, il a des rêves qui ne peuvent se réaliser tant que la nature humaine est ce qu'elle est. C'est ce que ne peut pas comprendre le Dr Schechter.

— J'ai aussi lu quelque chose sur Platon », ai-je dit, parce qu'il est dans *The Last of the Wine*, bien sûr, avec Socrate.

« Lu quelque chose sur Platon ? demanda Sam. Pourquoi pas Platon lui-même ? »

J'ai secoué la tête.

« Tu devrais le lire, mais garde toujours l'esprit critique. Attends, je dois avoir un Platon en anglais quelque part. » Il s'est mis à déplacer des piles de livres avec l'aide de mon père. Je l'aurais bien aidé aussi, mais je ne pouvais pas bouger avec Président Miaou endormi sur mes genoux. Il avait Platon en grec, en polonais et en allemand et j'ai compris en l'entendant marmonner en déplaçant les piles qu'il pouvait lire toutes ces langues, de même que l'hébreu, et que bien que son anglais soit drôlement accentué et qu'il vive dans cette petite chambre de location, c'était un homme instruit. En voyant mon père l'aider avec les piles, j'ai compris qu'ils s'aimaient beaucoup, même s'ils ne faisaient pas grand-chose pour le montrer. «Ah, voilà, s'est-il exclamé. *Le Banquet* en anglais, c'est un bon début.»

C'était un mince volume des classiques Penguin. «Si ça me plaît, je pourrai en commander d'autres à la bibliothèque, ai-je dit.

— Bonne idée. Ne fais pas comme Daniel, toujours à lire de la fiction et jamais le temps pour les lectures sérieuses. Je suis tout le contraire. Je n'ai pas le temps pour la fiction.

— J'ai une amie à l'école qui est comme ça. Elle lit des essais scientifiques pour se distraire.»

Il se trouve que Sam avait lu plusieurs essais scientifiques d'Asimov, et il avait même un livre qu'il avait écrit sur la Bible! «C'est l'œuvre d'un juif athée sur la Bible, alors je l'ai achetée, bien sûr.»

À la tombée du soir, mon père a commencé à s'agiter et a insisté pour nous emmener dîner. Nous sommes allés dans un restaurant voisin où on nous a servi du saumon fumé et du fromage frais avec des petites crêpes appelées blinis, qui étaient absolument délicieux, c'était peut-être la meilleure chose que j'aie jamais goûtée. Ensuite on a eu droit à de succulentes boulettes de pommes de terre au fromage, qui auraient été la meilleure chose que j'aie mangée depuis des mois si elles n'étaient pas venues après l'exquis saumon fumé, et pour finir une autre sorte de crêpes à la confiture. Dans cet endroit, tout le monde semblait connaître Sam et ne cessait de venir dire bonjour et se faire présenter. C'était un peu embarrassant au début, mais je m'y suis vite habituée, parce que Sam faisait comme si c'était normal. J'ai vu qu'il se comportait parmi ces gens comme si c'était sa famille, il vivait en communauté avec eux.

J'aime bien Sam. J'étais triste de lui dire au revoir. J'ai noté son adresse et lui ai donné la mienne à l'école. J'avais envie de lui demander ce que ça faisait d'être juif, de lui parler de ce que m'avait dit Sharon, et aussi de mon idée d'être une «juive de riz», mais ça me gênait de le faire en présence de mon père.

Les choses sont plus faciles avec Sam. Je n'ai pas à me sentir reconnaissante envers lui, et lui n'a pas à se sentir coupable vis-à-vis de moi.

Après, nous sommes allés à l'hôtel. Il n'a pas grand-chose à voir avec celui où nous descendions dans le Pembrokeshire. Il est très anonyme. Nous partageons une chambre, ce à quoi je ne m'attendais pas, mais comme il est descendu au bar presque tout de suite, j'ai l'endroit pratiquement pour moi toute seule. On change d'heure cette nuit, ce qui veut dire une heure en plus à dormir !

Le Banquet est brillant. C'est exactement comme *The Last of the Wine*, mais ça se passe avant, bien sûr, quand Alcibiade était jeune. Ça devait être formidable de vivre à cette époque.

DIMANCHE 28 OCTOBRE 1979

Je suis dans le train, le rapide Londres-Cardiff. Il traverse indifféremment villes et campagnes, filant sur ses rails infinis. Je suis assise dans un coin du wagon et personne ne fait attention à moi. Il y a une voiture-bar où on peut acheter des sandwiches infects et d'horribles boissons pétillantes ou du café. J'ai acheté un Kit Kat que je mange très lentement. Il pleut, ce qui donne à la campagne l'air plus propre et aux villes plus sale.

C'est un soulagement de porter mes propres vêtements. Je les avais hier aussi, mais je n'y ai pas trop fait attention. Enfin, assise là, toute seule, à regarder par la fenêtre, c'est un plaisir de porter mon jean et mon tee-shirt Tolkien au lieu de cet affreux uniforme.

C'est drôle, j'écris tout ceci en miroir, afin que personne ne puisse me lire, mais j'ai envie d'écrire ce qui vient en double miroir ou quelque chose, au cas où. Mon carnet est muni d'un cadenas. J'ai de la chance de pouvoir écrire en miroir de la main gauche. Avec mon entraînement, je suis presque aussi rapide que de la droite.

Bref...

Hier soir, après avoir écrit dans mon journal, j'ai lu un peu (*Le Monde des Ptavvs*, de Niven) puis j'ai éteint la lumière. Je me suis endormie, mais plus tard *il*, mon père — je devrais vraiment l'appeler Daniel, c'est son nom, et c'est comme ça que Sam l'appelle —, Daniel est entré et a allumé la lumière, ce qui m'a réveillée. Il était ivre. Il pleurait. Il a essayé d'entrer dans mon lit et de m'embrasser, j'ai dû le repousser.

Je sais, j'ai dit que j'allais être pro-sexe, mais...

En un sens, c'est agréable de penser que quelqu'un a envie de moi. Et les caresses sont agréables. D'autre part, le sexe, eh bien, il n'y a pas non plus d'intimité à l'école, mais j'ai eu une occasion la nuit d'avant. (Combien de temps cela prend-il ? La masturbation dure cinq, dix minutes maximum. Il n'est jamais dit, dans les livres, combien de temps. Bron et Spike l'ont fait pendant des heures, mais c'était une exhibition.) Et je sais, d'après *Les Vies de Lazarus Long*, qui est très explicite sur ce point, que l'inceste n'est pas mauvais par nature... ce n'est pas comme si j'avais vraiment l'impression qu'il est de la famille. Je n'arrive pas à imaginer avoir envie avec Grampar, pouah !

Mais avec lui, Daniel, il n'y a vraiment que le problème de consanguinité, parce que, en réalité, nous sommes des étrangers. C'est juste une affaire de contraception. Je n'ai que quinze ans ! Et c'est illégal, je pense, ça ne vaudrait pas le coup d'aller en prison. Mais il semblait me désirer, et qui d'autre va me désirer, éclopée comme je suis ? Je ne veux pas être dépravée, mais je le suis probablement. *Bref,* j'ai dit non sans réfléchir, parce qu'il était ivre et pathétique. Je l'ai repoussé et il est allé dormir dans l'autre lit où il s'est mis à ronfler, très fort, et je suis restée étendue à penser à Heinlein et à cette nouvelle de Sturgeon dans *Dangereuses visions*, « Si tous les hommes étaient frères, me permettrais-tu d'épouser ta sœur ? » Excellent titre.

Ce matin, il a fait comme s'il ne s'était rien passé. Nous ne nous regardions de nouveau plus, chacun mangeant sa tranche de bacon ramollie et son œuf sur le plat froid dans la salle du petit déjeuner de l'hôtel. Il m'a donné de l'argent pour le train et en plus un billet de 10 livres. Même si j'en dépense une partie pour me nourrir et pour le bus, je devrais pouvoir acheter au moins dix bouquins. Il est très bizarre avec l'argent, des fois il fait comme s'il n'en avait pas, puis il le distribue sans compter. Je dois rentrer à Shrewsbury samedi prochain, parce que je dois être à l'école dimanche soir. Mais ça me laisse toute une semaine. Il me retrouvera à la gare de Shrewsbury. Et tante Teg va m'attendre aujourd'hui à la gare de Cardiff, je l'ai appelée de Paddington. En attendant, je suis entre deux, entre tout, entre les mondes, je mange un Kit Kat et j'écris ceci. J'adore les trains.

LUNDI 29 OCTOBRE 1979

Les vacances ne tombent pas aux mêmes dates, à Arlinghurst et ici, où tout le monde était en congé la semaine dernière. Typique. Donc tante Teg a ses cours et tous mes amis sont à l'école. Je suis arrivée hier soir, j'ai mangé une des tartes au fromage de tante Teg et suis tombée endormie juste après le dîner.

Aujourd'hui, je suis allée à Cardiff acheter des livres. Ce qu'il y a de bien, chez Tears, c'est qu'ils ont des ouvrages américains. Chapter & Verse est très bien, et j'y vais aussi toujours, mais ils n'importent rien. Et il y a un certain nombre de boutiques de livres d'occasion. Il y a celle du Castle Arcade, celle dans The Hayes et celle près du casino qui a du porno dans l'arrière-boutique. Je pense que je suis la seule personne qui ne leur achète que des livres de la boutique officielle. Ils me regardent toujours de travers, comme si je voulais aller dans leur stupide arrière-boutique acheter leur stupide porno. Ou peut-être qu'ils ne veulent pas vendre des livres normaux, car ça les obligerait à réassortir ? J'ai trouvé *The Best of Galaxy*, volume IV, et dedans il y a une nouvelle de Zelazny.

Après, dans l'après-midi, nous sommes allées dans la vallée voir Grampar. Il est sorti de l'hôpital pour entrer dans une maison de repos qui s'appelle Fewd Hir. Pratiquement tous les autres pensionnaires sont timbrés. Il y a un homme qui reste assis en faisant « blubba, blubba, blubba », avec ses lèvres, et un autre qui crie à intervalles réguliers. C'est l'endroit le plus horriblement déprimant que j'aie jamais vu de ma vie, tous ces vieillards à la mâchoire tombante et à l'œil vitreux, assis en pyjama sur leur lit, l'air d'être dans l'antichambre de la mort. Grampar est un des mieux portants. Il est paralysé d'un côté, mais l'autre est aussi fort que jamais, et il peut parler. Il a tout son esprit, même si sa peau n'a pas une couleur normale. Ses cheveux ont toujours été gris, mais ils sont maintenant blancs et il y a une mèche qui a l'air de la couleur du lait caillé.

Il peut parler, mais il n'a pas grand-chose à dire. Il compte rentrer bientôt à la maison, mais tante Teg ne pense pas que ce soit possible, même si elle espère qu'il pourra sortir le jour de Noël. Elle veut que je vienne et j'ai dit oui, à condition que je n'aie pas à voir ma mère. Je ne sais pas si nous y arriverons. Grampar était absolument ravi de me voir et il voulait tout savoir de moi et de ce que je faisais, ce qui était gênant, bien sûr. Il ne veut pas entendre le nom de Daniel, il n'a jamais laissé personne le mentionner depuis que celui-ci a abandonné ma mère. Je ne peux donc rien dire le concernant. Mais j'ai évoqué l'école, sans lui avouer à quel point c'est affreux et combien tout le monde me déteste. Je lui ai parlé de mes notes et de la bibliothèque. Il a voulu savoir si ma jambe allait mieux et j'ai dit oui.

Elle ne va pas mieux. Mais je m'aperçois maintenant que ce n'est rien. D'accord, elle me fait mal, mais je peux marcher. Je suis mobile, alors que lui est coincé là. Il a besoin de rééducation, a dit tante Teg.

En sortant de là, tante Teg, qui va souvent le voir, a dit bonsoir à certains autres hommes de sa connaissance et qui soit n'ont pas répondu, soit ont réagi en ululant et en bafouillant. Je n'ai pas pu m'empêcher de penser à Sam, qui doit avoir à peu près le même âge, et à son agréable petite chambre, ses piles de livres et son samovar électrique. C'est une personne, ces hommes sont simplement des déchets, les restes de gens. « Il faut sortir Grampar de là, ai-je dit.

— Oui, mais ce n'est pas si facile. Il ne peut pas se débrouiller seul. Je pourrais venir le week-end, mais il a besoin d'une infirmière. Ça coûte très cher. Ils espèrent que, peut-être, au printemps…

— Je pourrais vivre avec lui et l'aider », ai-je dit, et pendant un moment il y a eu comme une lueur d'espoir.

« Tu dois aller à l'école. De toute façon, tu ne pourrais pas l'aider à marcher. Il s'appuie de tout son poids sur la personne qui le soutient. »

Elle a raison. Je m'écroulerais sous la charge, ma jambe céderait et nous nous retrouverions tous les deux par terre.

Je devrais lui écrire. Je peux faire ça, de gentilles lettres joyeuses. Tante Teg pourra les lire tout haut et ça leur donnera un sujet de conversation à l'heure de la visite. Nous devons réussir à le sortir de là. C'est incroyablement sinistre. Et moi qui pensais que l'école était lugubre.

MARDI 30 OCTOBRE 1979

J'ai remonté la vallée en bus rouge et blanc, aujourd'hui. C'est intéressant. Il suit la vieille route tout le temps, remonte les rues étroites bordées de maisons mitoyennes et traverse Pontypridd. Tout le chemin j'ai vu d'horribles terrils, des tas de scories et des vilaines maisons entassées les unes sur les autres au pied des collines. Arrivée à Aberdare, je suis descendue et j'ai remonté la combe jusqu'aux ruines que nous avons baptisées Osgiliath. Je ne sais pas exactement ce qu'elles étaient avant. Les arbres étaient pratiquement nus et le sol était jonché de feuilles mortes. Il ne pleuvait pas, heureusement, car j'ai senti un besoin urgent de m'asseoir quand je suis arrivée. J'avais oublié comme c'était loin. Ou plus exactement je me rappelais que c'était à un kilomètre environ du plus proche arrêt de bus, ce qui représentait maintenant pour moi une longue marche.

Je ne cherchais pas spécialement les fées. Je voulais juste me rendre là. Mais les fées y étaient. Glorfindel y était. Elles m'attendaient.

J'aimerais rapporter notre conversation à la façon des elfes de Tolkien : « Longtemps tu nous as manqué et nous avons attendu ta venue, Mori, longtemps nous t'avons cherchée en vain parmi les arbres et les palais. D'une lointaine contrée nous est parvenue la nouvelle que tu parcourais toujours ce monde, séparée de ta jumelle, et nous avons encore attendu jusqu'à ce qu'aujourd'hui le vent nous annonce ton arrivée. Sois la bienvenue parmi nous, car nous avons grand besoin de toi. »

Mais cela ne se passait pas ainsi. Mor et moi jouions à avoir une conversation avec les fées et je répétais ce qu'elles auraient dit approximativement dans ce langage. Ce discours est en substance celui de Glorfindel, ce qu'il voulait exprimer, mais la plus grande partie n'était pas du tout des mots, et ce qui l'était était du gallois.

Glorfindel est très beau. Il a l'air d'un jeune homme de dix-neuf ou vingt ans, aux cheveux bruns et aux yeux gris. Il porte une cape de feuilles qui tourbillonnent autour de lui, mais ce n'est pas vraiment une cape. Ce n'est pas comme s'il pouvait l'enlever.

Les fées sont très sages. Ou plutôt, elles savent beaucoup de choses. Elles ont beaucoup d'expérience. Elles comprennent mieux que personne comment fonctionne la magie. C'est pour ça que ç'aurait été un vrai désastre si ma mère avait prévalu. Elle se serait servie de ses connaissances pour imposer sa puissance. Les fées n'auraient pas pu éviter de devenir ses esclaves. Je ne sais pas quelles auraient été les répercussions dans le monde réel. Je suppose qu'elle n'aurait pas pu vraiment devenir une reine noire. Mais si elle ne peut pas recommencer, elle essaiera autre chose. J'aurais dû m'en douter.

Ce que Glorfindel veut, c'est que je monte demain par l'Ithilien jusqu'au labyrinthe de Minos, où il dit que les morts marcheront. Demain, c'est Halloween. Il dit qu'il faut que je prenne des feuilles de chêne et que je fasse une porte pour qu'ils passent. Ça empêchera ma mère de prendre l'ascendant sur les fées. Elles savent beaucoup de choses, mais elles sont relativement impuissantes, elles ne peuvent pas vraiment interagir avec le monde tangible. Il leur faut trouver quelqu'un pour le faire à leur place, en l'occurrence, moi. Selon Glorfindel, il a fait tout ce qu'il a pu pour me faire venir cette semaine. Il ne savait pas où j'étais jusqu'à ce que je parle à la fée, et il ne pouvait pas m'atteindre avant que je brûle les lettres. Mais ensuite il a arrangé les choses pour me faire venir à lui. (Avait-il modifié l'emploi du temps de l'école ? Tous les emplois du temps de tout le monde à l'école ? Avait-il fait en sorte que Daniel accepte que je vienne ? M'avait-il incitée à avoir envie de venir à la combe aujourd'hui ? Parfois je hais la magie.)

Il a dit que ça sera facile, pas comme la dernière fois. Aucun risque. La seule difficulté est qu'il faudra y être à la tombée de la nuit. Je pensais que ce serait vraiment dur, mais quand j'ai menti à tante Teg en disant que je voulais prendre le thé avec mon ancienne amie Moira, elle a répondu qu'elle viendrait me chercher à sept heures et m'emmènerait voir ce pauvre Grampar à Fewd Hir.

Je lis *L'Épée enchantée* de Marion Zimmer Bradley, j'aime bien jusqu'ici.

MERCREDI 31 OCTOBRE 1979

Moins une, mais pas de la façon à laquelle je m'attendais.
Ça a tout d'abord été une longue, longue marche. Aucune
fée ne m'a approchée de tout le trajet. Elles détestent la souffrance, j'ignore pourquoi, mais je le sais depuis aussi longtemps que je les connais. Même un genou éraflé ou une
cheville tordue les font fuir. La douleur qui irradiait de ma
jambe à chaque pas devait suffire à les épouvanter à des kilomètres à la ronde. Par chance, j'étais partie tôt et ça lui a laissé
le temps de se calmer après mon arrivée.

Le labyrinthe du roi Minos est en haut de la montagne du
Craig. C'est une très vieille aciérie, une des premières, et une
mine de fer, pas très profonde, juste une éraflure pratiquement
comblée. Ce qu'il en reste ressemble vraiment à un labyrinthe.
Il faut se faufiler entre les murs et, bien qu'aucun n'arrive plus
haut que l'épaule, on a l'impression qu'on ne va jamais trouver
la sortie du dédale. La partie où se trouvait l'entrée de la mine
est au centre, dans un creux, et il y a une sorte d'allée qui y
mène. Là, je me suis assise sur un mur pour me reposer, ma
canne à côté de moi. Il bruinait, je ne pouvais donc pas lire le
livre que j'avais apporté, bien sûr. C'était *Babel 17*, de Delany,
je l'avais lu dans le bus. J'avais aussi apporté des feuilles de
chêne cueillies en chemin, en traversant l'épaisse forêt d'Ithilien. Glorfindel n'avait pas précisé combien il en fallait, mais
j'avais continué à en entasser dans mon sac en marchant. Les
chênes gardent leurs feuilles tout l'hiver, comme les mallorns,
ils sont donc faciles à trouver.

Je portais mon manteau d'uniforme, parce que je n'en ai
plus d'autre. Je n'avais pas pris le mien quand j'avais fugué.
Celui-ci est décoré de l'écusson d'Arlinghurst, une rose, avec la
devise *Dum spiro spero* — « Tant que je respire, j'espère » — qui
me plaît assez. J'ai entendu une blague à propos d'une école
qui avait décidé de prendre pour devise « J'entends, je vois,
j'apprends », ce qui donne, une fois traduit en latin, *Audio*

video disco! J'ai passé un petit moment à y réfléchir. De loin, je pourrais presque aimer cette devise. Quand je suis là-bas, je sens que je dois tout détester en bloc ou je craque. L'école me semblait très loin, assise là, malgré le manteau. Il y a quelque chose de réel et d'essentiel dans le paysage des Vallées qui fait de tout le reste une lointaine diversion.

Au bout d'un moment le soleil a percé, faiblement. Les nuages filaient à toute allure dans le ciel et j'ai regardé l'autre côté de la vallée de presque aussi haut qu'eux. Il n'y a pas trop d'arbres à cette altitude, juste deux sorbiers décharnés qui s'accrochent près de l'entrée de la vieille mine. Des volées d'oiseaux tournoyaient, cherchant à décider dans quelle direction migrer, et décrivaient des figures dans le ciel. Après le soleil, les fées ont fait leur apparition, m'épiant furtivement de derrière les murs, et puis Glorfindel est arrivé.

C'est très frustrant de transcrire une conversation avec une fée. Soit j'utilise les mots corrects, et c'est vraiment artificiel, ou bien j'essaie d'exprimer quelque chose qui n'est que partiellement en paroles avec un vocabulaire limité. Et si je l'écris comme hier, c'est un mensonge, parce que je réinterprète un discours qui fait autant appel à des sentiments qu'à des mots. Comment peut-on écrire ça? Delany y arriverait peut-être.

Nous n'avons pas parlé tant que ça, de toute façon. Il s'est assis à côté de moi, et je pouvais presque sentir sa présence près de moi, ce qui est plus qu'inhabituel, et j'ai commencé à avoir des envies sexuelles. Je sais, impensable, avec une fée. Toutes les fées se sont alors rapprochées, ce qui m'a préoccupée, et une fois que j'ai commencé à me tracasser, Glorfindel était redevenu aussi insubstantiel que jamais, bien que toujours juste à côté de moi.

Je me suis alors rappelée que je connaissais des histoires de femmes qui avaient eu des relations sexuelles avec des fées, et chacune de ces histoires parlait de grossesse. J'ai regardé Glorfindel, et oui, il était beau et… indubitablement masculin… et il m'a regardée d'un air expressif, et oui, j'aurais aimé, mais pas si ça impliquait ça. Pas question! Même si tous les hommes normaux que je rencontrais me regardaient comme si j'avais été de la pâtée pour chiens. Et, en un sens, ç'aurait aussi été de l'inceste, avec Glorfindel. Encore plus. «Intacte?» a-t-il demandé, ou quelque chose comme ça, je ne suis pas vraiment sûre de ce que veut dire ce mot. Mais j'ai compris de quoi il parlait.

«Jusqu'ici, j'ai repoussé tous ceux qui ont essayé», ai-je répondu, l'air plus farouche que je n'en avais l'intention, bien que ce soit la vérité, et que je n'aie pas eu exactement à me battre avec Daniel. «Tu te souviens de Carl.

— Mort», a-t-il dit avec une jubilation macabre. Carl est mort. Il était policier, et il est allé en Irlande du Nord, parce que la paie était meilleure, et il a été victime d'une bombe. Ou, pour le dire autrement, j'ai demandé à Glorfindel comment me débarrasser de lui, j'ai volé son peigne et l'ai jeté dans le marais de Croggin. C'était quand j'habitais chez ma mère et qu'il entrait dans ma chambre, s'asseyait trop près de moi et n'arrêtait pas d'essayer de me tripoter. Je l'ai mordu de toutes mes forces, et il m'a frappée, mais il a reculé. Je savais que ce ne serait pas fini. Je n'avais que quatorze ans, à l'époque. Jeter le peigne de quelqu'un dans un marais n'est pas un meurtre. J'avais pensé que ça avait marché quand il était parti.

Glorfindel m'a simplement regardée et j'ai su qu'il était mon ami, autant que les fées puissent l'être. Beaucoup ne se soucient pas des gens ou du monde en général, et même celles qui le font ne sont pas comme les gens. Je ne sais pas ce que signifiait pour lui le désir inexprimé entre nous. Il ne s'appelle d'ailleurs pas vraiment Glorfindel, il n'a même pas de nom. Il n'est pas humain. J'en étais très consciente.

Le soleil descendait derrière la colline où nous étions assis, mais il n'était pas encore vraiment couché; dans la vallée suivante, il faisait encore plein jour. Je suppose qu'il y a toujours une vallée suivante, tout autour du monde, jusqu'à ce qu'on soit le lendemain. Nos ombres étaient très longues. Glorfindel s'est levé et m'a dit de répandre les feuilles en spirale dans le labyrinthe, en finissant près des deux sorbiers. Je l'ai fait, puis me suis rassise et j'ai attendu que la lumière décline. Je ne savais pas si j'allais voir quelque chose ou si ce serait une de ces fois où j'ai fait ce qui m'a été demandé et rien n'a de sens et je ne sais jamais si ça a eu un effet. Le ciel s'est décoloré progressivement, mais il ne faisait pas noir. Je commençais à me dire que ç'allait être affreux de rentrer.

Puis ils sont arrivés de la vallée, remontant la «dramroad» dans le crépuscule. C'étaient des fantômes, une procession de morts. Ce n'étaient pas des rois blancs et des dames blanches, c'étaient des hommes et des femmes usés par les travaux — des gens parfaitement ordinaires, simplement ils étaient morts. On ne les aurait jamais confondus avec des vivants. On ne pouvait pas tout à fait voir à travers eux, mais ils étaient encore plus drainés de toute couleur que tout le reste, et ils n'étaient pas aussi solides qu'ils l'auraient dû. J'ai reconnu un des hommes. Je l'avais vu assis près de Grampar à Fedw Hir, faisant des bruits liquides avec la bouche. Il marchait maintenant d'un pas élastique. Il avait le visage grave et posé d'un homme digne et déterminé. Il s'est penché pour ramasser une de mes feuilles de chêne sur le sentier et l'a tendue comme un ticket au cinéma en passant entre les deux arbres. Je n'ai vu personne la prendre. Je ne pouvais rien distinguer dans l'obscurité.

Certains tournaient en rond près de l'entrée, ils étaient venus jusque-là et étaient incapables d'entrer, à cause de ce que ma mère avait fait. Quand ils ont vu le vieil homme donner sa feuille, ils se sont tous mis à en ramasser. Ils sont tous passés, l'un après l'autre, tous très dignes et sérieux, sans un mot, attendant leur tour de passer entre les arbres et de disparaître dans les ténèbres. Je ne sais pas s'ils entraient dans le sol ou sous la colline ou dans un autre monde ou dans l'Achéron. Il y avait une grosse femme et un jeune avec un casque de moto qui avaient l'air d'être ensemble. Tous les morts se voyaient entre eux, mais ils n'avaient pas l'air de me voir, moi, ni les fées qui observaient, attroupées des deux côtés du chemin. Le jeune homme a fait signe à la femme d'avancer et elle s'est exécutée, solennellement, comme s'ils étaient dans une église. À cet instant, j'ai vu Mor. Je ne m'y attendais pas du tout. Elle marchait, tout à fait insouciante, une feuille à la main comme si elle jouait un rôle sérieux dans un jeu. J'ai crié son nom ; elle s'est retournée, m'a vue et a souri avec une telle joie que ça m'a brisé le cœur. J'ai tendu les bras vers elle, et elle vers moi, mais elle n'était pas vraiment là, comme une fée, pire qu'une fée. Elle a eu l'air effrayée et a regardé à droite et à gauche les fées alignées de chaque côté du chemin.

«Allons-y», a dit Glorfindel à mon oreille dans un murmure si chaud qu'il a fait voler mes cheveux.

Je ne la tenais pas, sauf que je la tenais. Nos mains ne se touchaient pas, mais la connexion entre nous était tangible. Elle émettait une lueur violette. C'était la seule chose qui avait une couleur. Ce n'aurait pas été visible normalement, mais je devais l'avoir traînée cette dernière année comme un pont brisé. Maintenant il était à nouveau intact, j'étais à nouveau entière, nous étions ensemble. «Tenir ou mourir», a-t-il encore ajouté à mon oreille, et j'ai compris, il voulait dire que je pouvais la retenir ici et que ce serait une erreur, et j'ai décidé de lui faire confiance bien que je n'aie pas compris, ou bien je pouvais aller avec elle à la mort par cette porte. Ç'aurait été du suicide. Mais je ne pouvais pas la lâcher. Cela avait été si dur sans elle tout ce temps, cette année maudite. J'avais voulu mourir, moi aussi, si mourir était nécessaire.

«À moitié», a dit Glorfindel, et il ne voulait pas dire que j'étais à moitié morte sans elle, ou qu'elle était à moitié passée de l'autre côté ni rien de tel, il voulait dire que j'en étais à la moitié de *Babel 17* et que, si je continuais, je ne saurai jamais comment ça finissait.

Il peut y avoir des raisons plus étranges de rester en vie.

Il y a les livres. Il y a tante Teg et Grampar. Il y a Sam, et Gill. Il y a le prêt entre bibliothèques. Il y a les romans dans lesquels vous pouvez vous plonger. Il y a l'espoir d'un *karass* dans un avenir plus ou moins lointain. Il y a Glorfindel qui est vraiment attaché à moi, autant qu'une fée puisse l'être. Je l'ai lâchée. À contrecœur, mais je l'ai lâchée. Elle s'est accrochée. Elle tenait bon, si bien que la lâcher n'était pas suffisant. Si je voulais vivre, je devais la repousser, malgré la connexion qui nous liait, bien qu'elle m'appelât, suppliant et s'accrochant de toutes ses forces. C'est la chose la plus difficile que j'aie jamais faite, pire que quand elle était morte. Pire que quand on m'a arrachée à elle et que l'ambulance l'a emportée après que ma mère fut montée avec elle, souriante, mais pas moi. Pire que quand tante Teg m'a annoncé qu'elle était morte.

Mor a toujours été plus courageuse que moi, plus pragmatique, plus douce. Elle était la meilleure moitié de nous deux.

Mais elle était effrayée, maintenant, seule et désespérée, et morte, et je devais la repousser. Elle changeait en s'accrochant, elle était comme du lierre, me recouvrant entièrement, et des algues, des vrilles s'enroulant, gluantes. Maintenant que je voulais la faire lâcher je ne pouvais pas, et même si elle changeait je savais qu'elle était toujours Mor tout le temps. Je le sentais. J'avais peur. Je ne voulais pas la blesser. À la fin, j'ai pesé de tout mon poids sur ma jambe. La douleur a coupé le lien, de la même façon qu'elle effraie les fées. La douleur était quelque chose que mon corps, vivant, pouvait produire, comme cueillir des feuilles de chêne et les apporter en haut d'une montagne.

Elle est repartie, alors, ou elle a essayé mais le crépuscule s'était transformé en ténèbres et elle n'a pu passer la porte, qui avait disparu. Mor était debout près des arbres, redevenue elle-même, très jeune et perdue, et j'ai failli encore une fois tendre les bras vers elle. Puis elle a disparu, en un clin d'œil, comme disparaissent les fées.

Le retour a été une longue marche solitaire dans le noir. À chaque pas, je craignais de rencontrer ma mère venue voir ce

qui avait fait échouer son projet de s'imposer. C'était à cause
de Mor qu'elle avait pu essayer, je voyais cela maintenant,
parce que Mor était sa fille, son sang. Je ne cessais de me dire
que je ne pouvais pas courir, et elle si. Je sentais Mor plus loin
que jamais. Les fées avaient toutes fui la douleur, naturellement. Même *Babel 17*, qui était là dans mon sac, semblait très
loin. Mais tante Teg m'attendait dans la voiture, et Grampar
à Fedw Hir, si content de me voir, il aurait eu le cœur brisé
si j'avais été morte. Le lit voisin du sien, où avait bafouillé
l'homme, était vide, on avait déjà emporté son corps. Il avait
eu de la chance de pouvoir partir ce soir. Les gens qui meurent
en novembre doivent attendre toute une année. Comme Mor.
Que lui était-il arrivé ? Devrait-elle attendre l'an prochain ?

JEUDI IER NOVEMBRE 1979

Plus j'y pense, moins je comprends ce qui s'est passé. Toutes
les vallées ont-elles une ouverture de ce genre ? Et les gens qui
meurent en plaine ? Est-ce vraiment ancien, plus ancien que
les aciéries, ou est-ce que les aciéries ouvraient un passage là
où, avant, le flanc de la colline était intact ? Et où allaient-ils ?
Et y allaient-ils tous ? Et Mor ? Où est-elle maintenant ? Ma
mère l'a-t-elle rattrapée, en fin de compte ? Les fées l'aideront-
elles ? Et les sorbiers ? Je n'ai jamais entendu dire que ce soit
l'arbre des morts, c'est censé être l'if, l'arbre des cimetières.
Mais c'étaient des feuilles de chêne, des feuilles sèches, dorées.
Il y en a une dans mon sac. Ça ne veut pas dire que quelqu'un
a été oublié, Mor en avait une, et il y avait encore des feuilles
crissant sur le sol quand je suis partie, j'en avais apporté plus
qu'assez. Je croyais les avoir soigneusement secouées, mais il en
restait une dans la jaquette de *Babel 17*. Quel livre *bizarre* ! La
langue conditionne-t-elle vraiment le mécanisme de la pensée ? Simplement, comme ça ?
Onn dirait que je n'ai que des questions, aujourd'hui.

J'étais claquée, et inutile de parler de ma jambe, je suis restée à la maison pour lire toute la journée. Puis j'ai préparé le
dîner pour tante Teg quand elle rentrerait de l'école — une
poêlée de champignons avec des oignons, du fromage et de
la crème, et des pommes de terre au four avec encore du fromage, et des petits pois. Elle a dit «comme c'est gentil», en
ajoutant qu'elle supposait que les hommes mariés y avaient
droit tous les jours et que ce dont elle avait besoin ce n'était
pas d'un mari qui compterait sur ça, mais d'une femme qui le
ferait. C'était agréable de cuisiner de la véritable nourriture.
Ça a quelque chose de formateur. Ce n'est pas de la magie, ça
va au-delà de prendre des gros champignons et des pommes
de terre crues pour les transformer en quelque chose d'absolument délicieux. Je préparais simplement le dîner. Mais je me
demande dans quelle mesure cuisiner pour quelqu'un d'autre
est de la magie. Je pense que c'est possible. La batterie de cuisine de tante Teg ne m'aime pas plus que Perséphone. Les couteaux et les éplucheurs ne me coupent pas, mais ils perdent de
leur efficacité entre mes mains. Ils savent que je ne suis pas la
personne censée les utiliser.

Il existe un livre d'*heroic fantasy* d'Heinlein intitulé *Route de
la gloire*. Ça doit être quelque chose! Je me demande si Daniel
l'a. Sinon, il y a toujours le prêt entre bibliothèques.

VENDREDI 2 NOVEMBRE 1979

Je suis retournée aujourd'hui en bus à Aberdare. Il n'y
avait pas la moindre trace de Mor ou des fées, mais j'avais le
sentiment qu'elles disparaissaient dès que je les cherchais et
apparaissaient juste au moment où je ne pouvais pas les voir.
C'était un jeu, bien sûr, mais je n'avais pas envie d'y jouer.
Je voulais des réponses, bien que j'eusse dû savoir qu'il était
impossible d'obtenir d'elles une simple réponse, même quand

elles voulaient quelque chose, ce qui n'était manifestement pas le cas en ce moment.

Je suis allée à la maison de Grampar. J'en ai encore une clef, bien que la serrure soit plus dure que jamais, et j'ai eu le plus grand mal à entrer. Tante Teg vient faire le ménage, mais il y avait quand même de la poussière et une odeur de demeure abandonnée. C'est une toute petite maison coincée entre deux autres. Quand tante Florrie y vivait, il n'y avait pas de salle de bains, on se lavait dans la cuisine et les toilettes étaient un ty bach, dehors. C'était déjà comme ça du temps de mes arrière-grands-parents. Mon grand-père avait installé toute la plomberie quand il était revenu. J'aimais beaucoup prendre mon bain dans la cuisine, près du feu de charbon. C'était étonnamment confortable. Mais je détestais sortir pour aller aux toilettes, surtout la nuit.

Grampar y avait emménagé quand Mor était morte, pour fuir ma mère. Tout le monde la fuit. Je n'ai jamais vécu officiellement là. J'étais censée habiter chez elle. J'ai même parfois passé un peu de temps avec elle, quand elle insistait, mais pas quand Grampar allait bien. J'avais ma propre chambre, avec mon lit qui venait de la maison et mon coffre bleu. La plus grande partie de mes livres et de mes vêtements étaient restés chez elle, mais j'ai trouvé un pull en laine appartenant à Mor et mon short en jean avec un lion dessus, et un numéro de *Destinies*. *Destinies* est une revue de science-fiction américaine qui se présente comme un livre de poche. Ils la reçoivent régulièrement chez Lears, et je l'adore. J'ai acheté le dernier numéro — «avril-juin» — lundi dernier. Je le garde pour le lire dans le train.

J'ai donc laissé quelques livres. Je sais que je ne pourrai pas les récupérer avant Noël, mais il y en avait vraiment des piles et je suis pratiquement sûre de ne pas vouloir relire de sitôt ceux que j'ai laissés. Il n'y a pas beaucoup de place à l'école. De toute façon, même s'ils me manquent, j'aime bien les savoir ici. Si Grampar va assez bien pour sortir de Fedw Hir et rentrer à la maison, je pourrai rentrer aussi. Daniel ne tient pas tant à moi, je suis sûre qu'il s'en fichera. J'ai l'impression que je ne vis effectivement nulle part et je déteste ça. La pensée qu'il y a huit livres en ordre alphabétique sur l'appui de fenêtre de ma chambre m'est un réconfort. C'est magique, aussi, c'est un lien magique. Ma mère ne peut pas entrer ici, et même si elle le pouvait, il y a les livres. On ne peut pas utiliser la magie avec les livres, à moins que ce soient des exemplaires très particuliers — et si elle pouvait, elle a déjà le reste de mes affaires. Elle a beaucoup trop de ce qui m'appartient, mais il n'y a pas moyen de le lui enlever.

Si je l'ai battue de nouveau, et je pense que c'est le cas, voudra-t-elle se venger? Ce n'était pas du tout comme la dernière fois. C'est bizarrement décevant, surtout parce que je n'arrive pas à trouver Glorfindel pour lui poser les neuf millions de questions qui me tracassent.

Je n'ai pas réussi à refermer à clef la porte de devant. Je l'ai fermée de l'intérieur et je suis sortie par-derrière, puis j'ai mis la clef de derrière dans la boîte aux lettres. Je l'ai dit à tante Teg, qui sera la prochaine à venir.

J'ai vu Moira, Leah et Nasreen après leur sortie de l'école cet après-midi. Elles m'ont demandé comment était Arlinghurst, mais je ne leur ai pas dit, à part quelques détails anodins. Leah a un petit ami, Andrew, qui était très bon en maths à Park School quand nous étions petits. C'est ce que j'ai dit et Moira a répondu que certains d'entre nous étaient encore petits. Elle a fait une poussée de croissance. Je me demande si j'en ferai une. J'ai la même taille depuis l'âge de douze ans, quand nous étions les plus grandes de la classe, mais maintenant tout le monde m'a dépassée. Elles m'ont raconté tous les potins. Dorcas, qui était toujours première en français et en gallois et dont les parents ont une religion de cinglés, adventiste du septième jour ou je ne sais quoi, est tombée enceinte. Sue est partie avec ses parents qui ont déménagé pour l'Angleterre. Je me sentais réellement normale, mais aussi bizarre, comme si je faisais semblant.

Retour à Shrewsbury demain, juste quand elles n'auront pas école et que nous aurions pu faire quelque chose ensemble.

Le train de Crewe est bien plus petit que celui de Londres. Il y a un couloir et de petits compartiments où on peut tenir à huit, sur des banquettes en vis-à-vis. Il y a un filet à bagages et des photos de paysages en noir et blanc — dans mon compartiment, c'était Newton Abbott, dont je n'avais jamais entendu parler. Je me demande où c'est. Ça a l'air joli. Pendant la plus grande partie du trajet, j'ai eu le compartiment pour moi toute seule, à part une femme et ses deux enfants qui sont montés à Abergavenny et descendus à Hereford. Ils ne m'ont pas beaucoup dérangée. La plupart du temps, je regardais par la fenêtre ou je lisais, d'abord *Destinies*, puis *Le Bar du coin des temps* de Spider Robinson, que j'avais aussi acheté chez Lears.

Le train suit la frontière galloise. En s'éloignant de Cardiff et de Newport, il monte à travers champs et collines. Le soleil apparaissait et se cachait par intermittence, répandant cette étrange lumière automnale qui donne presque l'impression d'être sous l'eau. Les nuages faisaient des taches d'ombre sur les montagnes, et là où il y avait du soleil l'herbe irradiait presque de lumière. Du train, on voyait le Pain de Sucre. C'est une montagne très caractéristique. Nous allions de temps en temps à Abergavenny et il y avait une chanson que nous chantions dans la voiture : «À travers les collines jusqu'à Abergavenny, avec l'espoir que le temps sera beau.» Cela m'a fait chaud au cœur de voir le Pain de Sucre, ne serait-ce que de la gare, avec les collines derrière. Je dirai à Grampar que j'y suis passée quand je lui écrirai. Après Abergavenny, le train franchit la frontière avec l'Angleterre, parce que Hereford est en

Angleterre, et Ludlow aussi. Cette dernière est une petite ville qui ressemble beaucoup à Oswestry, vue du train, mais en un peu plus chaleureuse.

Le dernier arrêt avant Shrewsbury est Church Stretton. Beaucoup de gens sont montés dans mon compartiment et le coin où je m'étais sentie si confortable pendant tout le trajet est devenu un peu surpeuplé. Mon cœur s'est serré un peu. Jusque-là, j'avais réussi à profiter du voyage sans penser à l'endroit où j'allais me retrouver.

Daniel ne m'attendait pas à la gare de Shrewsbury. J'avais pensé qu'il serait sur le quai, mais non. J'ai passé la barrière et attendu sur le parking. J'ai envisagé de prendre un bus, mais je n'avais pas la moindre idée de son numéro ni de l'endroit où il s'arrêtait. Dans les Vallées, je sais où vont tous les bus, quels sont leurs itinéraires et ceux qui me sont utiles. Les rouge et blanc vont à Cardiff, et les rouge sombre sont de la desserte locale. Il est facile de croire qu'on connaît les «dramroads» et comment les choses s'articulent, mais je n'avais jamais pensé qu'il puisse être utile de connaître les bus avant de me sentir coincée sur ce parking. J'avais mon sac, et aussi un paquet de livres, je n'étais pas vraiment surchargée de bagages mais ce n'était pas tout.

Il me restait deux livres dix sur le billet de dix. (Ça peut ne pas sembler beaucoup, mais j'avais fait beaucoup d'achats.) Je suis retournée dans la gare et j'ai acheté au kiosque une carte d'état-major du district de Shrewsbury. (Quelle drôle d'idée : ils ont fait le relevé topographique de tout le pays pour des raisons de logistique militaire, et maintenant ils vendent les cartes à n'importe qui. Enfin, je ne projetais pas une invasion.) Je suis retournée sur le parking et je me suis assise sur un banc. J'ai trouvé Mickleham, où se situe le Vieux Manoir, et me suis dit qu'un bus pour Wolverhampton me rapprocherait probablement, quand Daniel est enfin arrivé. J'ai été soulagée de voir la Bentley noire s'arrêter. J'ai replié et rangé la carte, mais il l'avait vue.

«Je vois que tu as acheté une carte.

— Je trouve les cartes très intéressantes», ai-je dit, embarrassée, alors que c'était plutôt à lui de l'être, à cause du retard. Je suis montée dans la voiture. Il a jeté son mégot de cigarette par la fenêtre et a démarré. Il ne devrait pas faire ça, même sur un parking. C'est une mauvaise habitude. Ça pourrait mettre le feu. Je me suis dit que j'achèterais autant de cartes d'état-major que je le pourrais. Elles quadrillent le territoire. Je pourrais les collectionner et finir par avoir tout le pays. Comme ça, je pourrais toujours retrouver mon chemin et savoir où sont les endroits les uns par rapport aux autres. Mais ça ne me servirait pas à grand-chose si elles étaient à la maison quand j'en avais besoin. Il me faudrait seulement être organisée et prendre la carte de l'endroit où je comptais aller, et peut-être les cartes environnantes, dans mon sac, quand je sortirais.

Shrewsbury, c'est là où j'ai acheté mon uniforme. C'est une petite bourgade, pas une ville, et tout semble construit dans la même pierre rose.

Nous sommes arrivés au Vieux Manoir pour le *high tea*. Si vous servez le thé avec des gâteaux, des scones et des petits sandwiches, c'est un *afternoon tea*, alors que pour le *high tea* il y a aussi un plat chaud et nourrissant. Aujourd'hui, c'étaient des pâtes avec du fromage et du jambon, mais tout le reste était froid : sandwiches de thon au concombre, jambon persillé, fromage et légumes au vinaigre. Je les ai trouvés très bons. Les scones étaient secs comme le Kalahari. Ils tombaient en miettes quand on étalait du beurre dessus. J'en faisais des meilleurs quand j'avais quatre ans. Je ne l'ai pas dit, mais peut-être qu'une prochaine fois je dirai à l'une des tantes (je n'arrive toujours pas à les distinguer les unes des autres) que j'aimerais essayer d'en faire quelques-uns. Il me semble qu'elles pourraient être d'accord.

Elles ne parlaient que de l'école et s'attendaient que je donne des nouvelles des professeurs et des performances des différentes équipes. Elles avaient appartenu à Scott, toutes les trois, et elles se passionnaient pour ça beaucoup plus que moi. Je ne les comprends absolument pas. Elles sont adultes et elles ont leur propre maison — et c'est une très belle maison. Mais elles ne font rien. Elles ne lisent pas, elles ne travaillent pas, rien. Elles organisent des ventes de charité pour l'église. Gramma faisait ça, et elle enseignait aussi à plein-temps. Elles tiennent bien leur intérieur, mais ce n'est pas un travail à plein-temps pour trois personnes. Elles paient mon père pour s'occuper du domaine et de l'argent, donc elles ne font pas ça non plus. Elles sont riches, raisonnablement riches, je pense, mais elles ne vont nulle part et ne font rien, elles restent simplement assises à manger des scones infects en parlant avec enthousiasme de la fois où Scott a gagné la Coupe. Je ne sais même pas exactement quel âge elles ont, mais elles sont nées avant 1940, elles ont donc au moins quarante ans et elles se passionnent pour une stupide équipe dont elles faisaient partie à l'école. Elles ne font pas semblant, pour m'intéresser. Je peux voir la différence. Elles discutaient entre elles. Pourquoi restent-elles là ? Et pourquoi ne se sont-elles jamais mariées ? Elles détestent peut-être les enfants. Elles semblent certainement trouver que je suis une charge, mais ça ne compte pas ; si elles l'avaient voulu, elles auraient elles-mêmes pu avoir de gentils enfants de la bonne société et leur apprendre à ne pas faire de caprices.

Daniel a *Route de la gloire* et *Waldo & Magic, Inc.*, selon lui deux histoires de *fantasy* de Heinlein. Il m'a aussi prêté *L'Épée brisée* de Poul Anderson. Je suis toujours en train de lire les histoires du *Bar du coin des temps*, qui sont étonnamment plaisantes, pas trop comme *Telempath*, mais elles me plaisent bien.

Demain l'église, puis déjeuner avec les tantes, et après retour à l'école, hélas.

LUNDI 5 NOVEMBRE 1979

Je me rappelle comme l'école semblait loin du labyrinthe, mais à la seconde où j'ai été de retour elle m'a envahi totalement comme si je ne m'en étais jamais éloignée. C'est curieux comme ce qu'il y a à dire de mes vacances est insignifiant. Ça n'a duré qu'une semaine, mais il s'est passé tant de choses que, comparé à une semaine d'école, cela paraît avoir duré un an. Mais quand on a posé la question ce matin en cours de conversation française, je n'ai réussi qu'à dire : « *J'ai visité mon grand-père dans Londres et j'ai visité mon autre grand-père dans pays de Galles.* » Deux visites aux grands-pères, c'est tout, et le seul commentaire de Madame a été qu'il fallait dire *à* Londres et *au* pays de Galles, pas *dans*. Je me plonge dans l'école comme dans un bain chaud et elle se referme au-dessus de ma tête. Même si je pouvais leur parler d'Halloween, de Glorfindel et des morts, je ne le ferais pas.

Route de la gloire m'a beaucoup déçue. Je l'ai détesté. Au point que je l'ai laissé tomber et j'ai commencé à la place l'essai scientifique d'Asimov que m'a prêté Gill. J'aime bien Heinlein, mais il n'a manifestement rien compris à la *fantasy*. C'est carrément stupide. Et quand quelqu'un dit « Oh, Scar », personne ne va comprendre « Oscar », ça ne tient pas debout. L'histoire est presque aussi nulle que la couverture, et ce n'est pas peu dire, elle est si moche que Miss Carroll a haussé les sourcils en la voyant de son bureau, à l'autre bout de la salle. Il est amusant que *Triton*, qui parle de sexe et de sociologie, ait en couverture un astronef qui explose, alors que *Route de la gloire*, qui n'évoque qu'épisodiquement le sexe et n'est qu'un stupide récit d'aventures, arbore une femme à moitié nue sur la couverture.

Il va y avoir une sorte de concours de poésie. Tout le monde a l'air de penser que c'est joué d'avance, que je vais gagner.

Les montagnes me manquent. Elles ne me manquaient pas avant, sauf quand je me désespérais de la platitude du paysage autour de l'école. Mais maintenant que je suis retournée chez moi et que je les ai eues quelque temps tout autour de moi, elles me manquent sérieusement, plus que ma famille, plus que de pouvoir fermer la porte des toilettes. Ce n'est d'ailleurs pas vraiment plat, par ici, plutôt vallonné, et je peux voir au loin les montagnes du pays de Galles du Nord quand le temps est dégagé. Mais la présence des collines autour de moi me manque.

MARDI 6 NOVEMBRE 1979

Feux d'artifice et feu de joie hier soir à l'école. J'ai vu quelques fées du feu se grouper. Personne d'autre ne les a vues. On ne peut les voir que quand on y croit déjà, ce qui explique pourquoi les enfants sont plus susceptibles d'y arriver. Les gens comme moi ne cessent pas de les voir. Il serait *idiot* de ma part d'arrêter de croire en elles. Mais beaucoup d'enfants le font quand ils grandissent, même s'ils les ont vues jusque-là.

Je ne suis plus une enfant, mais je ne suis pas non plus adulte. Je dois dire que je n'en peux plus d'attendre.

Mais mon cousin Geraint, qui a quatre ans de plus que moi, a vu les fées quand il jouait avec nous dans la combe. Il avait onze ou douze ans, et nous sept ou huit. Nous lui avons dit qu'il devait fermer les yeux et qu'en les rouvrant il les verrait, et il l'a fait. Il a été stupéfait. Il ne pouvait pas leur parler, parce qu'il ne parle qu'anglais, mais nous avons traduit ce qu'il disait, et ce qu'elles disaient. Nous devions avoir huit ans, parce que je me souviens avoir traduit librement ce qu'elles disaient dans le plus pur style Tolkien, et nous n'avons pas lu *Le Seigneur des Anneaux* avant d'avoir huit ans. À l'époque, nous cherchions toujours quelqu'un pour jouer avec nous, de préférence un garçon, parce qu'il y en a toujours un dans le groupe d'enfants qui passe dans un autre monde. Nous pensions que les fées nous emmèneraient sur Narnia ou sur Elidor. Geraint semblait être un bon candidat. Il voyait les fées et il était subjugué par elles. Il les aimait bien et elles l'aimaient. Mais il habitait à Burgess Hill, près de Brighton, il ne faisait que passer l'été à Aberdare, et l'été suivant il ne les a plus vues, il disait qu'il était trop vieux pour jouer et il se rappelait ce qui s'était passé comme d'un jeu où nous aurions fait semblant d'être des fées. Tout ce qu'il voulait, c'était jouer au football. Nous nous sommes sauvées et l'avons laissé dans le jardin à taper lugubrement dans son stupide ballon, mais il n'a pas raconté aux adultes que nous l'avions abandonné. Au dîner, il a dit qu'il avait passé une très bonne journée à jouer. Pauvre Geraint.

J'ai reçu une autre lettre de ma mère ce matin, que je n'ai pas ouverte, mais aussi une de Sam. Il demande si le Platon m'a plu, et si j'en ai trouvé d'autres — il écrit exactement comme il parle. Je lui répondrai dimanche. Il n'y a rien de Platon à la bibliothèque de l'école. J'ai demandé à Miss Carroll et elle a dit qu'ils n'enseignent pas le grec, il n'y a donc pas de demande. Je risque d'avoir un problème avec le prêt entre bibliothèques, car je ne connais pas les traducteurs, ni même tous les titres. Mais je peux commander ceux qui sont cités dans *Le Banquet*, bien sûr.

C'est dans les Penguin qu'on trouve les meilleures bibliographies, ils citent même les œuvres qu'ils n'ont pas publiées. J'ai tout un tas de choses à commander samedi, parce qu'il y a une longue liste de Silverberg dans *Les Temps parallèles*. Je vais aussi commander *Beyond the Tomorrow Mountains*. Sylvia Engdahl a écrit un roman absolument génial intitulé *Heritage of the Star*, qui est sorti chez Puffin, autrement dit Penguin. C'est l'histoire de gens qui vivent dans un environnement de superstition mais aussi d'un peu de technologie qu'ils appellent magie, et ils subissent l'oppression des Sages et des Techniciens et quiconque pense différemment est qualifié d'«hérétique». En fait, ce sont des colons sur une autre planète, mais ils ne le savent pas. Dans l'histoire, on raconte qu'on leur a promis que quand ils pourront savoir quand tout sera réglé, ils iront «par-delà les Montagnes du Lendemain», et c'est le titre de la suite, mais je l'ai jamais vue nulle part, malgré toutes mes recherches. Le concours de poésie est national. Tout le monde à Arlinghurst doit écrire un poème et ils choisiront le meilleur de chaque classe pour l'envoyer. Je ne peux pas croire que les gens pensent vraiment que je vais gagner. D'accord, pour être réaliste, je pourrais arriver en tête de la 5ᵉ inf. C, ou peut-être même de toutes les classes de 5ᵉ, parce que le niveau n'est pas particulièrement élevé ici. Mais de tous les élèves de quinze ans du pays? Impossible. La meilleure de l'école va rapporter cinquante points à son équipe. Ça met toutes les filles dans tous leurs états. Les cent meilleurs du pays seront publiés dans un livre, et le gagnant touchera cent livres, plus une machine à écrire. J'aimerais vraiment avoir une machine à écrire. Je ne sais pas taper, mais pour envoyer des textes aux magazines il faut les dactylographier.

Au déjeuner, Deirdre s'est glissée jusqu'à moi et s'est assise deux sièges plus loin, comme par hasard, mais elle l'a fait si maladroitement que tout le monde l'a remarquée. Elle avait l'air effrayée, la pauvre chérie, mais résolue. «Ma mère m'a dit que je devrais rester copine avec toi, a-t-elle murmuré.

— C'est gentil de sa part, ai-je répondu d'un ton normal.

— Tu m'aideras, pour mon poème?»

Je vais donc l'aider à écrire un poème pendant l'étude, ce qui veut probablement dire le composer en entier. Je n'ai pas encore écrit le mien, mais j'ai tout mon temps, jusqu'à vendredi.

JEUDI 8 NOVEMBRE 1979

J'ai écrit le poème de Deirdre, et j'en étais très satisfaite. Mais hier, alors que j'étais en train de lire *Waldo & Magic, Inc.* (en fait, il s'agit de deux novellas complètement différentes),

Miss Carroll est venue me trouver avec une pile de recueils de poésie moderne, dont elle a dit que je pourrais vouloir y jeter un coup d'œil.

Il semblerait que la poésie ait évolué depuis Chesterton. Qui le savait ? Manifestement pas Gramma, ni personne dans les écoles que j'ai fréquentées. J'avais vu une strophe d'un poème d'Auden, citée par Delany, et je n'avais même pas entendu le nom de T. S. Eliot, ni celui de Ted Hughes. Je me suis plongée dans Eliot, et du coup je suis arrivée en retard au cours de latin et j'ai pris un avertissement. Je me suis vengée en traduisant Horace à la manière d'Eliot, et la prof n'a rien pu dire, parce que c'était fidèle.

J'ai écrit un poème pour le concours. Je n'en suis pas très satisfaite. J'ai maîtrisé le style de Chesterton, mais je n'ai pas l'impression d'avoir eu le temps de maîtriser Eliot. Ça parle de la guerre atomique, de la graphiose de l'orme et de l'urgence d'aller dans l'espace tant que nous le pouvons.

Il y a apparemment un long poème de T. S. Eliot intitulé *Quatre quatuors*, que l'école n'a pas. Je vais aussi le commander samedi. Selon Miss Carroll, T. S. Eliot travaillait dans une banque quand il a écrit *La Terre gaste*, parce qu'être poète ne paie pas.

«Oh noir, noir, noir… ce sont les perles qui étaient ses yeux… Je veux de ces fragments étayer mes ruines.»

VENDREDI 9 NOVEMBRE 1979

Ça ne semble pas si grave que les ormes meurent quand c'est l'automne, parce qu'alors tous les arbres ont l'air morts.

Une autre lettre. Je vais devoir recommencer à les brûler. Je voudrais presque savoir si elle dit quelque chose à propos de ce que j'ai fait. J'aimerais en avoir confirmation. Même si je sais que ça a marché.

J'ai rendu mon poème. Miss Lewes l'a regardé mais n'a rien dit. Miss Gilbert, la prof d'anglais de 6ᵉ, jugera.

J'espère que des livres m'attendront demain à la bibliothèque, car j'ai lu presque tous ceux que j'ai. Je relis *Les Neuf Princes d'Ambre*.

Je n'arrête pas de rêver de Mor. Je rêve qu'elle se noie et que je ne la sauve pas. Je rêve que je la pousse sous les roues de la voiture au lieu d'essayer de la tirer hors du chemin. Elle nous avait heurtées toutes les deux. J'en ai le souvenir dans chaque pas que je fais, mais pas dans mes rêves. Je rêve que je l'enterre vivante au centre du labyrinthe en jetant de la terre sur sa tête, pendant qu'elle se débat, et que la terre lui couvre les cheveux.

Ça fait un an aujourd'hui. J'ai essayé de ne pas y penser, mais ça revient m'obséder.

SAMEDI 10 NOVEMBRE 1979

Dans le bus qui m'emmenait en ville, le plaisir d'arriver bientôt à la bibliothèque m'emplissait d'impatience. Les rues grises et mouillées en devenaient presque belles — presque, mais pas tout à fait. Il bruinait et le ciel était bas et sombre.

Le bibliothécaire a sursauté en voyant le nombre de livres que je voulais commander, mais il s'est contenté de me donner une pile de formulaires pour que je les remplisse moi-même. Des tas de livres m'attendaient! Ensuite, je suis passée à la librairie où j'ai acheté *Quatre quatuors*, *Le Corbeau* de Ted Hughes, et *La Chanteuse dragon de Pern* d'Anne McCaffrey. J'ai aussi fait l'acquisition d'une boîte d'allumettes.

Je n'ai pas voulu prendre *La Malédiction du Rogue*, de Stephen Donaldson, qui avait l'outrecuidance de se comparer, en couverture, «à Tolkien à son meilleur niveau». Au dos, cette citation est attribuée au *Washington Post*, un journal dont les citations condamneront désormais toujours un livre à mes yeux. Comment ont-ils osé? Et comment l'éditeur ose-t-il?

C'est une comparaison que personne ne ferait, sauf pour dire
«comparé à Tolkien à son meilleur niveau, c'est nul». Enfin,
on pourrait dire ça même de livres aussi brillants que *Le Sorcier de Terremer*. J'ai l'impression que *La Malédiction du Rogue*
(quel titre, on dirait un épisode de Conan) risque plutôt d'être
comme Tolkien à son pire niveau, c'est-à-dire au début du
Silmarillion.

Ce qu'il y a avec Tolkien, avec *Le Seigneur des Anneaux*, c'est
que c'est parfait. Tout cet univers, ce processus d'immersion,
ce voyage. Ce n'est pas, j'en suis sûre, vraiment vrai, mais c'est
d'autant plus étonnant que quelqu'un ait pu tout inventer. Le
lire vous change complètement. Je me revois en train de finir
Bilbo le Hobbit et le passer à Mor en lui disant : «Lis-le. C'est
excellent. Y a-t-il un autre livre de cet auteur quelque part?» Et
je me rappelle l'avoir trouvé — volé — dans la chambre de ma
mère. Quand la porte était ouverte, la lumière du couloir tombait sur les étagères R, S et T. Nous avions toujours peur d'aller
plus loin, au cas où elle serait dissimulée dans l'ombre et nous
sauterait dessus. Elle avait fait ça une fois, quand Mor remettait en place *La Grotte de cristal*. Quand nous prenions un de
ses livres, d'habitude, nous dérangions l'étagère pour que ça ne
se voie pas. Mais *Le Seigneur des Anneaux* en un volume était
si gros que ça n'avait pas été possible. J'étais terrifiée à l'idée
qu'elle s'en aperçoive. J'avais failli ne pas le prendre. Mais soit
elle ne l'avait pas remarqué, soit elle s'en fichait — je pense
qu'elle devait être en balade avec un de ses petits amis.

Je n'ai pas fini de dire ce que je voulais à propos de Tolkien.
Le lire, c'est comme être transporté dans son monde. C'est
comme trouver une source magique dans un désert. Il a tout.
(Excepté le désir, dit Daniel. Mais il y a Langue de Serpent.)

C'est une oasis pour l'âme. Même maintenant, je peux toujours me retirer dans la Terre du Milieu et être heureuse.

Comment peut-on comparer quoi que ce soit à ça? L'orgueil de Stephen Donaldson est incroyable!

DIMANCHE II NOVEMBRE 1979

Je suis sortie par la fenêtre du dortoir au milieu de la nuit et ai fait un cercle où j'ai brûlé les lettres. Personne ne m'a vue. J'ai fait le cercle avec ce que j'ai trouvé à proximité, feuilles, brindilles et cailloux, et j'ai mis au milieu la feuille de chêne, mon morceau de bois et mon galet de poche, qui vient de la plage d'Amroth. J'ai senti que ça marchait, j'avais l'impression d'être sous un parapluie. J'ai lu d'abord les lettres. Je voulais savoir ce qu'elle disait. J'aurais aussi bien pu ne pas m'inquiéter. Son seul commentaire sur ce que j'avais fait était « tu as toujours été celle qui était le plus proche de moi », ce qui... eh bien, un bonhomme de neige est plus proche d'un nuage qu'un tas de charbon, mais ils ne se ressemblent pas beaucoup. J'ai plié les lettres en pagode et j'y ai mis le feu. J'ai vu qu'il y avait quelques photos, mais je ne les ai pas regardées.

J'ai remué les cendres, pour qu'il ne reste rien du tout. Puis j'ai pris le galet et je l'ai tenu sous la lune (trois quarts de lune, je ne sais pas si ça se dit) et j'ai essayé d'en faire une protection contre les mauvais rêves. Je ne sais pas si ça a marché. J'ai repris ma feuille de chêne et mon morceau de bois.

Je suis remontée par la fenêtre et j'ai regagné mon lit. Tout le monde dormait. La lumière de la lune éclairait le visage de Lorraine. Elle paraissait étrangement belle, et aussi distante, comme si elle était morte depuis des siècles ou un gisant de marbre sur sa tombe.

Le seul problème, c'est que si elle continue à m'envoyer des lettres, je vais devoir continuer à les brûler. Mais tard dans la nuit, c'est plus sûr, je risque moins de rencontrer quelqu'un.

Deirdre m'a donné un gâteau — un gâteau de chez Finefare recouvert d'un glaçage très collant et sucré. Ils se présentent en sachet de six, alors elle en donne à beaucoup de monde, mais j'ai vraiment apprécié son geste. C'est agréable de ne pas se sentir totalement exclue.

J'ai écrit à Daniel pour lui parler du *Bar du coin des temps* et de l'orgueil de Stephen Donaldson. J'ai envoyé une lettre à Sam à propos de Platon et je lui ai dit que j'en avais commandé d'autres. Je lui ai aussi parlé de *The Last of the Wine* parce que, même s'il n'aime généralement pas les romans, celui-ci pourrait lui plaire. J'ai écrit à Grampar que j'étais passée à Abergavenny et que les montagnes me manquaient, et aussi pour lui parler de tous les jeux de balles auxquels elles jouent ici et que ça me plairait bien si je pouvais courir. Je me *souviens* de l'impression que cela fait de courir. Tout mon corps s'en souvient. C'est un souvenir cinétique, si c'est bien le mot. C'était un peu un mensonge de dire que les sports me plairaient. Je préfère rester assise à lire dans la bibliothèque, et je déteste l'importance que les filles accordent aux jeux, alors que c'est totalement futile. Ce que j'aime c'est lancer une balle et courir la rattraper, pas m'angoisser pour le score.

Qu'y a-t-il entre moi et Anne McCaffrey pour que je lise en premier le deuxième tome de ses séries? *La Chanteuse dragon de Pern* est la suite d'un roman que je ne connais pas, *Le Chant du dragon*! Je l'ai lu quand même. Il est étrangement léger par rapport aux deux autres. Il se passe sur Pern, mais il ne parle pas de Pern. Je voudrais un lézard de feu. Ou un dragon, tant qu'à faire. Je fondrais du ciel sur mon dragon bleu qui cracherait le feu et brûlerait l'école!

LUNDI 12 NOVEMBRE 1979

Le poème de Deirdre a remporté le concours au niveau de l'école.

Bien que ce soit moi qui l'aie écrit, je suis mortifiée. Tout le monde s'attendait à ce que je gagne, et moi aussi. Qu'est-ce qui n'allait pas avec mon poème? Je suppose que Miss Gilbert est une traditionaliste. Personne n'a rien dit, et j'ai félicité Deirdre comme tout le monde, mais je me sens publiquement humiliée. (D'un autre côté, c'est moi qui l'ai écrit et Deirdre au moins le sait.)

Deirdre est venue me voir après l'étude et m'a entraînée dans la cour pour que nous puissions parler sans être entendues. Elle s'est mise presque tout de suite à pleurer et à tenir des propos incohérents, mais ce qu'elle voulait, je pense, c'était dire que je n'aurais pas dû lui donner mon meilleur poème. Je n'en ai rien fait, mais elle pense que si, parce qu'elle a gagné. C'est la première fois qu'elle gagne quelque chose. Je ne pense pas qu'elle ait jamais gagné un bon point, sauf peut-être pour avoir marqué un but. Je lui ai dit qu'elle le méritait. Elle s'est assise à côté de moi au petit déjeuner et m'a noblement offert sa saucisse, que j'ai acceptée, pas parce que ça aurait été une insulte de refuser, mais parce que j'avais faim.

Wordsworth est rudement fier d'elle. Sandra Mortimer, la capitaine de Wordsworth, une rouquine qui a les yeux roses et larmoyants, a parlé en personne à Deirdre qui en est presque morte d'honneur.

Je lis *Sur l'onde de choc*, de Brunner. Il est excellent, mais pas autant que *Tous à Zanzibar*. Je me demande ce que ça fait d'avoir écrit son chef-d'œuvre et de savoir qu'on ne recommencera jamais?

Voici l'histoire complète et véridique de la manière dont Deirdre et moi avons eu chacune un avertissement ce matin.

Nous étions sous la douche, qui est une longue tranchée carrelée avec une douzaine de pommes de douche qui crachotent faiblement une eau à peine tiède. Je préfère de très loin un bain. Il y a de l'eau chaude, c'est-à-dire qu'elle n'est pas glaciale, entre six et huit heures du matin et entre sept et neuf heures du soir. Il y a aussi des douches dans le gymnase, il est obligatoire de les utiliser après les matchs, mais elles sont froides et la plupart du temps les filles passent juste dessous en courant. Une toilette sérieuse se fait tôt le matin ou tard le soir. Ce doit alors être un paradis pour lesbienne, parce qu'il y a toujours des tonnes de chair féminine qui s'agitent.

Il y avait peut-être quinze filles là-dedans, ce matin, à se disputer l'eau rationnée. Deirdre et moi nous partagions une pomme de douche, comptant sur mon statut de lépreuse pour la garder pour nous. J'ai vu Charogne jeter quelques coups d'œil dans notre direction comme si elle regrettait d'avoir à m'éviter. Au moment où je sortais du jet d'eau pour me shampouiner, Deirdre a dit en riant : « Tu as les seins qui poussent.

— Ce n'est pas vrai ! » ai-je répondu automatiquement sans même regarder. Puis j'ai baissé les yeux et j'ai vu que c'était vrai. J'avais des sortes de bourgeons de seins depuis des siècles. Comme ma mère n'en a pas davantage, j'ai toujours pensé que c'est tout ce que j'aurais, mais là ils avaient grossi et gonflé. Des tas d'autres filles de 5e C ont déjà une poitrine assez volumineuse. Ça ne change pas grand-chose que vous ayez des poils pubiens — ce qui est mon cas, et ils sont bien plus bruns que mes cheveux —, et vos règles, ce que presque toutes ont, maintenant. J'ai mes règles depuis deux ans. J'avais peur que ça m'empêche de voir les fées, mais ça n'a rien changé, quoi que pense C. S. Lewis de la puberté.

« Tu as besoin d'un soutien-gorge, a dit Deirdre.

— Je n'en ai pas besoin », ai-je riposté faiblement. Je l'ai poussée hors du jet et me suis rincé les cheveux. Alors que le shampoing s'évacuait, j'ai regardé ma poitrine naissante. « Hé, Dee, tu ne trouves pas qu'ils ont une drôle de forme ? »

Elle a ri si fort qu'elle avait du mal à reprendre son souffle. Les autres ont commencé à regarder pour chercher à voir ce qu'il y avait de si drôle.

«Non, vraiment», ai-je dit, calmement mais fermement. «Ils sont un peu en forme de poire. Les autres ne les ont pas comme ça.» J'ai regardé à la ronde les filles sous la douche, et aucune n'avait des seins de la même forme que les miens.

«Ils sont très bien, a dit Deirdre.

— Hé, Meirdre, qu'est-ce qu'il y a de si drôle? a demandé Lorraine.

— Coco vient de faire une super-blague», a dit Deirdre.

Certaines des filles, finissant de se doucher et se drapant dans leurs serviettes, se sont mises à chanter «Elle avait une jambe de bois». Je leur ai lancé un regard noir, mais ça n'a pas marché, à cause de l'eau.

Nous nous tenions sous le jet. «Ils sont bien, a-t-elle murmuré. Ils ont juste l'air drôles parce que tu les vois de dessus. Si tu les voyais en face comme tu vois ceux des autres, tu verrais qu'ils sont pareils.

— Une glace, ai-je dit.

— Il faut dire "miroir", selon Karen.

— Merde», ai-je juré.

Le seul miroir du bâtiment se trouve dans les toilettes, au-dessus de la rangée de lavabos où nous nous brossons les dents et où nous nous coiffons. C'est une longue bande réfléchissante fixée au mur, avec une rampe lumineuse au-dessus.

«Viens», ai-je dit.

Deirdre a gloussé et attrapé sa serviette. J'ai pris la mienne et me suis drapée dedans comme dans un manteau. J'ai rangé mon savon et mon shampoing dans ma trousse de toilette, parce que sinon quelqu'un pourrait les voler, ou ouvrir le shampoing et le vider dans la bonde, ça m'est arrivé la première semaine avec mon gel, que j'avais laissé dans la douche.

Nous sommes passées dans les toilettes, juste à côté de la salle de douche. Il n'y avait personne, ce qui était facile à voir parce qu'aucun cabinet n'a de porte. J'ai posé ma trousse de toilette et j'ai enroulé ma serviette autour de ma tête comme un turban. C'est un truc utile que m'a appris Sharon. Si vous lui donnez un tour, la serviette reste en place. Sharon a une longue chevelure indisciplinée et, même elle, cela la tient en place. Donc, j'avais ma serviette sur la tête et Deirdre la sienne sur ses épaules, et pour le reste nous étions nues. Nous avons tout de suite vu que le miroir ne servait à rien. Il réfléchissait notre visage et notre cou, mais rien en dessous. «Peut-être que si nous montions sur quelque chose, a dit Deirdre en regardant autour d'elle.

— Il n'y a rien, ai-je répondu. À moins que nous montions sur le siège des toilettes, et alors nous serons trop haut.

— Essayons quand même», a-t-elle.

Nous avons donc fermé deux sièges de toilettes et sommes grimpées dessus, mais nous avons constaté que nous étions en effet trop haut, aussi nous avons essayé de nous accroupir pour trouver le bon angle, presque complètement nues, en équilibre précaire et en gloussant, parce que c'était vraiment très drôle. Et c'est à ce moment qu'une des préfètes est entrée pour voir la cause de tout ce bruit.

JEUDI 15 NOVEMBRE 1979

Soit ma protection contre les rêves n'a pas marché, soit ce n'est pas elle qui les envoie, ils sortent simplement de mon subconscient.

J'ai rêvé la nuit dernière que ma mère avait un plan pour nous séparer. Elle irait vivre à Colchester dans l'Essex et prendrait Mor avec elle, parce que, selon elle, Mor était plus docile que moi, et parce que j'avais insisté pour rester. Nous protestions et nous nous débattions et elle entraînait Mor de force pendant que je pleurais et que je m'accrochais à elle. En un sens, c'était le contraire de ce qui s'était passé dans le labyrinthe. J'essayais de retenir Mor et ma mère s'efforçait de l'entraîner, tout en commençant à se métamorphoser, et je devais tenir bon. Je ne pouvais supporter l'idée de la séparation, et je projetais de me plaindre à tout le monde, à toute la famille, que c'était insupportable et qu'ils ne pouvaient pas laisser arriver une telle chose. Ils laissent ma mère s'en tirer facilement parce qu'ils ne peuvent pas se rendre à l'évidence qu'elle est folle, me disais-je, et Mor hurlait en s'accrochant à moi, quand je me suis réveillée. Pendant une seconde j'ai éprouvé un immense soulagement en constatant que tout ça n'était qu'un rêve, mais un instant plus tard je me suis rappelé que la réalité était bien pire. Les gens peuvent *revenir* de Colchester. (Pourquoi Colchester, je n'en sais absolument rien.) En revanche, je ne sais pas ce que ça signifie d'être mort.

Je lis *Terre, planète impériale* d'Arthur C. Clarke. Il y a tant de rebondissements surprenants. Ce n'est pas *Les Enfants d'Icare* ou *2001*, mais c'est exactement ce que j'ai envie de lire aujourd'hui. Il y a deux ou trois Clarke que je n'ai jamais trouvés et je les ai mis sur la liste de la semaine.

Je me demande s'il y a des fées dans l'espace ? C'est plus concevable dans l'univers de Clarke que dans celui d'Heinlein, en un sens, même si, chez Clarke, la technologie semble tout aussi crédible. Je me demande si c'est parce qu'il est anglais. Sans même parler d'espace, y a-t-il simplement des fées en Amérique ? Et s'il y en a, parlent-elles toutes gallois là-bas aussi ?

VENDREDI 16 NOVEMBRE 1979

Une lettre ce matin. Je ne l'ai pas ouverte, et je ne le ferai pas.

À la prière, aujourd'hui, Deirdre a dit « résur-ress-kion » au lieu de « résur-rec-tion » à la fin du Credo. En y pensant pendant qu'on le récitait, je me suis interrogée sur « la résurrection des morts, et la vie du monde à venir », et comment y rattacher ce que j'ai vu à Halloween. D'un côté, la résurrection n'est-elle pas plus probable si les morts défilent dans la vallée et descendent sous la colline ? De l'autre, où est la religion ? Où est Jésus ? Les fées étaient là, mais je n'ai pas vu de saints ni rien. J'avais récité le Credo mécaniquement.

À vrai dire, je suis plutôt furieuse contre Dieu depuis que Mor est morte : Il a l'air de ne rien faire, ni d'être d'aucune aide. Mais je suppose que c'est comme la magie, on ne peut pas savoir si ça agit, ni pourquoi, sans évoquer ses « voies mystérieuses ». Si j'étais omnipotente et bienveillante, je ne serais pas aussi diantrement impénétrable. Gramma disait qu'on ne sait jamais si les choses ne vont pas s'arranger. Je la croyais quand elle était vivante, mais après sa mort, et celle de Mor, je ne sais plus. Ce n'est pas que je ne croie pas en Dieu, c'est juste que je n'ai pas trop envie de me prosterner devant quelqu'un qui veut que je pense que « l'univers indubitablement évolue comme il devrait ». Parce que je n'y crois pas. Je pense que je devrais m'impliquer dans l'évolution de l'univers, parce qu'il y a des choses dont il faut manifestement s'occuper d'urgence, comme le fait que les Russes et les Américains peuvent faire sauter la planète à tout moment, ou la graphiose de l'orme, la famine en Afrique, sans parler de ma mère. Si j'avais simplement laissé l'évolution de l'univers à Dieu, elle en aurait détaché un morceau l'année dernière. Et si le plan divin pour l'arrêter implique que Mor et les fées meurent et que je me fasse écraser, eh bien, si j'étais omnipotente et omnisciente, je crois que j'aurais pu en trouver un meilleur. La foudre et les éclairs ne se démodent pas.

J'ai lu *L'Épée brisée* et il y a des fois où je me dis qu'il serait plus facile d'adorer des dieux de ce genre. Sans compter qu'ils sont plus à l'échelle humaine. Ils n'hésitent pas à intervenir. Un peu comme les fées. (Que sont les fées ? D'où viennent-elles ?)

Mais je ne veux pas causer une autre attaque à Grampar, et donc je continue à aller à l'église et aux prières de l'école et à communier, même si je ne vois pas à quoi ça rime. Ce n'est pas une chose que je m'imagine pouvoir aborder avec un prêtre, d'une certaine manière.

Avec les fées, ce n'est pas une question de foi. Elles sont là. Elles peuvent ne pas faire attention à vous, mais vous pouvez discuter avec elles. Et elles connaissent la magie, elles savent comment fonctionne le monde et sont disposées à intervenir. Je pourrais faire un peu de magie. Je vois toutes sortes de choses qui seraient utiles. Je pourrais concocter une meilleure protection contre les rêves. Et j'aimerais vraiment avoir un *karass*.

SAMEDI 17 NOVEMBRE 1979

Sept livres m'attendaient à la bibliothèque. Je me demande ce qui se passe quand il y en a plus de huit ? La bibliothécaire était là aujourd'hui, et elle m'a laissée remplir mes cartes de prêt entre bibliothèques. Si je continue à commander une cinquantaine de livres par semaine, il pourrait bien y en avoir plus de huit un samedi ou un autre. Je me demande si je peux obtenir l'autorisation de sortir un soir de semaine. Plusieurs filles prennent des leçons de musique. Je pourrais peut-être apprendre un instrument pour pouvoir aller à la bibliothèque, mais je suis si nulle en musique que ça risque de ne pas marcher. Je me demande s'il y a une autre activité extrascolaire qu'on me laisserait pratiquer. Je pourrais demander à Miss Carroll.

Je n'avais pas d'argent, mais je suis quand même passée à la librairie. J'ai découvert que le bois d'en face s'appelle la forêt du Braconnier — c'est sur la carte — et j'y suis entrée pour brûler la lettre que j'ai reçue hier. Je me suis un peu enfoncée sous les arbres et j'ai fait un cercle. Personne ne m'a vue, à part deux fées qui sont restées indifférentes. Je n'ai pas lu la lettre. Je ne l'ai même pas ouverte. Parce que j'étais toute seule, et gelée avec ça, je n'ai pas fait de feu, j'ai juste enflammé le coin de l'enveloppe et je l'ai lâchée. J'ai failli me brûler les cheveux quand ça a pris plus vite que je ne m'y attendais, je ne recommencerai pas.

Il faisait froid mais il ne pleuvait pas, c'était la première fois depuis des siècles que j'étais dehors sans qu'il pleuve. J'ai essayé de m'asseoir sur le banc où j'avais lu *Triton* pour lire *Né avec les morts*, mais le vent était trop froid. Ce n'est pas tant la température qui me dérange, mais que les jours soient si courts. La nuit est tombée avant qu'il soit l'heure de rentrer à l'école.

J'ai jeté un coup d'œil dans la librairie et vu quelques livres que je voudrais acheter quand j'aurai de nouveau de l'argent, ou à commander à la bibliothèque. Il y a un livre pour adultes d'Alan Garner intitulé *Red Shift*. Je me demande de quoi il parle. Il a une couverture bizarre avec un menhir et une lumière, ce qui n'a aucun sens. Si je dis à Daniel que je veux l'acheter, il va sans doute m'envoyer de l'argent, à moins que le billet de 10 livres ait été censé durer jusqu'à Noël. Enfin, si c'est le cas, il n'a qu'à le dire et je le commanderai à la bibliothèque.

Ensuite, parce qu'il faisait noir et que je ne voulais pas rentrer, et que je n'avais pas d'argent pour faire semblant de boire du thé dans un café, j'ai traîné dans les autres boutiques de la ville. Je suis entrée chez Woolworths où j'ai piqué un flacon de talc et un Twix. Il y avait une fille qui s'appelait Carrie, au Refuge, qui piquait tout le temps dans les magasins et qui m'a montré comment faire. C'est très facile, il suffit de rester calme. Personne ne prête aucune attention à moi. Mais je ne prendrais pas un livre, ou plutôt j'en prendrais chez Woolworths, s'ils en avaient, mais je ne le ferais pas dans une librairie, à moins d'être désespérée.

Je suis entrée chez C&A et j'ai regardé les soutiens-gorge. Je n'en ai pas essayé. Ils sont plus chers que je ne l'aurais pensé, et le système de tailles est compliqué. Tante Teg devrait pouvoir m'expliquer.

Chez Smiths, j'ai vu Gill qui regardait les disques. Je ne

m'intéresse pas du tout aux disques, en fait j'associe le fait d'écouter de la pop music avec ce que Gill prétendait mépriser : se rendre intéressantes devant les garçons. Mais je suis allée lui dire bonjour. Elle regardait un disque intitulé *Anarchy in the UK* par un groupe qui s'appelle les Sex Pistols. Il avait une pochette très laide, mais je suis très attirée par l'anarchisme à cause des *Dépossédés*. Je pense que ça serait beaucoup mieux de vivre sur Anarres. Gill a dit que ça ne nous plairait pas, parce que nos parents n'auraient pas d'argent et que nous n'aurions pas de privilèges. J'ai dit que tout le monde aurait les mêmes avantages. Je n'ai pas dit que de toute façon ma famille n'était pas si riche que ça. J'ai dit : pourquoi aurions-nous une meilleure éducation que quelqu'un qui ne peut pas se payer Arlinghurst ?

Gill a acheté le disque, même si elle ne va pas pouvoir l'écouter avant Noël, donc je n'en vois pas l'intérêt.

Sur le chemin du retour, nous avons parlé de Léonard de Vinci. Apparemment, en plus d'être peintre, c'était un savant qui a inventé des hélicoptères, étudié les fossiles et tenu des carnets. Gill a un livre qui parle de la vie des savants qu'elle a proposé de me prêter, ce qui est gentil de sa part, mais ce n'est pas du tout mon truc. Elle est un peu… je ne sais pas. Elle n'est pas stupide, ce qui est un soulagement, et elle n'a pas peur de me parler, mais elle a l'air un peu trop passionnée, ce qui me met mal à l'aise. J'ai l'impression qu'elle veut quelque chose.

J'ai partagé le Twix avec Deirdre. Je ne lui ai pas dit que je l'avais piqué.

DIMANCHE 18 NOVEMBRE 1979

J'ai écrit à Grampar. La prochaine fois que j'aurai de l'argent, je lui achèterai une carte pour lui souhaiter un prompt rétablissement. Je lui ai parlé de mes notes (qui sont toutes systématiquement excellentes dans toutes les matières sauf en maths, comme d'habitude) et du temps qu'il fait. J'ai aussi écrit à Daniel, surtout pour parler de *Terre, planète impériale* et de *Sur l'onde de choc*, mais en mentionnant le Garner. J'aimerais avoir de l'argent de poche, comme la plupart des filles, pour savoir à l'avance ce que je pourrai dépenser. J'ai aussi écrit à tante Teg pour mon problème de soutien-gorge, en faisant bien attention de ne pas demander d'argent, en fait en précisant explicitement de ne pas en envoyer, parce que ça ne serait pas honnête, je veux juste savoir comment fonctionne le système de tailles. Il y a un chiffre et une lettre. Je suppose que je pourrais demander à Deirdre, ou même à Gill, mais je préfère l'éviter.

Pas de gâteaux aujourd'hui.

MARDI 20 NOVEMBRE 1979

Un colis de Daniel ce matin, avec *Demain, les chiens* de Clifford Simak et *Dune* de Frank Herbert, dont aucun des deux ne me semble à première vue enthousiasmant. Mais c'est si bon d'avoir de la lecture. Et aussi un nouveau billet de 10 livres. Je ne sais pas s'il va m'envoyer un billet chaque fois que je dis que j'ai envie d'acheter un livre. Je suppose que je peux compter dessus, mais ce n'est pas très fiable. J'en ai parlé à Deirdre, bien qu'il soit difficile de la pousser à se confier, l'argent de poche étant un des sujets tabous que l'on n'est censées évoquer que de façon détournée. Mais une fois qu'elle a commencé à parler, on ne peut plus l'arrêter.

« J'ai deux livres chaque fois que je reviens de vacances. Ma mère dit que je n'ai pas besoin d'argent, parce que tout est fourni, mais c'est idiot. Je sais que tu as remarqué que j'emprunte tout le temps ton savon. Il y a du savon, du shampoing et tout ce dont on peut avoir envie, même des pommes, à la boutique. Et si tu n'achètes jamais de gâteaux, tout le monde dit que tu es radine ou, pire, sait que tu es pauvre et te traite avec condescendance. Karen m'a offert un gâteau le trimestre dernier et a dit : "Je sais que tu ne pourras pas me le rendre, mais ne t'en fais pas pour ça", d'un ton tellement supérieur que j'ai acheté des gâteaux dès la première semaine de la rentrée.»

Je l'avais remarqué, parce qu'elle m'en avait donné un aussi.

«Tu n'étais pas obligée de m'offrir un gâteau. Mais bien sûr, ça fait toujours plaisir.

— La plupart des filles ont une livre par semaine, ou même deux pour certaines. Je ne sais pas comment elles font pour faire de la monnaie, parce qu'elles les reçoivent dans des lettres. Aucune ne dit de combien elle dispose, parce que c'est vulgaire de parler d'argent.»

Vulgaire de parler d'argent, mais on peut très bien demander quel genre de voiture a votre père, et quel est son métier, et quel genre de maison il possède, et quelle sorte de manteau de fourrure a votre mère. Je ne savais même pas qu'il y avait différentes sortes de fourrure, encore moins s'il y en a qui sont plus ou moins acceptables. La première fois qu'on m'avait posé la question, j'avais répondu au hasard que c'était du renard, ce qui me paraissait plausible, mais Josie m'a demandé si je voulais dire du renard argenté ou du renard roux ordinaire. Il était si évident à sa façon de poser la question que le renard argenté était la bonne réponse que je n'ai pas hésité. Bien sûr, ma mère n'a pas de manteau de fourrure du tout, et si elle en avait eu un c'est probablement qu'elle aurait torturé la pauvre bête. De toute façon, je pense que porter de la fourrure est mal et je l'ai dit à Josie et que je n'aurai jamais, jamais de manteau de fourrure, parce que c'est mal de tuer les animaux pour prendre leur peau. Je ne suis pas végétarienne, je pense que c'est très bien de tuer les animaux pour les manger, parce que c'est différent. Ils nous feraient la même chose. Mais il n'est pas indispensable pour nous de prendre leur fourrure juste pour frimer.

Il reste cinq semaines de classe jusqu'à Noël, donc si j'utilise deux livres par semaine, ça devrait aller. Mais je pourrais prendre un peu d'avance pour m'acheter un soutien-gorge ce week-end parce que, maintenant que j'ai remarqué que j'avais des seins, ils n'arrêtent pas de me gêner et il serait bon d'avoir un harnais pour les empêcher de ballotter.

MERCREDI 21 NOVEMBRE 1979

Lettre.

Je ne l'ai pas ouverte, mais son simple contact a paru réveiller la douleur de ma jambe, qui a été très intense aujourd'hui.

Ce matin, à la bibliothèque, j'ai fini *Les Temps parallèles* et, comme je n'avais plus rien à lire, j'ai décidé d'aller voir dans les rayons. Miss Carroll s'affairait à ranger un arrivage de nouveaux livres, surtout des ouvrages de référence, et j'étais assise dans mon coin habituel, avec des lambris des deux côtés et une étagère en face de moi. Parfois je m'assieds un siège plus loin, pour regarder par la fenêtre, mais il n'y avait rien d'intéressant à voir aujourd'hui, rien qu'un ciel gris, des branches dénudées et une pluie incessante.

J'étais sur le point de me lever pour aller dans les travées, quand Miss Carroll est venue vers moi. «Je me rappelle que tu t'étais renseignée sur Platon», a-t-elle dit en posant devant moi un exemplaire flambant neuf de *La République* de la collection «Grands Classiques». Elle avait aussi laissé négligemment deux autres livres sur une table voisine, un ouvrage très intrigant, *Daughter of Time*, de Josephine Tey, et *An Old Captivity*, de Nevil Shute (j'ai déjà lu ce dernier, bien sûr... c'est l'histoire de Leif Erickson).

La République n'est pas aussi distrayant que *Le Banquet*. C'est une suite de longs discours et personne ne tente de faire la cour à moitié ivre à Socrate. C'est très intéressant quand même, mais je persiste à penser que ça ne marcherait pas, comme l'a dit Sam. La nature humaine s'y oppose. Les gens ont tendance à réagir toujours de la même façon. Et si Socrate pense que les enfants de dix ans sont des pages blanches qu'il pourrait manipuler, ça doit faire longtemps qu'il n'a plus dix ans ! Mettez-moi avec Mor dans cette *République* et nous l'aurons subvertie en cinq minutes. Il faudrait commencer avec des bébés, comme dans *Le Meilleur des mondes*, qui a été influencé par Platon, je le vois maintenant. On pourrait introduire une histoire dans *La République* de Platon : deux personnes tomberaient amoureuses l'une de l'autre et gâcheraient tout. Tomber amoureux serait une perversion. Ce serait comme être homosexuel pour Laurie et Ralph. Je préfère *Triton* à *Anarres*, quitte à choisir une utopie. Vous savez ce que j'aimerais lire ? Un dialogue entre Bron, Shevek et Socrate. Socrate aurait aussi aimé ça. Je parie qu'il aimait les gens qui argumentent. On peut le voir, on peut voir ça, au moins, dans *Le Banquet*.

Quand je suis revenue cet après-midi et que j'ai repris ma place, j'ai constaté que le Shute et le Tey étaient toujours là. Miss Carroll ne touche généralement pas à mes affaires, et quand elle le fait elle me dit où elle les a mises, ou elle me les rend. Mais ces livres étaient à elle. J'ai quand même commencé à lire le Tey. Je crois qu'elle les avait apportés à mon intention. Je pense qu'elle avait remarqué que j'avais du mal à me déplacer, aujourd'hui, et qu'elle les a apportés pour que j'aie de la lecture. Je suis sûre qu'elle a commandé *La République* pour moi. Je suppose que je suis la seule personne qui se sert de la bibliothèque dans le but où elle a été conçue — non, ce n'est pas vrai, certaines filles de 6ᵉ s'en servent pour trouver des livres pour leurs dissertations. Je les ai vues. Mais je suppose que Miss Carroll doit m'avoir remarquée, tout le temps assise là à lire, et qu'elle a voulu faire un geste pour moi.

Je devrais faire quelque chose de gentil pour elle. Les filles offrent de temps en temps des gâteaux aux professeurs. Est-ce que Miss Carroll peut être considérée comme un professeur ? Ou bien je pourrais lui offrir quelque chose pour Noël ?

JEUDI 22 NOVEMBRE 1979

Ma jambe ne va toujours pas très bien. Je me demande si je ne devrais pas retourner voir le docteur. L'infirmière a mon ordonnance pour du Distalgesic, je pourrais aller lui en demander. J'irais bien, mais il y a deux étages à descendre, plus un à monter.

Qui aurait cru que Richard III n'a pas vraiment tué les princes dans la Tour de Londres ?

Une lettre de tante Teg, pleine de nouvelles. Maintenant je comprends le système des soutiens-gorge, mais je ne sais pas comment prendre mes mesures.

Je devrais peut-être en emprunter un à une fille de ma taille, pour voir.

VENDREDI 23 NOVEMBRE 1979

Je suis finalement allée voir l'infirmière hier, elle m'a donné un analgésique, dit que je devais aller voir le docteur et elle a pris rendez-vous pour moi. Je n'en vois pas l'intérêt, mais je n'ai pas discuté.

J'ai demandé à Gill de mettre la lettre de ma mère dans la poubelle de la cuisine pour moi. Être enfouie sous les restes et les déchets la neutralisera et elle partira bientôt aux ordures. J'ai demandé d'abord à Deirdre, mais elle n'a pas voulu la toucher. C'était très sage de sa part.

Pas étonnant que les fées fuient la douleur en courant. Elles aiment être diverties et c'est horriblement ennuyeux.

Demain, il faut que je sois en forme pour aller à la bibliothèque.

SAMEDI 24 NOVEMBRE 1979

Seulement trois livres pour moi à la bibliothèque. Je les ai pris, j'ai acheté une carte de prompt rétablissement pour Grampar et je suis rentrée tout droit. *Red Shift* et le soutien-gorge attendront la semaine prochaine.

Parfois je ne suis pas sûre d'être entièrement humaine. Enfin, je sais que je le suis. Je ne devrais pas penser que ma mère n'irait pas dormir avec les fées... non, ce n'est pas ce qu'on dit. « Dormir avec les fées » signifie être mort. Je ne devrais pas penser qu'elle n'irait pas coucher avec les fées, mais si elle l'avait fait, elle s'en serait vantée. Elle ne l'a même jamais laissé entendre. Elle n'aurait jamais accusé Daniel et ne l'aurait pas obligé à se marier. Daniel nous ressemblait, Sam l'assurait. Et les enfants de fées, dans les chansons et les histoires, sont toujours de grands héros — à propos, je n'ai jamais su ce qu'il est advenu de Tam Lin, l'enfant de Janet. Mais voyez Earendil et Elwing. Non, ce n'est pas de ça que je veux parler.

Ce que je veux dire c'est que, quand je regarde les autres, les autres filles de l'école, et que je vois ce qu'elles aiment, de quoi elles se contentent et ce qu'elles veulent, je n'ai pas l'impression d'appartenir à la même espèce. Et parfois — parfois je m'en fiche. Il y a si peu de personnes dont je me préoccupe vraiment. J'ai l'impression parfois qu'il n'y a que les livres qui rendent la vie supportable, comme à Halloween quand j'ai voulu vivre uniquement parce que je n'avais pas fini *Babel 17*. Je suis sûre que ce n'est pas normal. Je m'inquiète plus des personnages des livres que des gens que je côtoie tous les jours. Il y a des fois où Deirdre me tape tellement sur le système que j'ai envie d'être cruelle, de l'appeler Meirdre comme tout le monde, de lui hurler qu'elle est stupide. Si je ne le fais pas, c'est par pur égoïsme, parce qu'elle est pratiquement la seule qui me parle. Et Gill, elle me donne parfois la chair de poule. Qui pourrait s'empêcher de préférer empreindre un dragon ? Ou d'être Paul Atreides ?

DIMANCHE 25 NOVEMBRE 1979

J'ai envoyé un mot à tante Teg pour la remercier. Elle a demandé si je venais pour Noël, j'ai donc écrit à Daniel pour lui poser la question. Je pense que ça lui conviendra, comme ça je ne serai pas dans ses jambes. J'ai aussi écrit à Sam pour parler longuement de *La République*. Et j'ai envoyé la carte à Grampar — elle est mignonne, c'est un éléphant alité avec un thermomètre qui dépasse à côté de la trompe.

Grampar me manque. Ce n'est pas vraiment que j'aie beaucoup de choses à lui dire, comme à Sam, c'est juste qu'il est un élément essentiel de ma vie. Grampar et Gramma nous ont élevées, et ils n'y étaient vraiment pas obligés, ils auraient pu nous laisser avec notre mère, mais ils ne l'ont pas fait.

Grampar nous a appris à reconnaître les arbres et Gramma nous a enseigné la poésie. Il connaissait toutes sortes d'arbres et de fleurs et il nous a d'abord appris à reconnaître les arbres à leurs feuilles, puis à leurs bourgeons et à leur écorce pour qu'on puisse les identifier en hiver. Il nous a aussi appris à tresser des joncs et à carder la laine. Gramma n'aimait pas autant la nature, même si elle citait : «Avec le baiser du soleil comme grâce et le chant des oiseaux comme joie, on est plus près du cœur de Dieu dans un jardin que nulle part ailleurs sur Terre.» Mais c'étaient les mots qu'elle aimait, pas le jardin. Elle nous a appris à cuisiner, et à mémoriser des poésies en gallois et en anglais.

Ils faisaient un drôle de couple, en un sens. Ils étaient rarement d'accord sur beaucoup de choses. Souvent, ils s'énervaient l'un l'autre. Ils n'avaient même pas beaucoup d'intérêts communs. Ils s'étaient rencontrés dans une troupe de théâtre amateur, mais elle aimait les textes et lui être sur scène. Pourtant ils s'aimaient. Elle avait une façon de dire «Oh, *Luke*!» d'un ton tendre et exaspéré.

Je crois qu'elle se sentait limitée par sa vie. C'était un professeur, une mère et une grand-mère. Je pense qu'elle aurait aimé plus de poésie dans sa vie. Elle m'avait vivement encouragée à en écrire. Qu'aurait-elle pensé de T. S. Eliot ?

LUNDI 26 NOVEMBRE 1979

Je me suis réveillée en pleine nuit... ce n'était pas un rêve. Je me suis réveillée et je ne pouvais plus bouger, j'étais complètement paralysée, et elle était dans la pièce, penchée au-dessus de moi, je sais qu'elle était là. J'ai essayé de crier, de réveiller quelqu'un, mais je ne pouvais pas. Je la sentais qui se rapprochait, qui se penchait sur mon visage. Je ne pouvais ni bouger ni parler, j'étais impuissante contre elle. J'ai commencé à réciter mentalement la Litanie contre la peur, de *Dune* — «La peur est le poison de l'esprit, la peur est la petite mort» —, puis elle a disparu et j'ai de nouveau pu bouger. Je me suis levée et suis allée boire un verre d'eau, et ma main tremblait si fort que j'en ai renversé la moitié sur moi.

Si elle peut entrer, une autre fois elle pourrait me tuer.

Ici, les fées ne me parleront pas et je ne peux pas écrire à Glorfindel ou à Titania pour leur demander comment l'arrêter. Même si Daniel me laisse aller là-bas pour Noël, c'est dans un mois.

J'ai posé sur l'appui de fenêtre deux petites pierres que j'avais gardées après avoir fait un cercle la dernière fois que j'ai brûlé des lettres. Je pense que si elle essaie d'entrer par là, les pierres se dresseront pour empêcher le passage. En réalité, il faudrait toute une rangée de pierres, ou une ligne de sable. L'ennui, c'est qu'il y a onze autres filles qui couchent dans ce dortoir et qu'elles n'hésiteront pas à déranger ou à jeter un petit caillou. Je vais devoir les vérifier chaque soir avant d'aller dormir et quelqu'un va le remarquer tôt ou tard. Je suppose que je pourrais leur dire, mais je leur ai déjà trop raconté d'histoires effrayantes.

Elle ne pourrait pas passer à travers des vitraux, mais ça ne m'avance pas à grand-chose. Je vais devoir préparer quelque chose et faire un vrai charme protecteur, même sans parler avant aux fées. Ça me fait peur, mais pas autant que de la voir entrer dans la pièce pendant mon sommeil et m'immobiliser. Je ne pouvais pas bouger du tout, malgré tous mes efforts.

MARDI 27 NOVEMBRE 1979

C'est drôle comme c'est dur de se concentrer sur la lecture dans une salle d'attente. D'un côté je ne désire rien de plus que m'absorber dans un livre et me cacher. De l'autre je dois rester à l'écoute de mon nom, si bien que chaque son me distrait. Tout le monde y est malade, ce qui est très déprimant. Les affiches parlent de contraception et de maladies. Les murs sont d'un vert bilieux. Il y a un dépliant «Faites examiner votre vue». Je devrais, peut-être.

Liste de tout ce que j'ai vu par la fenêtre en attendant :

2 clochards
1 homme avec un chien de berger — un magnifique chien de berger
6 personnes à vélo
12 mères de famille au teint mat avec 19 enfants
4 enfants d'âge scolaire non accompagnés
4 jeunes couples
1 bébé dans une poussette, poussé par une femme en robe brune
1 vieillard fatigué en jeans — à quoi pense-t-il? Les jeans sont pour les jeunes
1 homme garant une moto
Des millions de voitures

2 hommes d'affaires
1 chauffeur de taxi
1 moustachu avec sa femme
2 femmes blondes en manteaux verts assortis, qui sont passées deux fois, une dans chaque direction. Peut-être des sœurs?
1 paire de jumeaux adultes. (Je déteste voir des jumeaux, même si c'est idiot.)
1 homme élégant en habit. (À l'heure du déjeuner?)
1 homme en chemise rose. (Rose!)
1 skinhead portant une chope de bière en forme de dragon. (Il s'est arrêté devant la fenêtre et j'ai pu bien la regarder.)
1 femme d'affaires en tailleur rayé avec un attaché-case. (Elle avait l'air très soignée. Aimerais-je être elle? Non. Mais pas non plus la plupart de ceux que j'ai vus.)
6 adolescents en tenue de gymnastique faisant la course
8 moineaux
12 pigeons
1 chien noir et blanc, probablement bâtard de terrier, non accompagné, qui levait la patte contre la moto. Il s'est éloigné seul, l'air guilleret, en reniflant tout. Peut-être que j'aimerais être lui.

Personnes qui m'ont remarquée :

1 homme en chemise de jean, qui m'a fait bonjour.

C'est drôle comme les gens sont généralement peu observateurs.

Quand est enfin venu mon tour, le docteur a été très brusque. Il n'avait pas beaucoup de temps à me consacrer. Il a dit qu'il me recommanderait à l'hôpital orthopédique et ferait suivre mes radios. J'avais dû attendre tout ce temps au milieu d'enfants la goutte au nez et de vieillards décrépits pour deux minutes d'entretien avec le docteur. Et c'était pour ça que j'avais manqué le cours de physique?

J'ai quand même pu acheter deux pommes et une nouvelle bouteille de shampoing, et je suis passée à la bibliothèque, sur le chemin du retour, où j'ai réussi à rendre trois livres et à en emprunter quatre, je considère donc que c'était une expédition positive en ville.

En attendant le bus pour rentrer à l'école, j'ai réfléchi à la magie. Je voulais que le bus vienne et je ne savais pas exactement à quelle heure il passait. Si je mêlais la magie à ça, si j'imaginais le bus arrivant juste au coin de la rue, ce n'aurait pas été comme si j'avais matérialisé un bus du néant. Le bus était quelque part dans sa tournée. Il y avait deux bus par heure, disons, et pour que le bus arrive juste au moment désiré, il aurait dû partir du terminus à une heure précise, et les gens seraient montés et arrivés à destination à des heures différentes. Pour que le bus soit où je veux, il me faudrait changer tout ça, l'heure à laquelle ils s'étaient levés, même, et peut-être tout l'horaire depuis le moment où il avait été établi, de sorte que les gens auraient dû prendre le bus à des heures différentes tous les jours depuis des mois, rien que pour que je n'aie pas à attendre aujourd'hui. Dieu sait ce que ça aurait changé dans le monde, et tout ça juste pour un bus. Je ne sais pas comment les fées osaient seulement. Je ne sais pas comment qui que ce soit pourrait en savoir assez.

La magie ne peut pas tout faire. Glory n'avait pas pu aider Gramma pour son cancer, bien qu'il l'ait voulu et que nous l'ayons voulu. La magie peut remonter dans le temps, mais elle n'a pas pu faire revivre Mor. Je me rappelle quand elle est morte et que tante Teg me l'a annoncé, j'ai pensé : *Elle sait, et je sais, et d'autres gens le diront à d'autres gens et de plus en plus de gens sauront et cela s'étendra comme des vagues à la surface d'un étang et il n'y aura pas moyen de revenir en arrière sans défaire tout.* Ce n'est pas comme tomber d'un arbre sans que personne d'autre que les fées le voie.

MERCREDI 28 NOVEMBRE 1979

Gill s'est glissée dans le dortoir hier soir pour m'apporter sa vie des savants. Elle s'est assise sur mon lit et, pendant que nous bavardions, elle a posé le bras derrière moi, comme par mégarde, mais j'ai bien vu qu'elle s'y prenait prudemment, et en me regardant tout le temps. Je me suis levée d'un bond et je lui ai dit qu'elle devrait y aller, mais après Sharon m'a jeté un regard très étrange et je pense qu'elle l'avait remarquée. Aurais-je fait quelque chose pour encourager Gill? Ou, en tout cas, pour lui donner à penser que je pourrais m'intéresser à elle de cette manière? C'est très délicat, car elle est l'une des très rares personnes qui m'adressent vraiment la parole. Je crois qu'il faudrait que je lui parle, mais pas dans le dortoir! Et j'ai peur de dire que je veux la voir en privé au cas où elle prendrait ça encore pour un encouragement, ce qui serait blessant quand il faudrait la détromper.

Dans *Trois femmes dans un château*, qui n'est pas du tout ce à quoi je m'attendais, il y a un passage où l'héroïne est amoureuse d'un homme alors qu'un autre est amoureux d'elle, et elle se dit qu'elle va le faire avec lui, peut-être, mais elle sait aussi que ça ne marchera pas et elle ne veut pas le blesser. Ce qu'elle ressent et la façon qu'elle a de ne pas vouloir le blesser est un peu ce que j'éprouve vis-à-vis de Gill. Franchement, je ne pense pas que ce serait différent si c'était un garçon qui était mon ami. Je le dirai à Gill quand j'en aurai l'occasion. Peut-être samedi, ou demain après le cours de chimie?

Une des pierres était tombée de l'appui de fenêtre, mais je l'ai remise en place. C'est une protection improvisée, mais pour le moment elle tient. Plus de visites nocturnes.

JEUDI 29 NOVEMBRE 1979

Des rêves horribles. Il faut vraiment que je fasse quelque chose. Ça ne peut pas continuer comme ça. Je le ferai cette nuit s'il ne pleut pas.

Pourquoi ne suis-je pas comme tout le monde?

Je vois Deirdre : sa vie est complètement lisse. Ou bien le semble-t-elle juste à mes yeux? Elle est venue me trouver à la récréation et m'a prise à part. «Charogne m'a raconté qu'elle a vu Gill te draguer», a-t-elle dit, et elle m'a regardé en toute confiance.

«Sharon a peut-être vu ça, mais je ne suis pas intéressée par Gill et je le lui ai dit.

— C'est mal, a-t-elle affirmé avec force.

— Je ne pense pas que ce soit mal si les deux personnes en ont envie, mais là, je n'en ai pas envie. »

Deirdre a eu l'air troublé et a battu en retraite, mais plus tard elle m'a offert un Polo à la menthe pour montrer qu'elle ne m'en voulait pas. Je devrais lui acheter un gâteau pour dimanche.

Pas eu l'occasion de parler à Gill après le cours de chimie. Je crois qu'elle cherche à m'éviter. Nous n'avons peut-être pas besoin d'avoir une conversation, après tout.

VENDREDI 30 NOVEMBRE 1979

Je me suis levée en pleine nuit pour essayer de la magie. Je suis descendue dans la cour en m'accrochant à l'orme, j'ai trouvé le cercle que j'avais fait la dernière fois et l'ai reconstitué. La lune apparaissait par intermittence à travers les nuages. Je n'ai pas fait de feu, cette fois.

Je ne veux pas raconter ce que j'ai fait. Une appréhension superstitieuse me dit que ça doit être mal, que je ne devrais même pas en avoir dit autant. Je ne devrais peut-être pas l'écrire seulement en miroir, mais à l'envers et en latin. Je crois savoir maintenant pourquoi les gens n'écrivent pas de vrais livres de magie. C'est simplement trop difficile à exprimer. Même comme ça, je sens encore que, à la fin, je ne savais pas vraiment ce que je faisais et que j'improvisais comme une folle. Ça n'a rien à voir avec faire ce que l'on vous a dit, quand vous pouvez être sûr que ça va marcher. La lune a toujours été mon amie. Mais même dans ces conditions.

Jusque-là, on nous avait toujours dit comment procéder. Glorfindel nous avait dit de jeter les fleurs dans la mare, il m'avait dit de jeter le peigne dans le marécage. Debout dans mon cercle, je me sentais très inexpérimentée, comme si je jouais à moitié et qu'il était impossible que ça marche. La magie est très mystérieuse. Je ne cessais de regarder la lune à travers les branches dénudées en attendant qu'elle se dégage un moment. J'avais préparé une sorte de poème à chanter, ce qui m'aidait au moins à me mettre dans le bon état d'esprit.

J'ai utilisé des choses dont je me souvenais, des choses que j'inventais et d'autres qui me semblaient aller d'elles-mêmes. J'essayais de faire un charme de protection et de trouver un *karass*. J'avais une pomme — j'en avais deux que j'avais gardées quelques jours ensemble pour qu'elles s'habituent l'une à l'autre, même si elles ne venaient pas du même arbre, puis j'en ai mangé une, de façon à ce qu'elle fasse partie de moi, et j'ai utilisé l'autre. Les pommes sont en relation avec les pommiers et avec le monde des plantes cultivées, les jardins d'Éden et des Hespérides, avec Idunn et avec Éris — j'avais aussi une fois gardé une pomme dans mon pupitre, à l'école, qui avait mûri, puis fini par pourrir et s'était transformée en une pulpe à l'odeur douceâtre, et ce n'est que quand elle a commencé à se couvrir de moisissure que je l'ai jetée. C'était un lien très fort. Dans la Perse antique, et maintenant dans certaines régions de l'Inde, je crois, on pratique des «funérailles célestes» : on dépose le corps des morts sur une plateforme où les oiseaux les dévorent, et ils se décomposent à la vue de tous. Ça doit créer un lien magique très puissant, mais ça doit être terrible quand c'est quelqu'un que vous connaissiez qui pourrit comme ça sous vos yeux. La crémation n'est peut-être pas magique, mais au moins c'est propre.

Quoi qu'il en soit, je me suis entaillé le doigt et me suis servie de mon sang, je sais que c'est dangereux, mais je sais aussi que c'est puissant.

J'ai vu la fée qui m'avait parlé la première fois, là-haut, dans l'arbre. Il y avait d'autres yeux dans les branches, mais je ne les connaissais pas et elles n'ont pas parlé. Je ne sais pas comment les amener à me faire confiance et à être amies avec moi. Elles sont différentes de nos fées, plus sauvages, plus éloignées des gens.

Même avec ce sentiment que j'ai d'être comme un bagage abandonné, même après Halloween, jamais je ne me suis sentie aussi diminuée qu'hier soir. J'ai l'impression qu'on m'a coupé un bras, comme si j'étais habituée à porter les choses à deux mains et que je doive maintenant me débrouiller avec une seule, magiquement parlant. Et pourtant je n'ai pas essayé d'y porter remède. Je n'y avais même pas pensé jusqu'à maintenant. Comme pour ma jambe. Je me demande si je pourrais. Je sens qu'il est dangereux d'essayer, que même essayer ce que j'ai fait, essayer de créer un *karass*, est dangereux. Je n'aurais peut-être pas dû aller au-delà de la protection dont j'avais vraiment besoin. Recourir à la magie pour obtenir ce dont vous avez envie n'est pas sûr. C'est Glorfindel qui me l'a dit. Presque tout, sinon tout, ce que je veux, je ne peux pas l'avoir depuis des années. Je sais ça. Mais un *karass* ne devrait pas être impossible, non ? Ou est-ce trop dangereux d'essayer ?

Bien sûr, il est impossible de savoir si ça a marché. C'est toujours le problème avec la magie. Ou un des problèmes. Parmi d'autres…

Je suis épuisée, aujourd'hui. J'ai failli tomber endormie sur Dickens en cours d'anglais. D'ailleurs, il est pratiquement toujours soporifique. Je n'arrête pas de bâiller. Mais, cette nuit, je vais peut-être dormir sans rêves. On verra.

SAMEDI 1ᴱᴿ DÉCEMBRE 1979

Aujourd'hui à la bibliothèque, le bibliothécaire m'a interpellée. « Vous avez bien commandé *Au-delà des Monts du lendemain*? » m'a-t-il demandé. J'ai acquiescé. « Il n'y a jamais eu d'édition britannique, alors je crains que nous ne puissions rien pour vous.

— Ah, ai-je dit, déçue. Merci quand même.

— J'ai remarqué que vous faisiez beaucoup de demandes de prêts entre bibliothèques.

— Elle a dit... la bibliothécaire a dit que ça ne posait pas de problème, ai-je bafouillé. Elle a dit que c'était gratuit parce que j'avais moins de seize ans.

— Ce n'est pas un problème, commandez autant de livres que vous voulez, nous vous les obtiendrons. »

Je me suis détendue et lui ai souri.

« Je viens de remarquer que beaucoup sont des livres de SF et je me demandais si vous aimeriez vous joindre à notre club du livre de SF du mardi soir. »

Un *karass*, me suis-je dit. La magie a marché. Mes yeux se sont emplis de larmes et je n'ai pas pu parler pendant un moment. « Je ne sais pas si on me laissera venir de l'école, ai-je répondu à contrecœur. À quelle heure est-ce?

— Nous commençons à six heures et restons habituellement jusqu'à huit heures. C'est ici même, à la bibliothèque. Je crois savoir que la procédure pour les élèves d'Arlinghurst qui veulent sortir en dehors des classes ou des activités éducatives est qu'elles doivent avoir la signature d'un parent et celle d'un professeur ou bibliothécaire.

— Ils ont été d'accord pour la bibliothèque.

— Oui. » Il m'a souri. Il a un début de calvitie, mais il n'est pas très vieux, et il a un joli sourire.

« Et ce sera très éducatif, ai-je ajouté.

— J'en suis sûr. Je ne sais pas si vous pourrez avoir une signature pour mardi, quand nous parlerons de Le Guin, mais le mardi suivant nous discuterons de Robert Silverberg, et j'ai remarqué que vous avez l'air de l'apprécier. »

J'ai noté les renseignements, ramassé mes livres et je suis allée m'asseoir dans le salon de thé, si heureuse que j'avais envie de chanter. Un *karass*, ou le début d'un ! Oh, j'espère que je pourrai y aller ce mardi ! Si je n'avais demandé aucun Le Guin à la bibliothèque, c'était parce que je les avais tous lus, ou du moins je le crois. J'ai beaucoup à dire sur elle. Un *karass* ! Génial ! J'en aurais chanté de joie.

DIMANCHE 2 DÉCEMBRE 1979

Miss Carroll m'a signé l'autorisation de quitter l'école pour aller au club de lecture ! Elle a dit qu'il va falloir faire tous mes devoirs à l'avance, mais ce n'est pas un problème. Elle espère que mes notes ne s'en ressentiront pas, qu'elles feraient mieux de ne pas baisser à cause du club de lecture. Je lui ai répondu de ne pas s'en faire. Elle m'a demandé si j'avais aimé le livre de Josephine Tey et j'ai dit qu'il m'avait beaucoup plu, ce qui est vrai.

Dans son livre sur les Inklings, Carpenter dit que C. S. Lewis voulait faire d'Aslan un émule de Jésus. Je peux voir plus ou moins ce qu'il voulait dire, mais ça a tout de même tout d'une trahison. Ça ressemble à une allégorie. Pas étonnant que Tolkien ait été contrarié. Moi aussi, je me suis sentie roulée, parce que je ne l'avais pas remarqué sur le coup. Je suis parfois si stupide… quoique Aslan lui-même le soit toujours tellement. Je ne sais pas ce que je pense de Jésus, mais je sais ce que je pense d'Aslan.

J'ai écrit à Grampar et à tante Teg et je leur ai parlé du club de lecture. Et j'ai écrit à Daniel pour le supplier de signer l'autorisation. Je suis sûre qu'il le fera. Je lui ai aussi parlé de l'amalgame Aslan/Jésus, parce que je voudrais savoir ce qu'il en pense, et j'ai *encore* demandé à aller au pays de Galles à Noël. J'ai promis à Grampar que j'essayerais.

J'ai enfin eu une conversation avec Gill. Il pleuvait à verse, aussi, plutôt que d'aller aux sports collectifs, tout le monde dansait dans le hall cet après-midi. Elle, elle traînait au lieu d'aller se changer, et je suis tombée sur elle à la sortie de la salle de permanence où j'avais fait mon courrier. Elle ne m'a pas adressé la parole directement, mais j'ai dit : « Gill, je ne sais pas si je me suis fait des idées, mais je voulais que tu saches que je t'apprécie comme amie, mais je ne suis pas intéressée par une relation physique avec toi.

— Tu avais dit que tu n'aimais pas les garçons. »

Effectivement, je m'en souvenais. « Ça ne veut pas dire que j'aime les filles. Je ne pense pas qu'il y a quelque chose de mal à ça, je crois que la plupart des gens sont attirés par les deux, mais on dirait que je ne le suis pas. Désolée. Je suppose que je suis un cas particulier. »

Nous discutions dans l'encadrement de la porte de la permanence, quelqu'un est arrivé derrière moi et nous a bousculées pour passer, et Gill a fait adieu de la main et elle a couru se changer. J'espère que ça va s'arranger. Ça rend les choses si compliquées !

LUNDI 3 DÉCEMBRE 1979

Une lettre de Daniel, avec un autre billet de 10 livres, disant qu'ils m'attendaient au Vieux Manoir pour Noël, mais que je pourrais ensuite descendre quelques jours en Galles du Sud. Mais pourquoi tiennent-ils tant à ce que je vienne ? Quel avantage peuvent-ils en retirer ? Je préférerais de beaucoup aller aider tante Teg avec Grampar, surtout s'il sort vraiment le jour de Noël. Au Vieux Manoir, ils n'ont pas montré le moindre signe qu'ils voulaient autre chose qu'être débarrassés de moi le plus vite possible. Et je ne sais pas quoi penser de Daniel. Je lui suis reconnaissante de m'avoir sortie du Refuge pour enfants, mais l'école n'est pas vraiment préférable. Il semble vouloir établir une relation, après n'en avoir eu aucune pendant tant de temps. Mais je suis sûre que lui et ses sœurs se porteraient mieux si je n'étais pas là. Et que diable puis-je leur offrir ? Je ne peux pas leur donner simplement une boîte de chocolats si je suis là le jour de Noël. Ce serait lamentable. Enfin, après, au moins je pourrais aller en Galles du Sud.

MARDI 4 DÉCEMBRE 1979

Bien sûr, aucune lettre de Daniel avec l'autorisation signée. Ce n'est pas la peine d'espérer, parce que la poste n'aurait guère eu le temps de distribuer ma lettre et de m'apporter la réponse. Mais c'est mon *karass*, et la réunion a lieu ce soir sans moi, et ils vont parler des *Dépossédés*, alors je ne peux m'empêcher de me sentir frustrée. Je suppose qu'il y a des réunions tous les mardis depuis que je suis là, mais je ne le savais pas, et maintenant je le sais. Enfin, à moins que ce soit la magie qui ait créé le club de lecture au lieu de simplement inciter le bibliothécaire à m'inviter. Plus je réfléchis à la magie, à ce qu'elle fait et à la manière dont elle influence les choses, plus je pense que je devrais m'abstenir d'y toucher.

L'école devient vraiment insupportable. Je suis habituée à ce que les filles m'affublent de surnoms, mais certaines se sont mises à chanter « Elle avait une jambe de bois » quand je passe, ou simplement à fredonner l'air, s'il y a un professeur à proximité. Elles veulent m'exaspérer, j'affecte donc de ne pas entendre, ce qui est facile à faire, même si je bous intérieurement. Elles font la même chose à Deirdre avec « Danny Boy », au point de la faire parfois fondre en larmes. Ce qu'il y a de terrible avec elle, c'est qu'elle est un tel cliché! Elle est irlandaise et ce n'est pas une lumière. Karen lui a donné une bouchée de barre granola et elle a dit que ça avait un goût d'arbre de Noël pas cuit. Elle voulait dire de gâteau, bien sûr, parce que c'est de ça que ces barres ont le goût, mais maintenant tout le monde fait des plaisanteries sur les Irlandais qui font cuire des arbres de Noël. J'ai dû rire quand je l'ai entendu, juste parce que c'est surréaliste. Je pense qu'elle a ri elle-même. Ce n'était pas méchant. C'est continuer sans arrêt qui est méchant, et bien sûr c'est ce qu'elles font, parce qu'elles voient que ça la blesse. Il faut que je fasse en sorte qu'elles ne voient pas que cette histoire absurde de jambe de bois avec sa stupide « rondelle de caoutchouc » m'atteint.

Je ne peux toujours pas pardonner à C. S. Lewis son allégorie. Je comprends maintenant pourquoi Tolkien a dit dans le prologue qu'il haïssait ses livres. Vous ne pouvez pas prendre quelque chose pour lui faire prendre la place d'autre chose. Ou vous le pouvez, mais vous ne devez pas trop insister. Si j'essaie de le voir comme une relecture des Évangiles, ça diminue Narnia. Je crois que j'aurais du mal à le relire sans penser à ça. Comme c'est énervant! Cependant, Carpenter dit que C. S. Lewis a écrit quelques livres directement sur le christianisme… ouvertement, c'est-à-dire. Je devrais peut-être essayer de les lire. Je dois dire que j'ai des sentiments mitigés vis-à-vis de la religion. Et le cours d'éducation religieuse n'est d'aucune aide. On nous parle à longueur de temps des voyages de Paul, et je lis aussi lentement la Bible. Il y a dedans quelques bonnes histoires, au milieu de tout un fatras. Mais la plus grande partie est de l'histoire, pas de la théologie, et j'aimerais bien savoir si Lewis dit quelque chose sur les fées — parce que les ménades, dans *Le Prince Caspian*, m'ont toujours fait un peu penser aux fées. Il n'y a rien d'autre ici que ses histoires interplanétaires, mais je vais voir s'ils ont *Les Fondements du chris-*

tianisme à la bibliothèque municipale et sinon, eh bien, le prêt entre bibliothèques est là pour ça.

Juste quand je finissais d'écrire, Miss Carroll est arrivée. « Votre père a-t-il signé l'autorisation pour le club de lecture ? a-t-elle demandé.

— Pas encore. Je suis sûre qu'il le fera, mais il n'a encore pas eu le temps.

— Si vous voulez, je peux venir avec vous ce soir. Si je suis là tout le temps, *in loco parentis*, ça devrait aller. Ça serait comme emmener les filles au théâtre. J'ai vérifié auprès de Miss Ellis et elle a dit que c'était d'accord. » Elle m'a souri.

« Mais vous avez envie de venir ? » Je ne peux pas m'empêcher d'être désagréable avec les gens qui sont gentils avec moi. Ce n'est pas volontaire, ça sort avant que j'aie eu le temps de réfléchir.

« Ça devrait être intéressant, a-t-elle dit.

— Lisez-vous de la SF ?

— J'essaie de lire ce qu'il y a dans ma bibliothèque, pour pouvoir conseiller les élèves. J'ai effectivement lu un peu de SF. Ce n'est pas ce que je préfère, comme vous, mais j'en ai lu. Même quelques Ursula Le Guin ; entre autres *Le Sorcier de Terremer*.

— Et vous avez aimé ?

— J'ai trouvé ça excellent. » Miss Carroll s'est assise en face de moi à la table de bois et m'a regardée d'un air interrogateur. « Qu'est-ce qu'il y a ? Je ne m'attendais pas à être interrogée sur mon aptitude à assister au club de lecture, je pensais vous faire plaisir.

— Ça me fait plaisir. Merci. J'ai vraiment envie d'y aller. C'est juste que je ne suis pas habituée — je veux dire que je ne peux pas croire que vous renonciez à votre soirée pour moi. » Elle est très jeune, en fait. Elle doit avoir des amis, ou au moins une chambre où elle vit et se prépare à dîner et lit ses livres sans être dérangée. Pour être franche, je trouve très difficile d'imaginer sa vie en dehors de l'école. Mais au lieu de faire quoi que ce soit, elle va au club de lecture de SF parce que j'en ai envie. Pourquoi ferait-elle ça? Je ne savais pas que la magie marchait si bien. C'est effrayant.

« Ce sera une expérience intéressante, a-t-elle dit. J'aimerais voir comment ils font les choses à la bibliothèque municipale. Et j'aime toujours entendre parler de livres. Nous pourrions éventuellement organiser un club de lecture ici. Certaines filles des grandes classes pourraient être intéressées. De plus », m'a-t-elle confié en se penchant en avant et en baissant la voix, bien que nous fussions seules dans la bibliothèque, comme d'habitude, « une des choses qu'on vous apprend à l'école des bibliothécaires est qu'il faut prendre en considération les besoins des clients et leur faire plaisir. Comme vous êtes sans conteste ma meilleure cliente, et une des seules personnes qui fréquentent vraiment cette bibliothèque, vous faire plaisir est donc important. »

J'ai ri. « Merci. Merci beaucoup. »

Je vais donc au club de lecture ce soir! Miss Carroll passe me prendre après le dîner.

MERCREDI 5 DÉCEMBRE 1979

Bien sûr, ils n'ont pas décidé instantanément qu'ils étaient mon *karass* pour m'accueillir à bras ouverts. Ç'aurait été trop demander. Mais c'était génial malgré tout.

J'avais si peur d'être en retard que nous sommes arrivées en avance. La bibliothèque fermait tout juste à notre entrée. Le bibliothécaire a eu l'air très surpris de me voir. « Ah, mademoiselle Markova », a-t-il dit, ce qui était littéralement la première fois que quelqu'un m'appelait comme ça. J'avais auparavant été appelée de temps en temps Mlle Phelps, mais jamais Mlle Markova. Ça faisait bizarre. « Vous êtes venue, tout compte fait.

— Voici Miss Carroll, la bibliothécaire de l'école. Et monsieur, euh…, ai-je bafouillé.

— Greg Mansell, mais appelez-moi Greg.

— Et moi, c'est Alison », a dit Miss Carroll, et ils se sont serré la main. Stupidement, je n'avais jamais pensé qu'elle pouvait avoir un prénom, peut-être parce que Carol en est un. Je savais que j'aurais dû dire mon nom, qu'ils me regardaient tous les deux en attendant que je parle, mais ma langue était paralysée dans ma bouche et je suis restée muette. Ce n'est pas vraiment que j'avais oublié mon nom, mais je ne savais pas quelle forme utiliser. « Mori, ai-je dit au bout d'un trop long moment. Mes amis m'appellent Mori. »

Puis deux autres hommes sont arrivés : un grand, Brian, et un petit râblé, Keith. Greg a sorti sa clef et nous a conduits dans une pièce à l'arrière de la bibliothèque.

Celle-ci doit avoir été construite il y a environ cent ans. Elle est de style victorien, avec des murs de brique et des encadrements de fenêtre en pierre. La pièce où se tiennent les réunions était autrefois une salle de lecture, mais maintenant c'est la salle des ouvrages de référence, à l'étage, qui sert de salle de lecture, et celle-ci reste fermée. Elle est lambrissée jusqu'à mi-hauteur et, au-dessus, les murs sont peints en crème entre les fenêtres — il y a beaucoup de fenêtres d'un côté, mais je n'ai pas pu voir dehors, parce qu'il faisait noir. Sur le long mur d'en face il y a un énorme tableau sombre avec des personnages victoriens en train de lire dans une bibliothèque, assis de dos à de petites tables au milieu des étagères. La pièce n'est pas du tout comme ça — il y a une grande table au centre avec des chaises de bois anciennes tout autour. Il y a deux bustes, un à chaque bout de la pièce. L'un est celui de Descartes, que je ne connais pas mais qui a un très beau visage, l'autre celui de Platon !

Je me suis assise du côté de la table faisant face au tableau, le dos aux fenêtres, et Miss Carroll a pris place à côté de moi. Les hommes, qui se connaissaient, bien sûr, sont restés bavarder debout. Il en est entré d'autres, certains plus jeunes, mais aucun n'avait beaucoup moins de trente ans. Ils ont été suivis par deux garçons portant le blazer violet du lycée local. Je ne leur ai pas donné plus de seize ou dix-sept ans. Je commençais à me dire qu'il n'y aurait que des hommes, quand une femme solide aux cheveux grisonnants est entrée d'un air affairé et s'est assise à la tête de la table. Elle avait une grosse pile de livres de Le Guin en édition cartonnée qu'elle a posée près d'elle comme une femme d'affaires. Voyant cela, les autres ont pris place. J'aurais voulu en avoir aussi apporté, mais bien sûr je n'en avais aucun à part mon cher vieux *Wind's Twelve Quarters*, volume II. Tous mes livres étaient restés chez ma mère.

Miss Carroll a regardé un peu nerveusement la pile de livres. « Vous les avez tous lus ? » m'a-t-elle demandé doucement.

Je les ai regardés plus attentivement et je les avais tous lus, sauf *L'Œil du héron*. « Tous sauf un, ai-je dit. Et j'en ai lu un qui n'est pas là, *Le nom du monde est forêt*.

— Vous lisez vraiment beaucoup de science-fiction », a-t-elle commenté.

À ce moment, la femme grisonnante a pris une profonde inspiration comme si elle s'apprêtait à commencer et, au même instant, la porte s'est ouverte et un garçon — un jeune homme — est presque tombé dans la pièce. C'était l'être le plus superbe que j'aie jamais vu, avec de longs cheveux blonds cascadant sur les épaules, des yeux très bleus, un regard intense, même si je ne l'ai pas remarqué tout de suite, et une sorte de grâce naturelle même quand il a trébuché. « Je suis désolé d'être en retard, Harriet, a-t-il dit en gratifiant la femme d'un sourire éblouissant. Mon vélo a crevé. »

Ça semblait un tour cruel des dieux qu'une si splendide créature en soit réduite à se déplacer à bicyclette. Il s'est assis juste en face de moi, si près que je pouvais voir les gouttes de pluie perlant sur ses cheveux. Il devait avoir dix-huit ou dix-neuf ans. Je me suis demandé pourquoi il n'était pas à l'université. Il avait un peu l'allure d'un lion, ou d'un Alexandre le Grand jeune.

«J'allais commencer, mais vous n'êtes pas en retard», a dit Harriet en lui souriant. (Harriet! Je n'avais encore jamais rencontré aucune Harriet dans la vraie vie. J'ai fantasmé brièvement que c'était Harriet Vane, parce qu'elle avait le bon âge pour ça, sauf qu'elle se ferait appeler Lady Peter, et de toute façon c'était un personnage de roman. Je fais la différence, vraiment j'en suis capable.)

La porte s'est ouverte à la volée et une adolescente est entrée. Elle portait un blazer violet qui jurait terriblement avec ses cheveux roux. Elle s'est assise avec les deux garçons en blazer qui lui avaient gardé un siège entre eux. En voyant cela, j'ai ressenti… pas exactement de la jalousie, mais j'ai éprouvé une sorte de pincement de cœur.

Puis Harriet a commencé à présenter Le Guin. Elle a parlé pendant un quart d'heure, vingt minutes. Après cela la discussion est devenue générale. J'ai parlé bien plus que je n'aurais dû. Même sur le moment, je m'en suis rendu compte. Je ne pouvais tout simplement pas m'arrêter. Je n'ai interrompu personne, ça aurait été impardonnable, mais je ne me contenais pas assez pour laisser la parole aux autres. Miss Carroll n'a pas dit un mot. Le beau garçon a dit certaines choses très pénétrantes sur *L'Autre Côté du rêve*. Un des hommes, Keith, je crois, a dit que ça faisait penser à Philip K. Dick, ce qui était absurde, et le beau garçon a répondu que s'il y avait quelques ressemblances superficielles, on ne pouvait comparer Le Guin à Dick, parce que ses personnages sont plus proches des vrais gens que ceux de Dick, ce qui est exactement ce que j'aurais dit. Il y a aussi apparemment un film qui a été tiré du livre, mais personne ne l'avait vu.

Il a ajouté aussi que si elle décrit si bien les procédures scientifiques dans *Les Dépossédés*, bien qu'elle ne soit pas scientifique, c'est parce qu'elle comprend que la créativité n'est pas si différente quelles que soient les disciplines. Lui et Brian s'accordaient sur le fait qu'elle décrivait bien la procédure scientifique et tout le monde s'en est remis à eux pour ça, ils devaient donc sans doute être des scientifiques. Je n'ai pas demandé dans quel domaine. J'avais déjà trop parlé, comme je l'ai dit. Je n'arrêtais pas de réfléchir à des choses à dire et à demander, puis à penser que j'en avais trop dit et que je devrais laisser parler les autres, et puis à penser à d'autres choses que j'avais à dire, et à les dire. J'espère que je n'ai pas totalement ennuyé tout le monde.

Le beau garçon — il faut que je découvre son nom pour la prochaine fois! — gardait les yeux rivés sur moi pendant que je parlais. C'était très déconcertant.

Mais c'est un des garçons en blazer violet qui a dit la chose la plus intéressante de toutes. Je venais d'avancer que les mondes de Le Guin étaient réalistes parce que ses personnages étaient réels, et il a dit oui, mais les gens semblaient réels parce que c'étaient ceux que ces mondes auraient produits. Si vous éleviez Ged sur Annares ou Shevek sur Terremer, ce ne seraient pas les mêmes personnes, l'environnement modèle les gens, ce que l'on voit bien sûr tout le temps dans la littérature générale, mais qui est rare en SF. C'est absolument vrai, et c'est très intéressant, et je n'ai pas pu m'empêcher d'intervenir pour dire que ça collait bien avec *L'Autre Côté du rêve* et avec ce qui arrivait aux personnages des différents mondes, et qu'être quelqu'un de gris dans un univers où tout le monde est gris était fondamentalement différent d'être quelqu'un de brun dans un monde où les races cohabitent.

Je ne me souviens pas avoir déjà pris un tel bon temps, et malgré mon inquiétude d'avoir trop parlé, je dirais que la soirée a été un succès total. Il y a une chose que j'ai souvent remarquée. La première fois que je dis quelque chose, c'est comme si les gens ne m'entendaient pas, ils ne peuvent pas croire que c'est ce que j'ai dit. Puis ils commencent à prêter attention, ils cessent de prendre garde que c'est une adolescente qui parle et commencent à penser que ce que j'ai à dire mérite d'être écouté. Là, ça demandait beaucoup moins d'efforts que normalement. Dès la deuxième fois que j'ai ouvert la bouche, leurs expressions n'étaient pas condescendantes, mais attentives. J'ai aimé ça.

Après, Keith a demandé qui venait au pub. Le beau garçon y est allé, et Harriet et Greg, mais pas les collégiens en blazer, et pas moi, parce que je devais rentrer à l'école. Tout le monde a pris congé de moi, mais j'ai été à nouveau tout empruntée et muette pour leur dire au revoir et à la semaine prochaine, j'espère.

Miss Carroll a échangé quelques mots avec Greg, puis nous avons repris sa voiture et elle m'a ramenée à l'école. «Vous n'avez pas beaucoup l'occasion de parler des choses qui comptent pour vous, n'est-ce pas?» m'a-t-elle demandé.

J'ai regardé la nuit au-dehors. Entre les feux tricolores en bas de la ville et l'école, il n'y a aucune source de lumière sauf une ferme de temps en temps, ce qui veut dire que les phares de la voiture me semblaient une brutale irruption de luminosité. J'ai vu des souris et des lapins, et même quelques fées qui détalaient dans les rayons qui les éclairaient. «Non, ai-je répondu. Je n'ai pas beaucoup l'occasion de parler aux gens.

— Arlinghurst est une très bonne école dans son genre.

— Pas pour les gens comme moi.

— Le dernier bus qui dessert l'école part à huit heures cinquante, a-t-elle dit. Ce soir, ils ont terminé à près de neuf heures. J'ai demandé à Greg, comme un service d'un bibliothécaire à une autre, s'il pourrait vous raccompagner régulièrement et il a dit oui. Du moment que vous êtes au lit pour l'extinction des feux, ça ne devrait pas poser de problème.

— C'est très gentil de sa part. Et il a été gentil de me poser des questions. Vous ne pensez pas que j'ai trop parlé?»

Miss Carroll a ri tandis que la voiture tournait entre les ormes pour s'engager sur l'allée de l'école. «Peut-être un peu trop. Mais ils étaient certainement intéressés par ce que vous aviez à dire. Je ne m'inquiéterais pas pour ça.»

Je m'en fais quand même.

JEUDI 6 DÉCEMBRE 1979

Les jours deviennent terriblement courts. Il semble faire nuit tout le temps. Il fait noir jusque bien après neuf heures, ce qui me pousse à rester toute la matinée à l'intérieur. J'avais l'habitude de sortir un moment avant le petit déjeuner, juste pour prendre l'air. Je n'allais nulle part, je restais juste devant le vestiaire et je respirais un moment avant de retrouver le tintamarre du réfectoire. Au petit déjeuner, nous avons droit à du pain avec de la margarine à volonté, des œufs brouillés aqueux et trop cuits, et des tomates en boîte, que je ne mange pas. Le dimanche, et à l'occasion les autres jours, nous avons aussi droit à des saucisses, qui nous semblent un vrai délice. Les professeurs n'assistent pas au petit déjeuner, tout le monde parle donc toujours à tue-tête et, bien sûr, il faut faire de même si on veut être entendu. On se croirait dans une fosse aux ours, en plus aigu. Parfois, j'attends hors du vestiaire et j'entends les voix résonner dans le couloir comme dans ces asiles de fous du XVIIIe siècle où les gens allaient se divertir en écoutant hurler les déments.

Il fait aussi noir, ou presque, à l'heure où finissent les cours. Les lampes sont allumées et le soleil largement couché. Le ciel est encore vaguement lumineux, mais il ne fait pas de doute que la nuit est tombée. J'aime m'éloigner du bâtiment de l'école et me retourner pour regarder les lumières, orangées dans le crépuscule. Ça me rappelle un peu les fois où nous rentrions à la maison avec Mor, un peu avant Noël, donnant toutes deux la main à Gramma. Son école avait fini un jour avant la nôtre et elle était venue nous chercher. Nous étions encore en cours préparatoire, nous devions avoir six ans. Je me souviens juste que je lui tenais la main et que je regardais en arrière les lumières et le ciel qui n'était pas tout à fait noir.

Ces souvenirs me rendent mélancolique, mais je retrouve une petite partie du sentiment de sécurité et d'excitation à cette évocation. Les souvenirs sont comme des tapis, je les garde empilés dans ma tête et n'y fais guère attention, mais si je veux je peux revenir en arrière, marcher dessus et me souvenir. Je ne suis pas vraiment là, pas comme un elfe pourrait l'être, bien sûr. C'est juste que si je me rappelle avoir été triste, en colère ou contrariée, une partie de ce sentiment me revient. C'est pareil pour les bons souvenirs, bien sûr, mais je pourrais facilement les user d'y trop repenser. Si je le fais, quand je serai vieille, tous mes mauvais souvenirs seront toujours vifs à force d'avoir été repoussés, mais tous les bons seront usés. Je ne me souviendrai pas vraiment de ce jour avec Gramma, que déjà je ne me rappelle pas nettement, je ne me souviendrai que de ces courtes journées d'hiver à l'école où je sortais seule et où je me retournais pour regarder les fenêtres éclairées.

J'en ai assez du noir. Je sais que le passage des jours fait partie de la vie. J'aime les saisons et les fruits de saison. Celle des pommes doit être presque passée, et je suppose qu'il y a des mandarines orange vif dans leur fascinant emballage violet avec un texte en espagnol en ce moment même dans la boutique de Mrs Lewis. (Si je pouvais sentir l'odeur d'une mandarine ! Peut-être samedi.) Mais je commence à détester l'obscurité à cette période de l'année. Je ne suis pas autorisée à sortir à l'heure du déjeuner, qui est le seul moment où il fait à peu près clair, même si le ciel est toujours gris et qu'il pleut le plus souvent.

Les jours rallongeront. Le printemps viendra. Mais l'attente paraît bien longue.

Une réponse de mon père avec l'autorisation pour le club de lecture, il était temps! Je pourrai donc y aller la semaine prochaine.

Je pensais aux membres du club de lecture et je me demandais qui, parmi eux, fait partie de mon *karass*, en réalité. Le beau garçon? (Il faut que je découvre son nom!) Il me regardait sérieusement avec ses beaux yeux. Et même s'il a tort sur des points fondamentaux, il est disposé à écouter. J'éprouve un petit frisson quand je pense à lui en train de me regarder. Et les trois en blazer violet, qui ont mon âge? (Il faut aussi que je trouve leurs noms, mais c'est moins urgent.) J'aimerais sûrement les connaître mieux, et ils s'intéressent aux livres. Je vais essayer de leur parler la prochaine fois. Harriet? Je n'ai pas vraiment accroché avec elle, mais elle est très intelligente. Brian? Keith? Je ne sais pas. Les autres, avec qui je n'ai pas vraiment fait connaissance? Trop tôt pour le dire. Greg? Peut-être. Miss Carroll? (Alison…)

En écrivant son nom, je l'ai regardée. Elle était occupée à coller des étiquettes dans des livres. Malgré ce qu'elle a dit à propos de satisfaire ses clients, elle m'a emmenée au club de lecture à cause de la magie. Je le sais, et ça me met un peu mal à l'aise. La magie fonctionne à partir de ce qui existe, donc elle doit probablement m'aimer un peu et elle devait m'avoir remarquée. Elle a commandé *La République* à mon intention. Mais la magie peut faire arriver rétrospectivement des choses. Elle peut faire que des choses soient arrivées. Peut-être que si je n'avais pas essayé la magie, elle n'aurait pas commandé le Platon. Je ne sais pas si elle m'aime bien, en réalité, ou si c'est uniquement à cause de la magie. Si elle ne m'aime pas vraiment, comment puis-je l'aimer en retour? Comment cela peut-il avoir un sens?

Et, bien sûr, il en va de même pour les autres. Est-ce vraiment un *karass*, si j'ai usé de magie pour le créer? C'est comme pour faire arriver le bus… tous ces gens, tous ces jours, toutes ces vies changés, juste pour que le bus soit là au moment où je le veux. Seulement c'est plus que ça, c'est les faire bien m'aimer. Faire d'eux mon *karass*.

Je n'avais pas assez réfléchi à ça. J'imaginais le *karass* d'une façon trop abstraite, je n'avais pas assez pensé aux gens que je manipulais. Je ne les connaissais même pas, et je les manipulais.

Était-ce comme ça qu'elle avait commencé ? Ma mère, Liz ?

Je voudrais pouvoir en parler à Glorfindel ou à quelqu'un qui comprendrait. Je ne sais pas s'il comprendra ou non, mais il est le plus susceptible de le faire. Je ne sais pas pourquoi les fées sont si inamicales — indifférentes, plus exactement. Elles devraient être habituées à moi, maintenant. Quand je rentrerai à la maison après Noël, j'irai le trouver et je lui parlerai, quoi qu'il arrive.

La magie est-elle mauvaise par nature ? Ou est-ce l'employer pour soi qui l'est ? Suis-je donc censée rester totalement vulnérable à ses attaques ? Ou bien est-ce seulement pour le *karass* que c'est mauvais alors que pour un sort de protection ça va ? Ou — c'est toujours le piège avec la magie — cela allait-il arriver de toute façon et ai-je simplement cru que c'était l'effet de la magie ? Non, regardons la chronologie. C'est ma conjuration d'un *karass* et je pense qu'elle a amené à l'existence tout le club de lecture (qui se réunissait depuis des mois). Je n'ai jamais rien vu à son propos, bien que j'aille tout le temps à la bibliothèque. Ces gens n'existaient peut-être même pas. Peut-être que Harriet — qui est la plus âgée — peut-être que ses parents ne l'auraient pas eue, peut-être que toute sa vie, soixante ans et plus, n'existe que pour qu'il puisse y avoir un club de lecture et que j'aie un *karass*, que nous puissions nous réunir et discuter de *L'Autre Côté du rêve*, qui est le livre idéal pour ça, et pour savoir s'il est comme chez Dick.

Bon sang, j'espère que ce n'est pas comme chez Dick. Ça, mieux vaut ne pas y penser.

Je ne veux pas être comme elle.

Je ne recourrai plus à la magie, ou en tout cas juste pour me protéger, moi et les autres, et le monde en général. Mieux vaut être comme George Orr que laisser gagner Liz. Je ne sais pas ce qu'elle fait. Il n'y a plus eu de rêves, et plus de lettres vénéneuses. Je crains un peu que ça ne veuille dire qu'elle projette quelque chose de pire.

Ce qu'elle veut vraiment, c'est devenir une reine noire. Je ne sais pas comment ça peut marcher, mais c'est ce qu'elle veut. (Elle a lu *Le Seigneur des Anneaux* et je ne sais pas si elle s'est identifiée à tous les êtres maléfiques en espérant que les bons ne résisteront pas, mais je sais qu'elle l'a lu, parce que la première fois que je l'ai fait, c'était son exemplaire. Ça signifie que le simple fait de le lire n'est pas suffisant. (Après tout, le diable peut citer les Écritures.) Elle veut que tout le monde l'aime et soit désespéré. Ce n'est pas un but très sain, mais c'est ce qu'elle veut. Ce n'est pas ce que je veux. Quel serait l'intérêt? C'est assez moche de penser à obliger Miss Carroll (qui a cessé de ranger ses étagères pour me sourire en voyant que je la regardais) à m'aimer.

Qui pourrait vouloir d'un monde de marionnettes?

Nous avons eu bien raison de l'arrêter, et ça en valait vraiment la peine, la peine de mourir, la peine de vivre estropiée. Si elle avait réussi, nous aurions toujours aimé notre mère, comme tout le monde. Je croyais savoir que c'était important, mais en fait je n'en savais rien.

Moralement, la magie est tout simplement indéfendable.

J'allais dire que j'aurais voulu savoir ça avant, mais je le savais. Je savais ce qui était arrivé après que j'avais jeté le peigne dans le marais. J'avais réfléchi au bus. Je savais pour elle. J'aurais dû mettre la chose en pratique.

SAMEDI 8 DÉCEMBRE 1979

Greg n'était pas à la bibliothèque ce matin, et il n'y avait que trois des livres que j'avais commandés, dont aucun n'avait l'air très excitant. C'était un peu déprimant. Je suis descendue à la librairie. Il tombait un crachin glacé d'un ciel très bas, le genre de pluie qui semble venir de toutes les directions. Un parapluie n'est d'aucun secours contre ça, même si de toute façon je ne peux pas me servir d'un parapluie, avec une canne dans une main et un sac dans l'autre. En descendant la colline vers la librairie et le petit étang, j'avais le vent en pleine figure. Mon chapeau n'arrêtait pas de s'envoler. Ce n'était pas le genre de pluie qu'on puisse trouver agréable, il fallait rentrer la tête dans les épaules et prendre son mal en patience.

À la librairie, j'ai vu la fille rousse. Elle regardait les livres pour enfants. Elle m'a remarquée dès que je suis entrée, parce que le vent a fait claquer la porte et donc, bien sûr, elle a levé les yeux. Elle avait un sac de toile en bandoulière et elle portait sous le bras un tas de sacs de magasins.

« Salut ! a-t-elle dit en faisant un pas vers moi. Je t'ai vue au club de lecture mais je n'ai pas saisi ton nom.

— Moi pareil », ai-je répondu, en essayant de sourire et d'avoir l'air amical, et en m'efforçant de ne pas penser à ce que la magie pouvait lui avoir fait, à elle et au monde, pour qu'elle m'aime bien. Je la sentais qui me regardait et je me demandai ce qu'elle pensait de moi. Son manteau noir lui allait mieux qu'un blazer violet. Ses cheveux étaient toujours roux, et très mal coiffés, mais ils ressemblaient plus à une catastrophe capillaire qu'à une explosion dans une fabrique de peinture.

« Je m'appelle Janine, a-t-elle dit.

— Et moi Mori.

— Joli. C'est l'abréviation de quoi ?

— Morwenna. »

Janine a ri. « Drôle de nom. C'est gallois ?

— Oui. Ça veut dire vague déferlante. » En fait, ça se traduit littéralement par *mer blanche*, mais c'est ce que ça veut dire, c'est ça la mer blanche, l'écume sur la crête des vagues.» Nous sommes restées un moment sans rien dire. Puis elle a dit : «Je fais mes achats de Noël. Il reste à peine deux semaines.

— Je n'ai encore rien acheté!» me suis-je exclamée, en prenant soudain conscience. «Tu achètes des livres pour tout le monde?

— La plupart des membres de ma famille n'apprécieraient pas. Mais je pensais que je pourrais acheter la trilogie de *Terremer* pour ma petite sœur Diane, après tout ce qu'on en a dit l'autre soir.

— Tu ne les as pas déjà?

— Non, je les ai empruntés à la bibliothèque pour enfants. En plus, j'ai établi pour règle que personne ne touche jamais mes affaires, alors je ne vais pas commencer à leur prêter des livres juste quand j'ai réussi à la leur faire entrer dans la tête.

— Je pourrais acheter un livre pour mon père, ai-je dit. Je dois certainement lui acheter quelque chose. Mais c'est si difficile de savoir ce qu'il a déjà.

— Qu'est-ce qu'il aime? demanda Janine.

— Oh, la SF.

— C'est comme ça que tu as commencé à en lire?

— Non. Je ne l'ai rencontré qu'il y a très peu de temps et je lis depuis des années.

— Tu n'as rencontré ton...», a-t-elle commencé, puis elle s'est interrompue et a détourné les yeux. Elle a passé ses sacs sous l'autre bras et quand elle a repris ç'a été d'un ton faussement dégagé. «Oh, divorce?

— Oui», ai-je répondu, bien qu'en fait le vrai divorce ne soit pas encore prononcé. Daniel avait disparu sans prendre la peine de faire aucune démarche officielle.

«C'est une chance qu'il aime la SF, a dit diplomatiquement Janine.

— Oui. Ça nous donne de quoi parler. Ça fait bizarre de rencontrer quelqu'un qui est en même temps son père et un étranger.» C'était la première fois que j'en parlais à qui que ce soit.

«Tu devais être toute petite.

— Rien qu'un bébé, en fait.

— Mes parents divorcent», a-t-elle dit, très doucement en regardant les étagères plutôt que moi. «C'est affreux. Ils se disputent tout le temps, et maintenant papa vit chez grand-mère et maman passe son temps à pleurer.

— Ils feront peut-être la paix, ai-je suggéré, mal à l'aise.

— C'est ce que j'espère. Papa a accepté de venir à la maison pour Noël et j'espère qu'être en famille et nous voir tous, à Noël, lui fera comprendre que c'est elle qu'il aime et pas Doreen.

— Qui est Doreen?

— La fille qui s'occupe des pompes à essence dans son garage. C'est sa petite amie. Elle n'a que vingt-deux ans.

— J'espère vraiment qu'il décidera de revenir. Écoute, pourquoi n'irions-nous pas prendre une tasse de thé à côté? Nous pourrions revenir ici après pour acheter des livres.

— D'accord.»

Nous nous sommes installées à ma place habituelle près de la fenêtre. Il n'y a jamais personne, le samedi matin, je ne sais pas comment ils s'en sortent. J'ai commandé du thé et des gâteaux au miel pour nous deux, et deux autres gâteaux au miel à emporter à l'école pour Deirdre et moi. «Comment as-tu appris pour le club de lecture? ai-je demandé.

— Pete m'en a parlé. Pete, c'est le garçon brun, tu dois l'avoir vu. C'était mon petit ami. Nous avons plus ou moins rompu, mais nous sommes encore amis.» Elle s'est versé du thé et l'a sucré.

«Tu sors avec l'autre, maintenant?»

Janine a ri. «Hugh? Tu veux rire. Il est plus petit que moi, et il n'a que quinze ans. Il est encore en classe de 4ᵉ.

— Quel âge as-tu?

— Seize ans. Et toi?

— Oh, je n'en ai que quinze, moi aussi, et je suis dans ce qu'une école sensée appellerait classe de 4ᵉ, mais à Arlinghurst c'est la 5ᵉ inférieure.» J'ai rempli ma tasse avec beaucoup d'eau chaude dans mon thé. C'est moins mauvais comme ça.

«Je te croyais plus vieille, a-t-elle dit. Tu as beaucoup lu, pour ton âge.

— C'est à peu près tout ce que j'ai fait. C'est Pete qui t'a fait lire de la SF?

— Oui, mais j'ai toujours aimé ce genre de choses. Il me prêtait des livres — enfin, il le fait encore — et il m'a emmenée au club. Ma mère dit que la SF est puérile et que c'est pour les garçons, mais elle se trompe. J'ai essayé de lui faire lire *La Main gauche de la nuit*, mais bon, elle ne lit pas des masses et uniquement des histoires à l'eau de rose. Je viens de lui trouver un livre qui s'appelle *The Kissing Gate*. Tout à fait son genre de truc.» Elle a soupiré.

«Vous serez combien? ai-je demandé.

— Seize personnes à qui je dois acheter des cadeaux, a-t-elle répondu sans hésiter. Trois sœurs, papa et maman, quatre grands-parents, deux tantes, un oncle et quatre cousins, dont un bébé. Je lui ai pris un nounours. Et toi?»

J'ai hésité. «C'est complètement différent cette année. Mon grand-père, ma tante Teg, une autre tante, trois cousins, mon père, et sans doute ses sœurs — je ne sais pas ce que je peux leur offrir.

— Et pour ta mère? a-t-elle demandé.

— Je ne lui achète rien! me suis-je écriée, farouche.

— À ce point?» a-t-elle dit, mais je n'avais aucune idée de ce qu'elle s'imaginait.

«Oh, j'ai oublié Sam. Sauf que Sam est juif, alors je ne sais pas si un cadeau de Noël est bien indiqué.

— Qui est Sam? a-t-elle demandé en prenant une bouchée de son gâteau au miel.

— Le père de mon père.

— C'est donc ton grand-père.

— En quelque sorte.

— Tu es donc juive?

— Non. Apparemment, il faut avoir une mère juive pour être juif.

— Je ne pense pas que les juifs fêtent Noël. Tu ferais peut-être mieux de lui trouver quelque chose de beau pour son anniversaire», m'a-t-elle conseillé.

J'ai acquiescé. «Je devrais acheter aussi quelque chose pour Miss Carroll, parce qu'elle a été vraiment gentille avec moi, elle m'a accompagnée au club de lecture et a commandé des livres spécialement pour moi.

— C'est celle avec qui tu étais? Elle n'a pas beaucoup parlé. Qui est-ce?

— La bibliothécaire de l'école. Elle ne viendra pas avec moi, en temps normal. Je peux prendre le bus à l'aller et Greg me raccompagnera.»

Janine a réfléchi tout en mastiquant. «Alors tu devrais aussi lui trouver quelque chose, a-t-elle dit. Pour lui c'est facile. Il aime le chocolat noir. Tu pourrais lui prendre du Black Magic ou quelque chose comme ça.

— Je suppose qu'un livre, pour un bibliothécaire...

— C'est parler de charbon à un charbonnier, a-t-elle dit, et elle a éclaté de rire. Tu devrais peut-être offrir aussi des chocolats à ta Miss Carroll. Je suppose que tu as beaucoup d'argent.

— Oui, en ce moment, ai-je répondu, puis je me suis rendu compte de ce que j'avais dit. Non, je sais que je vais à Arlinghurst, mais ça ne veut pas dire que je suis riche. Au contraire. Mon père paie pour que j'y aille, ou plutôt ses sœurs paient. Elles sont riches, et aussi bêcheuses, je trouve. Ma famille, ma vraie famille est de Galles du Sud et ce sont tous des enseignants.

— Pourquoi tes tantes t'envoient à Arlinghurst, alors?

— Je n'ai vraiment pas le sentiment que les sœurs de mon père sont ma famille. Ça me fait bizarre de les appeler mes tantes, ou Sam mon grand-père.» J'ai mordu dans mon gâteau et senti le miel gicler sur ma langue. «Elles paient pour que j'aille à l'école afin de se débarrasser de moi, je pense. Elles savent que Daniel est coincé avec moi, comme ça, elles n'ont pas trop à me voir. Mais elles veulent que je sois là à Noël, ce que je ne comprends pas. Je pourrais aller chez tante Teg. Mais elles ne veulent pas.

— Je n'ai jamais pensé aux pensionnats comme à des dépotoirs, jusqu'ici, a-t-elle dit en se léchant le miel sur les lèvres.

— C'est exactement ça. Je déteste ça. Mais je n'ai pas le choix.

— Tu pourrais quitter l'école l'année prochaine, quand tu auras seize ans. Tu pourrais trouver un travail.

— J'y ai pensé. Mais je veux aller à l'université, et comment faire si je n'ai pas de diplômes?»

Elle a haussé les épaules. «Tu pourrais préparer l'examen d'entrée à mi-temps. C'est ce que fait Wim.

— Qui est Wim?

— Le salaud à cheveux longs qui était assis en face de toi mardi soir. Il s'est fait renvoyer de l'école, notre école, Fitzalan, et maintenant il travaille chez Spitals et prépare son examen au collège.

— C'est un salaud?» ai-je demandé, déçue. Il était si beau, ça ne semblait pas possible.

Elle a baissé la voix, bien qu'il n'y ait personne à portée d'oreille. «C'en est un. Je t'ai vue le regarder, et je t'accorde qu'il est bien balancé, mais c'est un vrai salaud. Il s'est fait renvoyer de l'école pour avoir mis une fille enceinte et on dit qu'elle a dû avorter. Et c'est pourquoi j'ai rompu avec Pete, parce qu'il est encore ami avec lui après tout ça, et il dit que c'était la faute de Ruthie. C'est le nom de la fille, Ruthie Brackett.

— Comment est-elle?

— Assez sympa. Pas aussi intelligente que Wim, elle ne s'intéresse pas à la poésie ni aux livres et ce genre de choses. Je ne la connais pas très bien. Mais ce que je sais, c'est que quand une fille tombe enceinte, elle n'est pas la seule à blâmer.

— Bien dit», ai-je approuvé. J'avais fini mon gâteau au miel sans m'en rendre compte. «Je trouve que c'était très bien de ta part de rompre avec Pete pour ça.

— Nous sommes restés amis, a-t-elle dit vivement. Mais je n'allais pas continuer à sortir avec lui si c'est ce qu'il pense.

— Quel âge a Wim ? ai-je demandé.

— Dix-sept ans. Il en aura dix-huit en mars. Méfie-toi de lui.

— Compte sur moi. Mais il ne me regarde pas, de toute façon, ai-je ajouté.

— Il pourrait penser que tu ne sais pas. Aucune des filles qui sont au courant ne va perdre son temps avec lui. En tout cas, il te regardait mardi dernier. Tu n'es pas trop mal. Si tu te laissais pousser un peu les cheveux et si tu mettais du mascara… Mais pas pour Wim !»

J'étais sur le point de la faire marcher, quand je me suis souvenu que c'était à cause de moi et de la magie que tout ça était arrivé. Le gâteau au miel est tombé comme une pierre dans mon estomac et je n'ai pu rien dire.

Janine n'a rien remarqué. «Viens, je vais t'aider à trouver des cadeaux pour ceux que tu aimes», a-t-elle dit.

Nous sommes allées à la librairie, puis sur la colline dans une petite boutique où j'ai acheté de jolies écharpes indiennes en soie de différentes couleurs pour Anthea, Dorothy et Frederica, un peignoir avec un dragon pour tante Teg et un petit presse-papiers en cuivre en forme d'éléphant pour Grampar. Puis nous nous sommes rendues au British Home Stores et Janine m'a aidée à acheter un soutien-gorge — elle s'y connaît vraiment très bien. Je n'aimais pas du tout ceux avec des dentelles et des coutures, mais nous avons réussi à trouver un modèle de sport avec des bonnets tout simples sans fanfreluches. Elle ne m'a pas posé de question sur ma canne du tout, pas un mot, comme si c'était normal. Je ne sais pas si c'est du tact ou l'effet de la magie, ou tout simplement de l'inconscience.

J'ai dû me presser pour attraper le bus. Gill était dedans, mais elle était assise à l'arrière et elle n'est pas venue me parler. En dehors de la question de la magie, qu'il est trop tard pour rattraper, mais qui m'inquiète beaucoup, j'aime bien Janine. C'était comme faire les boutiques chez moi avec mes amies, et même mieux, parce qu'elle a lu beaucoup des mêmes livres que moi. Elle voudrait pouvoir empreindre un dragon. Elle a dit qu'elle me verrait au club de lecture et que, si je voulais, nous pourrions nous retrouver samedi prochain et finir nos courses de Noël. C'est si agréable de passer un après-midi avec quelqu'un qui n'est pas idiot, pour changer. En regagnant le dortoir pour ranger mes affaires dans mon casier, j'ai entendu un chœur de «Meirdre Meirdre Sniff Sniff» puis j'ai vu la pauvre Deirdre qui s'enfuyait la figure entre les mains.

Je l'ai suivie, bien sûr, mais je n'ai pas pu m'empêcher de la comparer à Janine.

C'est dommage, pour Wim.

DIMANCHE 9 DÉCEMBRE 1979

Si l'église — si la religion — si Jésus, Aslan... mais je ne pense pas. D'une certaine façon, c'est vrai, mais c'est une façon détournée, pas littérale. Ce n'est pas ça qui va m'aider. Sinon, j'aurais tout simplement pu aller trouver le pasteur au sujet de ma mère et lui dire : «Révérend Price, faites quelque chose à ma mère!» Et il aurait dit : «Hein, quoi? Qu'est-ce que c'est que ça? Maureen, c'est ça, ou bien est-ce ta sœur? Comment va ta grand-mère, hein?» Il aurait pris sa crosse — enfin, il n'a pas de crosse, il n'est pas évêque, il aurait peut-être attrapé le bâton du marguillier et serait parti chasser les démons. C'est difficile à imaginer.

J'ai eu une idée encore plus inquiétante à propos de la

magie. Et si tout ce que je fais, tout ce que je dis, tout ce que j'écris, absolument tout me concernant (et aussi Mor) était dicté par une opération de magie que quelqu'un pratiquera dans l'avenir ? Le pire absolu serait que ce soit ma mère, mais je ne pense pas que ce soit possible, car une si grande part de ce que nous avons fait était directement destinée à l'arrêter. Mais si c'étaient des gens, dans un futur où elle aurait gagné et serait la Reine Noire Liz, qui essayaient par magie de nous pousser à l'affronter pour rendre leur monde meilleur ? Enfin, je suppose qu'il ne faut pas trop s'en faire, mais je n'aime pas plus l'idée d'être une marionnette que celle de manipuler les autres.

J'ai écrit à Grampar et à tante Teg pour leur dire que je ne pourrai pas venir pour Noël, mais que je serai là le surlendemain, aussitôt que les trains recommenceront à circuler. J'ai écrit à Daniel, principalement à propos du club de lecture et de ce qu'on y a dit.

LUNDI 10 DÉCEMBRE 1979

Examens. Chimie ce matin, littérature cet après-midi. Moins de temps que d'habitude pour la bibliothèque, j'écris ceci en permanence. J'avais pratiquement oublié les examens, ou plutôt je les avais préparés, mais ils paraissaient si loin. Peu importe. Je peux écrire une formule chimique et broder sur Dickens même à moitié endormie.

MARDI 11 DÉCEMBRE 1979

Examens. Maths et français.

MERCREDI 12 DÉCEMBRE 1979

Donc hier soir, après le dîner, j'ai signé le registre, montré mes autorisations de sortie, et pris le bus pour la ville. Ça faisait bizarre de partir toute seule dans le noir. Il n'y avait que deux autres personnes dans le bus, une grosse femme en manteau vert et un vieil homme avec une casquette de toile. Normalement, le bus est plein de filles d'Arlinghurst quand je monte. J'avais l'impression d'attirer les regards avec mon uniforme et mon chapeau ridicule. Il était un peu plus tard que la semaine dernière, mais je suis arrivée avant que les choses commencent pour de bon. Janine est arrivée plus tôt que la semaine précédente. Elle est entrée peu de temps après moi et nous nous sommes assises côte à côte. Les garçons, Pete et Hugh, n'ont pas tardé pas à se joindre à nous.

Les mêmes personnes que la semaine dernière étaient là, sauf Wim. J'espérais qu'il arriverait plus tard, mais il ne s'est pas montré.

Brian animait la rencontre. Il voulait surtout parler de l'incroyable diversité d'inspiration de Silverberg. C'est vrai, mais voyons les choses en face, c'est souvent bâclé. C'est toujours amusant, mais on ne peut pas mettre sérieusement sur le même plan *Stepsons of Terra* et *L'Oreille interne*. Hugh, qui n'avait jamais rien lu de Silverberg, avait essayé pour l'occasion *Les Temps parallèles* et *Voyage vers Alpha du Centaure*. « Vous n'arrêtez pas de dire "il faut lire ceci, il faut lire cela", mais tout ce que je peux lire c'est ce qu'il y a sur le présentoir de la librairie, a-t-il dit. Et vu le choix qu'on y trouve, je ne pense pas que je vais prendre la peine d'en chercher d'autres. »

En fait, j'aime bien *Les Temps parallèles*. Il faut dire que j'ai un faible pour les voyages dans le temps. Un des premiers livres de SF que j'ai lus était une histoire de voyage temporel, *La Patrouille du temps*, de Poul Anderson. (Il y aurait beaucoup à dire sur le classement par ordre alphabétique.) Mais malgré cela, je voyais ce qu'il voulait dire. Tout le monde s'est accordé pour dire que Silverberg était inégal, et la discussion était engagée pour savoir quelles étaient ses meilleures œuvres, quand Keigh a mentionné *Les Monades urbaines* et nous avons parlé longuement de surpopulation, de ce livre, de *Tous à Zanzibar* et de *Soleil vert*, si c'était un vrai problème ou non, ainsi que de savoir si la vision de Brunner, selon laquelle c'était quelque chose d'horrible, était plus plausible que celle de Silverberg, qui pensait que les gens s'y adapteraient. Ç'a été épique ! Brian n'arrivait pas à nous ramener au sujet comme Harriet l'avait fait la semaine précédente, et le plus drôle c'est qu'Harriet était une des plus enclines à s'écarter du sujet et à prendre la tangente.

J'ai essayé de ne pas trop parler, mais je n'y suis sans doute pas arrivée.

« Nous revoyons-nous la semaine prochaine ? a demandé Greg. Ou attendons-nous après Noël ?

— Il faudrait maintenir la réunion, pourquoi pas sur un thème de Noël ? a suggéré Harriet.

— De la SF sur le thème de Noël ? a demandé Greg. Qu'y a-t-il ?

— Il y a *Les Portes du Temps*, a dit Hugh. C'est de la *fantasy* et c'est un livre pour enfants, mais ça tourne autour de Noël.

— D'accord, tu veux diriger la discussion là-dessus ? » a demandé Greg.

Tout le monde s'est tourné vers Hugh, et je me suis rendu compte à ce moment qu'ils le prenaient très au sérieux, malgré ses quinze ans. Ils ne le laissaient pas seulement assister à leurs réunions, ils le pensaient capable d'en animer une. Ils font de même avec moi, ils ne me regardent pas comme un singe savant, ils écoutent ce que je dis.

« Je ne suis pas sûr qu'il y ait de quoi discuter toute une soirée, a dit Hugh. Mais il y a d'autres livres dans la série.

— Si nous épuisons le sujet trop vite, nous pourrons toujours ajourner pour aller au pub, a dit Harriet.

— Je trouve que c'est une bonne idée, a dit Greg. Nous

n'avons pas parlé de *fantasy* pour enfants depuis le cycle de Narnia.

— Je suppose qu'il y a un Père Noël dedans, ai-je dit, et tout le monde a protesté.

— Il y a bien pire, a dit Keith.

— Tolkien détestait ce genre d'ouvrages, a dit quelqu'un d'autre, un petit homme brun. Il disait qu'il n'y avait pas de cohésion interne. Le Père Noël, Bacchus, les pensionnats et tout mélangé comme dans un Christmas pudding avec des raisins secs et des fruits confits, et parfois une pièce de 6 pence pour vous casser une dent.»

Je me suis jointe à l'éclat de rire général, puis ç'a été l'heure de partir.

Je pensais que j'allais être un peu timide en tête à tête avec Greg, mais il n'en a rien été. Nous avons parlé de *L'Oreille interne*, dont nous n'avions pas eu l'occasion de discuter à fond à la réunion. Greg m'a dit qu'il était impressionné par la façon dont Silverberg avait pris un don généralement considéré comme un avantage pour en faire une malédiction.

VENDREDI 14 DÉCEMBRE 1979

Examens, comme hier et avant-hier. Il m'a fallu trois jours pour finir de raconter la soirée de mardi.

SAMEDI 15 DÉCEMBRE 1979

J'ai retrouvé Janine comme convenu. Hugh était là aussi. Il a paru un peu emprunté au début. Il avait aussi l'air beaucoup plus humain sans son blazer violet. Je voudrais pouvoir porter mes propres vêtements le samedi. Ou tout le temps, à vrai dire. Porter un uniforme sept jours sur sept, c'est comme être en prison.

«J'espère que cela ne vous ennuie pas que je vienne avec vous», a-t-il dit, comme un personnage de roman, et aussi comme s'il s'était entraîné à dire ça. Janine et Hugh — et Pete, et Greg et les autres membres du club de lecture à part Harriet — ont l'accent local. L'accent du Shropshire n'est pas beau, mais il est plus agréable que l'accent snob que je dois subir tout le temps à l'école.

«Pas du tout, ai-je dit. Mais nous allons juste faire quelques courses.»

J'avais six livres à la bibliothèque, tous de lourds volumes à couverture cartonnée, ce qui est un peu handicapant pour faire les boutiques. Mais je ne pouvais pas les laisser pour les prendre plus tard, parce que bien sûr la bibliothèque ferme à midi. Je les ai mis dans mon sac en soupirant, puis Hugh a proposé de le porter. «Non», ai-je dit, ne refusant pas poliment du tout et m'accrochant à lui de toutes mes forces. «Je porte toujours ce sac, c'est le mien, je ne me sens pas bien sans lui», ai-je expliqué.

Janine m'a regardée bizarrement. «Et si Hugh portait les livres de la bibliothèque dans un sac en plastique? a-t-elle demandé.

— Ça serait très bien. Je veux dire que ça serait très gentil de ta part, Hugh.»

Il a rougi. Il est blond vénitien et il a des taches de rousseur, ce qui fait que ça se voit quand il rougit. Janine et moi avons fait semblant de ne rien voir. J'ai transféré mes livres dans un sac en plastique que Janine a sorti de quelque part et Hugh l'a porté comme s'il était léger comme une plume et ne pesait pas une demi-tonne. Nous avons descendu la colline presque automatiquement vers la librairie, comme si c'était de ce côté que tous nos pieds voulaient se tourner. Je le leur ai dit.

«Bibliotropes, a dit Hugh. Comme les tournesols sont héliotropes, nous sommes naturellement attirés par la librairie.»

À la librairie, j'ai acheté *La Poussière dans l'œil de Dieu* pour Daniel. Je ne sais pas s'il l'a déjà ou non, mais de toute façon je veux le lire. Je voulais acheter *Les Portes du Temps* pour pouvoir le lire avant mardi, mais Janine a proposé de me prêter le sien. Nous sommes allés manger des gâteaux, mais je n'ai rien dit de personnel, cette fois, sans doute parce que Hugh était là. Nous avons parlé de la lecture de livres pour enfants quand on a passé l'âge, de ce que Lewis et Tolkien en avaient dit, de l'embarras de Hugh d'en avoir mentionné un au club de lecture et de son étonnement quand Greg avait pensé que c'était une bonne idée.

« C'est la première fois que tu animes une réunion ? ai-je demandé.

— Oui. Mais Pete l'a fait deux fois, Janine une fois et Wim plusieurs fois.

— Qu'as-tu présenté ? ai-je demandé à Janine.

— Les dragons de Pern. Tu sais qu'un troisième volume doit bientôt sortir ? Il s'appelle *Le Dragon blanc*. Je meurs d'impatience.

— Tu aimes ça ? » ai-je demandé à Hugh.

Il a eu l'air mal à l'aise. « Plus ou moins. Il y a des choses qui m'ont gêné, dans *La Quête du dragon*, en particulier. J'aime bien la planète et les dragons.

— Ce sont des livres qui plaisent davantage aux filles, peut-être, ai-je dit.

— Non, Pete les adore », a répliqué Janine. Elle a remué son thé qui ne semblait pourtant pas en avoir besoin.

« Vous devriez vous remettre ensemble, a conseillé Hugh. C'est idiot que vous ayez rompu à cause de ce que Wim peut avoir fait, ou pas.

— Il l'a fait, a dit Janine.

— Tu n'as pas tous les éléments, a fait remarquer Hugh. Wim refuse d'en parler, nous n'avons donc que la version de Ruthie, et encore pas directement, mais déformée par ce qu'elle est censée avoir dit à Andrea. On ne peut pas se baser là-dessus. Toi et Pete… »

Janine avait l'air très en colère, je me suis donc empressée de couper la parole à Hugh : « Quels livres a choisis Pete ? Quand il a animé le groupe, je veux dire ?

— *Agent de l'empire Terrien*, et Larry Niven, a répondu Janine.

— Et Wim a présenté Dick et Delany », a ajouté Hugh.

Delany ! Ils avaient déjà parlé de Delany sans moi, et bien sûr il fallait que ç'ait été Wim.

« Je crois que c'est mieux quand nous n'avons qu'un livre, ou une série de livres. De cette façon on peut les lire avant la réunion et ne pas se trouver dans la même situation que Hugh mardi dernier », a dit Janine.

Hugh a secoué la tête. « Je suis entièrement d'accord, ça rend les choses plus faciles et ça évite de se disperser, mais il y a quelque chose d'agréable à discuter de l'ensemble des œuvres d'un auteur. Quoique ça marche mieux avec certains. »

Chez Boots, j'ai acheté une trousse avec savon et shampoing et un gant de toilette tout doux pour Deirdre, le tout jaune pâle et noué par un ruban. Je ne savais pas si elle avait prévu de m'offrir quelque chose, mais elle avait passé un mauvais moment avec les examens et c'était un cadeau utile. J'ai regardé les chocolats Black Magic chez Woolworths et décidé plutôt de prendre des boîtes de Continental chez Thorntons pour Greg et Miss Carroll. Ils sont bien meilleurs. J'ai acheté un sachet de caramels pour Sam, au cas où j'irais le voir. Si je n'y vais pas, je ne les enverrai pas, je les donnerai à Grampar en même temps que l'éléphant.

Nous sommes ensuite allés chez Janine. Elle habitait petite maison ordinaire, moderne, entourée de gravier, avec une pelouse et un petit arbre au milieu. La seule chose inhabituelle, dehors, c'était la fée appuyée contre l'arbre. Elle ressemblait à un chien, avec des ailes. Elle m'a regardée presque insolemment, puis a disparu. Les autres n'ont pas eu l'air de la voir.

À l'intérieur, le salon était en fouillis, et semblait plein des sœurs de Janine, bien qu'elles ne soient que trois. Elles jouaient avec des Barbie et occupaient tout le sofa et les deux

fauteuils. Le buffet et le manteau de la cheminée étaient couverts de bibelots. Sa mère était dans la cuisine, qui était aussi
encombrée et en désordre. «Je vais avec Mori et Hugh dans
ma chambre, d'accord? a dit Janine.

— Très bien», a répondu sa mère, quittant à peine des yeux
son repassage. Elle avait des cheveux roux, raides et ternes,
très différents du buisson luxuriant de Janine. Les sœurs aussi
étaient rouquines.

Nous sommes montés à l'étage. Il y avait sur la porte de
Janine un écriteau qui disait : «Privé — Défense d'entrer —
Oui : Vous!» Elle nous l'a tenue ouverte, comme pour démen-
tir l'interdiction. Sa chambre était en complet contraste avec le
reste de la maison. Toutes les autres pièces étaient tapissées de
papier à fleurs; la sienne était peinte en vert pâle. Il n'y avait ni
bibelots ni jouets, juste un lit avec un chien en peluche décoloré qui avait perdu ses yeux, et une étagère avec tous ses livres
classés strictement par ordre alphabétique. Il y avait une chaise
droite peinte en vert plus foncé que les murs, de la même couleur que les plinthes. La fenêtre était munie d'un volet d'une
couleur similaire. Il y avait une énorme machine à écrire noire
en équilibre précaire sur une toute petite table de chevet.

«C'est toi qui l'as décorée toute seule? ai-je demandé.

— Exactement», a répondu Janine en s'asseyant sur le lit.
Hugh a pris la chaise et, au bout d'un moment, je me suis
assise à côté d'elle sur le lit. «En fait, papa m'a donné un coup
de main pour la peinture. Sinon, j'ai tout conçu moi-même. Je
voulais quelque chose de différent.

— J'aimerais avoir une chambre comme ça», ai-je dit.
C'était vrai, mais peut-être pas verte. Ce que j'aimerais vraiment, ce serait un bureau lambrissé comme celui de Daniel.

«C'est agréable de pouvoir fermer la porte et de ne pas être
embêtée, a dit Janine.

— Je te crois.

— Tu loges dans un dortoir? a-t-elle demandé.

— Oui, mais on n'a pas de festins nocturnes ni rien des autres réjouissances comme on en trouve dans les livres.

— Je partage une chambre avec mon frère, a dit Hugh.

— Qu'est-ce qu'il fait ?

— Il est dingue de Manchester United. Sa moitié de chambre est donc pleine de trucs de foot, et la mienne de livres.» Il avait l'air mal à l'aise en disant ça.

Janine s'est levée d'un bond et m'a trouvé *Les Portes du Temps*, et elle et Hugh se sont mis à se chamailler pour savoir si je devais lire toute la série ou si ça me dégoûterait de commencer par le premier parce qu'il était trop enfantin. Hugh semblait penser que je n'aurais pas le temps de lire cinq livres avant mardi soir.

«Je n'ai pas grand-chose à faire à part les leçons et la lecture, ai-je expliqué. À Arlinghurst, l'accent est mis sur le sport, mais je ne peux pas en faire, alors je passe tout mon temps à lire dans la bibliothèque. J'ai plusieurs heures libres par jour, normalement. Je n'ai pas eu le temps cette semaine, à cause des examens, mais ils sont maintenant passés, je vais donc retrouver un rythme normal.

— C'est plutôt idiot de la part de ta famille de t'envoyer à Arlinghurst dans ce cas, a fait remarquer Hugh.

— Oui, n'est-ce pas ?

— Au fait, qu'est-ce que tu as à la jambe ?» a-t-il demandé.

Normalement, je déteste cette question, mais à la façon dont il l'avait posée — incidemment et comme s'il était moyennement intéressé, de la même façon que Janine avait voulu savoir si je logeais dans un dortoir — ça ne m'a pas dérangée. «C'était un accident de voiture, ai-je dit. J'ai eu la hanche et le bassin broyés. Ça va mieux, maintenant. Ça ne fait pas mal tout le temps.

— Ça s'arrange ?» a-t-il demandé.

J'aurais dû dire non, ça ne s'arrange pas, ça ou bien que je l'espérais, mais des larmes brûlantes me sont venues aux yeux sans raison particulière et je me suis caché le visage dans un mouchoir. Janine s'est agitée et a changé de sujet, puis ç'a été l'heure pour moi de partir.

Hugh m'a accompagnée à l'arrêt de bus, portant mes livres de la bibliothèque. Moi, j'avais mes achats et aussi les livres de Susan Cooper que j'avais empruntés à Janine.

« À propos de Wim », a-t-il dit comme nous passions le coin du KwikSave.

Je l'ai regardé d'un air interrogateur. Ma jambe me faisait souffrir — le lit de Janine était trop bas pour m'asseoir confortablement et en me relevant je m'étais fait mal.

« Nous ne savons pas ce qui s'est passé. Wim n'en a jamais parlé, il a refusé tout net. Et je vois les gens le condamner et c'est une petite ville. Les réputations sont des choses bizarres. Il suffit d'accuser son chien d'avoir la rage pour le noyer. Il a laissé tomber l'école, tu sais ?

— Je sais. Il prépare son examen à mi-temps. Janine me l'a dit.

— Janine. Elle pense que pour être féministe il faut croire tout le temps la fille. Moi je pense qu'il faut traiter tout le monde de la même façon, dans la mesure du possible. Je ne sais pas ce qui s'est passé. Mais je sais que je ne sais pas. Je sais que Wim s'est rendu la vie beaucoup plus difficile à cause de ça. » Hugh avait l'air terriblement sérieux. Il est plus petit que moi et un peu rondouillard, et avec ses taches de rousseur il est facile de le prendre pour un petit garçon et pour un imbécile, mais ce n'est pas le cas.

« Qu'est-ce que ça peut te faire ? » ai-je demandé. Nous étions presque à l'arrêt et le bus n'était pas encore arrivé. Un tas de filles d'Arlinghurst traînaient en attendant. Hugh s'est assis sur un muret et je me suis accroupie à côté de lui.

« Wim m'a sauvé la vie, a-t-il dit tranquillement. Enfin, ma santé mentale. Il a empêché un groupe de garçons de me tabasser et après, au lieu de partir, il est resté bavarder avec moi. Il m'a prêté *Citoyen de la Galaxie*. J'avais douze ans et lui quinze, mais il m'a traité en être humain, pas comme un morveux. Je pense qu'il a droit au bénéfice du doute.

— Quoi qu'il ait fait à Ruthie ?

— Non, pas quoi qu'il ait fait, mais jusqu'à ce que nous sachions ce qu'il a fait.» Hugh a haussé les épaules et rougi encore. «Pour ce que ça vaut, je crois que sans doute ils l'ont fait... euh, par consentement mutuel. Ils ont été imprudents et Ruthie a paniqué. Il n'y a pas de quoi condamner quelqu'un au dernier cercle de l'Enfer.»

Je ne savais que dire. Mon père avait été forcé d'épouser ma mère parce qu'elle était enceinte et voyez ce que ça a donné. Par chance le bus arrivait au coin de la rue et il m'a épargné de dire quoi que ce soit. J'ai pris mon sac des mains de Hugh et me suis avancée vers la queue.

«À mardi», ai-je dit en montant dans le bus.

Gill était juste devant moi. Elle s'est retournée et m'a lancé un regard de profond mépris.

DIMANCHE 16 DÉCEMBRE 1979

Tant que je ne pense pas que ce sont des marionnettes, je peux passer des moments vraiment agréables avec eux. Hier je n'y ai pratiquement pas pensé. Je n'avais tout simplement pas à l'esprit tout ce que j'ai fait, avec la magie, et je pouvais me conduire comme s'ils faisaient tous les deux tout à fait naturellement partie de mon *karass*.

Mais aujourd'hui, en y réfléchissant, je ne peux bien sûr pas m'empêcher d'y repenser.

Quand nous étions petites, une fois, tante Lillian nous avait acheté une poupée qui parlait. Elle s'appelait Rosebud et c'était exactement le genre de poupée dont les petites filles sont censées rêver. Elle fermait les yeux quand on la couchait et les rouvrait quand on la prenait. Elle avait un joli visage vide sans aucune personnalité et une robe blanche imprimée d'un motif de boutons de rose. Elle avait des chaussures roses qu'on lui mettait et qu'on lui retirait, et des cheveux dorés qu'on pouvait peigner. Et un fil sur la poitrine qu'on tirait pour la faire parler. Elle savait dire deux choses : « Bonjour, je m'appelle Rosebud » et « Jouons à l'éco-ole ! » Si on tirait le fil lentement, elle les disait d'une voix profonde, et si on le tirait vraiment vite, elle vagissait.

Le problème, avec Rosebud-qui-parlait-vraiment, c'était que nos autres poupées pouvaient faire semblant de parler, et que c'était mieux. Notre collection de poupées (qui étaient pour la plupart estropiées — un bras ou une jambe en moins — ou qui étaient des animaux plutôt que des humains) vivaient des aventures épiques après une guerre nucléaire ou bien sauvaient des dragons de méchantes princesses. Notre vieille Pippa tout amochée, avec son unique bras et sa perruque mitée (Mor lui avait coupé les cheveux pour la déguiser en soldat) pouvait se dresser en criant vengeance contre le mauvais seigneur Chien (le chien en peluche avait une moustache qu'on pouvait tortiller, il obtenait donc souvent les rôles de méchant), et Rosebud n'était pas de taille, ne sachant que dire « Jouons à l'éco-ole ».

Je ne veux pas d'un *karass* comme Rosebud.

Je ne veux pas dire non plus que je veux d'un *karass* comme Pippa, Chien, Jr et les autres, ce n'est donc pas une bonne analogie. (Mes jouets ne me manquent pas. Je ne jouerais plus avec eux, de toute façon. J'ai quinze ans. C'est mon *enfance* qui me manque.) Jr était un garçon en plastique qui faisait de la moto, un de nos rares jouets « humains ». Son nom venait de *L'Aube des nouveaux jours*, de Ward Moore. Je trouvais audacieux et américain d'avoir un nom étrange comme ça sans aucune voyelle. Nous le prononcions Jirr. J'ai été mortifiée pendant plusieurs minutes quand j'ai découvert ce qu'il voulait vraiment dire.

Quand Hugh m'avait appris que Wim avait dirigé une séance sur Delany, ma première pensée, ma toute première pensée, bien que je ne l'aie pas écrit hier, parce que j'avais honte, avait été que j'aurais pu faire une incantation pour que ça ne se soit pas encore passé. J'aurais pu faire en sorte que la réunion ait lieu maintenant, de façon que je sois là. Je n'avais pas fait d'incantation, et n'en avais même pas eu l'intention, mais j'y avais pensé. Si je l'avais fait, j'aurais fait d'eux des Rosebud. J'aurais aussi risqué le sort de George Orr, parce que jusque-là j'aurais peut-être pu tout faire arriver, sans le pouvoir. Ça pouvait avoir été là tout le temps. Si je n'existais pas, ou si j'étais morte en même temps que Mor, une séance sur Delany aurait toujours pu avoir lieu. Peut-être que tout ce que la magie avait fait était de me montrer que le groupe était là et de le trouver. Je ne sais pas. Je ne pourrai jamais savoir. Magie contestable. Si j'avais fait ça, je les aurais vraiment traités comme Rosebud, qui répétait toujours la même chose quand je tirais un fil. Et ça, seulement au cas où je puisse faire ça. Mais je pense qu'en fait je ne le pouvais pas, ça aurait fait ce dont avait parlé Glory quand trop de gens créent trop de poids et que vous ne pouvez pas changer ce qui est arrivé.

Mais même y penser...

Je ne veux pas être mauvaise, je ne veux vraiment pas. La pire chose que ma mère puisse faire, c'est me rendre comme elle. C'est pour ça que je me suis sauvée. C'est pourquoi le Refuge pour enfants était préférable, pourquoi Arlinghurst est préférable.

Je jure solennellement de renoncer à recourir à la magie à mon propre bénéfice, ou pour quoi que ce soit d'autre que me protéger du mal.

Morwenna Rachel Phelps Markova, le 16 décembre 1979.

LUNDI 17 DÉCEMBRE 1979

Je n'avais pas pensé qu'une fois les examens passés, cette semaine serait entièrement consacrée à la détente.

En cours de littérature, j'ai joué au Scrabble avec Deirdre.

Je l'ai battue de 600 points, mais ce n'était pas amusant. Ce serait un bon jeu contre quelqu'un qui connaît l'orthographe et qui a du vocabulaire. J'ai placé « torque », par exemple. Elle a suggéré timidement qu'il fallait écrire « torc » comme « orc ». Puis nous avons joué au jeu de l'oie et elle a gagné.

À part ça, j'ai lu presque toute la journée, le plus souvent au milieu d'un complet tohu-bohu.

Je suis en train de lire *Le Roi gris*.

Il y a un passage, dans *À l'assaut des Ténèbres* — l'épisode qui se passe à Noël, sans conteste le meilleur —, où Will pratique la magie dans une église et le pasteur se renseigne sur les croix magiques, Will lui répond qu'elles remontent avant Jésus-Christ, ce à quoi le pasteur réplique : « Mais pas avant Dieu. » La magie est en général assez bien décrite mais conventionnelle : c'est la lutte des Ténèbres contre la Lumière, on l'apprend dans des grimoires, on peut voler et voyager dans le temps et faire un peu n'importe quoi. Rien n'est comme la magie en réalité, elle est beaucoup moins déroutante. Dans les livres pour enfants, tout est toujours très noir et blanc, sauf, bien sûr, chez Tolkien. Mais « pas avant Dieu » m'a donné à réfléchir.

MARDI 18 DÉCEMBRE 1979

Résultats des examens, hiver 1979

Chimie : 96 — 2^e
Littérature anglaise : 94 — 1re
Grammaire anglaise : 92 — 1re
Histoire : 91 — 1re
Physique : 89 — 1re
Éducation religieuse : 89 — 1re
Latin : 82 — 1re
Français : 79 — 2^e

Mathématiques : 54 — 19ᵉ
Gymnastique : excusée
Sports collectifs : excusée
Danse : excusée

Moyenne : 85 — 3ᵉ

Je n'ai tout simplement pas l'esprit mathématique, je ne l'ai jamais eu. Mais j'ai au moins eu la moyenne. J'avais peur d'avoir zéro en gymnastique, sports et danse et que ça compte pour le calcul de la moyenne générale. Gill me bat en chimie. Bien. Et Claudine me bat en français, ce qui n'est pas surprenant, car sa mère est française. Elle le prononce comme aucune de nous n'en est capable. On devrait demander à Claudine de nous faire cours. Les maths m'ont fait perdre plus de points que je ne m'y attendais, si bien que Claudine et Karen sont toutes les deux passées devant moi. Mais sinon c'est plutôt bon.

Je voudrais pouvoir montrer mon bulletin à Gramma. Grampar sera ravi, je m'attends à ce que tout le monde soit ravi, mais ce n'est pas la même chose.

J'ai reçu une lettre de tante Teg ce matin. Elle est très contrariée que je ne vienne pas pour Noël. J'ai répété que ce n'était pas ma faute. Je voudrais pouvoir y aller.

Deirdre s'est précipitée hors de la pièce quand elle a vu ses notes. Elles doivent être épouvantables. Charogne est quatrième. Elle a daigné me dire « Bravo », ce qui est le premier mot qu'elle m'ait adressé depuis des siècles.

MERCREDI 19 DÉCEMBRE 1979

Assez bonne réunion, hier soir. Tout le monde était là. Hugh l'a très bien animée, ramenant en douceur la conversation sur les rails quand elle s'égarait. Nous avons eu une grande discussion sur la nature saisonnière des livres et sur les lieux précis où ils se passaient. Greg, qui était allé en Galles du Nord, avait suivi la route de Cadfan et nous a dit que le Craig yr Aderyn était très bien décrit. Tout le monde a trouvé que la fin de *Silver on the Tree* était bâclée et que nous détesterions qu'il nous arrive la même chose. C'est drôle, moins les gens étaient âgés, plus ils affirmaient avec force à quel point ça leur déplairait. Harriet pensait presque qu'il fallait effacer les souvenirs des enfants, Hugh et moi aurions préféré mourir, et les autres s'échelonnaient par tranche d'âge. Hugh est gentil. Et j'appréciais le sentiment d'être violemment d'accord avec lui. Harriet — qui aurait vraiment pu être Harriet Vane avec quelques années de plus, je continue à la voir comme ça — a cessé de dire : « Je conçois que ça pourrait être moins radical », pour se rapprocher de notre point de vue jusqu'à dire : « Je comprends la perte que ça serait. »

Nous avons fini tôt et nous sommes tous allés au pub. « Je t'offre un jus d'orange », m'a dit Greg. Au lieu de protester que je détestais le jus d'orange Britvic, je l'ai remercié. Qui a dit que je n'étais pas bien élevée ?

Le pub s'appelle Le Cerf blanc, ce qui sonne très « narnien », ai-je fait remarquer. Comme nous venions de parler un peu de Narnia, ça ne tombait pas comme un cheveu sur la soupe. Nous avions comparé les fins des deux cycles. C'est vraiment étrange comment deux séries de *fantasy* pour enfants peuvent avoir toutes deux une fin problématique. Ce n'est pas un problème inhérent au genre, voyez *L'Ultime Rivage*, par exemple ! Ça vient peut-être des livres qui mettent en scène des enfants du monde réel, ou alors c'est un défaut des auteurs britanniques — mais non, il y a Garner. Il n'écrit pas vraiment des séries, mais il n'a aucun problème avec les fins ! Ce qui me rappelle que je ne suis jamais retournée chercher *Red Shift*.

Le Cerf blanc est un vieux pub avec des poutres apparentes et des médaillons de harnais suspendus à des courroies de cuir et un grand bar en chêne avec des pompes à bière. Il sent la fumée de cigarette, comme tous les pubs, et le plâtre autrefois blanc entre les poutres en est devenu jaune. J'ai commandé un jus d'orange et j'ai donné ses chocolats à Greg. Il les a ouverts tout de suite et en a offert à la ronde. J'ai pris une truffe, me sentant un peu coupable, parce que c'était mon cadeau. Mais elle était délicieuse.

Je me suis retrouvée assise à côté de Wim. Honnêtement, je n'avais rien fait pour ! Il reste aussi sublimement beau de près. Ce n'est pas seulement ses longs cheveux blonds et ses yeux très bleus, ça tient à sa façon de se tenir. J'aime mieux Hugh, mais il est comme un tronc d'arbre solide, alors que Wim est comme de nouveaux rameaux en fleurs se balançant dans le vent, ou un papillon rare qui se pose près de vous, et vous retenez votre souffle pour éviter de le faire s'envoler. J'en avais le souffle coupé de la même manière.

« Comme ça, tu aimes Susan Cooper autant que Le Guin ?

— Je n'avais jamais lu ses livres avant cette semaine, ai-je dit. J'ai emprunté ceux de Janine et je viens de les lui rendre.

— Tu as lu cinq livres en une semaine ? » a-t-il demandé en secouant légèrement la tête pour chasser ses mèches de ses yeux. « Tu dois avoir beaucoup de temps libre.

— Oui, ai-je répondu très froidement.

— Excuse-moi. Je déteste quand les gens sous-entendent qu'on ne lit que parce qu'on n'a rien de mieux à faire, et là je viens de le faire. »

J'aimais ça. « Qu'y a-t-il de mieux à faire ? » ai-je demandé.

Il a ri. Il a un joli rire, très naturel. En l'entendant, je pouvais m'imaginer faire tous les trucs stupides que font les filles quand elles craquent sur quelqu'un, garder un bout de crayon et un morceau de sparadrap comme Harriet Smith dans *Emma*, ou embrasser la photo de Harrison Ford avant d'aller au lit comme Charogne.

« Et le cinéma ? » a-t-il demandé, et aussitôt tout le groupe s'est lancé dans une discussion passionnée à propos de *La Guerre des étoiles*.

Tout le monde avait une opinion bien tranchée : on adorait

ou on détestait. Il n'y avait pas de moyen terme. Mon opinion, que c'était amusant de voir des vrais robots et des vaisseaux spatiaux mais que c'était un peu puéril comparé à la vraie SF, ne semblait pas envisageable.

Un peu plus tard, quand les gens ont cessé de tirer sur l'ambulance ou de défendre passionnément la position inverse, je me suis retournée vers Wim. «J'ai appris que tu avais animé une réunion sur Delany.

— Tu aimes Delany? Tu as des goûts très éclectiques.

— J'adore Delany», ai-je répondu, ravie qu'il n'ait pas dit que j'avais des goûts très éclectiques *pour mon âge*, comme tant de gens le font. «Mais il y a une question qui me tracasse à propos de la fin de *Triton*.

— Tu penses qu'il a écrit *Triton* en réponse aux *Dépossédés*?» m'a-t-il coupée. Je n'avais pas pensé à ça, mais en y réfléchissant je vis ce qu'il voulait dire.

«Parce que *Les Dépossédés* est une utopie ambiguë et *Triton* une hétérotopie ambiguë? ai-je demandé.

— Il s'est peut-être demandé pourquoi il fallait qu'Anarres soit si pauvre, pourquoi il fallait que la famine règne, pourquoi leur sexualité était-elle aussi restreinte, quels autres genres d'anarchie étaient possibles.

— Fascinant, ai-je dit. Et quelle bonne idée de montrer toute cette complexité de choix par les yeux de quelqu'un qui n'en est pas satisfait.

— Il y a des gens insatisfaits même au paradis, a dit Wim. Bron cherche toujours quelque chose qu'il ne peut pas avoir, un peu par définition.

— Pourquoi Bron a-t-il…, ai-je commencé.

— Il est temps d'y aller, Mori, a dit Greg.

— On se revoit après Noël», a lancé Wim pendant que je me levais avec précaution.

De l'autre côté de la table, Keith et Hussein discutaient toujours de la princesse Leïa.

JEUDI 20 DÉCEMBRE 1979

Je ne peux pas croire que je m'en vais demain. Soudain, ça paraît trop tôt. Nous avons dû vider nos casiers ce matin. Je ne m'y attendais pas. En plus de mon sac, de mon cartable et de la valise anonyme qui l'accompagne, j'ai six sacs en plastique pleins de livres et deux de cadeaux de Noël. J'ai dû descendre à la buanderie pour la première fois depuis que je suis ici. L'école emploie quelqu'un à plein-temps pour laver et repasser nos stupides uniformes. D'habitude on nous les rapporte dans nos dortoirs et on les place au pied de nos lits et j'ai rarement eu à m'en soucier avant. Mais aujourd'hui Deirdre n'avait pas toutes ses chemises et nous devons tout ramener chez nous. Elle a voulu que je vienne avec elle, nous nous sommes donc enfoncées dans les entrailles du bâtiment jusqu'à une salle avec six machines à laver pantelantes et quatre sèche-linge rugissants où une fille d'à peine un ou deux ans de plus que nous sortait les vêtements d'une machine pour les jeter dans une autre. Si j'étais elle, je nous haïrais. Il faisait étouffant là-dedans, je ne veux pas savoir ce que ça doit être au mois de juin. Deirdre va à Limerick pour Noël. Il y a vraiment un endroit qui s'appelle Limerick! Bien sûr, dès qu'elle l'a dit, je n'ai pas pu m'empêcher de lancer «Il était une jeune dame de...» mais je me suis arrêtée net en voyant sa tête.

Je suis prête à partir dès que Daniel viendra me chercher demain. Je meurs d'impatience.

VENDREDI 21 DÉCEMBRE 1979

À la première heure, ce matin, il y a eu la distribution des prix. On m'a remis les *Poèmes choisis* de W. H. Auden pour l'anglais, *Guide pour la science* d'Isaac Asimov pour la chimie et l'*Histoire des peuples de langue anglaise* de Winston Churchill pour l'histoire. Comme toutes celles qui avaient eu au-dessus de quatre-vingt-dix en n'importe quelle matière avaient droit à un prix, ça a duré assez longtemps. Je soupçonne Miss Carroll d'être derrière le choix des livres, ce qui peut vouloir dire que le Churchill n'est pas aussi sinistre qu'il en a l'air. Puis la distribution des prix pour le sport a été encore plus interminable. On m'a permis de m'asseoir pendant ce temps, ce qui était une délicate attention, mais comme tout le monde était debout, ça veut dire que je ne voyais rien, ce qui m'était à vrai dire plutôt égal. Les professeurs, qui étaient alignés sur les côtés de la salle, pouvaient facilement me voir, alors je n'ai pas osé lire. Regardant tous ces dos dans des uniformes identiques, je pouvais comparer leurs tailles, la façon dont les vêtements étaient froissés et dont les cheveux leur tombaient sur les épaules, mais c'est à peu près tout. C'est surprenant la diversité qu'il peut y avoir dans des choses qui sont à première vue identiques, une rangée de dos en uniforme. Je donnais aux filles du rang précédent des notes pour leur posture et leur tenue et je les classais mentalement par taille et par couleur de cheveux.

Scott a remporté la coupe d'une courte tête sur Wordsworth. Je suis censée être très excitée par la chose, mais en ce qui me concerne ce n'est guère différent de ranger les gens par la couleur de leurs cheveux.

Après, je suis allée à la bibliothèque offrir ses chocolats à Miss Carroll. Elle a eu l'air très touchée de l'attention. Elle m'a donné ce qui, j'en suis sûre, était un livre, emballé.

Je suis allée trouver Deirdre et lui ai donné sa boîte de savon. Je ne l'avais pas emballée parce que je n'avais pas pensé à acheter du papier cadeau, mais je l'avais mise dans un joli sac de la boutique où j'avais acheté les écharpes et d'autres choses. Elle ne l'a pas ouverte, mais m'a remerciée très gentiment. Elle m'a offert un petit paquet qui devait aussi être un livre. Je me demande de quoi il s'agit. Je vais devoir le lire et lui dire qu'il m'a plu, même si ce n'est pas vrai.

Puis tout le monde est descendu attendre les voitures. Certaines filles ne devaient pas partir avant ce soir, les pauvres, mais Daniel est passé me chercher à une heure précise, parmi les tout premiers. Tout le monde courait dans tous les sens et hurlait encore plus fort que d'habitude. Je suis sûre qu'il a cru être tombé dans un asile d'aliénés.

Il m'a conduite au Vieux Manoir à temps pour le thé — des gâteaux secs durs comme de la pierre, presque aussi mauvais que la nourriture de l'école. Les sœurs ont été ravies que Scott ait remporté la coupe. Elles ont ouvert une bouteille de champagne pour fêter ça. J'ai trouvé cela infect et les bulles me montaient au nez. J'en avais déjà bu, au mariage du cousin Nicola, et je n'avais pas aimé non plus. Daniel a proposé de le mélanger avec du jus d'orange pour en faire ce qu'il appelait un buck's fizz, mais j'ai refusé. S'il y avait une chose capable de le rendre pire, c'était bien l'horrible jus d'orange. Vraiment, je préfère boire de l'eau. Pourquoi les gens ont-ils un tel problème avec ça? Ça sort gratuitement du robinet.

C'est le solstice, le jour le plus court de l'année. À partir d'aujourd'hui, les ténèbres commencent à refluer. Je ne peux pas dire que j'en sois fâchée.

Il est agréable d'avoir une porte qu'on peut fermer pour s'isoler. Je suis allée me coucher tôt. J'ai envisagé de me masturber en pensant à Wim, parce que le sentiment d'avoir le souffle coupé est définitivement sexuel, mais ça semblait une intrusion, et aussi difficile à imaginer. Il y a aussi l'histoire de Ruthie qui, quels que soient ses tenants et ses aboutissants, vient tout parasiter. Alors j'ai juste pensé à Lessa, F'lar et Nicholas dans la mer. C'est drôle qu'il y ait tant de sexe dans *Triton* mais qu'il soit si peu érotique. Et — parce que je réfléchis toujours aux relations entre les personnages — il y a aussi du sexe dans *Les Dépossédés* mais pas du genre à vous couper le souffle. Je me demande pourquoi. Est-ce la façon dont Fowles décrit Nicholas dans la mer qui est essentiellement différente de celle dont Delany décrit Bron et Spike faisant une exhibition? Je pense qu'il y en a une, mais je ne sais pas en quoi.

Les tantes sont allées avec moi faire les boutiques à Shrewsbury. Elles voulaient que j'achète quelque chose de gentil pour Daniel. Je leur ai dit que je lui avais déjà acheté *La Poussière dans l'Œil de Dieu*. Elles se sont contentées de rire et ont dit qu'elles étaient sûres que ça lui plairait. Elles lui ont acheté — en mon nom — une veste anthracite avec des tas de poches. Ça ressemble au genre de choses qu'il porte, mais honnêtement je ne lui aurais jamais acheté ça, et il le sait. Au moins, je me suis procuré du papier cadeau. Elles m'ont invitée à déjeuner dans un grand magasin chic qui s'appelait Owen Owens. La nourriture était trop cuite et visqueuse.

Une fois de retour au Vieux Manoir, j'ai proposé de faire des scones, le plus respectueusement et poliment possible. Elles n'ont vraiment pas voulu me laisser faire, je l'ai bien vu, mais je n'ai pas compris pourquoi. Je sais cuisiner, je cuisine depuis des années, beaucoup mieux qu'elles. Elles ne peuvent pas penser que je suis au-dessus de ça, parce qu'elles le font elles-mêmes. Elles ne veulent peut-être pas me laisser dans leur cuisine, mais je ne vais rien casser.

Je n'ai guère vu Daniel aujourd'hui. Il travaillait sur quelque chose. J'ai emprunté une grande pile de ses livres et je les lis. J'aimerais que l'éclairage soit meilleur.

Je ne pense pas être comme les autres. Je veux dire fondamentalement. Ça ne tient pas uniquement à ce que je suis la moitié d'une paire de jumeaux, que je lis beaucoup et que je vois les fées. Ce n'est pas juste parce que je me tiens à l'extérieur alors qu'ils sont tous à l'intérieur. J'ai l'habitude d'être à l'intérieur. Je pense que c'est la façon dont je me tiens à l'écart et regarde ce qui se passe au moment où les choses arrivent qui n'est pas normale. C'est une attitude nécessaire pour pratiquer la magie. Mais comme je ne vais pas recourir à la magie, ça ne sert à rien.

DIMANCHE 23 DÉCEMBRE 1979

L'église. Les tantes m'ont inspectée au réveil comme si on allait m'exhiber et l'une d'elles a suggéré que je devrais trouver quelque chose d'un peu plus élégant à me mettre. Je portais une jupe bleu marine et un tee-shirt bleu pâle, avec mon manteau de l'école par-dessus. Il ne faisait pas froid, mais il pleuvait. Je me trouvais très bien. Mais j'ai cédé et je suis montée mettre un pull gris. Je n'avais pas beaucoup de vêtements qui ne fassent pas partie de l'uniforme. J'avais tout laissé quand je m'étais enfuie, bien sûr.

Après cela, tout s'est passé à peu près normalement à l'église. St. Mark est une charmante vieille chapelle avec des arcs gothiques et un tombeau de croisé qui est probablement un des ancêtres des sœurs, mais je ne suis pas allée le voir. C'était une cérémonie en anglais, comme je m'y attendais, et comme il est assez normal pour un sermon de l'Avent. Une crèche était déjà préparée dans l'église et les cantiques étaient des chants de Noël. Le pasteur est venu nous parler après et elles m'ont présentée comme la fille de Daniel. Ce dernier n'était pas présent. Je ne sais pas pourquoi.

Il était là au déjeuner, où nous avons mangé du rosbif trop cuit accompagné de pommes de terre et de carottes trop salées. Je voudrais qu'elles me laissent cuisiner. Je peux comprendre pourquoi elles ne veulent pas me laisser préparer le dîner du dimanche, mais elles auraient pu me laisser faire des scones. Plus que trois jours. C'est aussi sinistre qu'à l'école. Pire, même, parce qu'il n'y a pas de club de lecture ni de bibliothèque où me réfugier.

Je suis sortie me promener après le déjeuner, malgré la pluie et ma jambe, qui en fait ne va pas trop mal aujourd'hui, elle proteste juste, mais sans hurler. La région est exactement comme autour de l'école, pas de vraie campagne, juste des fermes, des champs et des routes, pas de friches, pas de ruines et pas une fée en vue. Je ne comprends pas comment quelqu'un peut vouloir vivre ici.

LUNDI 24 DÉCEMBRE 1979

Les Russes ont envahi l'Afghanistan. J'éprouve un terrible sentiment d'inéluctabilité. J'ai lu tant d'histoires sur la troisième guerre mondiale qu'elle me semble parfois inévitable, comme s'il ne servait à rien de m'en faire pour quoi que ce soit, sachant que je n'aurai de toute façon pas l'occasion de devenir adulte.

Daniel a rapporté un sapin à la maison et nous l'avons décoré avec des cris de joie. Les décors sont tous très anciens et précieux, en verre pour la plupart. Ils sont délicats, et très magiques. J'avais presque peur de les toucher. Même les lumignons sont antiques : des lanternes en verre de Murano dont les bougies d'origine ont été remplacées par des ampoules électriques. Deux des ampoules étaient mortes, j'ai dû les changer. Nos vieux décors de Noël, que tante Teg doit être en train d'installer sur le sapin en ce moment même, me manquent. Elle doit le faire toute seule, s'ils laissent sortir Grampar seulement pour la journée. J'espère qu'elle pourra le faire tenir droit. Le mal que nous avions à faire tenir droit l'arbre de Noël! L'année dernière, nous avions dû l'attacher à la porte du placard. Mais il vaut mieux oublier l'année dernière, le pire Noël de tous les temps. Le bon côté, c'est que si horrible que cela puisse être cette année, ça ne pourra pas être pire.

Les décors de Noël de tante Teg sont vieux eux aussi, pour la plupart, quoique certains soient neufs, achetés récemment. Ils sont principalement en plastique, mais la fée qui prend place au sommet est en porcelaine. L'arbre du Vieux Manoir n'a pas de fée, ce qui lui donne l'air bizarre. Il a un Père Noël au sommet. Les nôtres ne sont pas assortis, sauf que c'est un tel mélange qu'ils en paraissent assortis, et nous avons des tas de guirlandes, pas des cheveux d'ange, mais d'épaisses torsades. J'espère que ça ne donne pas trop de travail à tante Teg. J'espère aussi que ma mère n'apparaîtra pas demain là-bas comme une méchante fée à un baptême. Au moins, ça n'arrivera pas ici. J'ai emballé tous mes cadeaux et les ai mis sous l'arbre. Mon papier est joli, rouge sombre avec des filets d'argent. Nous avons allumé les lanternes quand tout le monde a eu déposé ses cadeaux — et une autre ampoule a claqué, j'ai donc dû la remplacer. Nous les avons rallumées et admirées. J'ai aussi déposé les cadeaux de Deirdre et de Miss Carroll sous le sapin. Noël est un moment où les gens devraient être chez eux. S'ils ont un chez-eux, ce que je n'ai pas. Mais je voudrais être avec Grampar et tante Teg, qui sont ceux qui me semblent le plus proche. Quand je serai grande, je n'irai jamais nulle part pour Noël. Les gens pourront venir me voir s'ils en ont envie, mais je n'irai jamais nulle part.

Ils passent maintenant un disque de chants de Noël en bas, je peux les entendre à travers le plancher. Qu'est-ce que je fais ici ?

Mais c'est pire en Afghanistan où roulent les tanks.

MARDI 25 DÉCEMBRE 1979, JOUR DE NOËL

Ceci ne va pas être le récit que je craignais, une assommante liste de cadeaux.

J'ai été réveillée par les échos des chants de Noël, leur disque encore, par le chœur d'une cathédrale. C'est assez joli et je n'ai pas pu m'empêcher de ressentir une certaine excitation à la pensée que c'était le jour de Noël. Je suis descendue et nous avons tous pris le petit déjeuner, des toasts froids et des œufs bouillis comme tous les jours. Je ne comprends pas pourquoi ils font les toasts comme ça. Ils les préparent à la cuisine et les mettent dans un présentoir où ils refroidissent et deviennent secs et dégoûtants. Les toasts ont besoin d'être beurrés chauds. Après le petit déjeuner nous sommes allés ouvrir les cadeaux. Ils ont un rituel bien précis pour leur ouverture, tout à fait différent de la façon de faire de ma famille. Nous ouvrions un cadeau chacun à tour de rôle. Eux font en sorte que chacun ouvre tous ses cadeaux, puis c'est à la personne suivante d'ouvrir tous les siens. J'étais la dernière, parce que je suis la plus jeune.

Les tantes ont été plutôt satisfaites de leurs écharpes, bien que je n'aie pas bien réparti les couleurs et que deux d'entre elles aient fait l'échange quand elles croyaient que je ne regardais pas. Je n'arrive toujours pas à les différencier. (Mor et moi nous ressemblions-nous autant que ça ? Serions-nous restées aussi semblables quand nous aurions eu quarante ans ?) Elles s'étaient offert les unes aux autres des rendez-vous chez la manucure ou le coiffeur. Daniel m'a remerciée pour *La Poussière dans l'Œil de Dieu* et pour la veste. Elles lui avaient offert du whisky, une cuvée spéciale, et des vêtements.

J'avais un gros tas, bien plus que je n'en attendais. Deirdre m'avait déniché un roman dont je n'avais jamais entendu parler, *Le Guide du routard galactique*, sans doute un genre de science-fiction, et le choix de Miss Carroll était judicieux, *Les Dépossédés*, qu'elle savait que j'avais lu mais n'avais plus. Daniel m'a offert une pile de livres et un de ces carnets à serrure, ce qui est toujours utile. Ses sœurs m'ont acheté des vêtements, pour la plupart si moches que j'aurais préféré être morte plutôt que vue dedans, une boîte de chocolats, que je ne risque rien à manger, et un petit coffre qui, je l'ai senti dès que je l'ai touché, dégageait une puissante magie. Mais ça ne voulait rien dire : après tout, leurs ornements d'arbre de Noël étaient magiques et elles ne semblaient pas le remarquer. J'ai ouvert avec précaution le coffret à l'intérieur duquel se trouvaient trois paires de boucles d'oreilles qui, je l'ai su sans même les toucher, étaient chargées de magie.

Les premières étaient de simples anneaux d'argent, les deuxièmes des anneaux avec chacun un petit diamant et les troisièmes des perles au bout d'un pendentif en argent. « Les perles appartenaient à notre mère, a dit l'une. Nous voulions que tu les aies.

— Je n'ai pas les oreilles percées, ai-je dit comme à regret en leur rendant le coffret.

— C'est ça le vrai cadeau.

— Nous t'emmenons en ville jeudi matin pour te faire percer les oreilles.

— Tu devras porter d'abord les anneaux simples pour t'habituer.» Toutes les trois ont souri. Avec ce sourire semblable et leurs visages inexpressifs, on aurait dit des mannequins de vitrine devenus vivants qui venaient vers moi, un mauvais rêve que je fais parfois.

« Je ne veux pas avoir les oreilles percées », ai-je dit, aussi poliment et fermement que possible, mais je sais que ma voix tremblait un peu.

Je n'y avais jamais réfléchi, mais dès que je l'ai fait, il a été parfaitement évident qu'avoir les oreilles percées vous faisait cesser d'être capable de magie. Les trous, les anneaux dans les trous, ils seraient là et je ne pourrais plus me projeter. Je le savais à la façon dont je savais tout à propos de la magie. Je ne le savais pas intellectuellement, mais je le sentais dans mon corps tout entier, avec un frisson presque érotique. J'ai lâché le coffret et plaqué mes mains sur mes oreilles.

« Toutes les adolescentes se les font percer, de nos jours, a dit l'une d'elles.

— C'est la mode, a ajouté une autre.

— Ne sois pas ridicule, ça ne fait pas mal, a renchéri la troisième.

— Les vôtres ne sont pas percées », ai-je dit, et c'était vrai, aucune d'elles n'a les oreilles percées, parce que, bien sûr, elles savent ce que je sais et parce qu'elles pratiquent la magie. Ce sont des sorcières, ce doit être ça, et elles ont été très habiles jusqu'à maintenant et j'ai été très stupide, parce que je n'ai rien deviné. J'aurais dû les soupçonner parce qu'elles sont trois et parce qu'elles n'ont pas voulu me laisser cuisiner, et par-dessus tout le voir à la façon dont elles vivent toutes trois ici sans rien faire et contrôlent Daniel. Ça m'a totalement échappé parce qu'elles sont ternes et anglaises et sourient, tout m'est passé au-dessus de la tête parce que je pensais qu'elles étaient vraiment obsédées par le fait que Scott avait remporté la coupe.

Elles doivent avoir été horrifiées quand Daniel m'a amenée à la maison. Elles m'ont envoyée à Arlinghurst pour m'éloigner de la magie. Ça n'a pas marché aussi bien qu'elles le pensaient. Elles doivent s'en être rendu compte quand j'ai fait l'invocation pour le *karass*, mais elles n'ont probablement pas compris ce que c'était, uniquement que je projetais mon esprit. Maintenant elles veulent me contrôler totalement, ce qu'auraient permis les boucles d'oreilles.

«Ce n'était pas la mode à l'époque, a dit l'une.

— Mais aujourd'hui toutes les filles le font…

— Tu seras vraiment adorable avec les perles de notre mère. C'est notre façon de te souhaiter la bienvenue dans la famille.»

J'ai regardé désespérément Daniel, qui avait l'air perplexe. J'ai vu qu'il était mon seul espoir. Elles sont trois, et elles sont adultes, et je suppose qu'elles n'ont pas de scrupules à recourir à la magie, pas plus que ma mère. Quoi qu'elles aient fait à ces pendants d'oreilles, elles l'ont fait délibérément. La magie dont ils sont chargés est dirigée contre moi personnellement, je pouvais le dire maintenant en tenant le coffret ouvert. Elles contrôlaient Daniel je ne savais comment, mais elles ne voulaient pas qu'il le sache, alors tout lui passait au-dessus de la tête. «Ne les laisse pas me faire percer les oreilles!» l'ai-je supplié. Je savais que je paraissais hystérique, mais j'étais vraiment paniquée.

«Je ne pense pas que Morwenna ait besoin de les avoir percées si elle ne veut pas, a-t-il dit. Elle peut attendre un peu et se le faire faire dans un an ou deux.

— Nous avons pris rendez-vous.

— Et elle ne pourra pas porter les boucles d'oreilles de Mère.

— Et nous voulions lui souhaiter la bienvenue dans la famille.»

Elles avaient l'air si raisonnables et adultes et sensées et je me rendais compte que je paraissais déraisonnable, enfantine et folle. «S'il te plaît», ai-je dit. J'avais toujours les deux mains sur les côtés de ma tête. «Pas mes oreilles.

— Elle est terrifiée, a dit Daniel. Les boucles d'oreilles peuvent attendre. Elle n'en a pas besoin maintenant.

— Tu ne fais que l'encourager à faire l'idiote.

— Elles sont si jolies et lui iront si bien, surtout maintenant que ses cheveux ont un peu poussé.

— Ça ne fait mal qu'une seconde.»

Daniel avait l'air perdu. C'est un faible et il n'a pas l'habitude de tenir tête à ses sœurs. Il ne l'a jamais fait. Elles ont pris sa vie en main quand il était plus jeune, et elles l'ont probablement manipulé tout ce temps. Mais je crois qu'elles sont restées discrètes et n'ont pas agi directement. Je ne sais pas pourquoi. Peut-être ne voulaient-elles pas en faire une marionnette. Peut-être voulaient-elles qu'il les aime. Il n'y a pas grand monde qui aime les sorcières. Voyez ma mère. Personne ne l'aime. Elles, elles ont les autres, mais cela serait-il suffisant? Je sanglotais et ne cessais de le regarder d'un air suppliant, car lui seul pouvait me protéger.

«Il n'y a sûrement pas d'urgence, a-t-il dit.

— Je ne veux pas, je ne veux pas», ai-je répété. J'ai attrapé mes livres et j'ai couru à l'étage.

«Caprice d'adolescente typique, a dit l'une.

— Il faut être ferme avec elle, Daniel.

— Elle est trop habituée à ce qu'on lui cède.»

La porte n'a pas de serrure, mais je l'ai bloquée avec une chaise pour que personne ne puisse entrer. Elles sont montées et m'ont demandé de descendre pour le repas de Noël, mais je n'en ai rien fait. Il devait être trop cuit et tout sec, de toute façon. Je ne sais pas quoi faire. Devrais-je m'enfuir encore? Ça a marché la dernière fois, ou presque. Je ne sais pas ce qu'elles veulent. Elles ont l'air assez sensées, mais ma mère aussi, quand on ne la connaît pas. Elles veulent me contrôler. Elles veulent que j'arrête la magie. Ce n'est pas que je veuille faire de la magie — en fait, j'ai juré que je n'en ferais plus. J'ai juré que je n'en ferais plus sauf pour éviter un mal. Je veux être capable d'empêcher le mal. C'est une mutilation. Je pensais que ma jambe en était une, mais ce n'est rien. Si je portais ces boucles d'oreilles, je ne pourrais plus voir les fées. Je ne sais pas si elles arriveraient à me contrôler, mais avoir les oreilles percées empêcherait la magie. S'il était vrai que toute ma génération se les était fait percer, cela voulait dire toute une génération de femmes qui ne voyaient pas les fées. Ça ne paraît pas si grave, c'est comme un vaccin, n'est-ce pas, une petite piqûre et adieu le côté ésotérique. Mais c'est mal, parce que, comme la vaccination, ça ne marche que si c'est tout le monde. Elles ne feront pas, et personne ne pourra les arrêter.

Quoi qu'il en soit, si la plupart des gens ne voient pas les fées parce qu'ils n'y croient pas, les voir n'est pas une mauvaise chose. Certains des plus beaux êtres que j'aie jamais vus sont des fées.

Je suppose que je pourrais sortir par la fenêtre, mais il n'y a pas d'arbre bien placé comme à l'école. Ou bien je pourrais sortir par la porte de derrière, la nuit, quand tout le monde dort. J'ai ma carte d'état-major. Seulement c'est Noël, il n'y a pas de trains et il n'y en aura pas non plus demain. En plus, je n'ai pas d'argent, j'ai tout dépensé en cadeaux. Il me reste 24 pence. Daniel me donnerait sans doute de l'argent, mais il ne voudrait rien entendre dire contre elles, il en serait probablement littéralement incapable. En plus, il est officiellement mon père et mon tuteur légal. Quand je me suis enfuie la dernière fois et qu'on m'a mise au Refuge, c'est lui qu'on a trouvé. Si je m'enfuis encore, où puis-je aller? Pas chez Grampar, il est probablement de retour à l'hôpital, maintenant, et de toute façon on ne me laissera pas vivre avec lui ni avec tante Teg. Je pourrais essayer malgré tout, mais ce serait le premier endroit où Daniel me chercherait. Le reste de la famille m'avait déjà laissée tomber, ils étaient au courant pour Liz et ils ont pensé que je serais très bien avec elle. Je n'aurai pas seize ans avant juin, dans six bons mois, et où pourrais-je aller toute seule sans numéro de Sécurité sociale et ayant l'air plus jeune que mon âge ?

Je vais devoir patienter deux jours, je pourrais donc descendre en Galles du Sud en parler à tante Teg et à Glorfindel pour voir ce que je peux faire. Si elles me laissent tranquille, je peux affronter l'école, au moins pour cette année. Quand on a seize ans, on peut vivre seul. Je pourrais faire ce que disait Janine, trouver du travail et préparer un examen à temps partiel, comme Wim. J'en serais capable.

Elles doivent tout faire dans la cuisine et dans leurs chambres, les parties de la maison que je n'ai pas vues. Il faut que je reste près de Daniel. Il pense que je suis irrationnelle et hystérique, mais il ne me contrariera pas. Il n'est pas méchant. Je pense qu'il m'aime un peu. Ils sont en train de manger, en bas, et de boire, je vais descendre et dire que je regrette d'avoir été hystérique mais l'idée qu'on me perce les oreilles m'emplit d'une panique terrible et que si elles promettent de ne plus jamais en parler je promets de ne plus jamais courir hors de la pièce me barricader dans ma chambre. Au besoin, je promettrai de partir immédiatement après juin et de ne plus les revoir. Ce sont elles qui paient pour l'école, pas Daniel. Je pourrai dire que je les rembourserai dès que possible.

Je ne suis pas absolument sûre qu'elles sachent que je sais — je veux dire qu'elles sachent que ce n'est pas juste une peur irrationnelle. Devant Daniel, elles feront semblant d'être d'accord. Il est leur point faible. De toute façon, elles ne peuvent pas vraiment agir avant jeudi. Je respire profondément. Je descends.

MERCREDI 26 DÉCEMBRE 1979

D'un autre côté, comment puis-je savoir qu'elles sont mauvaises ? Pourquoi présumer ça ? Elles sont peut-être exactement ce qu'elles semblent, un peu de magie en plus, et elles ne savent rien de moi sinon ce qui est évident. Peut-être que tout ce qu'elles veulent, c'est faire de moi une gentille nièce. Je sais qu'avoir les oreilles percées m'éloignerait de la magie. Je suis sûre qu'elles le savent, sinon elles n'insisteraient pas autant, mais je ne suis pas sûre qu'elles sachent que je sais pour la magie. La plupart des gens ne savent pas. Pour le plus grand nombre, ce ne serait pas une perte. Mais ce sont des filles, les garçons ne se font en général pas percer les oreilles. Les hommes peuvent-ils faire de la magie ? Je suis sûre qu'ils peuvent, mais on dirait que je n'en rencontre jamais qui en fassent. Peut-être qu'elles ont pensé ce que je me suis dit sur la vaccination, que ça me prémunirait contre la tentation de la magie. Je pensais que ces boucles d'oreilles avaient pour but de me contrôler, mais elles étaient peut-être destinées à me rendre comme tout le monde. Elles ont un frère docile. Elles veulent peut-être une nièce docile. Dans ce cas, elles seront probablement d'accord pour que je retourne à l'école et ne réessayeront pas avant les vacances de milieu de trimestre, ou même avant Pâques. C'est à l'école qu'elles veulent que je sois. L'école est coupée de la magie, comme je l'ai constaté, et de toute façon je ne veux pas en faire.

Ce que je veux, c'est retourner à Arlinghurst, même si c'est crétin, que la nourriture est infecte et qu'il n'y a aucune intimité, parce que j'ai commencé à bâtir mon *karass*. J'ai le club de lecture, j'ai la bibliothèque — les deux bibliothèques. Je peux m'accommoder du reste. Je l'ai déjà fait. Et je veux passer tous mes examens. Je veux aller à l'université et rencontrer enfin des gens avec qui je puisse parler. Gramma disait que j'y trouverais des égales, que ça vaut le coup de persévérer. Elle disait toujours ça quand j'étais découragée par les maths ou la mémorisation du latin. Même si je n'obtiens que le O Level, eh bien, le O Level est une qualification. Ceux qui ne l'ont pas passent pour des idiots, et il n'y a pas de travail pour eux excepté des métiers d'idiots. Pour être poète, cela n'a pas d'importance, il n'y a pas besoin de qualifications pour ça, mais il me faudra quelque chose pour faire bouillir la marmite, et je préférerais que ce soit quelque chose d'amusant. J'ai besoin d'un O Level à tout le moins. Il faut soit que je retourne à Arlinghurst, ce qui veut dire rester en assez bons termes avec les tantes pour qu'elles paient, soit que je trouve une autre école quelque part.

Donc, bref, hier.

Je suis descendue et je me suis excusée d'être partie en courant — en clopinant serait plus exact. J'ai expliqué que je comprenais qu'elles m'avaient proposé ça gentiment, mais la pensée d'avoir les oreilles percées me perturbait outre mesure — elles ont eu l'air de gober ça. Elles n'ont plus essayé de me persuader, et le coffret à boucles d'oreilles a été mis à l'écart de mes autres cadeaux. Elles ont dit que nous allions oublier, et puis elles m'ont apporté de la dinde froide et de la farce, qui était sèche mais pas trop mauvaise. Puis nous avons joué au Monopoly. L'une des sœurs a gagné, mais je me suis bien défendue.

Le plus curieux, c'était que l'on pouvait voir qu'ils avaient souvent joué ensemble au Monopoly, tous les quatre. Elles avaient toutes leurs pièces préférées dont elles se sont emparées aussitôt. Ces pièces, quand j'ai dû à l'occasion les déplacer de quelques cases de mon côté du plateau pour leur éviter de se pencher, étaient gorgées de magie née de leur fréquente utilisation. Grâce à ces pièces, j'ai pu les différencier pour la première fois. Elles sont toujours habillées pareil, mais le chien, la voiture de course et le haut-de-forme les reconnaissaient. L'autre fait étrange était que nous soyons là à jouer comme une famille normale, alors que je ne faisais pas partie de la leur et que, même sans moi, ils n'en formaient pas vraiment une. Les familles normales sont constituées de plusieurs générations, alors qu'eux appartiennent à la même. Dans les familles normales, il y a des gens mariés. Daniel est le seul qui l'ait été, et voyez qui il a choisi pour ça ! Les familles normales ne sont pas juste des enfants quadragénaires qui ont maintenant des responsabilités sans avoir jamais grandi. Les chamailleries des trois sœurs, au cours de la partie, me donnaient l'impression d'être la personne la plus mûre de la table.

Nous avons ensuite mangé le gâteau de Noël, mais je me suis contentée d'émietter ma part dans mon assiette parce que c'était un vecteur trop évident de magie, à cause de tous ses liens avec tout. De toute façon je n'aime pas les cakes aux fruits confits, à part ceux de tante Bessie. Puis j'ai suivi Daniel dans son bureau et nous avons parlé des livres qu'il m'avait envoyés, et en particulier de *Dune*. Arrakis est une planète fascinante. On peut sentir qu'elle est réelle, avec ses différentes cultures. On ne voit pas assez souvent le choc des cultures dans la SF, et c'est très intéressant de voir Paul aller dans le désert à la rencontre des Fremen, c'est la confrontation de deux cultures, chacune avec ses secrets. Daniel en parlait avec beaucoup d'enthousiasme et bien qu'il se soit servi un verre de whisky, il ne faisait qu'en boire à petites gorgées. Mais il fumait tout le temps. Il m'a posé des questions sur ce que j'avais lu et sur le club de lecture, et sur ce que j'aimerais emprunter, sans que je dise à aucun moment : « Sais-tu que tes sœurs sont des sorcières ? » ni lui : « Alors, pourquoi as-tu fait une crise à propos des boucles d'oreilles ? » Nos efforts pour ne pas prononcer ces mots les rendaient presque audibles.

Puis je l'ai questionné sur Sam, l'être le plus humain que j'aie jamais rencontré. Elles sont sans doute incapables de s'attaquer à lui, peut-être à cause de sa religion. Sam représente la stabilité pour Daniel, le bon sens. Plus je parlais avec lui, plus je me demandais à quel point elles le contrôlaient, quelles étaient les choses auxquelles il était incapable de penser, quels motifs le poussaient à boire. Elles avaient un frère apprivoisé. Elles avaient un homme pour s'occuper du domaine. C'est à ce moment que je me suis dit qu'elles voulaient une gentille nièce. Parce que si elles ne sont pas des méchantes sorcières qui veulent conquérir le monde — elles ne sont pas folles, contrairement à Liz —, si elles sont plus ou moins ce qu'elles paraissent, trois femmes immatures qui vivent ensemble et recourent peut-être un peu à la magie pour infléchir leur vie dans le sens qui leur convient, c'est ce qu'il y a de plus logique.

« Pourrons-nous aller voir Sam ? ai-je demandé.

— Nous n'aurons pas vraiment le temps si tu as dit à ta tante Teg que tu viendras jeudi.

— Nous pourrions faire comme la dernière fois. Nous pourrions y aller demain.

— Elles ne voudront pas que je m'absente le lendemain de Noël », a-t-il dit, et j'ai vu qu'elles ne le laisseraient pas faire. Elles ont leurs rituels du lendemain de Noël comme elles ont ceux de Noël. Elles sont ses sœurs et ses employeurs et elles ont une emprise magique sur lui ; comment pourrais-je lutter ?

Je suis capable de regarder Daniel, maintenant. Je suis désolée pour lui. Il est aussi gentil que possible, dans les limites de ce qu'il est, et il ne voit pas tous les murs qu'elles ont édifiés autour de lui. Pas étonnant que ce soit ma mère qu'il ait épousée. Il lui fallait quelqu'un d'autre qui pratique la magie pour l'éloigner d'elles. La magie et le sexe, et peut-être aussi le fait de tomber enceinte, parce que cela crée une très forte connexion. Pas étonnant qu'elles aient l'air si pincé sur les photos. Mais il ne leur a pas fallu longtemps pour le récupérer.

Puis aujourd'hui, comme la journée était ensoleillée, quoique fraîche, nous sommes tous allés faire une promenade dans le domaine. L'ambiance était très féodale. Je n'ai jamais rien vu de tel. La classe, oui, la classe omniprésente, mais pas de paysans soulevant leur casquette. Nous avons déjeuné dans un très vieux pub bâti à flanc de colline, Les Armes du maréchal. Le repas était sublime. J'ai pris une tourte à la viande et aux rognons qui était servie dans une cassolette, avec des frites et une salade d'hiver. C'était le meilleur déjeuner que j'aie dégusté depuis longtemps. Elles connaissaient tout le monde, des gens venaient sans cesse nous saluer. Après notre retour au manoir, plusieurs d'entre eux sont aussi passés prendre le thé. Elles m'ont laissée distribuer des gâteaux secs. J'ai joué la gentille nièce de mon mieux, dit que j'aimais bien l'école et que j'étais la troisième de la classe. Plusieurs de nos visiteuses avaient fréquenté Arlinghurst, mais une seule a voulu savoir qui avait remporté la coupe. J'ai compris que connaître tous ces gens était une bonne chose, car c'étaient les amis des tantes. Après qu'ils m'avaient vue, il leur serait plus difficile de me faire disparaître sans explications.

Quand tout le monde a été parti, j'ai proposé de laver la vaisselle, mais elles n'ont pas voulu me laisser faire. Elles sont déterminées à me tenir à l'écart de la cuisine. Daniel s'est retiré dans son bureau, et moi ici, en haut, sous prétexte de dormir.

Je prends le train pour Cardiff, demain. J'espère que tante Teg viendra me chercher. Elle n'a pas répondu à ma lettre. Si elle ne vient pas, je remonterai la vallée en bus. J'ai la clef de la maison de Grampar. Je dois parler à Glorfindel, même s'il n'est pas facile d'obtenir des réponses claires des fées. Mais je dois essayer.

JEUDI 27 DÉCEMBRE 1979

Le train, dans le coin d'un compartiment que j'ai pour moi toute seule, du moins jusqu'ici. Le paysage est couvert de givre, comme s'il avait été saupoudré de sucre glace. Le soleil perce de temps en temps à travers les nuages et, quand nous abordons un virage, j'aperçois au loin les montagnes galloises qui se rapprochent. J'adore le train. Je me sens connectée à la dernière fois que j'étais assise là, et aussi au train pour Londres. C'est un entre-deux, en suspens ; en mouvement rapide entre un lieu et un autre, c'est aussi en équilibre entre les deux. Il y a là de la magie, pas une magie qu'on peut exercer, une magie qui est simplement là, pour donner un peu de couleur et de gaieté.

Je ne les ai pas laissées me faire des trous dans la tête pour y accrocher des bijoux et me priver de la magie. Et je suis libre, au moins pour le moment, au moins tant que le train file entre Church Stretton et Craven Arms, après avoir laissé Shrewsbury derrière lui et encore longtemps avant d'arriver à Cardiff. Il y a un passage comme ça dans *Quatre Quatuors*, je vais voir si je peux le trouver quand j'aurai le livre.

S'il y a une forme de magie plus facile pour amener quelqu'un à faire ce qu'on veut, avec des choses qui le veulent aussi, je ne sais pas ce que c'est. Elles achètent ses vêtements. Elles achètent ses chaussures. Elles lui achètent des verres et du whisky. Elles possèdent la maison et le mobilier. Il veut boire le whisky, et la chaise le veut, et le verre, et bien sûr rien ne pourrait être plus simple que de le faire boire tant qu'il ne puisse pas se lever pour me conduire à la gare. Le plus étrange est que je n'y ai pas pensé moi-même. Mais je ne sais pas si j'aurais pu l'empêcher, sans magie, et même en dehors du fait que ça n'aurait pas été une bonne idée, je ne ferais pas ça même si elles le font. S'il les aimait au départ, s'il était reconnaissant, elles auraient fait n'importe quoi pour le garder. Probablement, au fil des années, elles ont fait de plus en plus de petites choses, sans volonté de nuire, mais sans jamais le laisser partir, le piégeant dans une toile d'araignée de magie de façon à ce qu'il reste, il fait ce qu'elles veulent, il n'a aucune volonté. Il faudrait quelque chose de vraiment fort pour lutter avec ça.

Pauvre Daniel. Le seul endroit où il est libre est chez Sam, et dans ses livres. Il est difficile d'utiliser des livres pour la magie. D'abord parce que plus un objet est produit en masse et plus il est neuf, plus il lui est difficile d'être magique en lui-même, plutôt que d'être partie de la magie d'un tout. Il y a une magie de la production de masse, mais elle est diffuse et difficile à maintenir. En particulier avec les livres, qui ne sont pas des objets en tant que tels, ce n'est pas ce qui est important en eux, et la magie s'attache aux objets, principalement. (Je n'aurais jamais dû invoquer ce *karass*, je ne savais pas la moitié de ce que je faisais, et plus j'y repense, plus je le vois. Je ne peux pas vraiment être désolée de l'avoir fait, parce qu'avoir des gens à qui parler est plus précieux que tout, mais je sais que je ne l'aurais pas fait si j'avais été plus avisée. Ou moins désespérée.)

Anthea m'a accompagnée à la gare. Je sais que c'était Anthea parce qu'elle me l'a dit, mais bien sûr elle a très bien pu mentir. C'est très facile à faire quand on est jumelles, je devrais le savoir. (Je me demande si Daniel peut les reconnaître à coup sûr. Il faudra que je le lui demande.) Deux d'entre elles sont restées à la maison pour garder un œil sur lui, je pense. «Daniel est un peu patraque ce matin», a dit l'une d'elles en souriant et en posant le présentoir d'infects toasts froids sur la table du petit déjeuner. «C'est donc Anthea qui va te conduire à la gare.

— Je ne me ferai pas percer les oreilles, ai-je dit en me les protégeant des mains.

— Non, ma chérie. Tu seras peut-être plus raisonnable en grandissant.»

Dans la voiture, Anthea n'a pas évoqué le problème du perçage d'oreilles. J'ai parlé gaiement de l'école, d'Arlinghurst et des préfètes et des maisons, et je faisais de mon mieux pour paraître être devenue spontanément une gentille nièce sans qu'il ait été besoin d'aucune intervention magique. C'était dur, parce que bien sûr je ne l'avais pas fait plus tôt, aussi peut-être aurais-je dû commencer plus graduellement si je voulais être plausible, au lieu de me lancer bille en tête dans une imitation parfaite de Lorraine Pargeter. La voiture des tantes est une chose argentée, de taille moyenne, je ne sais pas exactement de quel type, quoique si j'étais vraiment une gentille nièce j'aurais vérifié pour la comparer aux autres quand je serais de retour à l'école. L'intérieur est en cuir et elle est beaucoup plus récente que la voiture de Daniel. Il y a un miroir sur le pare-soleil du passager. Je suis déjà montée dans cette voiture, quand nous sommes toutes allées faire des courses, mais j'étais toujours assise à l'arrière. Je sais qu'elles conduisent et qu'elles prennent place dans le siège avant chacune à leur tour. Elles sont très bizarres. Il y a des tas de choses qu'elles pourraient faire. Elles pourraient chercher un remède à la graphiose de l'orme. Elles pourraient visiter des pays étrangers.

En arrivant à Shrewsbury, au lieu d'aller à la gare, elle s'est garée devant une bijouterie avec dans la vitrine un écriteau qui disait PERÇAGE D'OREILLES. « Nous avons juste le temps avant le train, dit-elle. J'ai apporté tes boucles.

— Je vais hurler, ai-je dit. Pour me faire entrer là-dedans, il faudra me traîner de force.

— Je voudrais que tu ne sois pas aussi idiote », a dit Anthea, de ce ton « plus peiné que fâché » qu'utilisent les adultes.

Je n'ai pas su quoi répondre. J'ignorais ce qu'elle savait, si elle savait pourquoi je résistais. Il me semblait, et il me semble toujours, qu'il valait mieux autant que possible ne rien dire. Si je commençais à parler de magie, non seulement elle saurait, mais elle aurait toutes les raisons de dire à Daniel que j'étais dérangée.

« Je ne veux absolument pas avoir les oreilles percées », ai-je dit aussi fermement que possible. Je me suis cramponnée à mon sac, qui était posé sur mes genoux et qui m'aidait à me concentrer. « Je ne veux pas mal me conduire, je ne veux pas faire une scène dans la rue ou dans la boutique, mais je le ferai s'il le faut, tante Anthea. »

Tout en parlant, j'ai posé une main sur le levier d'ouverture de la porte, prête à bondir s'il le fallait. J'avais un autre sac dans le coffre, avec des livres et quelques vêtements, mais tout ce dont j'avais vraiment besoin était dans mon sac sur mes genoux. Je regretterais de perdre certains livres, mais on peut toujours en racheter au besoin. Heinlein dit qu'il faut être prêt à abandonner ses bagages et je l'étais. Je sais que je ne peux littéralement pas courir, mais je me disais que si je sautais de la voiture et partais en clopinant dans la rue, elle devrait me poursuivre et il pourrait y avoir des gens qu'elle connaissait et qu'elle serait gênée. Il y avait déjà quelques personnes dehors, bien qu'il soit très tôt. Si on en venait à vraiment se battre, pour le moment elle était seule. J'avais peut-être une patte folle, mais ça voulait aussi dire que j'avais une canne.

Nous sommes restées un moment comme ça, puis elle a grimacé, a tourné la clef et a démarré. Une fois à la gare, elle m'a acheté un aller-retour, puis m'a embrassée sur la joue et m'a dit de passer un bon séjour. Elle ne m'a pas accompagnée sur le quai. Elle avait l'air... je ne sais pas. Je pense qu'elle n'a pas l'habitude d'être contrecarrée.

La magie n'est pas mauvaise en soi. Mais elle semble faire terriblement de tort à ceux qui la pratiquent.

VENDREDI 28 DÉCEMBRE 1979

Le temps que le train arrive à Cardiff, il pleuvait et l'euphorie du givre sur les lointaines collines s'était perdue dans la pluie sur la ville. Tante Teg n'était pas à la gare pour m'attendre. Je me dis qu'elle devait être tellement fâchée que je ne sois pas venue l'aider le jour de Noël qu'elle ne voulait pas me voir du tout. Je suis sortie de la gare, me suis dirigée vers la station de bus pour trouver celui qui remontait la vallée et me suis aperçue que je n'avais toujours que 24 pence, deux pièces de 10 et deux de 2, dans mon porte-monnaie, grosses comme des roues de charrette et tout aussi inutiles. Je ne voyais pas comment je pourrais trouver plus d'argent. J'en ai un peu sur un compte à la poste, mais je n'avais pas mon livret. Il y a quelques personnes à qui j'aurais pu en emprunter, mais personne qui se soit trouvé à la gare de Cardiff aujourd'hui à l'heure du déjeuner sous la pluie. Et ma stupide jambe me faisait de nouveau souffrir. Par chance, avant d'en être arrivée au point de faire de l'auto-stop, ce que j'avais déjà fait, mais uniquement quand je m'étais sauvée, j'ai vu la petite voiture orange de tante Teg s'engager dans le parking. J'ai clopiné lentement pour l'intercepter avant qu'elle mette des pièces dans l'horodateur. Elle a été ravie de me voir et ne m'a fait aucun reproche. Elle pensait que j'arriverais par le train suivant. J'avais probablement pris le précédent parce qu'Anthea avait été en avance pour avoir le temps de me faire percer les oreilles.

C'est la deuxième fois, la deuxième *d'affilée*, que je descends d'un train, qu'on ne m'attend pas et que je m'aperçois que je ne peux pas me débrouiller. Il faut que j'arrête de faire ça. Je dois mieux m'organiser et il me faut plus d'argent. Je dois garder une réserve d'urgence dans mon sac. Dès que je le pourrai, je mettrai de côté au moins un billet de 5 livres. Et je devrais peut-être aussi garder une livre dans la poche arrière de mon porte-monnaie, au cas où je dépenserais le premier. Je devrais peut-être aussi commencer à économiser de l'argent pour une éventuelle fugue. Ça serait merveilleux d'avoir ma vie suffisamment en ordre pour ne pas en avoir besoin, mais regardons les choses en face, je n'en suis pas encore là.

Tante Teg vit dans un petit appartement moderne d'un coquet lotissement récent. Il a été construit il y a environ dix ans, je pense. Il y a quelques boutiques en arc de cercle, dont une excellente boulangerie-pâtisserie, et des petits immeubles de trois étages, séparés par des pelouses. Elle habite au premier étage. Ce n'est pas… je veux dire, je détesterais vivre là. C'est très neuf et propre et beau mais ça n'a pas de caractère, les pièces sont toutes rectangulaires et les plafonds très bas. Je pense que tante Teg l'a choisi parce que c'était quelque chose qu'elle pouvait se payer à l'époque et que l'endroit était sûr pour une femme seule. Ou peut-être parce qu'elle voulait faire du lieu où elle habitait quelque chose de vraiment différent de la maison, avec des meubles modernes et pas de magie. Logiquement, raisonnablement, elle a toujours associé la magie, les fées et toutes ces choses à ma mère, qui a quatre ans de plus qu'elle. Tante Teg ne veut donc rien avoir à faire avec ça, pas plus qu'avec Liz. Elle vit toute seule avec Perséphone, une chatte magnifique, mais incroyablement gâtée. Perséphone sort par la fenêtre, saute sur l'auvent de l'entrée et de là sur le sol. Mais elle ne peut pas rentrer de la même façon et donc elle remonte par l'escalier et miaule devant la porte.

J'aime cet appartement et en même temps je ne l'aime pas. Je l'admire d'être si propre et net, avec ses profonds canapés Habitat marron (trop bas pour moi, surtout aujourd'hui) et ses tables peintes en bleu. Je vois bien que les bouches de chaleur sont efficaces. Quand tante Teg l'a acheté, peu avant la mort de Gramma, nous avons été terriblement impressionnées par sa modernité. Mais en vérité je préfère les objets anciens, le désordre et les cheminées, et je soupçonne tante Teg de les préférer aussi, même si rien ne le lui fera avouer.

« Ma » chambre ici est petite, avec un lit et des étagères pleines des livres d'art de tante Teg. Au mur, il y a deux superbes images de Hokusai, qui font manifestement partie d'une série. La première représente deux Japonais à l'air terrifié qui se battent contre une pieuvre géante ; l'autre, les deux mêmes hommes riant et se taillant un chemin à travers une gigantesque toile d'araignée. Je ne connais pas leurs noms ni leur histoire, mais ils ont beaucoup de personnalité et j'aime les regarder en imaginant leurs autres aventures. Mor et moi avions l'habitude de nous raconter ce qui leur arrivait. Tante Teg les a achetées à Bath, en même temps que la couverture marocaine beige et marron accrochée au mur du salon.

Tandis que je suis allongée là à écrire, Perséphone vient de temps en temps miauler à la porte pour entrer dans ma chambre. Si je n'ouvre pas, elle insiste. Si je me lève et clopine jusqu'à la porte, chaque pas représentant pour moi une petite victoire, elle entre, me regarde d'un air dédaigneux, puis fait demi-tour et s'en va. C'est une écaille de tortue avec le menton et le ventre blanc. Elle voit les fées — à Aberdare où il y a des fées, évidemment, pas ici. Je l'ai vue les regarder et se retourner avec pour elles le même air de dédain que pour moi, tout en les surveillant pour être sûre qu'elles ne vont rien faire. Tante Teg a peint un tableau d'elle couchée devant la couverture marocaine — leurs couleurs vont très bien ensemble — où elle a l'air du plus adorable et gentil des chats. En réalité, elle aime qu'on la caresse environ trente secondes, après quoi elle se retourne contre vous et vous attaque la main. J'ai été mordue et griffée par Perséphone plus que par tous les autres chats du monde réunis, et tante Teg a souvent des marques sur les poignets. Cela dit, elle l'adore et lui parle comme à un bébé. «C'est qui le meilleur? Qui c'est le meilleur chat du monde?» Elle pourrait concourir pour le plus beau, avec son magnifique pelage et son port aristocratique, mais je pense que le *meilleur* chat aurait des bonnes manières.

Nous allons voir Grampar demain. Ce n'est pas comme à la Toussaint, cette fois tante Teg aussi est en vacances. Il ne va pas être facile de trouver le temps d'aller voir les fées, mais elle part pour quelques jours au Nouvel An et je pourrai en profiter. Tante Teg n'est pas vieille, elle a seulement trente-six ans. Elle a un amoureux, un amoureux secret. C'est vraiment tragique, en fait, un peu comme dans *Jane Eyre*. Il est marié à une folle et ne peut pas divorcer parce qu'il est politicien, et de toute façon il se sent une obligation envers elle parce qu'il l'a épousée quand elle était jeune et jolie, et brillante. En fait, c'était l'amour d'enfance de tante Teg et il l'a embrassée en la raccompagnant le jour de son vingt et unième anniversaire. Puis il est allé à l'université et a rencontré sa femme folle, quoiqu'elle ne fût pas encore folle, et l'a épousée, et ce n'est que plus tard qu'il a compris qu'il aimait en réalité tante Teg depuis le début et il était alors clair que sa femme était folle. Je ne suis pas sûre que cette version soit tout à fait exacte. Par exemple, le père de sa femme était quelqu'un qui pouvait l'aider à avoir un siège au Parlement. Je me demande s'il n'y avait pas un peu d'intérêt personnel là-dedans. Et cela ruinerait-il vraiment sa carrière de divorcer pour se remarier ? Cela la ruinerait bien plus sûrement si sa liaison avec tante Teg venait à se savoir. Quoi qu'il en soit, elle dit qu'elle est heureuse comme ça, qu'elle aime vivre seule avec Perséphone et passer de temps en temps quelques jours avec lui.

Je suis allée l'aider à préparer le dîner. C'est fou le plaisir qu'il y a à nettoyer des champignons et à râper du fromage quand on n'en a pas eu l'occasion depuis longtemps. Après quoi manger ce que vous avez préparé, ou aidé à préparer, vous paraît toujours d'autant meilleur. Tante Teg fait le meilleur gratin de chou-fleur du monde.

C'est aussi très agréable de se détendre et de laisser les autres s'occuper un peu de vous.

SAMEDI 29 DÉCEMBRE 1979

L'année sera bientôt finie. Tant mieux. Elle a été pourrie. Peut-être que 1980 sera meilleure. Une nouvelle année. Une nouvelle décennie. Une décennie au cours de laquelle je grandirai et commencerai à accomplir des choses. Je me demande ce que les années quatre-vingt nous apporteront. Je me souviens juste de 1970. Je me rappelle être sortie dans le jardin et m'être dit que c'était 1970 et que cela me faisait penser à des drapeaux jaunes flottant au vent, je l'ai dit à Mor et elle a été d'accord, et nous avons dévalé le jardin bras écartés, en faisant semblant de voler. 1980 sonne plus rond, et marron. C'est drôle comme la sonorité des mots évoque des couleurs. Personne sauf Mor ne l'a jamais compris.

Grampar a apprécié l'éléphant, et tante Teg était vraiment ravie de sa robe de chambre. Elle a attendu pour ouvrir le paquet que nous soyons à Fedw Hir, où nous avons organisé un petit Noël autour du lit. Ils m'ont offert un gros pull rouge à col roulé, un savon pour la douche et un bon pour un livre.

Je ne leur ai pas parlé du perçage d'oreilles. Ce n'est pas la peine qu'ils se tracassent pour rien. Il a déjà été légalement établi qu'ils n'ont aucun droit vis-à-vis de moi — le fait qu'ils m'ont élevée ne compte pour rien. N'importe quelle mère, si méchante soit-elle, et n'importe quel père, aussi lointain soit-il, c'est le tribunal qui décide, les tantes et grands-parents n'ont pas voix au chapitre.

Grampar déteste Fedw Hir, ça se voit, et il veut rentrer à la maison, mais je ne sais pas comment nous ferions alors qu'il ne peut pas marcher sans aide. Tante Teg parlait d'engager un infirmier pour le lever et le mettre au lit. Je ne sais pas ce que ça coûterait. Je ne sais pas comment on peut faire. Mais c'est un endroit si horrible. Ils sont censés lui fournir un traitement, mais ça n'a pas l'air de lui faire du bien. Les autres pensionnaires sont si nombreux à être clairement en train d'attendre de mourir. Ils ont l'air si désespéré. Et il était comme ça au début. Quand nous sommes entrés il était enfoncé dans le lit, je suppose pour faire une sieste, mais il avait l'air petit et pathétique et seulement à moitié vivant, ce n'était plus du tout lui-même.

Je lui ai parlé de l'époque où il nous apprenait à jouer au tennis et que nous montions dans les Brecon Beacons nous entraîner sur terrain inégal, ce qui faisait qu'après, quand nous nous retrouvions sur terrain plat, ça nous paraissait facile. Je me rappelle les alouettes qui chantaient dans le ciel et les bouquets de fougères et les drôles de roseaux en touffes que nous appelions des pousses de bambou. (Ce n'était pas du bambou, vraiment, mais nous avions un panda en peluche et nous jouions à les lui donner à manger.) Grampar était fier de voir comme nous courions vite et comme nous rattrapions bien la balle. Il avait toujours voulu un garçon, bien sûr. Ce n'est pas que nous voulions être des garçons, c'est simplement que les garçons s'amusent beaucoup plus. Nous adorions jouer au tennis.

Et je me dis que tout ça est perdu, tout ce temps à s'entraîner là-haut, parce que Mor est morte et que je ne peux pas courir, ni Grampar, plus maintenant. Sauf que ce n'est pas perdu, parce que nous nous en souvenons. Il faut faire les choses pour elles-mêmes, pas juste pour s'entraîner en vue d'un hypothétique avenir. Je ne vais jamais gagner Wimbledon ou courir aux Jeux olympiques («Ils n'ont jamais eu de jumelles à Wimbledon», disait-il), mais je n'y serais jamais arrivée de toute façon. Je ne vais même pas jouer au tennis pour le plaisir avec mes amis, mais ça ne veut pas dire qu'y jouer quand je le pouvais était une perte de temps. Je voudrais l'avoir fait davantage quand je pouvais. Je voudrais avoir couru partout chaque fois que j'en ai eu l'occasion, couru à la bibliothèque, couru dans la vallée, couru dans l'escalier. Oui, bon, nous courions presque tout le temps dans l'escalier. Je pense à ça en me hissant dans l'escalier de l'immeuble de tante Teg. Les gens qui peuvent courir dans l'escalier devraient monter en courant. Et ils devraient courir les *premiers*, afin que je puisse clopiner derrière eux sans avoir l'impression de les ralentir.

Nous sommes passées voir tante Olwen, puis oncle Gus et tante Flossie. Elle m'a donné un bon pour un livre et lui un billet d'une livre. Je n'ai pas pardonné à oncle Gus d'avoir dit ce qu'il a dit, mais j'ai pris l'argent et j'ai dit merci. Je l'ai mis dans la poche arrière de mon porte-monnaie, ce sera le début de ma réserve d'urgence. Il y a un fauteuil très confortable chez tante Flossie. Sinon, je trouve tous les sièges très malcommodes. Je ne sais pas pourquoi les gens les font si bas. Les chaises de bibliothèque sont toujours d'une hauteur idéale.

DIMANCHE 30 DÉCEMBRE 1979

Ma jambe va un peu mieux, Dieu merci. En fait, elle allait assez bien pour que, alors que je me rendais à pied jusqu'à l'arrêt d'autobus, une femme qui se mêlait de ce qui ne la regarde pas me demande pourquoi j'avais besoin d'une canne, à mon âge. «C'était un accident de voiture», ai-je dit, ce qui généralement cloue le bec des gens, mais pas le sien.

«Vous ne devriez pas vous en servir, vous devriez essayer de vous débrouiller sans. Il est évident que vous n'en avez pas vraiment besoin.»

Je continuai mon chemin en l'ignorant, mais je tremblais. Je peux donner l'impression que je n'en ai pas besoin, quand je marche sur terrain plat, mais j'en ai besoin quand je dois attendre debout immobile, et elle m'est indispensable pour les escaliers et en terrain accidenté. En plus, je ne sais jamais d'une minute à l'autre si je vais aller comme aujourd'hui ou comme hier, quand je pouvais à peine m'appuyer sur ma jambe.

«Vous voyez, vous marchez très vite, maintenant, vous n'en avez pas du tout besoin», m'a-t-elle crié.

Je me suis arrêtée et j'ai fait volte-face. J'avais les joues en feu. L'arrêt d'autobus était plein de gens. «Personne n'irait faire semblant d'être infirme! Personne ne marcherait avec une canne s'il n'en avait pas besoin! Vous devriez avoir honte de penser ça. Si je pouvais marcher sans, je la casserais sur votre dos et je partirais en chantant. Vous n'avez aucun droit de me parler ou de parler à n'importe qui comme ça. Qui vous a nommée reine du monde quand je ne regardais pas? Pourquoi vous imaginez-vous que je sortirais avec une canne si je n'en ai pas besoin — pour essayer de vous voler un peu de compassion? Je ne veux pas de votre compassion, c'est la dernière chose dont j'aie envie. Je veux juste m'occuper de mes propres affaires, ce qui est bien ce que vous devriez faire.»

Cela ne m'a fait aucun bien, sinon de me donner en spectacle. Elle est devenue très rose, mais je ne pense pas que ce que j'ai dit ait eu un effet quelconque. En rentrant chez elle, elle racontera probablement avoir vu une fille qui faisait semblant d'être infirme. Je déteste les gens comme elle. D'un autre côté, je déteste tout autant ceux qui viennent me trouver et dégoulinent de sympathie artificielle, qui veulent savoir exactement ce qui ne va pas et me tapotent la tête. Je suis une personne. J'ai envie de parler d'autre chose que de ma jambe. Je répondrais ceci au questionnaire d'Oswestry : la réserve anglaise fait que je n'ai pas trop à subir ça. Ceux qui m'ont posé des questions à ce sujet, que ce soit pour savoir si j'en avais vraiment besoin ou ce qui n'allait pas, étaient des connaissances, professeurs, filles de l'école, amis des tantes le lendemain de Noël, des gens comme ça.

Il m'a fallu des heures pour me calmer. J'étais encore tremblante et énervée quand le bus a pris le virage serré avant le pont de Pontypridd. S'il n'y arrivait pas, me dis-je, si nous faisions tous un plongeon mortel, cette horrible femme serait la dernière personne à qui j'aurais parlé.

J'ai déjeuné avec Moira, qui était ma raison avouée d'aller aujourd'hui à Aberdare. Moira a dit que mon accent était devenu plus snob, ce qui est l'horreur absolue. Elle n'a pas dit « plus anglais » parce que c'est mon amie et qu'elle est gentille, mais elle n'avait pas besoin de le dire. L'école doit déteindre sur moi. Je veux tellement éviter de parler comme les autres filles d'Arlinghurst ! Je ne sais pas comment faire pour ça. Plus j'y pense, plus ma voix sonne bizarre à mes oreilles, mais je ne l'avais pas remarqué avant, je ne faisais que parler. Il y a des cours d'élocution. Y en a-t-il d'anti-élocution ? Ce n'est pas que je veuille parler comme Eliza, mais je ne veux vraiment pas ouvrir la bouche et me faire cataloguer comme une idiote de la classe supérieure.

Moira a passé un assez bon trimestre. Nous avons eu étonnamment de mal à trouver des sujets de conversation. Je n'arrive pas à me souvenir de quoi nous avions l'habitude de parler ; de rien, je suppose, des potins, de l'école, des choses que nous faisions ensemble. En dehors de ça, il n'y a pas grand-chose de neuf. Leah a rompu avec Andrew, qui sort maintenant avec Nasreen, et les parents de Leah flippent. Elle donne une fête le 2 janvier, l'après-midi, je les verrai donc tous là-bas.

Après le déjeuner, je suis sortie sur le marais de Croggin

et j'ai marché. Heol y Gwern est la seule route correcte pour le traverser, mais je m'en suis écartée tout de suite. Croggin — ça s'écrit Crogyn, en fait — est grand : c'est une tourbière d'altitude, elle occupe tout l'épaulement de la colline. Il y a des chemins plus anciens qui la traversent, pas aussi vieux que la route des Aulnes, mais ils sont là depuis longtemps. C'est une mauvaise époque de l'année pour y aller, surtout quand l'hiver a été humide, mais ce n'est pas vraiment dangereux si on connaît le chemin, ou même si on ne le connaît pas mais qu'on suit les aulnes. Mor et moi nous sommes vraiment perdues une fois dans le marais, quand nous étions toutes petites, et nous en sommes ressorties uniquement grâce aux aulnes. De toute façon, ce ne sont pas des sables mouvants, c'est juste humide et boueux. Les gens en ont plus peur qu'ils ne devraient. Il y a aussi la fois où j'y suis allée dans le noir peu après la mort de Mor et où j'ai délibérément essayé de me perdre, mais les fées m'ont aidée à en sortir. On dit que les lumières des marais, les feux follets, vous égarent et vous entraînent dans les pires parties du marais, mais ce jour-là ils m'ont ostensiblement guidée vers la route juste à côté de chez Moira. Je suis arrivée trempée et la mère de Moira m'a fait prendre une douche et donné des vêtements de Moira pour rentrer à la maison. J'avais peur d'avoir des ennuis, mais Liz était en pleine dispute avec Grampar et n'a rien remarqué.

On raconte une histoire à propos de l'époque où ils ont construit ces maisons. Ils les ont bâties le long d'Heol y Gwern, et ils ont commencé à construire des petites ruelles qui s'en écartaient, dans le marais, avec d'autres maisons, parce qu'ils voulaient créer un lotissement. Le problème, c'est que le marais ne voulait pas des maisons. La véritable histoire, que je tiens de Grampar qui se souvient de l'époque où ça s'est passé, c'est qu'ils avaient fini de construire les fondations d'une maison le jeudi saint. Ils ont arrêté le chantier pour le week-end et, quand ils étaient revenus le lendemain du lundi de Pâques, elles s'étaient complètement enfoncées dans le sol. Mais l'his-

toire que j'avais entendue, c'était qu'ils avaient construit toute
la maison et que, quand ils étaient revenus après le week-end,
il ne restait que la cheminée qui dépassait du marais. Ah, ah!
Après ça, ils ont arrêté de bâtir ici et ont construit plutôt leur
nouveau lotissement à Penywaun et j'en suis bien contente.
J'aime le marais tel qu'il est, avec ses petits arbres rabougris,
ses hautes herbes et ses joncs, ses brusques explosions de fleurs,
les foulques sur les eaux calmes et les vanneaux qui volent lentement pour vous éloigner de leurs nids.

Ce que je voulais aujourd'hui, c'était trouver une fée, et il
y en a souvent sur le Croggin. Je n'en ai pas vu trace d'une,
et même quand je suis sortie du marais près de la rivière et de
l'Ithilien, je n'en ai trouvé aucune. J'ai regardé à Osgiliath et
dans les autres ruines de la combe sur le chemin me ramenant
en ville, par le grand tour et la «dramroad». Il y a là un vieux
haut-fourneau et quelques bâtiments écroulés, d'anciennes
habitations, sans doute. Il est si difficile de les imaginer grouil-
lant de vie et d'activité. J'ai aperçu de temps à autre des fées
du coin de l'œil, mais aucune n'a voulu s'arrêter ou me parler.
Je me rappelai comme Glorfindel était resté introuvable après
Halloween. Il y a eu d'autres époques comme ça, des moments
où nous ne pouvions pas les trouver, des moments où elles
n'en avaient pas envie. Elles nous trouvaient toujours. J'ai
essayé de l'appeler, mais je savais que c'était inutile. Elles n'utilisent pas de noms comme nous le faisons. Je voudrais que
ça marche comme sur Terremer où les noms ont un pouvoir
d'appel, mais il n'en est rien, les noms ne comptent pas, seules
les choses importent. Je sais, je crois, comment l'appeler par la
magie, mais ça ne serait pas de la magie pour éloigner le mal,
je ne l'envisageai donc pas plus d'une seconde.

J'ai essayé de m'asseoir, bien qu'il fasse très froid, et d'attendre que la douleur de ma jambe se calme, au cas où ce
soit ça qui le tienne à l'écart. Mais cela ne faisait pas très mal
aujourd'hui. Ce ne devait pas être ça. C'était trop inconfor-
table pour que je reste assise longtemps, et il y avait un peu de

pluie dans le vent. Traverser la ville a été un cauchemar, toutes ces boutiques, autrefois en activité, fermées par des planches, de plus en plus nombreuses. Le Rex va fermer, on ne pourra plus voir un film à Aberdare. Il y a partout des pancartes « À vendre » en lambeaux. Les rues sont jonchées d'ordures et même l'arbre de Noël devant la bibliothèque a l'air délaissé. J'ai pris le bus de Cardiff à temps pour rentrer dîner avec tante Teg.

Je ne sais pas ce que je vais faire si je ne peux pas trouver les fées. J'ai vraiment besoin de leur parler.

MARDI I ᴱᴿ JANVIER 1980

Bonne année.

C'était agréable de me réveiller ce matin, toute seule, dans la maison de Grampar.

Tante Teg est partie quelque part avec son amoureux pour le Nouvel An, comme elle le fait presque toujours. J'aurais pu y aller aussi, elle me l'a proposé, mais je n'ai pas voulu. Je n'aurais fait que les gêner. Hier matin, nous sommes allées voir Grampar, puis elle est partie et tante Flossie est passée me prendre. Je voulais aller trouver les fées, mais au lieu de ça je me suis retrouvée à interpréter « Three French Hens » à la réception du Nouvel An de tante Flossie. Les applaudissements étaient un peu forcés et je mourais d'envie d'aller au lit bien avant minuit, mais j'ai connu de plus mauvaises journées. J'ai reçu encore 4,5 livres en petite monnaie et six pièces en chocolat. Et j'ai eu un demi-verre de champagne à minuit. Il était meilleur que celui de Daniel, à moins que je m'habitue.

Je vais me lever et préparer le petit déjeuner, puis j'essaierai encore une fois de trouver des fées. C'est une nouvelle année, j'aurai peut-être plus de chance.

MERCREDI 2 JANVIER 1980

Hier matin, je voulais vraiment trouver des fées. Pour changer, je suis montée par le terrain communal d'Ake. En réalité, c'est Heck's Common, du nom d'un Mr. Heck, mais tout le monde dit Common Ake. C'est un terrain communal, il n'appartient à personne, comme la majorité du pays avant le mouvement des *enclosures*, au XVIIIe siècle. Il est difficile d'imaginer Aberdare comme une vallée agricole avec seulement l'église Saint-Jean et la grand-route de Brecon à Cardiff, et tout le charbon et le fer intacts sous terre. J'avais appris un poème moderne en gallois, pour un concours de poésie, qui se terminait par *Totalitariaeth glo*, le « despotisme du charbon ». J'ai ramassé en chemin un petit morceau de charbon. On trouvait souvent des fossiles dedans, quand on l'extrayait, des vieilles feuilles et des fleurs. C'est une boue organique compressée sous terre en veines de carbone que l'on fait brûler. Si ç'avait été compressé plus fort, ç'aurait donné des diamants. Je me demande si les diamants brûlent, et si nous nous chaufferions avec s'ils étaient aussi communs que le charbon. Pour les fées, ce serait la même chose, des plantes changées en roc par le temps. Je me demande si les fées se souviennent du jurassique, si elles marchaient parmi les dinosaures et ce qu'elles étaient alors. Aucune n'aurait eu une forme humaine. Elles n'auraient pas parlé gallois. J'ai frotté le charbon entre mes doigts et il s'est un peu effrité. Je sais ce qu'est le charbon, mais je ne sais pas ce que sont les fées.

Il y a un endroit du terrain communal d'Ake que nous appelions le Val enchanté. C'était un de nos plus vieux noms, plus vieux que ceux tirés du *Seigneur des Anneaux*, et à l'écrire aujourd'hui je me sens à la fois légèrement embarrassée et farouchement protectrice. C'est un endroit qui servait de carrière ou de mine à ciel ouvert, le sol tombe à pic de trois côtés, formant un petit amphithéâtre. Des arbres poussent sur les pentes abruptes, et des ronces. Je pense que nous y sommes allés pour la première fois quand nous étions toutes petites ramasser des mûres avec Grampar, je me rappelle en avoir mangé plus que je n'en mettais dans le panier, mais ça, c'était pareil presque tous les ans. Nous nous sommes senties très audacieuses quand nous y sommes retournées toutes seules pour la première fois.

Hier, les ronces étaient mortes pour l'hiver et les sorbiers avaient perdu leurs feuilles. Un pâle soleil brillait dans un ciel lointain. Un rouge-gorge effronté s'est perché près de moi quand je me suis approchée et a penché la tête. On met des rouges-gorges sur les cartes de Noël, et parfois aussi sur les gâteaux, parce qu'ils ne s'en vont pas en hiver. « Bonjour, ai-je dit. Ça fait plaisir de voir que tu es toujours là. »

Le rouge-gorge n'a pas répondu. Je ne m'y attendais pas. Mais j'ai été immédiatement consciente qu'il y avait là quelqu'un. J'ai levé les yeux, m'attendant à voir une fée qui disparaissait, espérant voir Glorfindel, mais ce que j'ai vu a été Mor, debout près des feuilles mortes sur le flanc de la colline. Elle avait l'air — eh bien, c'était manifestement Mor, mais ce dont j'ai été vraiment consciente tout de suite, c'est qu'elle ne me ressemblait pas. Je n'avais pas remarqué ça aux petites vacances, mais là je l'ai vu. J'ai grandi, et pas elle. J'ai de la poitrine. Mes cheveux sont différents. J'ai quinze ans et demi, et elle en a encore et toujours quatorze.

J'ai fait un pas vers elle, puis je me suis rappelé qu'elle avait essayé de m'entraîner vers la porte dans la colline et me suis arrêtée net. « Oh, Mor », ai-je dit.

Elle n'a rien répondu. Elle ne pouvait pas, pas plus que le rouge-gorge. Elle était morte et les morts ne peuvent pas parler. En fait, je sais comment faire parler les morts. Il suffit de leur donner du sang. Mais c'est de la magie, et de toute façon ce serait horrible. Je ne m'imagine pas le faire.

Je lui ai parlé bien qu'elle ne puisse répondre. Je lui ai raconté la magie et Daniel et ses sœurs, et ma fugue de chez Liz, l'école, le club de lecture et tout le reste. Le plus étrange, c'est que plus je parlais, plus elle semblait s'éloigner, mais sans bouger, et plus elle était différente de moi. Personne ne pouvait nous distinguer l'une de l'autre, mais bien sûr nous avions toujours été différentes. Depuis qu'elle est morte, je l'avais presque oubliée, ou plutôt pas oubliée, mais je n'avais pas pensé à elle comme à une personne distincte, mais à nous deux ensemble. J'avais l'impression d'avoir été déchirée en deux, mais en vérité ce n'était pas ça, c'était qu'elle m'avait été ôtée. Je ne la possédais pas, et il y avait toujours eu des différences, toujours, elle avait sa propre individualité et je le savais quand elle était vivante, mais cela s'était brouillé depuis qu'elle n'était pas là pour défendre ses droits.

Si elle avait vécu, nous serions devenues des personnes différentes. Je crois. Je ne crois pas que nous aurions été comme les tantes et que nous serions restées ensemble tout le temps. Je pense que nous aurions toujours été amies, mais nous aurions habité des lieux différents et nous aurions eu des amis différents. Nous aurions été chacune la tante des enfants de l'autre. Il est trop tard pour ça maintenant. Je vais grandir et pas elle. Elle est figée où elle est et je change, je veux changer. Je veux vivre. J'avais pensé que je devais vivre pour nous deux, parce qu'elle ne le pouvait pas, mais je ne peux pas vraiment vivre à sa place. Je ne peux pas savoir ce qu'elle aurait fait, de quoi elle aurait eu envie, comment elle aurait changé. Arlinghurst m'a changée, le club de lecture m'a changée, et cela aurait pu la changer différemment. Vivre à la place d'un autre n'est pas possible.

Je n'ai pu m'empêcher de lui poser des questions. « Pourras-tu aller sous la colline l'année prochaine ? »

Elle a haussé les épaules. Manifestement elle ne savait pas non plus. Que se passe-t-il sous la colline ? Où vont les morts ? Où est Dieu, dans tout ça ? On parle du paradis comme d'un pique-nique familial.

« Est-ce que les fées veillent sur toi ? »

Elle a hésité, puis hoché la tête.

«Bien!» Je me suis sentie un peu mieux. Vivre avec les fées dans la Vallée n'était pas la pire façon d'être mort que je puisse imaginer, loin de là. «Pourquoi ne me parlent-elles pas?» Elle a eu l'air perplexe et haussé encore les épaules. «Peux-tu leur dire pour les tantes, et leur demander ce qu'elles veulent faire?» Elle a hoché la tête, catégoriquement. «Peux-tu leur demander de me parler? J'ai peur de faire de la magie et de ses conséquences.

— Faire c'est faire», a dit une voix dans mon dos. J'ai fait volte-face et me suis retrouvée face à une fée que je n'avais jamais vue, toute marron et rugueuse comme une cupule de gland. Sa peau était toute en rides et en replis et elle n'avait pas la forme d'une personne, plutôt d'une vieille souche. La chose qui m'a étonnée est qu'elle avait parlé anglais, et c'est exactement ce qu'elle avait dit, ses mots exacts. Je suppose qu'elles sont assez cryptiques.

«Mais… et l'éthique, ai-je dit. Manipuler la vie des gens sans qu'ils le sachent? Vous êtes peut-être capable de voir les conséquences de ce que vous faites, mais pas moi.

— Faire c'est faire», a-t-elle répété. Puis elle n'a plus été là, mais il y a eu un bruit sourd et là où elle s'était tenue il y avait une canne de la même couleur qu'elle, avec une poignée sculptée en forme de tête de cheval.

Je me suis penchée maladroitement pour la ramasser. Elle était juste de la bonne taille pour moi et la poignée se logeait confortablement dans ma main. Je me suis retournée vers Mor, mais elle aussi avait disparu. Le vent soufflait dans le val, faisant bruire les feuilles mortes, mais les lieux étaient vides de toute présence.

J'ai rapporté les deux cannes chez Grampar, celle de la fée et l'ancienne. Je vais laisser cette dernière, qui était de toute façon à lui, et garder celle de la fée. Je suppose qu'elle pourrait disparaître au petit matin, ou se changer en feuille ou n'importe quoi, mais je ne le pense pas. À son poids, ça semble

improbable. Je dirai aux gens que c'était un cadeau de Noël.
C'est d'ailleurs bien possible. Je l'aime bien.

Faire c'est faire.

Cela veut-il dire que peu importe que ce soit de la magie ou
non, tout ce que vous faites a du pouvoir et des conséquences
qui affectent les autres ? Parce que ça pourrait bien être le cas,
mais je pense toujours que la magie est différente.

Cet après-midi, c'est la fête chez Leah.

JEUDI 3 JANVIER 1980

De retour chez tante Teg. Mal à la tête. Je voudrais que l'eau
n'ait pas si mauvais goût à Cardiff. J'avais apporté d'Aberdare
une grande bouteille d'eau du robinet, mais j'ai tout bu.

Nous n'avons rien fait du tout aujourd'hui, nous sommes
juste revenues à Cardiff, avons mangé du gâteau au chocolat
et caressé Perséphone (le temps qu'elle a bien voulu) en lisant.
C'était une bonne journée. Tante Teg a l'air aussi épuisée que
moi.

La fête d'hier chez Leah était bizarre. Il y avait de la sangria,
faite avec du vin rouge, du pamplemousse et des boîtes de
cocktail de fruits, et plus tard on y a ajouté de la vodka. C'était
dégoûtant et je crois que nous nous sommes tous bouché le
nez en buvant. Je ne sais pas pourquoi je m'en suis donné la
peine. J'étais ivre et je suppose qu'il valait mieux voir un peu
flou que trop net, mais ça m'a rendue simplement stupide. Les
gens font ça pour avoir une excuse, afin de pouvoir nier la res-
ponsabilité de leurs actes le lendemain. C'est horrible.

Je ne veux pas raconter ce qui s'est passé. De toute façon ce
n'est pas important.

D'un autre côté, c'est un journal sincère et complet ou juste
un déballage d'angoisses existentielles ?

Dès le début, ça a mal démarré. Nasreen portait un pull
rouge identique au mien, quoique lui allant beaucoup mieux

qu'à moi. «Nous sommes jumelles!» a-t-elle gazouillé avec enthousiasme, puis elle s'est rendu compte de ce qu'elle disait et son visage s'est allongé d'un kilomètre.

Il s'est passé à peine neuf mois depuis que je suis partie d'ici. Nous avons toutes grandi pendant ce temps, et c'est comme si elles avaient appris de nouvelles règles et pas moi. C'est peut-être parce que j'étais ailleurs, ou peut-être que je lisais un livre sous le bureau quand on a expliqué comment on fait. Leah — et même Moira — portaient du fard à paupières et du rouge à lèvres. Moira a proposé de m'en mettre, et elle l'a fait, mais nous n'avons pas la même couleur de peau. J'ai normalement l'air d'une Européenne, mais quand on me met près de quelqu'un qui est vraiment blanc, et Moira est particulièrement pâle, on peut voir que la couleur sous-jacente de ma peau est jaune, pas rose. Chaque fois que l'une de nous avait un coup de soleil, Grampar disait que nous étions ridiculement pâles et que nous devrions épouser des Noirs pour donner une chance à nos enfants, et il avait raison — comparées à lui et au reste de la famille, nous étions très pâles. Je pense que vous n'auriez pas remarqué, si vous ne le saviez pas, que j'avais des ancêtres plus proches de la couleur de Nasreen que de celle de Moira. Bref, le maquillage de Moira avait l'air ridicule sur moi et j'ai tout enlevé.

Puis j'ai parlé d'Andrew avec Leah, pendant des heures, et ensuite pendant des heures avec Nasreen. Leah a dépassé cela, ou presque, et s'intéresse à un garçon plus vieux, Gareth, qui a une moto. Nasreen n'arrêtait pas de s'engueuler avec ses parents à propos d'Andrew et j'ai eu droit à un cours de rattrapage express. Andrew ne semble pas assez intéressant pour faire toutes ces histoires à son sujet, si vous voulez mon avis. Mais personne ne me l'a demandé, alors j'ai passé deux ou trois heures à parler de lui. Quand il est arrivé, ce que les parents de Leah avaient solennellement juré à ceux de Nasreen qu'il ne ferait pas, il a passé le reste de la soirée avec un bras sur son épaule, l'air gauche. Les parents de Leah étaient sortis jusqu'à onze heures pour aller au théâtre à Cardiff avec sa petite sœur.

Il y avait un certain nombre de personnes que je ne connaissais pas très bien. Un garçon a essayé de me passer un bras sur l'épaule et je l'ai laissé faire. Pourquoi pas, me suis-je dit, parce que j'avais alors déjà bu quelques verres de cette stupide sangria, avec ses grains de raisin et ses petits morceaux de pêche et de poire qui flottaient. Je trouvais agréable d'avoir quelqu'un près de moi qui me tenait chaud. C'était un des amis de Gareth, donc il devait avoir seize ou dix-sept ans. Il s'appelait Owen et, pour autant que je sache, il n'avait jamais lu un livre de sa vie et ne s'intéressait qu'aux motos, aux filles et à la musique. Il aime Clash, dont je n'ai jamais entendu parler, et Elvis Costello. Leah aussi doit aimer Elvis Costello, parce qu'elle passait un de ses disques très fort. Je ne suis pas vraiment au courant de l'actualité musicale, parce qu'on n'a pas le droit d'écouter de la musique à l'école. J'aime bien l'idée de Rock contre le racisme, mais je n'aime pas trop la musique elle-même. Owen m'a demandé ce que j'aimais comme musique et j'ai répondu Bob Dylan, ce qui l'a totalement déconcerté. J'ai bien vu qu'il avait entendu parler de Dylan, mais qu'il ne savait rien sur lui. Mais bon. Il a été un peu refroidi par ma canne et m'a laissée seule un moment après l'avoir vue — je me suis levée pour aller aux toilettes. Plus tard, Moira m'a assuré qu'il n'avait pas de petite amie, et «tu ne le trouves pas mignon?» — rien à voir avec Wim, ai-je pensé, en plus Wim a un cerveau, lui.

Quoi qu'il en soit, quand Owen est revenu me trouver et a recommencé à me peloter, je me suis laissé faire. J'aimais ça, cette sensation. En fait, je sais que les autres font au moins semblant d'être amoureuses de leurs petits amis quand elles sortent avec eux. C'est une sorte de répétition de leurs relations adultes. Elles ont des accès de jalousie et jouent au grand amour. Je n'ai jamais voulu jouer à ce jeu. Owen ne me coupait pas le moins du monde le souffle, et je ne l'appréciais pas particulièrement. Mais il était chaud, solide et intéressé, et il me rendait désireuse de plus de contact physique. Et donc, quand il m'a proposé de me montrer sa moto, je l'ai suivi dehors. Ce n'était qu'une mob, 50 cm³, mais il en était très fier et il m'a raconté des tas de choses à son sujet. Je ne suis même pas sûre que son engin puisse monter une côte.

On aurait pu croire que l'air nocturne m'aurait dégrisée, mais j'avais l'impression du contraire. Quand il a commencé à m'embrasser, ça m'a plu, et je l'ai embrassé à mon tour, ce qu'il a paru trouver légèrement déconcertant. (Peut-être que je m'y prenais mal ? Les livres ne le disent pas, mais je faisais exactement comme j'avais vu faire dans les films.) Il me tenait dans ses bras et il a commencé à me caresser partout. Cette fois, ça m'a coupé un peu le souffle, et m'a beaucoup excitée.

Alors nous sommes rentrés dans la maison, dans une petite pièce qui sert de bureau au père de Leah. Il y a là un canapé, nous nous sommes assis dessus et avons commencé à nous peloter. Il faisait sombre — il y avait de la lumière dans l'entrée, mais nous n'avions pas allumé dans la pièce.

Pourquoi parler de sexe par écrit est-il plus intime et plus gênant que d'écrire tout le reste ? Il y a des choses dans ce journal qui pourraient me faire *brûler sur le bûcher*, et je ne suis pas gênée pour les écrire.

Bref, nous nous sommes pelotés un moment, puis Owen a mis sa main dans ma culotte, et ça m'a plu, je me suis dit que j'étais égoïste de ne pas lui rendre la pareille, alors j'ai posé la main sur sa cuisse et j'ai remonté vers son pénis — et je sais parfaitement ce qu'est un pénis, j'ai pris des bains avec mes cousins, et j'ai aussi joué au docteur avec eux, quand nous étions assez jeunes pour qu'il n'y ait pas toutes ces stupides histoires de convenances. Bref, Owen avait un pénis comme on pouvait s'y attendre, et il était aussi excité, mais sitôt que je l'ai touché, à travers son pantalon, il m'a lâchée et a pratiquement fait un bond en arrière.

« Petite pute ! » a-t-il dit en se levant avec les deux poings fermés devant lui, comme pour se défendre. Puis il a quitté la pièce en courant. Je suis restée assise là une minute, les joues en feu. Je n'arrivais pas à comprendre. Je ne comprends toujours pas. Il avait envie de moi. Je le savais. Je pensais agir comme une personne normale, mais de toute évidence je me trompais. Il y a là quelque chose qui m'échappe encore maintenant.

Leah m'a dit quand je suis revenue que je devais faire attention à Owen, parce qu'il avait les mains baladeuses. Étais-je censée l'arrêter ? Attendait-il de moi que je lui oppose une résistance au lieu de coopérer ? C'est à vomir. Toute cette histoire est à *vomir* et je ne veux rien avoir à faire avec ça.

Je veux la série de bars sans fin de *Triton*. Ou même les trois vrais bars. Ça, je peux y faire face. Là, ça me dépasse complètement. Au moins je n'aurais probablement plus jamais à le revoir.

VENDREDI 4 JANVIER 1980

À Cardiff ce matin pour acheter des livres chez Lears. J'adore Lears. C'est énorme — deux étages, avec un mur entier de SF, et quelques importations américaines. J'ai trouvé un autre numéro de *Destinies*, et *Red Shift*, *L'Intersection Einstein*, *Quatre quatuors* et *Charisme* de Michael Coney (l'auteur de *Rax*) et — miracle ! — un nouveau Roger Zelazny dans la série des Chroniques d'Ambre ! J'ai poussé un petit cri quand je l'ai vu. *Le Signe de la Licorne* ! Il a une horrible couverture jaune, mais Sphere soit béni à jamais de l'avoir publié et Lears de l'avoir en magasin !

Je préfère avoir *Le Signe de la Licorne* plutôt que tous les garçons des Vallées.

Cet après-midi nous sommes allées faire un tour sur les Beacons pour voir si les chutes d'eau étaient gelées. Elles ne l'étaient pas, il est loin de faire assez froid, même si elles gèlent quelques jours certains hivers. Il n'y avait pas de camionnette de marchand de glace sur l'aire de repos et tante Teg a fait une remarque à ce sujet comme si elle s'attendait vraiment à en voir une. J'adore les montagnes. J'adore le paysage qu'elles font, même en hiver. Quand nous sommes redescendues, vers Merthyr d'abord, puis par le contrefort de la montagne vers Aberdare, où tante Teg se promenait autrefois, quand elle était encore à l'école, j'avais l'impression de retourner me nicher sous une bonne grosse couette.

J'ai toujours ma nouvelle canne. Grampar est le seul à l'avoir remarquée, quand nous sommes passées le voir sur le chemin du retour. Il a dit que c'était du noisetier. J'ai dit que je l'avais achetée au marché avec l'argent de Noël. Il a dit que c'était du très beau travail et que je devrais mettre une virole de caoutchouc pour protéger le bout, ça doit se trouver au marché. Il paraissait beaucoup plus alerte aujourd'hui. Personne ne pourrait en faire plus que tante Teg pour essayer de le sortir de là.

SAMEDI 5 JANVIER 1980

Dans le train, j'ai lu d'une traite *Le Signe de la Licorne*, de façon à pouvoir le laisser à Daniel quand je retournerai à l'école. Ce que j'aime vraiment dans ces livres, c'est la voix de Corwin, si personnelle, qui prend les choses à la légère, plaisantant, puis devient brusquement si sérieuse. J'aime aussi les Atouts et les Ombres, et les voyages à travers Ombre. (Je pense que j'appellerai désormais toujours les Kentucky Fried Chicken des «Kentucki Fried Lizzard Partes».) Je ne pense pas que Zelazny ait tiré tout le parti qu'il pouvait d'Ombre. Si vous pouvez la traverser et trouver des ombres de vous-même, des tas de choses sont possibles.

J'ai fini de le lire à Leominster, et après j'ai relu les *Quatre quatuors* et me suis enivrée de mots. Je pourrais en copier des pages entières. Parfois, le sens est difficile à saisir, mais ça fait partie du plaisir, remettre les images dans l'ordre de façon cohérente. Il y a là une histoire qui est exactement la même que dans « Le Jeune Lochinvar », mais ce n'est pas trop évident. Je suis si contente d'avoir mon propre exemplaire. Je pourrai le lire et le relire, encore et encore, *dans le train*, toute ma vie, et chaque fois je me souviendrai d'aujourd'hui et ça me fera remonter le temps. (Est-ce de la magie ? Oui, c'est une sorte de magie, mais ça ressemble plus à lire mon journal.)

Le Shropshire est toujours aussi plat et dépourvu de montagnes. Il a l'air pitoyable sous le crachin de janvier. Le ciel est si bas qu'on a l'impression de pouvoir le crever en levant le doigt. Il y a de quoi être en même temps claustrophobe et acrophobe.

Daniel m'a retrouvée sans aucun problème. Il était en avance et m'attendait dans la Bentley en lisant *Punch* quand je suis sortie de la gare. Il s'est excusé de ne pas m'avoir conduite à la gare quand je suis partie. C'est difficile de ne pas savoir quoi répondre. J'aurais pu dire que ça ne faisait rien, même si je pensais le contraire. Qu'est-ce que ça change qu'il se sente coupable après coup ? « Ne t'excuse pas, seulement ne le fais plus », ai-je dit. Il a grimacé.

J'avais apporté un gâteau des Rois. Je l'avais fait et tante Teg avait préparé le glaçage. Nous n'avions pas mis de magie directe et délibérée, sauf la pensée des Rois mages, et du poème de T. S. Eliot, mais le simple fait de l'avoir fait de nos mains avec les saladiers et les cuillers de tante Teg le rendait magique. Je suppose que les sœurs l'ont remarqué, parce qu'elles ont sorti le leur et ont dit que je devrais emporter le mien à l'école pour en donner une part à toutes mes amies. À l'école, il allait pratiquement irradier de magie. J'ai gardé la réflexion pour moi. J'ai mangé leur gâteau à la sciure en souriant et fait mon possible pour être la Gentille Nièce. J'ai fait semblant d'être terriblement excitée à l'idée de retourner à l'école et impatiente de savoir ce que les autres filles avaient eu comme cadeaux.

Il m'est venu à l'esprit alors que j'étais là, à prendre le thé et à sourire à m'en faire mal aux mâchoires, que les tantes n'avaient rien tenté de me faire par magie. Je veux dire que les boucles d'oreilles étaient une tentative en ce sens, mais elles avaient essayé d'utiliser leur autorité d'adulte et leur supériorité physique pour me conduire à la boutique et cætera, elles n'avaient pas tenté de me contraindre magiquement, de faire en sorte que j'aie toujours désiré des boucles d'oreilles, par exemple. Je me demande combien elles en savent et comment elles l'ont appris. L'ont-elles appris des fées? Ou de quelqu'un qui l'a appris des fées? Théoriquement, je pourrais enseigner, à qui n'en a jamais vu une, toute la magie que je connais.

J'ai réfléchi aux fées du jurassique pendant que je lisais *Quatre quatuors* et je me suis demandé si les fées sont une manifestation sensible de l'interconnectivité magique du monde. Je me rappelle qu'une fois à Birmingham, durant ma fugue, j'ai vu une fée debout à un coin de rue. Il pleuvait et le trottoir mouillé brillait, et elle était là, l'air complètement indifférent. Je me suis approchée d'elle, elle m'a vue, a hoché la tête et a disparu. J'ai vu que, juste là où elle s'était tenue, de l'herbe poussait dans une fissure du trottoir.

DIMANCHE 6 JANVIER 1980

J'oublie toujours comme l'école est bruyante. J'en ai les oreilles qui bourdonnent.

Hier soir, j'ai lu dans mon lit *Le Guide du routard galactique*. J'avais l'intention de le lire vite pour pouvoir remercier Deirdre, mais c'est hilarant et aussi méchamment intelligent, je pourrais donc la remercier sincèrement, parce que je ne l'aurais jamais acheté toute seule, tellement il a l'air débile. Je me demande s'ils l'ont lu, au club de lecture.

Ce que les autres filles ont eu pour Noël (notes pour un rapport de la Gentille Nièce) : les plus riches ont eu des walkmans Sony. Elles n'ont pas pu venir avec à l'école, bien sûr, parce que la musique est interdite. Moira, Leah et Nasreen n'en revenaient pas, elles pensaient que c'était la pire des privations. Elles vivent avec la radio allumée en permanence. Les walkmans sont apparemment des magnétos à cassettes portatifs, avec écouteurs, qui s'attachent à la ceinture, si bien qu'on peut écouter de la musique enregistrée en se promenant. J'admets que c'est très malin, même si leur choix de musique n'est peut-être pas le mien. Beaucoup ont eu de la musique, même si elles n'ont pas eu de walkman, elles ont mentionné des disques et des cassettes. Lorraine a eu un skateboard et ses frères lui ont appris à s'en servir. C'est apparemment presque aussi bon que de skier. Les autres cadeaux courants sont des vêtements, du parfum, des palettes de maquillage avec un petit miroir dans le couvercle — aussi interdites à l'école, mais certaines en ont introduit discrètement quand même — et des savons au bout d'un cordon, ce qui me fait un peu moins aimer le mien.

Deirdre a admiré ma nouvelle canne. Elle m'a demandé si elle était irlandaise. J'ai répondu non, galloise, ce qui est vrai, et elle a dit que ce devait être un modèle celtique. J'ai acquiescé. Elle était contente que j'aie aimé son livre, et moi de l'avoir vraiment apprécié. Elle était ravie de ses savons, du moins c'est ce qu'elle a dit.

J'ai donné le gâteau à la cuisine en disant d'en distribuer des tranches à toute la 5ᵉ C. C'est un gros gâteau et, si les tranches sont très fines, il devrait y en avoir assez. Je m'en fiche si les filles ne le mangent pas. En fait, quand il a été distribué après le souper, presque tout le monde en a mangé, même si quelques-unes m'ont regardée d'un air circonspect avant de le faire. Ce que je pense de ces rois qui apportent de l'or, de l'encens et de la myrrhe, ou de l'avertissement contre Hérode, ne va pas leur faire de mal, mais je ne peux pas le leur dire. Sharon a donné sa tranche à Deirdre. Je ne sais pas ce que les juifs pensent de Jésus. Pensent-ils que c'était juste un gosse bizarre que des rois sont allés voir avec des présents parce qu'ils croyaient à tort que c'était le Messie ? Ou bien pensent-ils que ce n'est qu'un mythe ? Je ne peux pas poser la question à Sharon, mais je peux demander à Sam. Deirdre a trouvé la fève, dans la part de Sharon, et elle était aux anges. La fève et le concours de poésie sont probablement les seules choses qu'elle ait jamais gagnées. Je ne sais pas s'ils tirent les Rois en Irlande. Je sens cet endroit se refermer autour de moi comme des sables mouvants.

Mardi, c'est le club de lecture!

LUNDI 7 JANVIER 1980

Je suis sortie regarder l'école et prendre l'air, ce matin, et le terrain était plein de fées. Je m'attendais à ce qu'elles disparaissent dès qu'elles s'apercevraient que je pouvais les voir, mais elles ont continué leurs activités sans sembler me prêter aucune attention, s'écartant à peine de mon chemin. La plupart étaient de la hideuse espèce verruqueuse, mais il y avait quelques elfes parmi elles. J'ai essayé de leur parler en gallois et en anglais, mais elles m'ont ignorée. Je me demande ce qui se passe.

Une lettre de l'hôpital qui me fixe un rendez-vous jeudi matin avec un certain Dr Abdul. Je l'ai montrée à l'infirmière et à Miss Ellis, et je vais y aller, même si je ne vois pas quel bien ça peut me faire. Ma jambe va un peu mieux depuis quelques jours, en tout cas. L'hôpital orthopédique est à Gobowen, ce qui veut dire prendre un bus jusqu'en ville et un autre sur place.

Miss Carroll a été très gentille avec moi, elle m'a demandé si j'avais passé de bonnes vacances et si j'avais eu des livres. Je lui ai demandé si elle en avait eu, et elle a répondu oui, des livres et des bons pour des livres, tout comme moi. Elle n'est pas si vieille. Je suppose qu'elle a voulu devenir bibliothécaire par amour des livres et de la lecture. Ça ne me dérangerait pas, si ça pouvait être dans une vraie bibliothèque, mais une bibliothèque d'école ce serait l'horreur, surtout ici.

Ce soir, club de lecture !

Ce trimestre, en cours d'anglais, nous étudions *Loin de la foule déchaînée*. Je l'ai lu toute la journée dès que j'en ai eu le temps. Hardy est interminablement long, mais pas autant que Dickens. Il y a une scène horrible où une femme déchue, Fanny Robin, se traîne dans un fossé le long d'une clôture alors qu'elle donne naissance. Je pense que le reste du roman est trop léger par rapport à cette scène. Le *happy end* est un cauchemar — Bethsabé et Gabriel Oak sont mariés et « chaque fois que je lève les yeux, tu es là, et chaque fois que tu lèves les yeux, je suis là ». Tu parles d'un ennui ! Gramma aimait Hardy, mais moi j'en suis incapable. J'ai essayé, mais il est en même temps trop déprimant et trop banal. Il construit habilement ses intrigues, et il y a parfois des situations horribles, mais elles sont toujours convenues. Je déteste ça. Il aurait eu beaucoup à apprendre de Silverberg et Delany.

Nous allons aussi lire *La Tempête* et un peu de Keats. J'ai déjà lu les deux. La bonne nouvelle à propos de *La Tempête*, c'est qu'un voyage scolaire est prévu pour la voir au théâtre Clwyd à Mold. Je suppose que tout le monde gloussera et sera débile, mais une vraie pièce dans un théâtre ! Je n'ai jamais vu *La Tempête*. Je n'ai vu que *Roméo et Juliette*, au théâtre Sherman avec tante Teg, et *Le Conte d'une nuit d'été*, au Nouveau Théâtre avec l'école. Je crains que le théâtre de Mold ne soit pas au niveau d'un théâtre de Cardiff, mais peu importe. Je me demande comment ils représenteront Caliban. Je le vois toujours comme la première fée que j'ai vue ici, plein de verrues et de toiles d'araignée. Je me demande aussi comment ils représenteront Ariel.

En histoire, nous allons voir encore ce rasoir XIXe siècle, berk, toutes les lois, l'Irlande et les syndicats. Parlez-moi d'histoire avec un peu de fantaisie ! En français, nous allons apprendre le subjonctif. On dit que c'est difficile, mais pas autant que le latin. En latin, nous commençons le Livre I de *L'Énéide* de Virgile. Jusque-là, j'aime bien.

> *Une nation, mon ennemie,*
> *Vogue sur la mer Tyrrhénienne*
> *Portant en Italie Troie et ses dieux vaincus!*

Mais je me demande si «la mer étrusque» ne passerait pas mieux.

MERCREDI 9 JANVIER 1980

Club de lecture, hier soir. Je suis arrivée un peu en retard parce que le bus n'était pas à l'heure, mais ils n'avaient pas commencé et Janine m'avait réservé un siège face au buste de Platon.

Une super séance, animée par Mark, un type rondouillard qui a la quarantaine, avec de très grosses lunettes et une barbiche. Nous avons parlé de la trilogie *Fondation*. Le meilleur moment, ça a été quand nous nous sommes tous demandé si la psychohistoire était possible. Je ne le pense pas, à cause du chaos. Je ne crois pas qu'il faudrait une mutation comme le Mulet, ou plutôt, je crois que les gens ordinaires seraient tout aussi impossibles à surveiller. (On pourrait le faire avec la magie, peut-être. Mais pas au niveau où Hari Seldon est censé l'avoir fait. Je ne l'ai pas dit.) Puis Wim a comparé *Fondation* à *L'Autre Côté du rêve* et à plusieurs romans de Dick où il est question de manipuler l'histoire. Je me suis alors demandé si on pourrait écrire une histoire où une société secrète aurait manipulé depuis longtemps l'histoire dans des buts mystérieux.

«Qui est présent depuis assez longtemps? a demandé Greg.

— L'Église catholique?» a proposé Janine.

Pete a ricané. «Dans ce cas, les catholiques n'ont pas fait un très bon travail. Ils contrôlaient la moitié du monde et ils se sont fait évincer.»

(Janine et Pete sont de nouveau ensemble. Ils se tenaient la main sous la table. Je ne sais pas si elle lui a pardonné d'avoir défendu Wim ou si elle s'est rangée aux vues de Hugh. Je n'ai pas pu le lui demander, même quand nous avons bavardé à la fin, parce que Wim était là.)

«À moins qu'il n'y ait une coterie intérieure secrète dont les objectifs ne sont pas les buts avoués de l'Église, ai-je suggéré.

— Les Templiers? suggéra Keith.

— Des Templiers maîtres d'une technologie extraterrestre secrète!» est intervenu Wim.

Nous étions loin de la série des *Fondation*. Mais c'était très bien, c'est comme ça qu'on se renvoie la balle. C'est agréable de bavarder avec des gens qui ont lu les mêmes choses que moi et dont l'esprit suit les mêmes voies. L'idée de Templiers en possession d'une technologie secrète qui manipulent toute l'histoire dans un but mystérieux — peut-être pour inciter les gens à aller sur la Lune, où ils ont une cachette ou quelque chose comme ça, comme dans *Les Sirènes de Titan*? — est tout simplement géniale.

À la fin, je leur ai parlé du *Signe de la Licorne*, mais que je ne pouvais prêter à personne parce que c'était Daniel qui l'avait encore. Je lui demanderai de me l'envoyer. Presque tout le monde a été excité, et les deux ou trois personnes qui n'avaient pas lu les deux premiers — elles auraient bientôt la chance de se rattraper — se les sont fait résumer. Seul Brian n'aime pas Zelazny. Greg a dit qu'il le commandera pour la bibliothèque, mais pas avant avril parce que le budget est épuisé jusqu'à la nouvelle année financière. Si j'étais riche, je donnerais plein d'argent aux bibliothèques.

«En attendant, les gens pourront l'obtenir par le prêt entre bibliothèques, a dit Greg en me souriant.

— Au fait, ai-je demandé, qu'est-ce que Zelazny a écrit d'autre ? »

Beaucoup de choses, apparemment, mais presque rien qui soit encore trouvable. Greg va essayer de tout m'obtenir par le prêt entre bibliothèques. C'est une des personnes les plus gentilles que je connaisse. On ne le voit pas de prime abord, parce qu'il est très renfermé, mais au fond il est adorable. La semaine prochaine, Cordwainer Smith ! Génial.

Wim est venu me voir quand nous étions en train de partir. « Tu as bien dit que tu n'avais pas lu *Le Maître des Rêves* ? a-t-il demandé.

— C'est juste.

— Je peux te le prêter, si tu ne veux pas attendre qu'il arrive. Si tu veux, je pourrai te l'apporter ici samedi. »

Donc, j'ai rendez-vous avec Wim à la bibliothèque à onze heures et demie.

Quelqu'un qui propose de me prêter un Zelazny ne peut pas être aussi noir qu'on l'a dépeint.

JEUDI 10 JANVIER 1980

À l'hôpital, au lit, en traction, une douleur intense, excusez l'écriture affreuse. Ça a intérêt à marcher.

VENDREDI 11 JANVIER 1980

Je me sens kidnappée. Je suis arrivée hier matin à l'hôpital pour une consultation externe. Le Dr Abdul a regardé mes radios cinq minutes, tâté du doigt ma jambe deux minutes, et dit que j'avais besoin d'une semaine de traction. Il a demandé à son assistante de me trouver une date, s'est aperçu qu'il y avait un lit disponible, a téléphoné à Daniel et à l'école, et avant d'avoir compris ce qui m'arrivait j'étais sur le chevalet.

Parce que j'ai vraiment l'impression de subir le supplice du chevalet. Il est difficile de faire quoi que ce soit. Écrire est très pénible. J'écris à l'endroit, parce qu'à l'envers, c'est tout simplement trop difficile, malgré tout mon entraînement. Je n'arrête pas de renverser de l'eau sur moi quand je bois. Même la lecture est difficile. Ma jambe est posée sur des barres métalliques blanches, maintenue en place par des sangles, douloureusement étirée si bien que ça fait un mal de chien à chaque seconde, et le reste de mon corps est forcé de rester à plat sur le dos. C'est à peine si je peux bouger. J'ai lu les trois livres que j'avais dans mon sac — dont l'un deux fois (*Question de poids*, de Hal Clement). J'aurais dû en apporter plus, mais je n'en avais que trois pour meubler le temps d'attente à l'hôpital.

Souffrance, souffrance, encore souffrance, et l'humiliation des bassins. Je dois appuyer sur un bouton pour appeler une infirmière chaque fois que je veux un verre d'eau ou le bassin, et parfois elles ne viennent pas avant des heures, mais si j'en tiens compte pour sonner plus tôt, elles semblent venir tout de suite. Et pour couronner le tout il y a une télévision au fond de la salle. On ne peut pas y échapper, et c'est d'autant plus insupportable qu'elle est réglée en permanence sur ITV, donc il y a des publicités. Je me demande si l'enfer ressemble à ça. Je préfère nettement les lacs de soufre, au moins on peut se baigner dedans.

Tous les autres patients ont des visiteurs entre deux et trois, ou entre six et sept, les heures de visite. Ça fait deux jours que je les vois tous défiler avec des fleurs, des grappes de raisin et un air bizarre. Je les observe avec fascination, dans la mesure où je peux observer quelqu'un sous cet angle. Je n'attends personne et, bien sûr, personne ne vient. Daniel pourrait venir. Ce n'est pas loin et il sait que je suis ici. Mais je suppose que ses sœurs ne le laisseront pas faire.

Je ne pourrai pas voir Wim demain et il va penser que je ne me suis pas montrée parce qu'on m'a dit du mal de lui.

Au bout de la salle, une femme s'est mise à crier, de brefs

cris *staccato* entrecoupés. Ils installent des paravents autour de son lit pour qu'on ne puisse pas voir ce qu'ils lui font. C'est indéniablement bien pire que toutes les descriptions de l'enfer.

Toujours sur le chevalet.
Miss Carroll est venue hier soir vers la fin de l'heure de visite avec une pile de livres de poche. Ils viennent de la bibliothèque de l'école, et ils ne sont donc d'ordinaire pas terriblement excitants, mais là ils paraissaient une vraie manne. Elle ne pouvait pas rester longtemps. Personne ne lui a dit que j'étais là, mais, ne me voyant pas, elle est allée se renseigner sur ce qui m'était arrivé. Elle est venue dès qu'elle a su. J'ai presque pleuré quand elle m'a dit ça. Je n'aurais pas imaginé comme il peut être difficile de me moucher dans cette position. Elle a promis de dire à Greg où j'étais, il pourra le répéter à Wim et aux autres. Elle revient ce soir avec d'autres livres.

Mon Dieu, si vous existez et si vous aimez les gens, s'il vous plaît, répandez sur Alison Carroll toutes vos bénédictions.

Elle m'a apporté trois livres de Piers Anthony, les premiers volumes de deux séries différentes. Je crois qu'elle les a choisis parce qu'ils sont au début de l'alphabet et qu'elle était pressée. Je ne les avais pas lus parce que, franchement, ils ont l'air débiles. J'ai dépassé le stade où je lisais toute la bibliothèque par ordre alphabétique, bien que je sois contente de l'avoir fait autrefois. Je suis bien contente de les avoir malgré tout. Jusqu'ici, j'ai lu *Silex ou le Messager* et *Mélodie ou la Dame enchaînée*, et je vais commencer *Lunes pour Caméléon*, qui est du fantastique. J'avais raison, ils sont vraiment débiles, mais ils me distraient et ne requièrent pas tout mon cerveau, ce qui, quand la moitié de celui-ci envoie des messages comme «Ouille, ouille, ouille» ou «Retirez d'urgence ma jambe de cet instrument de torture», est plutôt un avantage. J'ai fait la nuit dernière des rêves bizarres d'univers « hôtes » où je me transférais dans le corps d'extraterrestres. Mais tous avaient une mauvaise jambe ; même quand j'étais dans le corps d'une ballerine, elle devait danser avec une canne. Je suppose que c'était la douleur qui se faisait sentir même quand j'étais endormie. Ce soir j'ai lu jusqu'à tomber de sommeil, puis ils m'ont réveillée pour me donner un somnifère.

DIMANCHE 13 JANVIER 1980

Miss Carroll est revenue hier soir avec d'autres livres et une grappe de raisin, et Greg est passé cet après-midi avec Janine et Pete et encore des livres. Et puis, quand ils étaient là et que nous discutions de Piers Anthony, que Pete aime bien et que Greg a comparé à Chaucer (!), Daniel est arrivé. Je ne l'ai pas remarqué tout d'abord, parce que je ne surveillais pas de manière obsessionnelle l'arrivée des visiteurs des autres, parce que j'en avais trois pour moi, histoire de changer. Il s'est glissé jusqu'au lit, l'air embarrassé. J'ai vu qu'il ne savait pas s'il devait m'embrasser ou non, et finalement il ne l'a pas fait. Il avait aussi apporté des livres, et une grande carte de la part de ses sœurs, ainsi que du raisin, des petits grains rouges. Je ne sais pas pourquoi tout le monde apporte du raisin. Est-ce censé être spécialement reconstituant ? Janine m'avait apporté un Mars, qui était plutôt bienvenu, mais difficile à manger. La nourriture ici est tout simplement immonde.

Au début, la conversation a été empruntée. J'ai présenté Daniel et il a été évident que personne ne savait quoi dire. Greg a même dit qu'ils devraient partir. Puis, par chance, Daniel a dit qu'il m'avait rapporté *Le Signe de la Licorne* et ils ont voulu savoir qui l'aurait en premier, après quoi nous avons parlé de livres jusqu'à la fin de la visite quand l'infirmière a donné le signal du départ. Je n'ai pas demandé à Daniel s'il pouvait revenir à la visite de ce soir, mais il ne pouvait manifestement pas, car je ne l'ai pas revu. Mais c'était très gentil de sa part de me consacrer son dimanche après-midi.

Les livres que Greg m'a apportés sont tous mes prêts entre bibliothèques de la semaine, qu'il a tamponnés pour moi en mon absence avec mes cartes. Il a dit en plaisantant que c'était un service normal de la bibliothèque, mais bien sûr ce ne l'est pas. Malheureusement, ce sont tous des éditions cartonnées, terriblement difficiles à lire couchée. Je peux tenir un livre de poche de côté au-dessus de ma tête, mais pas un livre relié. J'ai *Retour à la nuit*, de Mary Renault, et je ne peux même pas le lire. Je dois me contenter d'en regarder le dos sur ma table de nuit.

Mercredi, ça fera une semaine. Ça veut dire encore trois jours de souffrance infernale.

Une infirmière passe toutes les quatre heures me proposer des analgésiques. «Ne les prenez que si vous souffrez», dit-elle. Comment quelqu'un pourrait-il être accroché comme ça et ne pas souffrir ? Je les prends, mais ça ne fait qu'endormir un peu la douleur.

Je dors vraiment mal, je fais des rêves bizarres et je me réveille souvent à cause de ma jambe et des bruits de la salle. Les somnifères qu'ils insistent pour me faire prendre m'endorment, mais cela ne dure pas.

LUNDI 14 JANVIER 1980

Cette nuit, ou tôt ce matin, ma mère a renouvelé son attaque nocturne. Je me suis réveillée et je ne pouvais pas bouger, et je savais qu'elle était dans la pièce, planant au-dessus de moi. Il ne fait jamais noir dans la salle, il y a toujours de la lumière au poste des infirmières et des petites lampes alignées sur le sol, et quelqu'un avait une lampe de chevet à un bout de la pièce. Il y avait assez de lumière pour permettre de la voir, mais je ne pouvais pas, je sentais seulement très fort sa présence. J'avais si mal que je n'arrivais pas à réfléchir. J'ai essayé de me rappeler ce qui avait marché la dernière fois, et bien sûr c'était la Litanie contre la peur. Je l'ai récitée donc, encore une fois avec succès. En me calmant, j'ai retrouvé mon contrôle et pu bouger, en tout cas dans la mesure où je le pouvais sur le chevalet, et elle a disparu.

Comment a-t-elle su que j'étais là et vulnérable ? Pourquoi mon charme de protection n'a-t-il pas tenu ? L'endroit où je suis ne devrait rien y changer.

J'ai vu le Dr Abdul ce matin pour la première fois depuis qu'il m'a attachée à cet engin jeudi dernier. Il a tâté ma jambe, m'arrachant un hurlement, et a dit que je faisais des progrès. Puis il est passé au patient suivant. Je ne suis pas aussi confiante quant à mes progrès. J'ai l'impression que ça ne fait qu'empirer.

Je suppose que ça peut donner cette impression et marcher malgré tout. Il est docteur. Il faut avoir eu trois A à son A Level rien que pour commencer des études de médecine. (Ont-ils un A Level au Pakistan ? Je suppose que oui, parce qu'ils étaient Britanniques, ils faisaient partie des Indes britanniques quand la grand-mère de Grampar en est partie. Mais avaient-ils un A Level à l'époque ? Nasreen doit le savoir, parce que son père a dû le passer.) Bref, quoi qu'il en soit, le Dr Abdul doit avoir obtenu l'équivalent pakistanais de trois A à son A Level avant même de commencer ses études. Il doit être intelligent, travailleur et savoir ce qu'il fait. Il n'attacherait pas quelqu'un sur un engin sans raison.

Pourquoi la Litanie contre la peur est-elle efficace ?

Miss Carroll est venue à la visite du soir avec des livres. Ce sont d'autres romans policiers de Josephine Tey, ce qui me semble très bien, en format de poche, Dieu merci. Elle m'a dit que je lui manquais à la bibliothèque, et qu'on avait cité mon nom dans les prières.

MARDI 15 JANVIER 1980

Encore sur le chevalet, et très déprimée. Le club de lecture me manque, et parce que je sais que tout le monde y est et que Miss Carroll est venue hier, je sais que je n'aurai pas de visiteurs.

Grampar et tante Teg ne savent même pas que je suis ici, sinon ils auraient au moins envoyé une carte. Alors comment ma mère le sait-elle? Il n'y a pas de magie, ici. Il n'y a pas de fées, il n'y a rien — je croyais que l'école était immunisée, mais ce n'est rien à côté de cette salle de l'enfer.

J'ai lu tous les Tey. *Retour au bercail*, en particulier, est excellent. Mais qu'est-ce qu'un puits à Dothan? Est-ce que ça vient de l'histoire de Joseph?

Plus qu'un jour sur le chevalet. Je commence à me demander si des sadiques peuvent obtenir trois A au A Level, mais si le Dr Abdul était sadique il viendrait jubiler plus souvent. Il est clair qu'il est complètement indifférent. Il n'a pas du tout regardé mon visage, et à peine même ma jambe, il n'y a que les radios qui l'intéressent. J'essaye d'interpréter ça comme une bonne chose. Trois A à son A Level commencent à me paraître une très petite chose pour contenir un tel poids de confiance.

MERCREDI 16 JANVIER 1980

On ne me laissera pas partir avant que le Dr Abdul m'ait vue, et il ne viendra pas avant demain.

Wim est venu à la visite de l'après-midi. Il m'a apporté *Le Maître des Rêves* et *L'Île des Morts*. Il portait un blouson en cuir et avait l'air très gêné, plus même que Daniel. J'ai pris soudain conscience que je portais une stupide chemise d'hôpital avec des taches de nourriture (c'est vraiment dur de manger proprement à l'horizontale) et que je ne m'étais pas lavé les cheveux depuis plus d'une semaine. Je me suis sentie touchée qu'il ait fait, encore plus que les autres, tout le chemin jusqu'ici pour me voir.

«Greg a dit hier que tu étais ici, dit-il. J'ai pensé t'apporter ça. Mais on dirait que tu n'en as pas besoin.» Il a fait un geste en direction de la pile sur la table de chevet.

«J'ai presque tout lu», ai-je dit.

Il a haussé les sourcils.

«Il n'y a rien d'autre à faire ici.

— Ça a l'air assez sinistre, a-t-il acquiescé. Comment est la nourriture?

— Infecte.»

Il a ri. «Ma mère travaille aux cuisines.

— Je suis sûre qu'elle cuisine beaucoup mieux chez elle.

— Non, pas du tout. Elle n'est pas bonne cuisinière. Mais elle dit elle-même qu'ici la nourriture est épouvantable, alors ça doit être vraiment mauvais. C'est pour ça que j'ai demandé.

— Ce n'est pas tellement différent de l'école.

— J'aurais cru qu'ils vous nourriraient bien à Arlinghurst, vu ce que ça coûte.

— Moi aussi, mais c'est absolument infect. Du spam et du flan.

— Je t'ai apporté de la glace des astronautes de la Nasa», a-t-il dit en sortant un paquet de sa poche.

Je l'ai tenu où je pouvais le voir facilement. Il était noir avec le dessin d'une fusée et affirmait être de la crème glacée pour astronaute telle qu'on en mangeait dans les missions Apollo. J'ai regardé Wim avec admiration. «Tout le monde apporte du raisin. Où as-tu trouvé ça?»

Il a eu l'air un peu timide, si une telle chose est possible. «Mon cousin l'a rapporté de Floride. Il en avait plusieurs paquets, c'est le dernier. Ce n'est pas si bon, c'est plus pour l'idée. Je le gardais pour une occasion spéciale.»

J'ai arrêté de tourner le paquet en tous sens et l'ai regardé droit dans les yeux. «Tu as un cousin qui est allé en Amérique?»

Il m'a souri et j'en ai encore le souffle coupé. «L'Amérique est réelle, tu sais, ce n'est pas juste de la science-fiction. Greg y est allé. Il a assisté à une Worldcon à Phoenix. Il a rencontré Harlan Ellison!

— Une Worldcon? Qu'est-ce que c'est?

— Une convention mondiale de science-fiction. Cinq jours pendant lesquels les gens se rencontrent pour parler de SF. L'année dernière j'étais à Brighton et j'y suis allé. C'était extra. Et même mieux que ça. Tu ne peux pas imaginer.»

Je crois que je *pouvais* imaginer. «Comme le club de lecture en plus grand?

— En beaucoup plus grand. Robert Silverberg était là. Je lui ai parlé! Et Vonda McIntyre!»

Je pouvais à peine croire que j'étais dans la même pièce que quelqu'un qui avait parlé à Robert Silverberg. «Où est-ce, cette année?

— À Boston. C'est généralement en Amérique. Dieu sait quand nous en aurons à nouveau une en Grande-Bretagne. Mais il y a des conventions britanniques. Il y en a une à Pâques à Glasgow. Ils n'ont pas autant d'auteurs américains, bien sûr. Mais il n'y a pas que les auteurs. Il y a aussi les fans. Tu ne croirais pas de quoi j'ai pu parler à Brighton.

— Tu vas à Glasgow?

— J'économise déjà pour ça. Je suis allé à Brighton à vélo, et j'ai dormi sous la tente, mais, à Pâques à Glasgow, j'aurai besoin d'argent au moins pour partager une chambre dans un hôtel et ce sera plus agréable d'y aller en train.» Il avait l'air impatient, plein d'entrain.

«Une chambre d'hôtel. Le voyage en train. Et combien coûte le ticket d'entrée?

— On appelle ça une carte de membre, m'a-t-il corrigée. J'ai déjà la mienne. C'était 5 livres.

— Je me demande si Daniel voudra bien payer tout ça. Je me demande s'il sera d'accord pour que j'y aille. Je me demande si je pourrais le persuader de venir, lui aussi. Ça lui plairait.

— Qui est Daniel ?» a-t-il demandé, s'éloignant de moi sans quitter sa chaise. «Ton petit ami ?

— Mon père, ai-je dit. Il lit de la SF. Il a rencontré Greg avec Janine et Pete dimanche et nous avons parlé de livres tout le temps. Ça lui plairait d'assister à une convention, j'en suis sûre.» J'étais beaucoup moins sûre que ses sœurs le laisseraient y aller. Ce n'était pas du tout le genre de choses qu'elles approuvaient, faire quelque chose dont il avait envie sans elles. Elles ne seraient probablement pas d'accord pour moi non plus, pas si elles voulaient que je sois la Gentille Nièce. Je devrais trouver un moyen de les circonvenir.

«Tu as bien de la chance, a-t-il dit.

— De la chance ? Pourquoi ?» J'ai ouvert de grands yeux. Je n'ai pas l'habitude de penser que je suis chanceuse, même quand ma jambe n'est pas attachée à un instrument de torture.

«D'avoir un père riche qui lit de la SF. Le mien trouve que c'est un truc de môme. Il était d'accord quand j'avais douze ans, mais il pense que lire tout court est efféminé et lire des trucs de môme puéril. Il pousse des cris chaque fois qu'il me surprend à lire. Ma mère lit parfois ce qu'elle appelle des histoires romantiques, Catherine Cookson et ce genre de choses, mais seulement quand il n'est pas à la maison. Elle ne comprend pas du tout. Il n'y a pas un livre à la maison. Je donnerais n'importe quoi pour avoir des parents qui lisent.

— Je n'ai rencontré Daniel que cet été. Mes parents sont divorcés et j'ai été élevée par mes grands-parents. Ils n'ont pas d'argent, mais ils lisent et ils nous ont encouragées à lire. Et Daniel n'est pas exactement riche. Ses sœurs le sont et elles lui donnent de l'argent, mais elles lui serrent la bride. Elles paient pour mes études à Arlinghurst pour pouvoir se débarrasser de moi, je pense. Je ne sais pas si elles lui laisseront assez d'argent pour aller à Glasgow, parce qu'elles ne veulent pas qu'il parte. Moi, elles me laisseront peut-être.

— Où est ta mère ?» C'était une question naturelle, mais

il l'avait posée avec une désinvolture élaborée qui paraissait préparée.

« Elle est en Galles du Sud. Elle… » J'ai hésité, parce que je ne voulais pas dire que c'est une sorcière, ni qu'elle est folle, bien que les deux soient vrais. Il n'y a pas de mot qui veuille dire les deux, en vérité, et il devrait y en avoir un. « Elle est bizarre.

— Tu as dit aux filles, à l'école, que c'était une sorcière, a dit Wim en rejetant les cheveux de son visage.

— Comment sais-tu ça ?

— J'ai une amie qui travaille à la blanchisserie et elle me l'a dit. »

Le désespoir s'est emparé de moi à la nouvelle qu'il avait une petite amie. Il avait deux ans de plus que moi, il n'était pas possible qu'il s'intéresse à moi et je le savais, même s'il était venu me voir et paraissait me porter beaucoup d'attention. J'ai su tout de suite que sa petite amie devait être la fille que j'avais vue à la fin du trimestre en train de charger d'un air las des chemises d'uniforme dans une machine à laver. En un sens, c'était flatteur qu'il se soit renseigné sur moi.

« Qu'ils me haïssent du moment qu'ils me craignent, ai-je cité. C'est ce que Tibère…

— J'ai aussi lu *Moi, Claude, empereur*. Tu leur as raconté que ta mère était une sorcière pour qu'elles aient peur de toi ?

— Ce sont d'affreuses brutes, ai-je expliqué. Elles se connaissaient toutes et je ne connaissais personne, et j'ai un autre accent et ça m'a semblé une bonne stratégie. Ça a presque marché, en plus, mais je me sens un peu seule.

— Ce n'est donc pas une sorcière ? » Il avait l'air étrangement déçu.

« Eh bien… en fait, si. Une sorcière folle. Une méchante sorcière comme dans les contes. » Je ne voulais pas parler d'elle, je ne voulais pas lui dire comment elle était. C'est dur de la décrire, de toute façon.

Il s'est penché vers moi et m'a regardée dans les yeux. Les

siens sont très bleus, aussi bleus que le ciel, presque. «Peux-tu lire dans les esprits?

— Quoi?» J'étais interloquée.

«Tu sais, comme dans *L'Oreille interne.*» Il est resté là où il était, à quelques pouces de moi, le regard plongé intensément dans mes yeux. J'en avais le souffle coupé et il est étonnant que je n'aie pas suffoqué, même en sachant qu'il a une petite amie.

«Non! Je ne crois pas que quelqu'un puisse faire ça, ai-je dit dans un couinement lamentable.

— Je me demandais simplement.» Il avait l'air hésitant, mal assuré, comme s'il regrettait d'avoir posé la question. Il n'a pas bougé. «C'est juste que, la première fois que je t'ai vue, c'était comme si tu pouvais voir dans mes pensées. Et quand j'ai appris que tu avais dit que ta mère était une sorcière, j'ai pensé — tu sais, à force de lire de la SF, ne commences-tu pas à penser ne plus savoir ce qui est impossible? Être prête à admettre les hypothèses les plus folles, mais...» Sa voix s'est éteinte.

La première fois que je l'ai vu, tout ce dont je me souvenais c'est avoir pensé qu'il était très beau. S'il croyait que c'était un genre de communication mystique, il se trompait complètement. La cloche a sonné la fin de l'heure de la visite.

«C'est une sorcière», ai-je dit précipitamment comme il commençait à se lever. «Et il y a la magie.»

Il s'est penché vers moi, pressant. «Montre-moi.

— Ce n'est pas comme dans les livres», ai-je dit dans un murmure, même si avec le brouhaha des visiteurs qui partaient il n'y avait guère de risque d'être entendus.

«Montre-moi quand même.

— Il n'y a rien à voir. Et j'ai juré de ne pas y recourir sauf pour éviter un mal!» Au moment même où je le disais, j'ai compris comme l'excuse paraissait faible. Son visage s'est fermé et il s'est raidi. «Mais je serai peut-être capable de te montrer quelque chose», ai-je dit, prête à tout pour qu'il me croie. « Je ne sais pas si tu seras capable de le voir. Il faudra attendre que je sorte d'ici.

— Tu ne me fais pas marcher? a-t-il demandé, la voix lourde de soupçon.

— Non! Bien sûr que non!

— Très bien, a-t-il dit avec mauvaise grâce. Merci.

— Merci d'être venu et de m'avoir prêté des livres », ai-je dit.

Je l'ai regardé sortir de la salle, puis j'ai passé le reste de la journée à manger la glace des astronautes (c'est très particulier) et à noter péniblement chaque mot de la conversation, pour ne pas l'oublier.

Je ne devrais pas faire de magie. S'il vient au bois du Braconnier, je pourrai sans doute lui montrer une fée. Il croit, il me croit, au moins il croit quelque chose. Mais debout dans les bois avec les fées que je vois et qu'il ne peut voir, ça va être très gênant, parce qu'il va penser que je suis folle ou que je mens, et l'un comme l'autre serait affreux.

Oh, bon.

JEUDI 17 JANVIER 1980

Je ne me suis pas sentie si mal même juste après l'accident.

Ils ont pris de nouvelles radios. Le Dr Abdul voulait parler à Daniel et semblait contrarié qu'il ne soit pas là, comme si je le gardais dans ma poche. Ils ont fini par me laisser partir, en insistant pour que je prenne une canne métallique au lieu de me servir de la canne parfaitement utilisable que m'avait laissée la fée. J'ai tout juste réussi à aller jusqu'à l'arrêt du bus, puis de là à l'autre arrêt. C'est une bonne chose qu'il y ait des murets sur lesquels s'asseoir. Ça n'a jamais fait aussi mal. Je crois qu'ils n'ont fait que l'aggraver, qu'ils l'ont bousillée définitivement et que c'était ce qu'il voulait dire à Daniel et ne voulait pas m'avouer.

Je suis de retour dans la bibliothèque. Miss Carroll pense

que je devrais être au lit. Elle m'a apporté un sucre d'orge et un verre d'eau, bien qu'il soit strictement interdit de manger dans la bibliothèque.

J'ai mal, j'ai mal, j'ai MAL.

Au lit à l'infirmerie. Étendue avec des oreillers et sans instrument de torture est merveilleux. Être étendue immobile ne fait pas trop mal. Je n'ai jamais apprécié la nourriture de l'école avant non plus. Bien sûr, un avantage de l'hôpital était qu'il y avait des visites. Personne ne peut venir me voir ici à part Deirdre et Miss Carroll. La directrice aurait une attaque de voir arriver Janine ou Greg, et elle me renverrait probablement si Wim venait. Mais il ne s'y risquerait pas.

Je rattrape le travail que j'ai manqué, enfin, j'ai tout rattrapé sauf les maths. Je n'ai pas la bosse des maths, de toute façon, et je ne peux pas retenir les chiffres tant je souffre. En géographie, nous étudions les glaciations. Je les ai déjà vues, alors je n'ai pas de problème. En fait, c'est barbant, oui, glaciers, combes ou cirques glaciaires, moraines terminales, vallées en U. Deirdre n'en avait pas entendu parler avant et a avoué en faire des cauchemars. J'ai été sympa et ne lui ai pas raconté l'histoire de *L'Ennemi oublié* de Clarke.

Je ne pourrai pas aller en ville demain, mais je n'avais rendez-vous avec personne, de toute façon. Miss Carroll va rapporter mes livres à la bibliothèque et prendre les nouveaux. Peut-être que mardi je serai en forme. Ou aussi en forme qu'avant.

Je veux retrouver ma mobilité. Je me sens prise au piège. Je déteste ça.

Retour à la nuit est excessivement freudien. Ça manque de subtilité.

Il y a de bons passages, malgré tout.

SAMEDI 19 JANVIER 1980

Daniel est venu me voir, ce qui était une surprise. Il a passé la tête par la porte. «Qui penses-tu que j'ai amené?» a-t-il demandé. J'espérais que ce serait Sam, mais je devinais que c'étaient ses sœurs. J'ai été étonnée de n'en voir qu'une. «Bonjour, tante Anthea», ai-je dit, ce qui l'a fait sursauter. C'était juste une supposition, mais une supposition fondée sur l'expérience. D'habitude, s'il n'y en a qu'une, c'est Anthea, qui est la plus âgée.

«Je n'ai simplement pas pu résister au plaisir de venir voir notre vieille école, a-t-elle répondu.

— Je suis surprise que les autres l'aient pu, ai-je dit, aussi Gentille Nièce que possible.

— Il n'y aurait pas eu la place dans la voiture, ma chérie.»

En fait, la voiture de Daniel, comme toutes les voitures du monde sauf la petite Fiat 500 orange de tante Teg, a quatre places. Et même dans la voiture de tante Teg, que nous appelions Gamboge Gussie la Galopante — Gussie parce que son numéro d'immatriculation commence par GCY —, on peut tenir à quatre, on est juste un peu serré, surtout si l'un des passagers est grand. C'est donc à ce moment que j'ai compris qu'ils avaient l'intention de me ramener avec eux.

«En convalescence», a précisé Daniel.

Il aurait été plus utile, me semblait-il, que Daniel vienne un jour de semaine pour parler au Dr Abdul, mais apparemment il l'avait eu au téléphone — je me demande qui avait pris l'initiative de cet appel. En tout cas, l'école avait l'air de penser qu'il me faudrait un moment avant de revenir en classe et qu'il valait mieux me soigner à la maison. Eh bien, c'est peut-être le cas, pour les gens qui ont une maison. J'ai essayé tous les arguments auxquels j'ai pu penser pour rester à l'école, y compris quelques-uns carrément Gentille Nièce, comme ne pas vouloir manquer le match de hockey contre Sainte-Felicity, mais aucun n'a fait d'effet.

On m'a aidée à aller jusqu'à la voiture. Cette sorte d'aide est en fait une gêne. Quand quelqu'un marche avec une canne, celle-ci et son bras tiennent lieu de jambe. Attraper, soulever ou faire quoi que ce soit sans être sollicité à cette canne ou à ce bras revient un peu à attraper la jambe d'une personne normale pendant qu'elle marche. Je voudrais que plus de gens comprennent ça. Plusieurs filles m'ont vue partir, et bien sûr l'infirmière est au courant, je compte donc que quelqu'un le dira à Miss Carroll et qu'elle pensera à prévenir Greg qui le dira aux autres. Je dis « les autres », et je pense à Janine et à tout le monde y compris Wim. Mais je dois avouer que je veux surtout dire Wim. Je crois que je craque un peu pour lui. Et j'ai bêtement laissé à l'école ses romans de Zelazny, que je me réservais pour plus tard, je ne pourrai donc même pas les lire.

DIMANCHE 20 JANVIER 1980

Il y a un genre de tempête et on dirait qu'elle pourrait mettre en pièces le Vieux Manoir. Elle frappe aux fenêtres, se glisse par les fissures et siffle dans les cheminées. Allongée ici, je peux sentir toute la maison chanter avec elle comme si c'était un grand voilier.

J'ai tout plein de livres et Daniel vient de temps en temps demander si j'en veux d'autres. J'ai des oreillers et je ne suis pas attachée à un instrument de torture. Je peux clopiner jusqu'aux toilettes. J'ai une carafe d'eau, une vraie carafe avec un vrai bouchon en cristal. On m'apporte mes repas, qui ne sont pas plus mauvais qu'à l'école. (S'il y a de la magie dans la nourriture, c'est la magie du Vieux Manoir qui continue comme toujours sans aucun changement, c'est tout ce que je peux sentir.) J'ai une radio sur laquelle j'écoute les nouvelles, les Archers, les conseils de jardinage et, à ma surprise et pour ma plus grande joie, *Le Guide du routard galactique*! Ce feuilleton radiophonique est génial. Je suppose que je pourrais dérégler le poste de Radio 4, que Grampar appelle toujours le «Home Service», pour le régler sur Radio 1, que l'on appelle le «Light Programme». Le seul avantage serait de contrarier les tantes, parce que Radio4 pourrait avoir d'autres merveilles cachées, comme le *Routard galactique*, alors que Radio 1 ne passe que de la musique légère. La plupart du temps, je ne fais que lire, de toute façon. Combien de temps vais-je être coincée ici?

Je suis allée au rez-de-chaussée en clopinant pour le souper, comme elles appellent le dîner quand il est servi sans cérémonie. C'était du gratin de macaronis, trop cuits, à la limite de l'immangeable. Elles mangeaient toutes, assises en faisant des remarques ineptes, hochant la tête et souriant. J'ai joué la Gentille Nièce. En fait, je mourais d'envie de parler à Daniel de la possibilité d'aller à Glasgow pour Pâques, mais je voulais le faire quand il n'y aurait pas de risque qu'elles entendent.

Après, j'ai demandé si je pouvais téléphoner à tante Teg. Elles ne pouvaient pas vraiment refuser devant Daniel, alors je l'ai appelée. Elle a été horrifiée d'apprendre que j'avais été hospitalisée et qu'elle n'en avait rien su, et elle n'a pas voulu croire que ça avait aggravé les choses. Elle essaie toujours d'être optimiste et de voir le bon côté des choses, ce qui est très bien parfois, et je voudrais bien me réjouir avec elle, mais ce n'est pas très utile en ce moment. Elle a dit qu'elle expliquerait à Grampar pourquoi je n'avais pas donné de nouvelles et qu'elle lui dirait que je l'embrassais. J'espère que ça ne l'inquiétera pas mais non, elle lui dira probablement que je vais mieux et que je pourrais bientôt de nouveau courir. Je voudrais que ce soit vrai. Même quand ma jambe ne me fait pas activement souffrir, il y a maintenant une espèce de douleur permanente. Je suis sûre qu'elle va plus mal.

Le téléphone est dans le couloir, sur une sorte de table solidaire d'une banquette capitonnée. Je me suis assise sur celle-ci pour téléphoner à tante Teg. Après avoir raccroché le téléphone, je me suis demandé qui je pouvais appeler d'autre tant que j'y étais et qu'il n'y avait personne pour m'écouter. L'ennui, c'est que je ne connais aucun numéro. Inutile d'appeler Greg à la bibliothèque un dimanche soir, en tout cas. Et je ne connais le numéro de personne, pas même celui de Janine. Il y avait un carnet à côté du téléphone, pas un gros livre du genre Pages Jaunes, un répertoire maison, avec les numéros de gens notés à la main. Je l'ai feuilleté sans voir personne de connaissance, jusqu'à ce que j'arrive à M et, là, il y avait Sam, son adresse et aussi son numéro de téléphone.

Sa logeuse a tout de suite répondu et elle se souvenait de moi. « La petite petite-fille », a-t-elle dit. Je ne suis pas petite et ça faisait bizarre de penser que Sam était mon grand-père. J'ai déjà Grampar, la place n'est pas libre. Mais j'aime bien Sam.

Au bout d'un moment il est venu au téléphone. « Morwenna ? a-t-il dit. Tu as des problèmes ?

— Pas exactement des problèmes, simplement je suis au Vieux Manoir pour ma convalescence et j'ai pensé à vous et j'ai eu envie de vous parler.

— En convalescence de quoi ? » a-t-il demandé, alors je lui ai tout raconté et lui ai dit que je pensais que ça avait aggravé mon état. « Peut-être, peut-être, a-t-il dit. Mais parfois guérir fait mal, tu y as pensé ?

— Ils n'ont rien voulu me dire. Le Dr Abdul voulait parler à Daniel et n'a rien voulu me dire. Je pourrais être mourante, il ne me dirait rien.

— Daniel te le dirait, je pense », a dit Sam, mais il ne semblait pas sûr.

« Si elles le laissent faire », ai-je dit.

Sam est resté un moment silencieux. « Je pourrai peut-être venir te voir. J'ai une idée. Passe-moi Daniel. »

J'ai dû alors appeler Daniel et lui expliquer ; il m'a envoyée au lit et a parlé un moment avec Sam. Puis il est monté me voir et a dit que Sam viendrait le lendemain par le train et qu'il irait le chercher à Shrewsbury. Il est bizarre de penser que Sam sort de chez lui, et encore plus étrange de penser qu'il va venir ici, mais il arrive demain! Daniel dit qu'il se fait vieux et qu'il va rarement où que ce soit, je dois donc considérer ça comme un privilège, ce que je fais.

LUNDI 21 JANVIER 1980

Sam m'a apporté un petit bouquet de perce-neige du jardin de sa logeuse. «Elles commencent tout juste à sortir», a-t-il dit. Malgré le long voyage en train puis en voiture, elles étaient très belles et avaient gardé leur odeur. Mor adorait les perce-neige. C'était sa fleur préférée. Nous en avons planté quelques-unes sur sa tombe, je me demande si elles sont déjà sorties. Une des tantes a mis les miennes dans un petit vase de cristal assorti à la carafe sur ma table de chevet.

Sam m'a aussi apporté d'autres Platon — *Les Lois* et *Phèdre*, que je voulais lire parce que c'est celui que lisent les personnages de *L'Aurige*. Ils ne sont pas neufs, il les a clairement depuis longtemps, il doit avoir passé des heures à fouiller pour les retrouver. Il a aussi apporté un petit ouvrage bleu de chez Pelikan intitulé *Les Grecs*, de H. D. F. Kitto, qui, selon lui, me donnera le contexte aussi bien pour les livres de Mary Renault que pour ceux de Platon. J'espère que c'est écrit de manière intéressante. Je n'ai toujours pas commencé le livre de Churchill que j'ai eu comme prix d'histoire.

Il a aussi apporté autre chose : un pot de pommade de consoude, qui a une odeur vraiment bizarre. «Je ne sais pas si ça peut te faire du bien, mais je l'ai pris quand même», a-t-il dit. J'en ai étalé un peu sur ma jambe et ça n'a rien fait, à part lui donner une odeur spéciale, mais c'était gentil.

Mais la vraie idée de Sam était que je devrais essayer l'acupuncture. Il y a une espèce de magie chez Sam, pas de la vraie magie, mais il est très solidement lui-même. Il serait dur pour n'importe quelle magie de trouver par où commencer à lui faire quoi que ce soit. C'était intéressant de le voir avec les tantes ; il est impeccablement poli avec elles mais il les traite comme si elles n'avaient pas d'importance, et elles ne savent pas comment réagir. Si elles avaient suggéré l'acupuncture, qui implique de vous planter des aiguilles dans le corps, j'aurais résisté de toutes mes forces. Là, elles étaient très opposées à cette idée.

« C'est une superstition chinoise idiote, vous ne pouvez pas y croire, a dit l'une.

— Morwenna est terrifiée par les aiguilles, elle n'a même pas voulu se faire percer les oreilles, a enchaîné l'autre.

— Quel bien cela pourrait-il lui faire ? » a conclu la troisième.

Même ce genre de chose n'a pas arrêté Sam. « Je pense que nous devrions essayer. Quel mal cela peut-il faire ? Morwenna est une fille raisonnable, je crois. »

Il avait trouvé un endroit à Shrewsbury et avait noté l'adresse. Il voulait y aller tout de suite, mais les sœurs ont réussi à persuader Daniel de téléphoner pour prendre rendez-vous. Il en a pris un pour le lendemain matin.

Sam a passé l'après-midi dans ma chambre à bavarder avec moi. C'est un vieil homme et il a eu une vie étrange — imaginez découvrir que toute votre famille a été tuée. Ce serait comme si la mer engloutissait le pays de Galles en une minute et que moi seule survive. Et le cousin Arwel qui habite Nottingham, mais rien que nous deux parmi ceux avec qui j'ai grandi. C'était exactement comme ça pour Sam. Quand il était rentré après la guerre, ils étaient tous morts et il y avait des inconnus qui vivaient dans sa maison, et les voisins prétendaient ne pas le connaître. Il a vu la corbeille à pain de sa mère sur la table de la voisine, mais elle n'a même pas voulu la lui donner.

« Et ils ne veulent rien dire pour toi, a-t-il dit.

— Quand même pas.

— Ce sont des étrangers. Même moi, je suis un étranger. Mais ma famille c'était tes cousins. On a parlé, différents gouvernements ont parlé pendant des années de nous accorder une compensation. Mais comment pourrait-on compenser la perte de ma famille? Comment pourraient-ils te rendre tes cousins que tu n'as jamais connus, et tes cousins qui ne sont jamais nés, ceux qui seraient maintenant de ton âge?»

Ça m'a fait comprendre. Je pourrais écrire un poème là-dessus. «Hitler, rends-moi mes cousins!»

Je crois que Sam est un peu triste que je ne sois pas juive, que ses descendants ne le seront pas. Mais il ne l'a pas dit, et il n'en fait pas du tout le reproche à personne. Il dit qu'il n'est pas resté en Pologne parce qu'il pouvait sentir partout les morts, comme s'ils pouvaient surgir à chaque coin de rue. Je comprends ça. Je lui ai alors presque parlé de magie, de ce que j'ai fait pour avoir un *karass*, de Mor errant avec les fées. Et j'en aurais parlé si j'avais eu le temps. Mais Daniel est entré et a dit qu'ils devraient y aller pour attraper le train, alors j'ai dit au revoir.

Sam m'a embrassée, a posé une main sur ma tête et a dit une bénédiction en hébreu. Il n'a pas posé de question, mais ça ne fait rien. À la fin il m'a regardée et m'a adressé son vieux sourire ridé et a dit : «Tu vas aller bien.» C'était remarquablement rassurant. Je l'entends encore maintenant. «Tu vas aller bien.» Comme s'il pouvait savoir. Je peux sentir le parfum des perce-neige. Je suis si contente qu'il soit venu.

MARDI 22 JANVIER 1980

Sam avait raison pour l'acupuncture.

En fait, c'est magique. Totalement. Ils l'appellent «chi», mais ils ne prétendent même pas que ce n'est pas magique. L'acupuncteur est anglais, ce qui m'a surprise après toute la peur des Orientaux fourbes que les tantes ont essayé de me communiquer. Il a été formé à Bury St. Edmunds, un bourg du Fenland, près de Cambridge, par quelqu'un qui avait appris à Hong Kong. Il a des diplômes encadrés, comme un docteur. Au plafond il y a une carte des points d'acupuncture du corps humain. Je l'ai beaucoup vue, parce que la plupart du temps j'étais allongée sur la table avec des aiguilles immenses plantées dans le corps, sans bouger.

Ça ne fait pas mal du tout. On ne les sent pas, même si elles sont très longues et si elles sont vraiment plantées dans votre chair. Ce qui se passait, c'est que sitôt la dernière enfoncée, la douleur cessait, comme si on avait appuyé sur un interrupteur. Si je pouvais apprendre à faire ça ! Il en avait posé une sur ma cheville, d'abord légèrement au mauvais endroit et je l'ai sentie, non pas comme une vraie douleur, mais comme une piqûre d'épingle. Je n'ai rien dit, mais il l'a déplacée aussitôt une fraction de centimètre plus loin et je ne l'ai plus sentie. C'est tout simplement de la magie corporelle.

Même si ça n'avait fait disparaître la douleur que pendant l'heure que j'ai passée là, ça aurait valu le prix de la consultation, pour moi en tout cas. Mais il n'y a pas que ça. Je ne suis pas miraculeusement guérie, mais j'ai clopiné dans l'escalier jusque dans son cabinet et je suis redescendue sans plus de mal qu'avant d'avoir été à l'hôpital. Il veut me voir toutes les semaines pendant six semaines. Il a dit qu'aujourd'hui il faisait juste ce qu'il pouvait pour la douleur, mais que si je venais régulièrement il pourrait voir ce qui n'allait pas et faire quelque chose. Il a admiré ma canne — j'avais pris celle de la fée, car elle semble me donner plus de force que celle en métal, en plus d'être moins laide.

« Ramène-moi à l'école », ai-je dit à Daniel alors que nous revenions vers la voiture. Un pâle soleil d'hiver brillait et faisait étinceler les bâtiments rose doré de Shrewsbury. En nous mettant en route tout de suite, je pouvais être à l'école pour aller au club de lecture comme d'ordinaire après l'étude.

«Pas avant de voir comment tu vas demain, a-t-il dit. Mais que dirais-tu de manger chinois, puisque la médecine chinoise a l'air de te réussir ?»

Nous sommes donc allés dans un restaurant appelé le Lotus Rouge où nous avons pris des travers de porc, des toasts aux crevettes, du poulet frit, des nouilles sautées et du bœuf à la sauce d'huîtres. C'était délicieux, je n'avais rien mangé d'aussi bon depuis des années, ou peut-être même jamais. J'ai dévoré à en éclater. Pendant que nous déjeunions, je parlais à Daniel de la convention de Glasgow, à Pâques, et de ce que Wim avait dit de la Worldcon de Brighton, où il avait rencontré Robert Silverberg et n'avait fait que parler de livres pendant cinq jours. Il m'a dit qu'il pensait que ses sœurs ne le laisseraient pas s'absenter à Pâques, mais qu'il était d'accord pour que j'y aille, et qu'il paierait !

En un sens, j'aimerais sauver Daniel de ses sœurs. Il a été bon pour moi, et je suppose que c'est sans doute son devoir de père, mais il n'y était pas obligé. J'aimerais le sauver, mais je ne pense pas le pouvoir, et je crois qu'essayer provoquerait une guerre avec elles, alors que si elles pensent que je ne m'en mêlerai pas elles pourraient me laisser tranquille. En essayant de sauver Daniel je pourrais me compromettre. Je dois d'abord penser à moi. Elles ne vont pas accepter qu'il aille à Glasgow. C'est déjà bien beau qu'elles aient été d'accord pour l'acupuncture et un repas au restaurant chinois, et elles ne l'auraient probablement pas été s'il n'y avait pas eu ce cher vieux Sam.

Avec l'addition on nous a apporté des biscuits surprise. Le mien disait : «Tout n'est pas encore perdu», ce que j'ai trouvé très optimiste. C'est comme ce vers de *L'Énéide* : *Et haec olim meminisse iuvabit*, «même ces choses un jour nous seront un souvenir joyeux». Au premier abord, vous pensez que c'est affreux, puis vous vous rendez compte que c'est vrai, et que ce n'est pas une mauvaise chose. Celui de Daniel disait simplement : «Vous aimez la cuisine chinoise», ce qui est indéniable.

Tomber sur un qui dirait : «Vous êtes un mauvais père» aurait été désagréable.

Dans la voiture, pendant que je mettais ma ceinture de sécurité, Daniel m'a regardée sérieusement. «Tu as l'air de ressentir encore les bienfaits de l'acupuncture.

— C'est vrai.

— Tu dois venir une fois par semaine pendant six semaines, comme il a dit.

— D'accord.» J'ai fini de boucler ma ceinture. Daniel a jeté sa cigarette par la fenêtre.

«Je ne serai pas en mesure de venir te chercher à l'école et de te ramener, pas toutes les semaines. Peut-être parfois.»

J'ai compris aussitôt qu'elles ne le laisseraient pas faire. Il a passé la première et est sorti du parking, et pendant tout ce temps, je n'ai rien dis... d'ailleurs, qu'aurais-je pu dire?

«Il y a un train, a-t-il dit au bout d'un moment.

— Un train?» Je suis sûre d'avoir eu l'air sceptique. «Il n'y a pas de gare. Il y a peut-être un bus.

— Il y a une gare de chemin de fer à Gobowen. Quand mes sœurs allaient à Arlinghurst elles descendaient là et l'école venait les chercher. Tout le monde prenait le train, à l'époque.

— Tu es sûr qu'elle existe encore?» Elle ne figurait pas dans la longue liste de la chanson de Flanders and Swann sur les petites gares qui avaient été fermées par Richard Beeching, c'était donc probable.

«C'est sur la ligne de Galles du Nord, vers Welshpool, Barmouth et Dolgellau», a-il-dit. Le seul de ces endroits dont je connaissais le nom était Dolgellau, où Gramma et Grampar avaient été rendre visite à un vieux prêtre qui s'y était installé, avant ma naissance. Les Galles du Nord sont comme un autre pays. On ne peut même pas s'y rendre depuis les Galles du Sud, il faut passer par l'Angleterre, du moins si on veut y aller en train ou par de bonnes routes. Je suppose qu'il y a des routes à travers les montagnes. Je n'y suis jamais allée, mais j'aimerais bien.

«Très bien, ai-je dit. Ça veut dire un bus pour la ville, un autre pour Gobowen, puis le train.

— Je pourrai te conduire parfois, a-t-il dit en allumant encore une cigarette. Quel serait le meilleur jour?»

J'ai réfléchi. Sûrement pas le mardi, parce que je risquerais de ne pas être revenue à temps pour le club de lecture. «Le jeudi, ai-je dit. Parce que le jeudi après-midi je n'ai qu'éducation religieuse, puis deux heures de maths.

— D'après tes notes, on dirait que les maths sont la chose que tu devrais le moins manquer, a-t-il dit, mais avec un sourire dans la voix.

— Franchement, peu importe que j'assiste au cours ou non, ça ne rentre tout simplement pas. Ce que je sais en maths, je l'ai appris en physique et en chimie. Le cours de maths pourrait aussi bien être fait en chinois, ça n'a aucun sens pour moi. Je crois qu'il me manque cette partie du cerveau. Et si je demande qu'on me réexplique, ça n'a pas plus de sens.

— Tu devrais peut-être prendre des cours particuliers, a-t-il suggéré.

— Ce serait jeter l'argent par les fenêtres. Je n'y arrive simplement pas. Ce serait comme apprendre à un cheval à chanter.

— Connais-tu l'histoire d'où ça vient? a-t-il demandé en tournant la tête, et accessoirement en soufflant de la fumée vers moi.

— Ne m'asphyxie pas, donne-moi un an et j'apprendrai à ce cheval à chanter. Il peut arriver n'importe quoi en un an, le roi peut mourir, je peux mourir ou le cheval apprendre à chanter.» C'est dans *La Poussière dans l'œil de Dieu*, c'était probablement pour ça que je l'avais en tête.

«C'est une histoire à propos de procrastination, a dit Daniel comme s'il était l'autorité mondiale en la matière.

— C'est une histoire à propos d'espoir, ai-je dit. Nous ne savons pas ce qui s'est passé à la fin de l'année.

— Si le cheval avait appris à chanter, on le saurait.

— Il pourrait être à l'origine de la légende des centaures. Il pourrait être parti pour Narnia, en emmenant son cavalier. Il pourrait être devenu l'ancêtre d'Incitatus, le cheval que Caligula a nommé sénateur. Il pourrait y avoir eu toute une tribu de chevaux chantant et Incitatus être leur tentative d'obtenir l'égalité, mais ça a mal tourné.»

Daniel m'a regardée d'un air bizarre et j'ai regretté de n'avoir pas gardé cette réflexion pour des gens qui sauraient l'apprécier.

«Jeudi, donc, a-t-il dit. J'appellerai pour prendre rendez-vous en rentrant à la maison.»

Si c'était une histoire à propos de procrastination, elle aurait une morale solide qui ferait mourir l'homme à la fin de l'année. J'aime mieux imaginer sa survie.

Et à la fin de l'année ils forcèrent la porte de l'écurie.
L'homme et le cheval, ensemble, galopent encore
Après la fin du crépuscule, le martèlement des sabots
Fournit à la fois l'harmonie et le rythme de leur duo.

MERCREDI 23 JANVIER 1980

Une mince couche de neige, ce matin, pas assez pour mouiller les orteils d'un hobbit, et fondue avant le petit déjeuner.

Je suis de retour à l'école, qui est plus bruyante que jamais, bruyante à en résonner.

Le Maître des Rêves est la novélisation du *Façonneur*, lui-même une variation de *L'Homme total* de Brunner, à moins que ce ne soit l'inverse. Je ne sais pas lequel a été écrit en premier, mais j'ai lu d'abord celui de Brunner. La simple idée de travailler avec les rêves est étrange. *Le Maître des Rêves* est un bon roman, mais très troublant. On ne croirait pas qu'il a été écrit par le même auteur que le cycle d'Ambre, qui est si distrayant.

Les gens ont l'air beaucoup plus gentils avec moi qu'avant. Sharon m'a dit bonjour et bienvenue au début du cours d'anglais après le déjeuner. Daniel a insisté pour voir comment j'allais après m'être réveillée et ne m'a pas reconduite avant le milieu de la matinée. Je suis toujours la même. Avec le froid ma jambe refait son truc de girouette rouillée, mais ça va tellement mieux qu'avant l'acupuncture que je m'en fiche presque. Je n'ai pas pardonné à Sharon de m'avoir tourné le dos. Je serai aimable et polie, mais je ne vais pas renoncer à l'appeler Charogne comme tout le monde. Par contre Deirdre, qui s'est tenue à mon côté, a gagné ma loyauté éternelle et le mot «Meirdre» ne franchira jamais mes lèvres. Bizarrement, alors que je boite plus que jamais, tout le monde a maintenant l'air de m'appeler Coco. Peut-être ai-je acquis du respect à cause du séjour à l'hôpital. Mais personne n'est venu me plaindre, Dieu merci.

Ça m'a fait plaisir de revoir Miss Carroll. Elle ne vient pas me déranger quand je lis, ni quand j'écris, mais elle a toujours un mot gentil quand je passe devant son bureau. Je suis presque habituée à cette bibliothèque, tout ce bois, et les rayonnages de livres, mais en la voyant maintenant je suis encore frappée comme elle est agréable. J'aimerais avoir une pièce comme ça quand j'aurai ma propre maison, un jour, quand je serai adulte.

L'Île des Morts est très bizarre. J'aime l'idée des créateurs de mondes, et les dieux extraterrestres, les extraterrestres, et toute la machination. Je ne suis simplement pas convaincue par l'histoire elle-même.

JEUDI 24 JANVIER 1980

Ce soir nous allons voir *La Tempête* au théâtre Clwyd, à Mold. Personne d'autre ne semble le moins du monde excité à cette perspective, alors je fais comme si je m'en fichais aussi.

Deirdre dit qu'elle déteste Shakespeare. Elle a vu *Le Conte d'hiver* et *Richard II* — les deux pièces étaient au même programme — et elle les a haïes toutes les deux. Cela me donne à penser que la troupe doit être très mauvaise, car *Richard II*, au moins, doit être génial sur scène. « Asseyons-nous par terre et racontons les tristes histoires de la mort des rois. »

La mansuétude soudaine à mon égard a l'air de durer. Les autres filles pensaient-elles que je faisais semblant de boiter avant ? Ou s'est-il passé autre chose ? Je le prends d'un air désinvolte, comme si c'était normal, mais je reste froide avec elles, parce que si je concède quoi que ce soit, elles pourraient me le renvoyer à la figure.

Je relis *Le Seigneur des Anneaux*. J'en ai brusquement eu envie. Je le connais presque par cœur, mais je me plonge toujours dedans avec plaisir. Je ne connais pas d'autre livre qui fasse autant voyager. Quand je l'ai posé pour écrire ceci, je me sentais comme si j'attendais avec Pippin les échos de la pierre tombant dans le puits.

VENDREDI 25 JANVIER 1980

La principale erreur, dans la production de *La Tempête* par la Touring Shakespeare Company, c'est d'avoir confié le rôle de Prospero à une comédienne. Elle était très bonne, mais la pièce ne fonctionne tout simplement pas si c'est une mère. Tout repose sur l'opposition masculin/féminin : Prospero et Sycorax, Caliban et Ariel, Caliban et Miranda, Ferdinand et Miranda. Quoique cela fasse ainsi de Prospero et Antonio un « couple » homme/femme. En fait, je suppose que la raison pour laquelle ça ne fonctionnait pas tient à la relation entre Prospero et Miranda. Ça ne marche pas en tant que mère et fille, à mes yeux, du moins si on veut garder Prospero sympathique. En lisant la pièce, je l'avais vu comme un homme lointain, qui a la bonté de s'occuper d'un petit enfant, mais ça ne suffirait pas à une femme pour attirer la sympathie. Ce qui ne veut pas dire que je pense que les femmes devraient être cantonnées à l'éducation des enfants, mais il est intéressant de voir que l'attitude d'un homme considérée comme louable puisse passer pour de la négligence chez une femme.

Mais Prospero est effectivement négligent, de toute façon. Il doit avoir été le duc de Milan le plus désastreux du monde, et de tous les temps. Je peux bien sûr comprendre qu'on puisse passer tout son temps dans une bibliothèque à lire des livres au lieu de s'occuper de ses affaires. Mais rien ne prouve qu'il ne fera pas exactement la même chose quand il sera de retour. En fait, ce sera pire, parce qu'il voudra rattraper tout ce que ses auteurs favoris auront écrit pendant qu'il était coincé dans son île. Antonio est sans doute un bien meilleur duc. Bien sûr, c'est un salaud d'intrigant, mais il doit avoir gardé tout le monde heureux parce que c'était son intérêt. Les gens ont probablement été horrifiés de voir revenir Prospero, avec ou sans ses livres.

Je mettrai très peu de ces réflexions dans mon compte rendu officiel de la pièce. Mais ce que je n'y mettrai sûrement pas sera ce que j'ai pensé des fées, qui étaient super et étonnamment réalistes.

Ariel ne parlait pas, elle chantait toutes ses répliques. Elle portait une tenue blanche, peut-être un collant de danse, avec des voiles qui ondulaient tout autour d'elle à chacun de ses gestes. Elle avait le crâne également rasé, sous un voile. Quand on l'a libérée, à la fin, tous ses voiles sont tombés et on a vu son visage pour la première fois, et son expression était de façon très convaincante celle d'une fée. Je me demande si l'actrice en connaît. Chanter était une bonne manière de faire comprendre leur manière étrange de communiquer, bien vu Shakespeare, bien vu la Touring Shakespeare Company. Shakespeare doit avoir connu des fées, et sans doute très bien. Il a juste fait comme moi et a traduit leurs propos de manière vraisemblable.

Caliban, enfin, qu'est-ce que Caliban? En lisant la pièce, j'ai pensé que c'était une fée, écailleuse, verruqueuse et étrange. Mais le voir m'a donné à réfléchir. Sa mère, Sycorax, était une sorcière. Nous ne connaissons pas son père. Nous ne voyons pas du tout Sycorax. Prospero est-il son père? Est-il le demi-frère de Miranda? Ou bien était-il là quand ils sont arrivés, comme il le dit, pour souhaiter la bienvenue et devenir un esclave? Il veut violer Miranda («sans cela j'aurais peuplé cette île de Calibans»), mais ça ne fait pas nécessairement de lui un humain, pas plus que de sa mère. Il pourrait être humain, ou semi-humain, on peut le bousculer et le frapper comme les fées ne peuvent l'être. Il y a eu beaucoup de coups et d'humiliations hier soir. Ce que j'ai compris au sujet de ce Caliban, du Caliban de Peter Lewis (j'ai le programme), c'est qu'il est entre deux mondes. Il ne sait pas auquel il appartient.

Shakespeare doit avoir connu des fées. Je sais que je l'ai dit de Tolkien, en fait je pense toujours que Tolkien en a connu. Je crois que c'est le cas de tas de gens.

Ce que j'aime chez Shakespeare, c'est la langue. Au retour, dans le car, j'en étais ivre et j'ai dû demander à Deirdre de répéter tout ce qu'elle disait parce que je ne le saisissais pas la première fois. Je ne sais pas ce qu'elle a pensé. Nous avons eu une conversation sur ce que serait la vie de Miranda une fois mariée avec Ferdinand, comment elle se débrouillerait en Italie après son île. Cela lui apparaîtrait-il encore comme un «nouveau monde remarquable»? Deirdre pensait que oui, tant qu'elle serait amoureuse. Mais pouvez-vous vous imaginer être confronté à tout un monde quand vous n'avez connu que trois personnes, dont deux pas tout à fait humaines et la troisième le lointain Prospero? Imaginez vous en sortir avec la mode, les serviteurs et les courtisans! Deirdre pensait que Prospero avait été très cruel de ne rien lui apprendre. Mais peut-être que lui apprendre la magie aurait été encore plus cruel.

Prospero casse son bâton et noie ses livres parce qu'on ne peut pas rapporter la magie avec soi. S'il l'avait rapportée,

serait-il devenu comme Saroumane? Est-ce le pouvoir qui cor-
rompt? Le fait-il toujours? J'aimerais connaître quelques personnes qui ne sont pas mauvaises et qui recourent à la magie.
Il y a bien Glorfindel, mais je ne suis pas sûre que les fées
comptent. Elles sont différentes. L'autre contraste intéressant
avec Prospero est Faust.

Une lettre de Daniel pour m'annoncer que le rendez-vous
avec l'acupuncteur est pris pour jeudi et payé, qu'il a écrit à
l'école pour leur demander de me laisser y aller, et avec un billet de 10 livres pour le train et les repas. Quand j'aurai fait de
la monnaie, j'en mettrai la moitié dans mon fonds d'urgence.

SAMEDI 26 JANVIER 1980

Je suis allée à la bibliothèque, mais Greg n'y était pas. Ce
n'était pas son tour de travailler le samedi. J'ai rendu mon
énorme pile de livres et pris ceux qui m'attendaient. J'aurais
voulu avoir pris rendez-vous avec quelqu'un, mais bien sûr je
n'avais pas pu parce que je n'étais pas là mardi. J'avais espéré
voir Greg pour lui demander le sujet de la réunion de mardi
prochain.

Je suis descendue à la librairie, mais je n'ai vu personne. Je
n'ai pas acheté de livre. Il tombait une bruine décourageante.
Je me suis assise dans le salon de thé où j'ai mangé un gâteau
au miel et j'ai lu, en levant de temps en temps les yeux pour
regarder la pluie. On dit toujours que c'est un beau temps
pour les canards, mais les colverts de la mare avaient l'air aussi
malheureux que tout le monde. Les mâles commençaient
pourtant à arborer leurs couleurs de printemps. C'est peut-
être une pluie de printemps. Ils en auraient été heureux dans
les Marais des Morts, me suis-je dit. J'ai acheté deux gâteaux
pour Deirdre et moi — il est vraiment inutile de dépenser de
l'argent pour Sharon, même si elle me reparle.

La brocante était ouverte et j'ai jeté un coup d'œil à leurs livres. Je n'ai rien vu d'intéressant, à part une carte d'Europe en tissu (sans doute de la toile), avec une Allemagne énorme et pas de Tchécoslovaquie. Je pense qu'elle doit dater de la guerre ou d'un peu avant. Quelqu'un a dessiné dessus une ligne rose au feutre, mais sinon elle est en très bon état. Les couleurs des pays sont pastel, et non pas franches comme elles le seraient de nos jours. Je n'ai pas pu résister, car elle ne coûtait que 5 pence. Je ne sais pas ce que je vais en faire, mais j'aime les cartes.

Je suis repartie lentement en ville et suis entrée regarder chez Smiths, ce qui est habituellement une perte de temps, mais aujourd'hui j'ai été récompensée par un numéro d'*Isaac Asimov's Science Fiction Magazine*! Je me demande d'où il vient. J'espère qu'ils vont commencer à le recevoir régulièrement. Je l'ai acheté, et aussi un paquet de Rolo que je partagerais volontiers avec Frodo et Sam si je pouvais... j'ai aussi acheté une carte postale pour Grampar, avec la mer et un château de sable qui me rappelle les vacances d'été, et qui les lui rappellera aussi.

Gill était à l'arrêt du bus. «Pas de petit ami aujourd'hui?» m'a-t-elle demandé.

Je l'ai regardée droit dans les yeux. «Ça ne te regarde pas, mais Hugh est juste un ami, pas un petit ami. Il fait partie du club de lecture.

— Oh. Désolée», a-t-elle dit. J'ai été interloquée qu'elle me croie. C'est une bonne chose que ce ne soit pas Wim qu'elle ait vu avec moi, sinon je n'aurais pas pu le dire avec une telle conviction, même si ça aurait été également vrai.

DIMANCHE 27 JANVIER 1980

Pour se faire des amies dans cette école il faut aller à l'hôpital et en ressortir. Ou peut-être que quelqu'un dise que vous êtes courageuse — je sais que Deirdre a dit ça. Peut-être avant ne croyaient-elles pas vraiment que j'avais un problème avec ma jambe? Ou peut-être me plaignent-elles? J'espère bien que non. Je détesterais ça. Mais quand même, sept gâteaux aujourd'hui, en comptant mon gâteau au miel. Deux brioches au sucre, deux aux raisins, un gâteau à la crème et un éclair. Je n'ai pas pu tout manger et j'ai donné une des brioches aux raisins à Deirdre. Je n'avais rien fait pour, pas même m'abstenir de faire de la magie, mais rien du tout. C'est très curieux. J'ai demandé à Miss Carroll quelle était la raison, à son avis, et elle a dit que c'était sans doute parce que j'étais allée à l'hôpital, en étais ressortie et n'avais pas fait toute une histoire, et que j'avais été mentionnée dans les prières, que j'étais maintenant là et que les gens pensaient à moi quand ils allaient acheter des gâteaux. Peut-être. Ça me semble très étrange.

J'ai écrit une lettre enthousiaste à Sam pour lui dire quelle idée géniale était l'acupuncture. Je n'ai même pas commencé à lire les livres qu'il m'a donnés, je ne lui en ai donc pas parlé.

J'ai aussi écrit à Daniel, surtout pour lui dire que j'avais vu *La Tempête*, et à tante Teg à propos de l'acupuncture et de la pièce. J'ai envoyé la carte à Grampar.

J'en suis arrivée à la bataille des champs de Pelennor, qui est peut-être la plus grande scène jamais écrite.

LUNDI 28 JANVIER 1980

Aujourd'hui, rien.
C'est ce que Louis XVI a écrit dans son journal le jour de la prise de la Bastille.

J'ai aidé Miss Carroll à tamponner et à ranger des livres nouvellement arrivés. Ils avaient tous l'air affreux, des histoires d'adolescents à problèmes — drogues, ou parents abusifs, petits amis qui obligent à avoir des relations sexuelles, ou la vie en Irlande. Je déteste ce genre de livres. Pour commencer, ils sont si incroyablement déprimants, et malgré ça on sait que tout le monde surmontera ses problèmes à la fin et Commencera à Grandir et Comprendra Comment le Monde

Fonctionne. J'ai lu une demi-tonne de livres pour enfants de l'époque victorienne, parce qu'ils traînaient à la maison, *Elsie Dinsmore*, *Les Quatre Filles du docteur March*, *Eric or Little by Little*, *What Katy Did*. Ils sont tous d'auteurs différents, mais ils ont en commun le même ton moralisateur. De façon similaire, ces livres qui traitent de problèmes d'adolescents sont moralisateurs, même si ce n'est pas aussi archaïque ni aussi clairement exprimé que dans ces vieilleries. S'il faut lire un livre pour savoir comment surmonter l'adversité, je préfère, et de loin, *Pollyanna* aux œuvres de Judy Blume, bien que ça me dépasse qu'on puisse vouloir lire ça, alors qu'il y a toute la SF du monde. Même dans le domaine des livres destinés aux enfants, vous pouvez en apprendre bien plus sur ce que c'est que devenir adulte ou avoir une conduite éthique dans *Otages de l'Espace* ou *Citoyen de la Galaxie*.

J'ai rédigé mon compte rendu de *La Tempête*, et la plus grande partie de celui de Deirdre, qu'elle pourra recopier pendant l'étude. Pour qu'ils soient différents, j'ai axé le sien sur Miranda et le mien sur Prospero. En échange, elle fait mes maths. Je ne m'en sors simplement pas avec toutes ces équations à plusieurs inconnues, surtout que j'ai manqué quelques explications.

Terminé de lire *Le Seigneur des Anneaux* avec l'habituelle pointe de tristesse d'arriver au bout et que ce soit fini.

MARDI 29 JANVIER 1980

Ce soir, club de lecture, mais je ne connais pas le thème.

MERCREDI 30 JANVIER 1980

Le thème était Tiptree! Je suis heureuse d'avoir su d'avance que c'était une femme, parce que ç'aurait été un choc terrible de le découvrir quand tout le monde aurait commencé à dire « elle ». Je n'ai pas lu tout Tiptree, seulement deux recueils de nouvelles, il va falloir que j'y remédie. Cela dit, je n'ai eu aucune difficulté à prendre part à la discussion, car nous avons parlé pendant des heures d'*Une fille branchée* et *Le Plan est l'amour, le plan est la mort*, deux nouvelles que je connaissais très bien. C'est Harriet qui animait, ce qu'elle fait bien, sauf que je me rappelais qu'elle avait aussi animé le débat sur Le Guin, je me demandai donc s'il n'y avait pas là quelque chose. Je veux dire, pourquoi faire porter ses deux séances sur des femmes, alors qu'aucune des séances animées par des hommes ne l'avait été ?

Keith n'aime vraiment pas Tiptree, il pense qu'elle est contre les hommes, et il le pensait même quand il croyait que c'était un homme. Il trouve que *Houston, Houston, me recevez-vous ?* est une histoire d'horreur. Je ne suis pas d'accord, mais je peux comprendre que les hommes se sentent menacés.

C'était l'anniversaire de Pete, nous sommes donc tous allés au pub après la séance. Brian a posé une drôle de question qu'il dit avoir entendue au travail : « Qui préféreriez-vous rencontrer, un elfe ou un Plutonien ? » J'ai dû réfléchir un moment, parce que la question porte en réalité sur le passé et le futur, ou sur le fantastique et la science-fiction. J'ai rencontré plein d'elfes, même si ce ne sont pas exactement des elfes. Pas des elfes comme dans Tolkien, en tout cas. J'ai dit un Plutonien, et tout le monde a fini par faire de même, sauf Wim, qui a dit elfe et s'y est tenu.

La semaine prochaine, Wim traite de Zelazny. Je lui ai rendu les deux livres qu'il m'a prêtés et il m'a passé *La Pierre des étoiles* et *Repères sur la route*.

Il m'a demandé s'il pouvait me voir samedi. J'ai répondu oui, et j'ai ajouté qu'il rencontrerait peut-être un elfe. Il a l'air de vouloir me croire, mais il n'en est pas très sûr. « Où ? a-t-il demandé.

Morwenna 267

— On pourrait aller regarder dans le bois du Braconnier, pourquoi ne pas se retrouver dans le petit salon de thé en face?
— Le bois appartient à Harriet, a-t-il dit. Hé, Harriet, tu es d'accord pour que Mori et moi on aille se promener dans ton bois samedi?»
Harriet a interrompu sa conversation avec Hussein et Janine sur la misogynie éventuelle de Tiptree et a haussé les sourcils. «Vous pouvez certainement, William, mais vous risquez de le trouver un peu boueux à cette époque de l'année. Il est trop tôt pour les violettes et les primevères, je pense.»
Je ne savais pas que Wim s'appelait William, je me demande pourquoi ce n'est pas Will ou Billy.
Pendant ce temps Janine me fusillait du regard comme Gill quand elle m'avait vue avec Hugh. Je me demande pourquoi Wim a fait ça, il l'a annoncé comme ça devant tout le monde. Parce qu'il aurait pu poser la question discrètement à Harriet, sans que personne d'autre n'entende. Et si nous y allons pour voir une fée, comme il le pense, pourquoi veut-il qu'ils soient au courant? Ils ne le croiraient pas, même s'il le leur disait. Les gens vous prennent simplement pour un fou ou pour un menteur. Il pourrait penser ça de moi, s'il ne peut pas les voir. Même s'il y en a. Je ne vais pas, même s'il me supplie, faire de la magie juste pour le plaisir. De toute façon, on peut toujours nier la magie, si on veut. Ou bien veut-il qu'ils sachent que je vais quelque part avec lui? Pourquoi? Afin que, s'ils lui reprochent son comportement, ils m'associent à lui? C'est certainement le cas de Janine.
C'est compliqué. Je veux un tas d'amis, pas juste un.
En me reconduisant en voiture, Greg m'a mis en garde contre Wim. Il n'a pas été aussi précis que l'avaient été Janine et Hugh. Il m'a juste dit que Wim avait eu une petite amie qu'il avait mise dans une situation délicate et que je devrais me méfier.
«Ce n'est pas ça, ai-je expliqué. Il a une petite amie. Je ne peux pas l'intéresser. Je veux dire, j'ai une jambe folle et l'air

bizarre et je grossis parce que je ne fais aucun exercice et que je mange tout le temps, alors que Wim, eh bien, Wim pourrait séduire qui il veut.

— Tu as un très joli sourire», a dit Greg, ce qui est ce que disent toujours les gens. C'est comme un réflexe automatique quand je dis que je ne suis pas jolie, mais alors pas du tout.

« De toute façon il est beaucoup trop vieux.

— Il n'a que dix-huit mois de plus que toi, pas soixante ans. Et je ne suis pas aveugle. Je dirais qu'il s'intéresse à toi, et toi à lui. J'ai vu comment vous vous regardiez, tous les deux. »

Je ne pouvais pas dire que Wim me regardait comme ça parce qu'il croyait que je pouvais lire les esprits, comme dans *L'Oreille interne* (d'où lui venait cette idée ?), ni qu'il voulait aller avec moi dans les bois pour voir une fée. « Je ferai attention », ai-je promis.

Ce doit être horrible pour Wim si tous ceux qu'il connaît sont au courant et si chaque nouvelle connaissance se fait mettre en garde contre lui comme ça. Hugh n'était pas là hier soir, je ne sais pas où il est. Il y a des siècles que je ne l'ai pas vu.

JEUDI 31 JANVIER 1980

C'était génial de quitter l'école à l'heure du déjeuner pour prendre le bus. J'avais l'impression de m'échapper. Ma jambe ne me faisait même pas particulièrement mal, ce n'en était que mieux, c'était comme si je roulais tout le monde. Deux bus et un train, et je suis arrivée à Shrewsbury, aussi simple que ça. Le train était un vieux tortillard, pas tellement différent d'un bus. La plupart des passagers venaient de Galles du Nord, ils avaient l'accent du Nord et disaient « oui-non » à la fin de toutes leurs questions, exactement comme on faisait en Galles du Sud pour se moquer d'eux. « Je vais nous chercher une tasse de thé au buffet, oui-non ? » « C'est à Shrewsbury que nous arrivons maintenant, oui-non ?» Rayez la mention inutile. Je n'ai pas éclaté de rire, mais de justesse. C'est difficile de résister quand quelqu'un ressemble autant à une caricature.

L'acupuncture s'est bien passée. Elle a entièrement supprimé la douleur tant que j'étais sur la table. C'est merveilleux, c'est si agréable de n'avoir aucune souffrance, pas même un vague lancinement rémanent, juste pas de douleur. J'ai vécu comme ça pendant des années, mais c'est dur de se le rappeler. La douleur suinte. Comme dans mon rêve de ballerine avec une canne.

Après, je suis allée dans un café où j'ai mangé une pomme de terre au four avec un œuf-salade, un sandwich thon mayonnaise et un sandwich club. Assise dans un petit box, j'ai lu mon livre (*Charisme*, extra, mais étrange), avec la sensation rassurante d'être seule et anonyme. Ce n'est pas moi, je suis juste une «personne dans la foule» ou une «fille lisant dans un café». On m'a sélectionnée dans la liste des figurants et quand je partirai il y en aura une autre. Personne ne me remarquera. Je fais partie du paysage. Rien ne donne plus l'impression de sécurité.

Puis je suis retournée à pied vers la gare et en chemin je suis passée devant Owen Owens, où les tantes m'avaient emmenée faire des achats. C'est un grand magasin, pas juste de vêtements, et je me suis rappelé avoir remarqué qu'il y avait un rayon papeterie. Je suis passée voir s'ils avaient des plumes pour mon stylo. Le problème, quand on écrit à l'envers, c'est que ça détruit la plume — les gauchers ont aussi ce problème, ils usent les leurs très vite. Parce que j'écris beaucoup dans ce journal, et presque tout le temps à l'envers, je les use. Je suis entrée voir et ils en avaient, j'en ai donc acheté une, mais ce qui était encore mieux, c'est qu'il y avait un rayon librairie à côté de la papeterie.

Je savais bien que certains grands magasins avaient des rayons de livres. Harrods en a un. Mon exemplaire du *Seigneur des Anneaux* en trois très beaux volumes avec appendices vient de là, tante Teg me l'a acheté à Londres. Mais Howells et David Mogans à Cardiff n'en ont pas — sans doute parce qu'ils ne peuvent pas lutter avec Lears — et je n'avais pas pensé qu'il puisse y en avoir un chez Owen Owens. Mais il y en avait un. Et, encore mieux, à ma grande surprise, il y avait un nouveau Heinlein, *The Number of the Beast*, un livre de poche NEL de janvier 1980 qui venait de sortir! Je l'ai acheté sur-le-champ sans même avoir besoin de puiser dans ma réserve.

J'ai failli le commencer dans le train, mais je me suis retenue et non seulement j'ai terminé *Charisme* mais j'ai commencé *La Pierre des étoiles*. Avoir un bon gros Heinlein tout neuf dont je n'ai pas lu un mot est une sensation tellement délicieuse. Comme une récompense. Je me sens ravie à la pensée qu'il est là à m'attendre.

VENDREDI I ᴱᴿ FÉVRIER 1980

Miss Thackerly nous a passé un sacré savon pour avoir triché en maths. Deirdre et moi avions fait les mêmes erreurs. Elle nous a gardées après la classe et a dit qu'elle n'allait pas nous dénoncer cette fois, et qu'elle n'allait pas demander qui avait copié sur qui, mais que si jamais elle nous y reprenait nous nous exposions à un renvoi. Je ne savais pas que c'était si grave. Les filles copient tout le temps sur les brouillons les unes des autres. Deirdre a copié mes devoirs de latin de nombreuses fois, et tout le monde copie le français de Claudine. Je suppose que l'essentiel est de ne pas se faire prendre. J'ai promis à Miss Thackerly que nous ne le ferions plus — Deirdre était en larmes et pouvait à peine parler. Me faire renvoyer serait embêtant, mais pour elle ce serait la fin du monde.

Une lettre de Daniel, avec encore un billet de cinq. Je lui dirai que j'ai trouvé *The Number of the Beast* quand je lui écrirai. Ça commence bien.

SAMEDI 2 FÉVRIER 1980

J'ai presque regretté d'avoir une si grosse pile de livres qui m'attendaient à la bibliothèque, même si c'était bien sûr tous des choses que j'avais commandées. Greg était là et me les a tamponnés.

« Il y a un nouveau Heinlein, ai-je dit.

— *The Number of the Beast*, oui. Il est en tête de ma liste de commandes du mois d'avril.

— C'est injuste que les bibliothèques aient des budgets aussi limités », ai-je dit.

Il a grogné et pris les livres de la dame qui me suivait dans la queue. Mais je n'avais pas tort. On pourrait prendre tout l'argent dépensé à construire assez de bombes pour tuer tous les Russes de la Terre et le donner aux bibliothèques. Quel bien peut faire à la Grande-Bretagne une dissuasion nucléaire, auprès du bien des bibliothèques ? Quelqu'un s'était trompé dans ses priorités. Je ne suis pas vraiment communiste, même si on m'appelle Coco, mais je pense qu'il serait instructif de voir le budget des bibliothèques en Union soviétique.

Un soleil mouillé brillait quand j'ai descendu la colline. Je croyais être en avance à mon rendez-vous avec Wim, mais il était déjà là, assis à la table près de la vitrine, en train de manger un toast de pain brioché en buvant un café. Il a toujours l'air si à l'aise et détendu, je ne sais pas comment il fait. Il portait un col roulé bleu d'une nuance à peine plus foncée que ses yeux. J'étais consciente de porter, comme toujours, l'uniforme de l'école. On aurait dit un étudiant, presque un adulte, et moi j'étais là avec cette stupide jupe plissée et ce chapeau ridicule, l'air d'avoir douze ans. J'ai commandé et payé un thé et un gâteau au miel, comme toujours. J'avoue que j'ai hésité à commander quelque chose de plus sophistiqué, mais j'ai résisté à la tentation.

« Je suis surpris que tu sois venue », a-t-il dit tandis que je m'asseyais près de lui. Ses lèvres étaient grasses du beurre de son toast. J'aurais aimé les essuyer. Pendant que je passe en revue ce que j'aurais aimé faire, j'aurais aussi aimé toucher son pull pour voir s'il était aussi doux qu'il en avait l'air. Je n'ai pas souvent à réprimer ce genre d'impulsion.

« J'avais dit que je viendrais, ai-je répondu.

— Je pensais que Greg t'aurait prévenue à mon sujet.

— Alors c'est pour ça que tu l'as demandé devant tout le monde. Je n'avais pas compris pourquoi. » C'était sorti avant que j'aie pu me demander si c'était une bonne idée.

« Tu savais déjà ? Pour Ruthie et tout ça ?

— Janine me l'a dit, il y a des siècles, et Hugh aussi, mais lui plutôt plus gentiment. » La serveuse m'a apporté mon thé et mon gâteau.

« Hugh est un chic type, a-t-il dit en s'essuyant les lèvres avec sa serviette. Janine, elle, ne peut pas m'encadrer.

— Greg y a lui aussi fait allusion, en termes plus vagues.

— C'est l'ennui, avec les petites villes. Tout le monde sait, ou croit savoir, ce que fait tout le monde. Je suis impatient de secouer la poussière de mes souliers et je ne regarderai pas en arrière. » Il a porté les yeux de l'autre côté de la vitrine et remué son café sans le regarder.

« Tu comptes faire ça quand ? ai-je demandé.

— Pas avant d'avoir passé mes A Levels. En juin de l'année prochaine. Après, je demanderai une bourse et j'irai à l'université.

— Quelles matières prépares-tu ? » ai-je demandé. J'avais envie de manger mon gâteau, mais d'un autre côté je ne voulais pas avoir la bouche pleine. J'ai pris une toute petite bouchée.

« Physique, chimie et histoire, a-t-il dit. Tu ne croirais pas la panique que ça a été. C'est ridicule de n'étudier que trois matières et d'essayer de séparer l'art et la science.

— Je leur ai fait modifier tout leur emploi du temps pour pouvoir faire de la chimie et du français, ai-je dit. Pour les O

Levels, en fait. Je les passe l'année prochaine. Chaque fois que nous avons un cours de français à l'heure du déjeuner la professeur me le reproche et s'excuse auprès des autres de la gêne que je cause à tout le monde.»

Wim a hoché la tête. «La lutte doit avoir été serrée.

— Je n'ai pas pu obtenir la même chose pour la biologie. Et Daniel, mon père, m'a soutenue. Et je pense qu'il paie pour ça.

— Mes parents s'en fichent pas mal.

— Je voudrais que nous ayons le même système éducatif que dans *La Pierre des étoiles*, ai-je dit. Le voilà, au fait.» Je l'ai sorti de sous les livres de la bibliothèque et le lui ai tendu. Il l'a tenu un moment à la main avant de le ranger dans la poche de son manteau. «Tu savais qu'un nouveau Heinlein est paru? *The Number of the Beast*. Et il a emprunté l'idée d'un système éducatif où on étudie toutes sortes de choses et on ne s'inscrit et n'obtient son diplôme que quand on a assez d'unités en tout, et on peut toujours continuer à prendre des cours si on veut, mais il ne reconnaît nulle part ce qu'il doit à Zelazny.»

Wim a éclaté de rire. «C'est ce qui existe déjà en Amérique.

— Vraiment?» J'avais la bouche pleine, mais je m'en fichais. Je me sentais gênée d'avoir été si stupide, mais aussi électrisée que ce soit vrai. «Ils font ça? Ils le font vraiment? Je veux aller à l'université là-bas.

— Tu ne peux pas te le permettre. Enfin, peut-être que *toi* tu peux, mais moi je ne pourrais jamais. Ça coûte des milliers de livres par *semestre*. Il faut être riche. C'est l'inconvénient. On peut obtenir une bourse quand on est brillant, mais sinon il faut emprunter. Qui me prêterait de l'argent?

— N'importe qui. Ou, si c'est vrai, ils ont peut-être des universités où on peut aller gratuitement.

— Je ne pense pas.

— Imagine étudier un peu tout ce que tu veux», ai-je dit.

Nous avons gardé un moment le silence, plongés dans nos pensées. «Comment se fait-il que tu lises Heinlein? a-t-il

demandé. Je n'aurais pas pensé qu'il te plairait. Un fasciste
comme lui. »

Je me suis étranglée. « Un fasciste ? Heinlein ? De quoi
parles-tu ?

— Ses livres glorifient la loi et l'ordre. Oh, ses livres pour
enfants, ça va, mais pense à *Étoiles, garde-à-vous !*

— Eh toi, pense à *Révolte sur la Lune*, ai-je répliqué. C'est
une révolution contre l'autorité. Pense à *Citoyen de la Galaxie.*
Il n'est pas fasciste ! Il défend la dignité humaine et l'indépen-
dance, et des choses démodées comme la loyauté et le devoir,
ce n'est pas être fasciste ! »

Wim a levé une main pour m'arrêter. « Calme-toi. Je n'avais
pas l'intention de déclencher une polémique. Simplement, je
ne te voyais pas du genre à l'aimer, alors que tu aimes Delany,
Zelazny et Le Guin.

— Je les aime tous, ai-je dit, déçue. Ce n'est pas exclusif,
que je sache.

— Tu es vraiment bizarre, a-t-il dit en posant sa cuiller à
café et me regardant avec intensité. Tu te préoccupes plus
d'Heinlein que de l'histoire de Ruthie.

— Bien sûr que je m'en préoccupe », ai-je dit, puis je me suis
sentie honteuse. « Ce que je veux dire, c'est que quoi qu'il se soit
passé avec Ruthie, personne n'a prétendu que tu aurais agi délibérément pour la blesser. Vous avez été tous les deux stupides, et
elle encore plus. Ça importe, en un sens, mais bon sang, Wim,
sûrement que dans un sens plus général Robert A. Heinlein
compte beaucoup plus, quelle que soit la façon dont tu le vois.

— Peut-être », a-t-il dit. Il a ri. J'ai vu la femme derrière
le comptoir nous lancer un drôle de regard. « Je n'y avais pas
pensé de cette façon. »

À mon tour, j'ai éclaté de rire. La femme derrière le comptoir et ce qu'elle pensait n'avait plus d'importance. « Vu depuis
Alpha du Centaure, ou du point de vue de la postérité ?

— Ça aurait pu être la postérité, a-t-il dit plus sobrement.
Si Ruthie avait été enceinte.

— Tu l'as vraiment laissée tomber parce que tu pensais qu'elle l'était?» ai-je demandé. J'ai enfourné le dernier morceau de gâteau dans ma bouche.

«Non! Je l'ai laissée tomber parce qu'elle l'a raconté à tout le monde avant de me le dire, si bien que le bruit courait partout et que je l'ai appris de quelqu'un d'autre. Elle est allée chez Boots et a acheté un test de grossesse. Elle l'a dit à sa mère. Elle l'a dit à ses amis. Elle aurait aussi bien pu s'acheter un mégaphone et s'installer sur la place du marché. Et puis elle n'était même pas enceinte, tout compte fait. Je l'ai laissée tomber à cause de ce que tu as dit, parce qu'elle est stupide. *Stupide.* Quelle idiote.» Il a secoué la tête. «Et alors le boycott a commencé. J'aurais aussi bien pu être pestiféré. Les gens semblaient penser que parce que j'avais couché avec elle je devais l'épouser et me lier à elle à jamais même s'il n'y avait pas de bébé.

— Pourquoi ne leur as-tu pas dit ça?

— Le dire à qui? À toute la ville? À Janine? Je ne pense pas. Ils ne m'auraient pas écouté, de toute façon. Ils pensent savoir quelque chose sur moi. Ils ne savent rien.» Son visage était dur.

«Mais tu as une petite amie maintenant», ai-je dit pour l'encourager.

Il a roulé des yeux. «Shirley? En fait, je l'ai aussi laissée tomber. C'est une autre idiote, pas autant que Ruthie, mais pas loin. Elle travaille à la blanchisserie de l'école et elle sera très heureuse de continuer comme ça jusqu'à ce qu'elle se marie. Elle faisait un peu trop d'allusions au mariage, alors j'ai rompu avec elle.

— Ça va certainement s'arranger», ai-je dit, parce que je ne savais pas quoi dire.

«Ce serait différent avec une fille moins idiote», a-t-il dit en me regardant avec attention, et j'ai pensé qu'il voulait peut-être dire qu'il était intéressé, mais il ne pouvait pas l'être, pas Wim, pas par moi, et j'avais assez de mal à respirer.

«Allons voir si nous pouvons te trouver un elfe», ai-je dit.
Il a froncé les sourcils. «Écoute, ça va bien, a-t-il dit. Je sais
que tu as dit ça seulement parce que... eh bien, je t'avais posé
une question très bizarre et tu souffrais beaucoup sur cet engin
et...

— Non, c'est réel. Je ne sais pas si tu pourras les voir, parce
qu'il faut d'abord y croire, mais je pense que tu n'en es pas
loin. Tu n'as pas les oreilles percées ni rien qui t'en empêcherait. Promets-moi simplement de ne pas te moquer ou m'en
vouloir si tu ne vois rien.

— Je ne sais pas quoi penser, a-t-il dit en se levant. Écoute,
Mori, tu m'aimes plutôt bien, non?

— Oui», ai-je dit, prudemment, en restant à ma place. Il
était loin au-dessus de moi, mais je ne voulais pas être mala-
droite en me relevant.

«Je t'aime plutôt bien, moi aussi», a-t-il dit.

Pendant un instant, je me suis sentie merveilleusement heureuse, puis je me suis souvenue de la magie du *karass*. J'avais
triché. J'avais provoqué cette situation. Il ne m'aimait pas vraiment, enfin, peut-être qu'il m'aimait bien, mais c'était parce
que la magie l'y avait poussé. Ça ne voulait pas dire qu'il ne
pensait pas vraiment qu'il m'aimait bien maintenant, bien sûr,
mais ça rendait les choses bien plus compliquées.

«Viens», ai-je dit, et je me suis levée laborieusement en
enfilant mon manteau. Wim a mis son vieux duffle-coat marron et je l'ai suivi sur le trottoir.

Une Indienne avec un bébé dans une poussette sortait au
même moment de la librairie. Elle portait un foulard sur la
tête, ce qui m'a fait penser à Nasreen et je me suis demandé
comment elle allait. Nous avons attendu qu'elle passe puis traversé la route vers la mare, où les colverts se pourchassaient.

«Tu ne veux pas en parler? a demandé Wim.

— Je ne sais pas quoi dire.» Je ne voulais pas lui parler de la
magie du *karass*, et je ne pouvais pas penser que c'était éthique
si je l'avais accidentellement ensorcelé. C'était un peu grisant

et un peu terrifiant, et ça donnait l'impression que la gravité n'était pas tout à fait aussi forte qu'avant, ou que quelqu'un avait diminué la pression d'oxygène ou je ne sais quoi.

« Je ne t'ai jamais vue à court de mots, a-t-il dit.

— Très peu de gens en ont eu l'occasion », ai-je répondu.

Il a ri et m'a suivie sous les arbres. « Cette histoire de magie, tu n'inventes pas ?

— Pourquoi le ferais-je ? » Je ne comprenais pas. « À vrai dire, je me suis juré de ne pas recourir à la magie sauf pour empêcher un mal, parce qu'il est si difficile d'en comprendre les conséquences. De toute façon, il est difficile de montrer la magie, parce qu'on peut toujours la contester. On peut dire que ce serait arrivé de toute façon. Et en ce qui concerne les, euh, les elfes » — je ne voulais pas dire les fées, ça faisait trop naïf — « tout le monde ne peut pas les voir, pas tout le temps. Tu as besoin de croire d'abord qu'ils sont là, avant de le pouvoir.

— Tu ne peux pas me donner un charme pour que je puisse les voir ? Ou m'apprendre leurs noms ? Je ne suis pas comme cet idiot de Thomas Covenant, tu sais.

— Un charme, c'est une bonne idée. » Je lui ai tendu ma pierre de poche et il l'a frottée entre ses doigts. « Ça devrait aider. » Ça ne l'aiderait pas exactement à voir les fées, car je l'avais placée sous une protection générale, et une protection spécifique contre ma mère, mais si Wim pensait que c'était efficace, ça pouvait marcher. « Je n'ai pas lu les histoires de Covenant. J'ai vu les livres, mais on les comparait à Tolkien sur la couverture, ça ne m'a pas donné envie de les lire.

— L'auteur n'est pas responsable de ce que l'éditeur met sur la couverture. Thomas Covenant est un lépreux qui erre tristement au sein d'un monde de *fantasy* dans lequel la plupart d'entre nous donneraient leur bras droit pour être transportés, mais qui refuse de croire que quoi que ce soit est réel.

— Si c'est écrit du point de vue d'un lépreux dépressif qui n'y croit pas, je suis contente de ne pas l'avoir lu ! »

Il a ri. «Il y a quelques géants qui valent le coup. Et c'est un monde de *fantasy*, à moins qu'il soit fou, ce qu'il pense être, on ne peut pas le savoir.»

Nous étions maintenant enfoncés loin sous les arbres. C'était boueux, comme nous en avait avertis Harriet. Il y avait quelques fées dans les arbres. «Je ne sais pas si tu pourras les voir, mais tiens fermement la pierre et essaie de regarder là», ai-je dit en pointant le menton.

Wim a tourné très lentement la tête. La fée a disparu. «J'ai cru apercevoir quelque chose pendant une seconde, a-t-il dit, très doucement. Je lui ai fait peur ?

— Les elfes de la région sont très facilement effarouchés. Ils ne veulent pas me parler. D'où je viens, en Galles du Sud, il y en a que je connais très bien.

— Quel est le meilleur endroit pour les trouver ? Est-ce qu'ils vivent dans les arbres, comme en Lórien ?» Il regardait à droite et à gauche, sans voir les fées qui l'épiaient.

«Ils aiment les lieux abandonnés où vivaient les humains, ai-je dit. Les ruines où poussent des herbes folles. Y a-t-il quelque chose comme ça, par ici ?

— Suis-moi», a dit Wim, et il m'a guidée sur un sentier boueux couvert de feuilles mortes. Le soleil avait percé, mais il faisait encore froid et humide, et il soufflait un vent glacé.

Il y avait un mur de pierre, haut comme l'épaule, recouvert de lierre. Nous l'avons suivi jusqu'à l'endroit où, un peu plus loin, il faisait un angle, comme s'il y avait eu là une maison. À l'intérieur de l'angle et protégé par lui, des perce-neige poussaient à travers les feuilles mortes. Il y avait une grande flaque, que nous avons contournée. Là, nous nous sommes assis côte à côte sur un petit muret. Il y avait aussi là une fée, celle que j'avais déjà vue sur la pelouse de Janine, comme un chien avec des ailes diaphanes. J'ai attendu un moment, en silence. Wim ne disait rien non plus. D'autres fées se sont montrées — c'était exactement le genre d'endroit qu'elles aiment. L'une d'elles était mince, belle et féminine, une autre noueuse et trapue.

«Tiens la pierre et regarde les fleurs, et le reflet des fleurs dans l'eau», ai-je dit à Wim, doucement, même si j'aurais aussi bien pu parler fort. «Maintenant regarde-moi.» Quand il m'a regardée, j'ai posé les mains de chaque côté de son visage. J'essayais de lui donner confiance en lui. Il désirait tellement croire, voir un elfe. Sa peau était chaude, et très légèrement rêche là où il avait besoin de se raser. Le toucher m'a coupé encore plus le souffle.

«Il désire vous voir, ai-je dit aux fées en gallois. Il ne vous fera aucun mal.»

Elles n'ont pas répondu, mais n'ont pas non plus disparu.

«Maintenant regarde sur ta gauche», ai-je dit à Wim en le lâchant.

Il a tourné lentement la tête et quand il l'a vue, je l'ai su. Il a sursauté. Elle l'a regardé avec curiosité un moment. Je me suis demandé pendant une seconde si elle n'allait pas l'ensorceler et l'entraîner, comme Tam Lin, là où elles vont quand elles disparaissent. Il a avancé la main vers elle et elle a disparu, elles ont toutes disparu, comme des lampes qui s'éteignent.

«C'était un elfe? a-t-il demandé.

— Oui.

— Si tu ne me l'avais pas dit, j'aurais cru que c'était un fantôme.» Il avait l'air ébranlé. J'aurais aimé le toucher encore.

«Ils n'ont pas tous l'allure aussi humaine, ai-je dit, ce qui était peu dire. La plupart sont plutôt noueux et tordus.

— Des gnomes? a-t-il demandé.

— En quelque sorte. Il faut savoir que ce qu'on lit et ce qu'on voit n'est pas pareil. À lire, ça paraît beaucoup plus rationnel, avec les cours Seelie et Unseelie, les gnomes et les elfes, mais ce n'est pas comme ça. Je les ai vus toute ma vie et ce sont tous les mêmes quels qu'ils soient et à quoi qu'ils ressemblent. Je ne sais vraiment pas ce qu'ils sont. Ils parlent, enfin ceux que je connais parlent, mais ils tiennent des propos bizarres, et uniquement en gallois. Généralement. J'en ai rencontré un à Noël qui parlait anglais. Il m'a donné cette canne.» J'ai donné un coup dans la boue. «Ils ne se donnent pas le nom d'elfes ni de quoi que ce soit d'autre. Ils n'ont pas de noms. Ils ne s'en servent pas trop.» C'était un tel soulagement d'avoir quelqu'un à qui parler de ça! «Je les appelle des fées parce que c'est comme ça que je l'ai toujours fait, mais je ne sais vraiment pas ce qu'ils sont.

— Vraiment, tu ne sais pas ce qu'ils sont?

— Non. Ce n'est pas cette sorte de chose. Ce que je pense, c'est que les gens ont raconté des tas d'histoires à leur sujet et que certaines sont vraies, certaines sont inventées à partir d'autres histoires et certaines sont confuses. Eux-mêmes ne racontent pas d'histoires.

— Mais si tu ne sais pas, ce pourrait être des fantômes?

— Les morts sont différents.

— Tu le sais? Tu en as vu?» Il ouvrait de grands yeux.

Je lui ai donc raconté ce qui s'était passé à Halloween, avec les feuilles de chêne et les morts qui entraient sous la colline, par conséquent j'ai dû aussi lui parler de Mor. Je commençais alors à avoir froid. «Comment donc est-elle morte? a-t-il demandé.

— Je gèle, ai-je dit. Pouvons-nous retourner en ville et prendre une boisson chaude?

— Je ne verrai plus d'elfes, aujourd'hui?»

Je ne comprenais pas pourquoi il ne pouvait pas les voir en ce moment. «Regarde prudemment près de la flaque», ai-je dit.

Il a tourné lentement la tête et vu, je pense, une des fées vilaines comme des gnomes qui n'ont rien d'humain sauf les yeux. Il plissa les paupières.

«Tu l'as vu?

— Je crois. J'ai vu son reflet. S'il est là et que tu peux le voir, comment se fait-il que je ne le voie pas? Je te crois, vraiment. J'ai vu l'autre.

— Je ne sais pas. Il y a tellement de choses que je ne sais pas sur eux. Je ne peux pas les voir s'ils ne veulent pas.»

La fée a souri de façon déplaisante, comme si elle pouvait comprendre. «Allons-y, ai-je dit. Je suis morte de froid.»

J'ai eu du mal à me lever du mur et à faire les premiers pas. M'asseoir sur les murs est mieux pour ma jambe que rester debout, mais pas très bon, malgré tout. Wim m'a proposé son aide, mais il n'y a en fait rien qui puisse m'aider. Il a posé la main sur mon bras, mon autre bras, le gauche. «Je peux prendre au moins ton sac? a-t-il demandé.

— Si tu avais un sac, tu pourrais prendre les livres. Mais je dois garder mon sac.

— Veux-tu dire que ton sac est magique?» a-t-il demandé.

Nous avons regardé tous deux mon sac, plein à craquer de livres de la bibliothèque. On ne pourrait rien trouver de moins magique, même en s'y efforçant. «Il fait en quelque sorte partie de moi», ai-je dit sans grande conviction.

Il n'avait pas de sac, mais il a quand même pris quelques livres de la bibliothèque sous le bras. «Maintenant, a-t-il dit en sortant du bois, un vrai café, pas cette lavasse de Nescafé.

— Comment ça, du vrai café? ai-je demandé.

— Chez Mario, ils font du vrai café filtre. Avec de vrais grains de café qu'ils torréfient eux-mêmes.

— J'adore l'odeur du café. Mais je n'en aime pas trop le goût.

— C'est parce que tu n'as jamais bu du vrai café, a-t-il dit, sûr de lui. Attends de voir.»

Chez Mario était un des cafés brillamment éclairés au néon de la grand-rue où traînaient les filles du pensionnat avec leurs petits amis du coin. Il y en avait pratiquement à toutes les tables. Nous sommes allés nous asseoir au fond à une place libre. Wim a commandé deux cafés filtre. Un juke-box jouait «Oliver's Army» très fort. C'était horrible, mais au moins il faisait chaud. Il a posé mes livres de la bibliothèque sur la table et je les ai remis dans mon sac.

«Comment est-elle morte? a-t-il redemandé tandis que nous nous asseyions.

— Ce n'est pas l'endroit.

— Le bois n'était pas l'endroit et ici non plus ? » a demandé Wim. Il a posé sa main sur ma main, sur la table. J'ai eu le souffle coupé. « Raconte-moi.

— C'était un accident de voiture. Mais en fait c'était ma mère. Ma mère essayait de faire quelque chose, une invocation magique pour acquérir du pouvoir, s'emparer du monde, je pense. Les fées l'ont su et nous ont dit quoi faire pour l'arrêter. Elle a essayé de nous en empêcher en se servant de choses qui n'étaient pas réelles, de choses qui venaient vers nous. Il nous fallait continuer. Je pensais que nous allions toutes les deux mourir, mais ça en aurait valu la peine pour l'arrêter. C'était ce que les fées avaient dit et nous y étions prêtes toutes les deux. Il y avait tous ces objets qui étaient magiques, qui étaient des illusions. J'ai pensé que c'était ça, quand j'ai vu les phares, mais c'était une vraie voiture.

— Seigneur, c'est affreux pour le conducteur, a dit Wim.

— Je ne sais pas ce qu'il a vu, ni ce qu'il a pensé. Je n'étais pas en état de le lui demander.

— Mais vous l'avez arrêtée ? Ta mère ?

— Nous l'avons arrêtée. Mais Mor a été tuée. »

La serveuse nous a interrompus en posant sur la table du café noir dans des tasses rouges. L'une d'elles avait débordé dans la soucoupe sur les paquets de sucre. Wim a payé avant que je réagisse.

« Et qu'est-il arrivé ensuite ? »

Je ne pouvais pas lui parler, bien sûr, de ces affreuses journées après que Mor avait été tuée, les marques sur le côté de son visage, les jours où elle était dans le coma, la fois où ma mère avait débranché la machine, et après quand j'avais commencé à me faire passer pour elle et que personne ne m'avait contredite, même si j'étais sûre que tante Teg n'avait pas été dupe, et probablement Grampar non plus. Nous étions peut-être identiques, mais nous étions quand même deux personnes différentes.

« Mon grand-père a eu une attaque », ai-je dit, parce que, si insupportable que cela soit, c'était la seule chose supportable à dire ensuite. «C'est moi qui l'ai trouvé. On a dit que c'était une "flèche d'elfe". Je ne sais pas si elle était responsable.» J'ai goûté mon café. C'était horrible, encore plus mauvais que le café instantané, si c'est possible. En même temps, je voyais que je pouvais m'y habituer, si j'essayais très fort. Je ne suis pas sûre que ça en vaudrait l'effort. Après tout, ce n'est pas comme si c'était bon pour la santé.

«Que vas-tu donc faire à son sujet? a demandé Wim.

— Je ne crois pas que j'aie besoin de faire quoi que ce soit. Nous l'avons arrêtée. Sa dernière chance était Halloween.

— Pas si ta sœur n'est pas allée sous la colline comme elle était censée le faire. Pas si elle est encore là. Elle pourrait utiliser ça. Tu dois faire quelque chose pour l'arrêter vraiment. Il faut la tuer.

— Je pense que ça serait mal», ai-je dit. Les autres filles de l'école se levaient toutes et j'ai compris qu'il devait être l'heure du bus.

«Je sais que c'est ta mère

— Ça n'a rien à voir. Personne ne peut la haïr plus que moi. Mais je pense que la tuer serait une mauvaise action. Je sens que c'est mal. Je pourrais en parler avec les fées, mais si ça avait pu aider, je crois qu'elles me l'auraient déjà dit. Tu n'y penses pas de la bonne façon, tu fais comme si c'était une histoire.

— Mais c'est si bizarre…

— Il faut que j'y aille, je vais manquer le bus.» Je me suis levé, laissant le reste de mon café.

Il a bu le sien d'une gorgée. «Quand est-ce qu'on se revoit?

— Mardi, comme toujours. Pour Zelazny.» J'ai souri. J'avais hâte d'y être.

«Bien sûr. Mais tout seuls?

— Samedi prochain.» J'ai enfilé mon manteau. «C'est le seul moment possible.»

Nous avons commencé à quitter le café. «On ne te laisse jamais sortir?

— Non. Pratiquement jamais.

— C'est comme une prison.

— Ça l'est, dans un sens.» Nous sommes descendus vers l'arrêt du bus. «Eh bien, à mardi», ai-je dit en arrivant à l'arrêt. Le bus était là et les filles y montaient toutes. Et puis... non, je dois le mettre tout seul sur sa ligne. C'est là qu'il m'a embrassée.

MARDI 5 FÉVRIER 1980

Il m'a fallu jusqu'à aujourd'hui pour raconter tout ce qui s'est passé samedi.

Je ne suis pas sûre d'aimer vraiment *The Number of the Beast*. Il y a beaucoup de choses bien dedans, mais l'intrigue et les univers partent trop dans tous les sens. Je n'ai jamais lu *Le Monde fantastique d'Oz* ou *Le Cycle du Fulgur*, et je ne sais pas trop ce qu'ils viennent faire là.

En dehors de ça, il y a eu un moment d'intense excitation quand toutes les filles qui étaient dans le bus ont voulu tout savoir sur mon «petit ami», où je l'ai rencontré, d'où il vient, ce qu'il fait, et cætera, et cætera. Certaines qui nous avaient vus au café le connaissaient de réputation et m'ont mise en garde contre lui — quoi, un garçon de dix-sept ans qui a couché avec sa petite amie, quelle horreur! Elles font preuve d'un curieux mélange de puritanisme et de lubricité. Les filles qui ont de petits amis locaux disent qu'il n'y a rien de sérieux entre eux, et les autres ont ce qu'elles appellent des petits amis sérieux chez elles. Ce qu'elles veulent dire par «sérieux», c'est simplement ce que Jane Austen aurait qualifié de «bon parti», un garçon du même milieu que l'on peut épouser. Elles s'encanaillent avec les garçons du coin et ceux-ci ne sont pas dupes. C'est immonde, elles sont immondes, tout ça est immonde et je ne veux pas mettre Wim dans le même panier.

La vraie différence est que nous ne sommes pas de milieux

différents. Wim et moi sommes du même milieu et souhaitons aller à l'université. Je ne sais pas ce que fait son père, mais que sa mère travaille à la cuisine de l'hôpital alors que je vais à l'école ici est sans importance. Enfin, peut-être pas sans importance, mais hors sujet. De toute façon, je ne suis pas sûre que Wim soit mon petit ami, et même s'il l'est, ce n'est pas du tout ce dont elles parlent avec leur «sérieux» et «pas sérieux». Je n'ai que quinze ans. Je ne suis pas sûre de vouloir jamais marier. Je ne fais pas des folies en attendant et je ne cherche pas non plus à «bâtir quelque chose de solide». Ce que je veux est beaucoup plus compliqué. Je veux quelqu'un avec qui parler de livres, quelqu'un qui serait mon ami, et pourquoi ne pourrions-nous pas faire l'amour si nous en avons envie? (Et utiliser la contraception.) Je n'attends pas le «grand amour». Lord Peter et Harriet me semblent un bon modèle. Je me demande si Wim a lu Dorothy Sayers?

Mais c'est presque sans importance, parce qu'il y a aussi l'aspect éthique de la magie. Je devrais probablement lui dire, et alors il me haïrait, qui ne le ferait pas?

J'ai demandé à l'infirmière de me prendre rendez-vous avec un docteur. Elle ne m'a pas demandé pourquoi.

MERCREDI 6 FÉVRIER 1980

Discussion sur Zelazny, hier soir. Wim pense que c'est le plus grand styliste de tous les temps. Brian pense que le style n'est rien à côté des idées, et les idées de Zelazny sont banales, à part l'Ombre. C'est drôle comme les gens étaient partagés sur ce plan. Je crois que si nous avions voté pour savoir si c'est le style ou seulement les idées qui comptent, le résultat n'aurait pas été le même que si nous nous étions demandé si Zelazny avait de bonnes idées. Je pense qu'il en a, et je pense que les deux comptent, mais ça ne veut pas dire que la trilogie de Fondation ou les livres de Clarke sont nuls parce qu'ils n'ont pas de style. Zelazny peut faire preuve de virtuosité stylistique pure — je ne peux pas oublier *Royaumes d'Ombre et de Lumière*, qui m'a presque dégoûtée définitivement de lui. Mais en général il conserve l'équilibre.

Nous avons parlé d'Ambre et de ce que nous croyions qu'il allait arriver, et nous avons évoqué l'ironie qu'il instille dans la série, comme dans *L'Île des Morts* et *Toi l'Immortel*, et nous nous sommes demandé si c'est, en fait, de la science-fiction ou du fantastique. Hugh pense que le cycle d'Ambre est du fantastique, ainsi que *L'Île des Morts*, parce que, malgré les extraterrestres et tout, la création de mondes y est évoquée en termes purement magiques. «C'est le condamner parce qu'il est poétique! a dit Wim.

— Dire que c'est du fantastique n'est pas une condamnation», a protesté Harriet.

Donc une bonne séance. Après, Wim a demandé à Greg : «As-tu un *Ansible* récent?»

Ansible est un «fanzine» qui informe sur ce qui se passe dans le monde des fans de SF, il est drôle, et c'est si exactement comme ça que je l'aurais appelé que j'aime son auteur, Dave Langford, sans même l'avoir rencontré. Les ansibles viennent des *Dépossédés* et sont des appareils de communication plus rapides que la lumière. Une idée géniale. Tous les détails de l'Albacon de Glasgow à Pâques étaient dans le numéro de Greg et je les ai recopiés. Je n'ai plus qu'à obtenir de l'argent de Daniel, quand je le verrai, probablement aux vacances de février, à la fin de la semaine prochaine, et à retenir ma place.

En sortant de la bibliothèque, Wim m'a pris la main. «C'est sûr que je ne peux pas te voir avant samedi? Tu seras tout le temps enfermée au pensionnat?

— Oui, sauf pour aller à Shrewsbury jeudi après-midi pour ma séance d'acupuncture.

— À quelle heure y vas-tu?

— Je prends le train d'une heure et demie… mais tu ne dois pas travailler?

— Je travaille le matin et je vais au collège l'après-midi. C'est comme ça que j'ai pu venir te voir à l'hôpital, tu te souviens? Je peux brosser les cours demain après-midi si je veux. Tout le monde s'en fiche.»

« Brosser un cours» c'est comme «sécher», ça veut dire manquer l'école. C'est comme ça qu'on dit ici. La première fois que j'ai entendu l'expression, je n'avais aucune idée de ce que ça voulait dire.

«Tu ne t'en ficheras pas quand tu en arriveras aux examens.

— Je ne le remarquerai même pas. On se retrouve à la gare de Gobowen, d'accord?»

Greg m'a conduite à l'école, comme d'habitude. «Comme ça, j'avais raison», a-t-il dit.

J'ai rougi. Je ne crois pas qu'il l'ai vu dans l'obscurité. «Plus ou moins, ai-je avoué.

— Eh bien, bonne chance.

— Bons réacteurs!» ai-je répondu.

Greg a éclaté de rire. «J'ai toujours dit que ce qu'il fallait à Wim c'était une petite amie qui puisse lui citer l'*Histoire du Futur* d'Heinlein.»

A-t-il toujours dit ça? Ou bien pense-t-il qu'il l'a toujours dit parce que j'ai recouru à la magie du *karass*? Greg existait avant que j'y recoure. Je le sais. Je l'avais rencontré à la bibliothèque. Mais il ne m'avait jamais dit un mot avant de refuser mon inscription le premier jour ou, ensuite, de prendre mes cartes de prêt entre bibliothèques. Le club de lecture et le fandom de SF étaient-ils tout le temps là, ou est-ce qu'ils sont apparus quand j'ai pratiqué cette magie, pour me donner un *karass*? *Ansible* existait-il? Je sais qu'ils pensent que oui, qu'il y a des conventions depuis 1939, et certainement la science-fiction était déjà présente. On ne peut rien prouver une fois que la magie entre en jeu.

Je vais devoir le dire à Wim. C'est la seule conduite éthique à tenir.

JEUDI 7 FÉVRIER 1980

En partant de l'école, cette semaine, j'avais encore plus la
sensation de m'échapper, même s'il pleuvait, malgré le petit
crachin insidieux qui s'infiltrait partout. Si j'avais eu des vêtements à moi sur place j'aurais pu me changer avant de partir,
mais hélas non. Alinghurst veut que ses élèves soient tout le
temps repérables. Si on pouvait nous faire porter l'uniforme
pendant les vacances, on nous y obligerait. Au moins, le manteau est chaud et solide, et le chapeau est peut-être affreux
mais il protège de la pluie, plus ou moins.
　Wim m'attendait à la gare de Gobowen. Ce n'est pas tant
une gare qu'un abri de bus le long de la voie avec un dis-
tributeur de billets et deux corbeilles à papier. Il était assis
sous l'abri avec les pieds contre la vitre, les genoux remontés
contre la poitrine. Son vélo, enchaîné dehors à la grille, prenait la pluie. Une grosse femme avec un enfant et un homme
au crâne dégarni avec un attaché-case étaient assis à côté de
lui, tous en imperméable. Wim portait le même duffle-coat
que l'autre jour. À côté de lui, les autres avaient l'air d'être
en noir et blanc, et lui en couleurs. Il ne m'a pas vue tout de
suite, mais l'homme au crâne dégarni m'a aperçue et m'a fait
une place avec des tas de simagrées, Wim m'a donc remarquée
et s'est levé en souriant. C'était drôle, nous étions timides.
C'était la première fois que nous étions seuls tous les deux
depuis samedi, et nous n'étions pas vraiment seuls, les autres
voyageurs étaient là, mais ne comptaient pas tout à fait. Je
ne savais pas comment me comporter et, s'il le savait — et il
l'aurait dû, car il avait plus d'expérience —, il n'en laissait rien
paraître.
　Le train est arrivé, les gens sont descendus et nous sommes
montés. Il n'y avait que deux voitures, encore une fois pleines
de Gallois du Nord avec leur drôle d'accent chantant et leurs
questions «oui-non». Nous avons réussi à trouver deux sièges

côte à côte grâce à une dame qui a changé de place pour nous laisser gentiment la sienne. Nous ne pouvions pas vraiment parler, parce qu'elle était assise en face de nous, et aussi un jeune homme inquiet avec un panier à chat sur les genoux. Le chat n'arrêtait pas de miauler et il essayait de le rassurer. Ce doit être affreux d'emmener un chat en train chez le vétérinaire. Ou bien peut-être il déménageait. Il n'avait pas grand-chose avec lui en dehors du chat. Ou alors il était obligé de le donner et il l'emmenait dans son nouveau foyer. Mais, dans ce cas, il aurait sans doute pleuré aussi. Le plus drôle à propos de l'homme au chat, c'est que Wim ne l'a même pas remarqué. Quand j'ai fait allusion à lui, après être descendus sur le quai à Shrewsbury, il n'a pas compris de quoi je parlais.

Je crois que Wim ne vient pas très souvent à Shrewsbury, bien que ce soit tout près. Il ne connaissait rien. Il ne savait pas qu'il y avait un rayon librairie chez Owen Owens. Je devais d'abord aller chez l'acupuncteur, je l'ai donc laissé dans un café — un établissement rutilant, tout en chrome et en verre, après qu'il eut refusé, parce qu'on n'y servait pas de vrai café, celui avec les box agréables où j'étais allée la dernière fois. Je ne savais pas avant samedi qu'il existait d'autres sortes de café que le Nescafé (ou le Maxwell, c'est la même chose) : des granulés que l'on jette dans l'eau bouillante. Comment peut-on chipoter sur un sujet pareil ?

L'acupuncture s'est encore bien passée. L'acupuncteur a dit que la traction pourrait bien avoir fait quelque violence (c'est le terme qu'il a utilisé) à ma jambe et été une erreur. J'aurais employé un mot beaucoup plus fort qu'« erreur », mais je suppose que c'est parce que c'est *ma* jambe et, pour lui, juste n'importe quelle jambe. J'ai regardé le tableau pendant tout le temps que je passai sur la table, mémorisant où étaient les points et à quoi ils correspondaient. Ça pourrait être vraiment utile à savoir. Une simple pression pourrait aider. Quand les aiguilles sont en place, je sens la magie — le « chi » — se déplacer en douceur autour de mon corps avec un petit saut comme une étincelle à l'endroit de la douleur. Je vais essayer sans aiguilles et voir si je peux la faire partir. Le plus simple serait de la transférer dans quelque chose, un petit caillou ou un morceau de métal, mais alors quiconque le ramasserait risquerait d'en souffrir. L'acupuncture se contente de l'évacuer. Tant mieux, si je peux y arriver.

Après je suis descendue — plus vite que je n'avais monté — rejoindre Wim où je l'avais laissé. Je me suis assise en face de lui. La machine à café a lâché un panache de vapeur parfumée au café. « Allons ailleurs, a-t-il dit. J'en ai assez de cet endroit. »

Quand nous avons été dehors, il a retrouvé de l'entrain. Il m'a pris la main, c'était agréable, mais ça aurait été encore mieux s'il m'avait laissé une main libre. Nous sommes passés au rayon livres, sans rien trouver, mais ça faisait plaisir de regarder des livres ensemble. Il est beaucoup plus difficile que moi, et en plus il aime des auteurs que je n'aime pas, comme Dick. Il méprise Niven (!) et n'aime pas Piper (comment peut-on ne pas adorer H. Beam Piper ?). Il n'a jamais lu Zenna Henderson, et bien sûr il n'y en avait aucun. J'en emprunterai à Daniel pour les lui prêter.

Après ça, j'ai insisté pour l'inviter à manger, bien que ce fût déjà le milieu de l'après-midi. J'étais morte de faim. Nous avons trouvé un fish and chips avec quelques tables. Nous nous sommes assis et nous avons mangé des fish and chips avec du pain et du beurre. Mon thé était très mauvais, si infusé qu'il était orange foncé, et Wim a commandé un Vinto, en faisant remarquer qu'il n'en avait pas bu depuis l'âge de huit ans. Ça l'a fait sourire. Il m'a aussi caressé le dos de la main, ce qui était plus agréable que se tenir la main en marchant, et beaucoup plus confortable. Ça m'a donné des frissons partout.

Il y avait peu de monde, aussi quand nous avons eu fini de manger nous avons commandé un autre Vinto et une limonade — le thé était trop mauvais même pour faire semblant de le boire. Nous sommes restés assis au chaud et au sec pendant que nos manteaux séchaient doucement sur le dossier de nos chaises. Nous avons parlé de Tolkien. Il l'a comparé à Donaldson, et aussi à un livre, *L'Épée de Shannara*, que je n'ai pas lu, mais qui a l'air d'un plagiat complètement nul. Puis, petit à petit, nous en sommes venus à parler des elfes. « Ça pourrait être des fantômes, a-t-il dit.

— Les morts ne peuvent pas parler. Quand je l'ai vue, Mor ne pouvait pas parler. » J'ai réussi à dire son nom parfaitement normalement, sans même un tremblement.

« Peut-être pas quand ils sont morts de fraîche date. J'ai réfléchi à ça. Quand ils viennent de mourir, ils ne peuvent pas parler, et ils ont gardé leur apparence. Et on peut les faire parler en utilisant du sang comme dans Virgile, c'est ça ? Plus tard, ils tirent la vie des choses vivantes, plantes et animaux, et ils deviennent plus comme eux, moins comme des gens, et avec cette vie ils peuvent parler.

— Ils ne parlent pas vraiment comme des gens, même morts, ai-je dit. Ce que tu dis se tient, et ça irait parfaitement dans une histoire, mais je ne pense pas que ce soit exact.

— Ça expliquerait pourquoi ils aiment les ruines, a-t-il dit. J'y suis retourné après, samedi dernier. J'ai pu plus ou moins les apercevoir, du coin de l'œil, quand je touchais ta pierre. » Il a porté la main à sa poche en la mentionnant. J'aimais l'idée qu'il gardait sur lui quelque chose que j'avais eu si longtemps. En fait, ça ne ferait rien d'autre que le protéger de ma mère — mais ça ne pouvait pas être une mauvaise chose.

« Tu devrais être capable de les voir, ai-je dit. Il y en a partout.

— Ce sont des fantômes. Tu crois simplement que ce sont des elfes.

— Je ne sais pas ce qu'ils sont, et je ne sais pas si c'est vraiment important.

— Tu ne veux pas le découvrir ? » a-t-il demandé, l'œil brillant. C'est l'esprit de la science-fiction.

«Si», ai-je répondu, mais je n'en avais pas vraiment envie. Ils sont ce qu'ils sont, c'est tout.

«Alors, tu penses qu'ils ont à voir avec quoi?

— Les lieux, ai-je dit avec assurance. Ils ne bougent pas tellement. Glor… mon ami a eu recours à la magie pour me faire descendre en Galles du Sud à Halloween, il n'est pas venu ici me parler.

— Alors, c'est comme les fantômes, ils restent à l'endroit d'où ils viennent.»

J'ai secoué la tête.

«Tu m'apprendras la magie?» a-t-il soudain demandé.

J'ai sursauté. «Je ne pense vraiment pas que ce soit une bonne idée.

— Pourquoi donc?

— Parce que c'est trop dangereux. Si tu ne sais pas ce que tu fais, et je ne veux pas dire *toi*, mais n'importe qui, quelqu'un qui n'en sait pas assez… il est extrêmement difficile de ne pas faire de choses qui te dépassent sans s'en rendre compte.» C'était l'occasion idéale de lui parler de l'invocation du *karass*, et je le savais, mais une fois au pied du mur, je n'en avais plus envie. «C'est comme George Orr dans *L'Autre Côté du rêve*, mais avec la magie, pas avec les rêves.

— Tu as déjà fait ce genre de chose?» a-t-il demandé.

J'ai donc dû lui dire. «Tu ne vas pas aimer ça. Mais j'étais très seule et désespérée. Je faisais une protection magique contre ma mère, parce qu'elle n'arrêtait pas de m'envoyer tout le temps des terribles cauchemars. Et tant que j'y étais, j'ai fait une invocation pour me trouver un *karass*.»

Il m'a regardée sans comprendre. «Qu'est-ce que c'est, un *karass*?

— Tu n'as pas lu Vonnegut? Eh bien, tu vas l'aimer, je pense. Commence par *Le Berceau du chat*. Bref, un *karass* est un groupe de gens qui sont authentiquement interconnectés. Et le contraire est un *granfalloon*, un groupe qui a une fausse sorte de connexion, comme de fréquenter la même école. J'ai eu recours à la magie pour me trouver des amis.»

Il a eu un mouvement de recul, renversant presque sa chaise. «Et tu crois que ça a *marché*?

— Le lendemain, Greg m'invitait au club de lecture.» J'ai laissé ma phrase en suspens pendant qu'il en tirait les conséquences.

«Mais nous nous rencontrions déjà depuis des mois. Tu nous as juste trouvés.

— Je l'espère. Mais je n'en savais rien avant. Je n'avais jamais vu aucune trace de vous.»

Je l'ai regardé. Un beau garçon comme ça, en chemise rouge à carreaux, qui lisait, réfléchissait et parlait de livres, c'était plus rare qu'une licorne. Quelle partie de sa vie avait été affectée par ma magie, pour le transformer? Existait-il même avant? Il n'y avait pas moyen de le savoir. Il était ici maintenant, j'y étais, c'était tout.

«Mais j'étais là, a-t-il dit. J'allais aux réunions. Je sais que j'étais là. J'étais à la Seacon de Brighton l'été dernier.

— *Er'perrhenne*», ai-je dit, en faisant de mon mieux pour la prononciation.

Je suis habituée à ce que les gens aient peur de moi, mais je n'aime pas vraiment ça. Je suppose que même Tibère n'aimait pas ça. Mais au bout d'un instant angoissant son visage s'est adouci. «Ça doit juste nous avoir trouvés pour toi. Il n'est pas possible que tu aies tout changé, a-t-il dit en prenant son Vinto qu'il a vidé d'un trait.

— Je voulais te le dire, parce que si c'est à cause de ça que tu m'aimes bien, ça pose une question d'éthique», ai-je dit, pour que ce soit parfaitement clair.

Il a ri, d'un rire un peu forcé. «Il va falloir que j'y réfléchisse.»

Nous sommes retournés à la gare par les rues détrempées, sans nous tenir par la main. Mais dans le train, qui était beaucoup plus vide qu'à l'aller, nous nous sommes assis ensemble, épaule contre épaule et, au bout d'un moment, il a mis son bras autour de moi. «C'est beaucoup à avaler, a-t-il dit. J'ai toujours voulu qu'il y ait de la magie dans le monde.

— Je préférerais les vaisseaux spatiaux, ai-je répondu. Ou s'il doit y avoir de la magie, qu'elle soit moins déroutante, de la magie avec des règles simples, comme dans les livres.

— Parlons de quelque chose de normal, a-t-il dit. Par exemple, pourquoi as-tu les cheveux si courts? J'aime ça, mais c'est vraiment inhabituel.

— Ce n'est pas normal. Nous avions de longues tresses. Gramma nous tressait les cheveux, et après sa mort, nous nous les tressions l'une l'autre. Quand Mori est morte, je n'ai plus pu le faire et, dans un accès de... de fureur et de chagrin, je les ai coupées avec des ciseaux. Ensuite, mes cheveux étaient horriblement inégaux et mon amie Moira a essayé de les égaliser, en en coupant un peu de chaque côté, jusqu'à ce qu'il ne reste pratiquement plus rien. Depuis, je les ai gardés courts. Juste pour qu'ils soient partout de la même longueur. Pour éviter qu'ils fassent des épis.

— Pauvre petite, a-t-il dit en me serrant contre lui.

— Pourquoi as-tu les cheveux longs? Pour un garçon, je veux dire.

— J'aime ça, tout simplement», a-t-il répondu en passant une main dans ses cheveux couleur de miel, ou de gâteau au miel.

À Gobowen, il a détaché son vélo. «À samedi, a-t-il dit.

— Dans le petit salon de thé à côté de la librairie?

— Chez Mario, que je puisse boire un café correct.»

Je crois qu'il est important pour Wim d'être vu en public avec moi. Je suppose que ça a un rapport avec l'histoire de Ruthie et son sentiment d'être un paria.

Nous nous sommes encore embrassés avant que je monte dans le bus. J'ai eu un frisson jusque dans les doigts de pied. C'est aussi de la magie, en un sens, comme le «chi».

VENDREDI 8 FÉVRIER 1980

Aujourd'hui, rien.
On jouait aux devinettes au déjeuner, aujourd'hui, et j'ai demandé aux autres si elles préféraient rencontrer un elfe ou un Plutonien. Deirdre ne savait pas ce qu'était un Plutonien. «Un habitant de la planète Pluton. Comme un Martien, mais en mieux.
— Alors un elfe, a-t-elle dit. Et toi, Morwenna, qu'est-ce que tu préférerais être?»
C'était typique de Deirdre de confondre «rencontrer» et «être», mais en un sens ça rend la question plus difficile. Qui vous préférez rencontrer concerne votre vision de monde, le passé et le présent, la *fantasy* et la science-fiction. Qui vous préférez être est… je ne peux pas m'empêcher de penser à la nouvelle de Tiptree *Je me suis éveillé sur le flanc froid de la colline*, qui réussit à être à la fois de la *fantasy* et de la science-fiction.
Lundi, j'ai rendez-vous chez le docteur.

SAMEDI 9 FÉVRIER 1980

Wim semble être toujours en avance, à part la fois où il avait crevé et était en retard au club de lecture, le premier soir. Il attendait chez Mario quand je suis arrivée, et m'avait même commandé un café.
Il a regardé mes livres de la bibliothèque, hochant la tête ou faisant des bruits désapprobateurs. *L'Enfant perse* de Mary Renault était arrivé et il a voulu savoir quel intérêt je trouvais à la fiction historique et, quand j'ai dit que je l'avais déjà lu, ce que je lui trouvais. Plusieurs filles que je connaissais étaient dans le café, avec des garçons du coin, y compris Karen, qui n'arrêtait pas de nous regarder avec un sourire narquois.
«Pouvons-nous aller autre part? ai-je dit au bout d'un moment quand Wim a eu fini son café.

— Où ça? a-t-il demandé. Il n'y a nulle part où aller. À moins que tu veuilles retourner à la chasse aux fantômes?

— Ça ne me dérange pas, si tu veux.»

Juste à cet instant, Karen s'est approchée de notre table. «Viens aux toilettes avec moi, Coco», a-t-elle dit.

Wim a haussé les sourcils en l'entendant m'appeler ainsi, mais j'étais soulagée qu'elle ne m'ait pas appelée «La Boiteuse» ou «Bancroche» devant lui.

«Pas tout de suite, ai-je protesté.

— Si, viens», a-t-elle dit en faisant une mimique. Elle a posé la main sur mon bras et m'a pincée très fort. «Allez.»

C'était plus simple d'y aller que de faire une scène. Karen n'était pas exactement mon amie, mais était l'amie de Sharon et de Deirdre. J'ai soupiré et l'ai suivie. Les toilettes étaient peintes en rouge et il y avait un miroir surmonté d'une rangée d'ampoules nues. Karen a vérifié son maquillage — bien que ce soit tout aussi strictement interdit le samedi que les autres jours, elle en était tartinée.

«Craig, mon petit ami, dit qu'il a vu ton petit ami avec une autre fille à la discothèque hier soir: Shirley, celle qui travaille à la blanchisserie de l'école.

— Merci, ai-je dit. Je pourrais difficilement aller à la discothèque avec lui, non?

— Ça ne te fait rien?» Elle avait l'air incrédule.

Ça me faisait quelque chose, bien sûr, mais je n'allais pas le laisser voir. J'ai simplement souri, poussé la porte et suis retournée à ma table.

Wim était toujours là, ce qui m'avait brièvement inquiétée. Je me suis assise et lui ai pris la main, parce que je savais que Karen allait nous surveiller. «Partons, ai-je dit.

— Qu'est-ce qu'elle t'a raconté? a-t-il demandé.

— Tu sais mieux que moi que, dans cette ville, tout le monde surveille tout le monde.» Je me suis levé et ai mis mon manteau.

Son visage s'allongea, mais il avait aussi l'air calculateur.
« Mori, je…

— Viens », ai-je dit. Je n'allais pas en parler là, devant tout
le monde.

« Comment cela peut-il marcher, de toute façon, si je ne
te vois qu'au club de lecture et le samedi après-midi, plus
quelques heures le jeudi à traîner à Shrewsbury ? » a-t-il
demandé agressivement alors que nous montions la colline,
passant devant Smiths et BHS. « Tu ne pourrais jamais aller à
une fête avec moi.

— Je vois ça. Je n'y suis pour rien si je suis coincée à l'école.
Tu as raison, ça ne va peut-être pas marcher.

— Alors tu pourrais rompre avec moi parce que je suis allé
danser avec Shirley ? » Il m'a regardée d'un air interrogateur.

« Plus parce que je n'ai pas envie d'être humiliée qu'à cause
de ce que tu as fait. Je veux dire que, manifestement, même si
je n'étais pas coincée à l'école, je ne pourrais pas aller danser.

— Ça n'a rien à voir, a-t-il dit, très vite. Je ne tiens pas spécialement à danser, c'est juste pour faire quelque chose.

— Et tu ne tiens pas non plus à Shirley, elle aussi c'est juste
pour faire quelque chose ? ai-je demandé, méchamment.

— Ou bien je pourrais rompre parce que je ne peux pratiquement jamais te voir et que ce n'est pas drôle », a-t-il dit
d'un ton étrangement songeur.

Nous étions arrivés au coin de la chocolaterie Thorntons,
où nous aurions tourné si nous étions allés à la librairie et au
bois du Braconnier. Je me suis arrêtée et il m'a imitée. « C'est
censé vouloir dire quelque chose ? » ai-je demandé, exaspérée.
Les garçons sont bizarres.

« Tu es d'accord pour que nous rompions sur-le-champ, à ce
coin de rue, et que nous ne nous disions plus jamais un mot ? »
a-t-il demandé. Le vent faisait voler ses cheveux et il n'avait
jamais eu l'air plus beau.

« Oui ! » ai-je dit. Je n'imaginais ça que trop bien, parler de
livres au club de lecture sans jamais se regarder.

« Alors c'est d'accord. Si nous pouvons rompre tout de suite, ça veut dire que toute la magie que tu as faite n'a pas eu pour conséquence que notre destin était d'être ensemble.

— Quoi ? » Puis j'ai compris. « Oh. »

Il a eu un large sourire. « Donc, si nous ne sommes pas ensemble parce que la magie nous y a forcés, tout va bien. »

C'était la façon de voir la plus tordue que je puisse imaginer. « Comme ça, tu te livrais à une expérience scientifique avec Shirley à la discothèque ? »

Il a eu le bon goût d'avoir l'air un peu confus. « En quelque sorte. Je déteste l'idée d'être forcé à quelque chose. Je déteste l'idée de Parfait Amour et de Prédestination et, tu sais, la perte de ma liberté, le mariage, et à l'idée que la magie m'avait…

— Wim, j'avoue que je t'aime bien. Puisque tu m'as posé la question. Je n'ai pas et je n'ai jamais voulu parler de destin, de parfait amour, de mariage ni rien de tout ça. Ce n'est pas ce que je cherche, ce n'est pas ce que je veux. Je veux des amis, pas le Parfait Amour. Je ne projette pas de me marier, en tout cas pas avant des années et des années.

— C'est à cause de toi », a-t-il dit en se remettant en marche, vers le bas de la rue cette fois, et je l'ai suivi. « Ce n'est pas à cause de la magie. Je t'aime bien, vraiment. Mais je me suis dit que si nous *pouvions* rompre, et tu as été d'accord, alors ça n'était pas de la magie et tout allait bien.

— Alors tu ne veux pas vraiment rompre ?

— Pas si tu ne le veux pas. »

Ce que je sais de la magie qu'il ignore, c'est comme elle est retorse, et comme il est facile de pousser les gens à faire des choses qu'ils ont envie de faire de toute façon. Ça n'aurait prouvé quelque chose que si nous avions rompu effectivement, pas si nous étions simplement d'accord que nous le pouvions théoriquement. Mais je ne voulais pas. « Je ne le veux pas, ai-je dit.

— Que lui as-tu dit ?

— À qui ? demandai-je.

— À la petite Miss Hitler, dans le café?»

J'ai ri. «Elle s'appelle Karen. Je lui ai dit que de toute évidence je ne pouvais pas aller en discothèque, et j'ai juste souri. Je ne voulais pas lui donner la satisfaction de m'avoir blessée.» Nous étions arrivés à la librairie et il s'est arrêté. «Alors, continue de sourire. Je ne reverrai plus Shirley.

— Je me fiche que tu voies Shirley, du moment que je suis au courant… Je crois.» J'étais d'accord en théorie avec Heinlein, mais je n'en étais pas si sûre en pratique.

«C'est une idiote», a-t-il dit, ce qui était très rassurant. Il est agréable d'être appréciée pour une bonne raison.

Nous avons traversé vers le bois et sommes allés jusqu'aux murs en ruine. Les perce-neige étaient mortes. Des feuilles commençaient à percer, mais pas encore d'autres fleurs. L'endroit grouillait de fées, la plupart noueuses comme des arbres, qui n'ont pas fait attention à nous. Wim les a vues, plus ou moins, il a dit qu'il pouvait les apercevoir du coin de l'œil. Nous sommes restés assis un moment sur le mur à les regarder. Puis, comme nous nous remettions debout, il a effleuré accidentellement ma canne et eu un hoquet de surprise. «Maintenant je peux vraiment les voir», a-t-il dit. Il s'est rassis à côté de moi, tenant ma canne sur ses genoux. «Bon sang!» s'est-il exclamé.

Des siècles plus tard, après qu'il les eut regardés longuement, j'ai dit qu'il était temps de partir et repris ma canne. Sans elle, il n'a de nouveau plus pu que les entrevoir. «J'aimerais savoir ce qu'ils sont, a-t-il dit en rentrant en ville. Je peux avoir cette canne? Je veux dire, tu en as une autre?

— Oui, mais l'autre est en métal et très laide, celle-là me donne de la force. Ce sont les fées qui me l'ont donnée.

— Elles ont peut-être fait ça pour que je puisse les voir, a-t-il suggéré. Toutes ces formes et ces couleurs.» Il avait l'air ivre. C'étaient juste des fées, et elles ne faisaient même rien d'intéressant.

«Peut-être, ai-je dit. J'en ai besoin maintenant, en tout cas.»

Il m'a pris la main et nous nous sommes mis en route sous les arbres.

«Je suis désolé pour la discothèque, a-t-il dit. Je ne veux pas dire pour Shirley, je l'ai fait exprès, mais la discothèque. Je n'avais pas pensé à ça, et je ne voudrais pas que tu sois malheureuse de ne pas pouvoir y aller.

— Ce n'est rien», ai-je dit, mais ce n'était pas rien. Ma jambe est redevenue à peu près ce qu'elle était avant d'être abîmée par la traction. J'ai des bons et des mauvais jours. Ils disent que ça va continuer comme ça. L'acupuncture me fera peut-être du bien, et j'apprendrai peut-être à le faire toute seule, mais je ne serai pas en état d'aller danser de sitôt.

Il était presque l'heure d'attraper le bus et nous sommes partis à travers la ville. «Alors, mardi soir, jeudi après-midi et samedi prochain? Si c'est tout ce qu'il y a de libre, je le prends, dit-il.

— Le week-end prochain, c'est les vacances de février, a-t-il dit. Pour une semaine entière. Alors samedi est exclu.

— Tu pars?

— Je vais passer une nuit au Vieux Manoir avec Daniel, puis je descends quelques jours à Aberdare pour voir tante Teg et mon grand-père.

— Et tuer ta mère? a-t-il demandé. Non, je sais, mais moi, je le pourrais. Ça ne serait pas contrevenir à d'antiques prohibitions.

— D'après les antiques prohibitions que je connais, je ne pourrais même pas partager un repas avec quelqu'un qui a tué ma mère, quoi que je pense d'elle», ai-je dit, en pensant à Mary Renault et non à d'antiques prohibitions réelles. C'est drôle que personne n'enseigne plus ces vieux principes. «De toute façon, ce n'est pas nécessaire.

— Je pourrais venir avec toi.

— Ne dis pas de bêtises, où logerais-tu? De toute façon, tu dois travailler. Je te verrai à mon retour.

— Tu me manqueras », a-t-il dit, et il m'a embrassée longuement en douceur.

Au moins ce n'est pas une corvée.

DIMANCHE 10 FÉVRIER 1980

Il y avait du givre ce matin. Quand je me suis levée et que
j'ai regardé par la fenêtre, tout était couvert d'une couche
blanche immaculée. Ça avait fondu quand nous sommes allées
à l'église.

Le sermon portait sur les actions de grâces, et qu'il ne fallait pas se contenter de dire merci globalement et superficiel-
lement, mais choisir deux choses pour lesquelles remercier
spécialement la Providence. Aussi, mentalement, au moment
de la prière, j'ai remercié pour Wim et pour le système de prêt
entre bibliothèques.

J'ai écrit à tante Teg pour lui dire que je serais là dimanche
prochain. Je n'avais pas acheté de carte pour Grampar l'année
dernière, et pas non plus la semaine dernière, parce que Wim
m'a distraite les deux fois. J'en apporterai une avec moi.

Mon nouveau souci avec Wim, c'est que ce ne soit pas
vraiment moi qui l'intéresse, mais la magie que je peux lui
apprendre.

LUNDI 11 FÉVRIER 1980

L'Enfant perse est admirable. C'est peut-être le meilleur
roman de Mary Renault. Stimulée, non pas directement par
sa lecture, mais par la pensée générale de ses livres, j'ai aussi
dévoré *Phèdre* et commencé *Les Lois*, mais j'ai vite été un peu
perdue.

Miss Carroll semble approuver que je lise autre chose que de
la SF. Elle m'a parlé de la Grèce antique et a évoqué la possibi-

lité que je passe un O Level de grec en même temps que mes A
Levels. Je ne sais pas si je vais préparer mes A Levels ici, mais si
je le fais, ce serait un très bon plan. Je ne pense pas qu'on me
laisserait faire comme Wim et continuer à mélanger les arts
et les sciences. En plus, j'aimerais prendre l'anglais, l'histoire
et le latin, ce qui est un ensemble d'options très convention-
nel. J'aimerais aussi continuer la physique ou la chimie, mais
comme l'a fait remarquer Miss Carroll, ne pas faire de maths
rendrait ça difficile. Je pourrais réussir de justesse en maths,
avec de la chance, mais c'est le mieux que je puisse espérer.

Chez le docteur, j'ai demandé si je m'entretenais en toute
confidentialité et il m'a répondu bien sûr. J'ai alors demandé
s'il pouvait me faire une ordonnance pour la pilule. Il m'a
demandé si j'étais sexuellement active, j'ai dit pas encore, mais
que je l'envisageais. Il a regardé ma date de naissance et fait la
moue, mais il m'a donné l'ordonnance. Il a dit qu'il fallait la
prendre pendant un cycle entier avant que ça marche, que je
devais commencer à la prendre le premier jour de mes règles
et que si je l'oubliai un jour, mais pas davantage, ça irait, et
qu'il fallait la prendre tous les jours à la même heure. Je suis
passée à la pharmacie au retour. J'ai acheté aussi une boîte de
préservatifs (histoire d'être prête) et une barre Cadbury's Dairy
Milk, plus pour déguiser le reste que parce que j'en avais envie,
même si je l'ai quand même mangée.

Je garde les pilules et les préservatifs dans mon sac, parce
que c'est l'endroit le plus sûr.

MARDI 12 FÉVRIER 1980

Deirdre s'est presque fait prendre à copier ma version de
Virgile, aujourd'hui. Il y a deux verbes, *progedior* et *proficiscor*,
tous deux bizarrement utilisés tout le temps à la forme passive,
en plus le préfixe *pro* veut dire dans un cas «en avant», dans
l'autre «hors de», et je les confonds toujours, ce que j'avais

fait dans mon brouillon que Deirdre avait copié. Miss Martin, qui n'est pas bête, nous a regardées toutes les deux d'un air sévère en disant que les erreurs sur les verbes passifs semblaient contagieuses, quand Deirdre a lu ce passage à haute voix, puis elle l'a fait venir au tableau pour traduire la suite, qu'on ne nous avait pas demandé de préparer. Elle ne s'en est pas trop mal tirée, je pensais donc que nous allions nous en sortir. Puis Miss Martin m'a fait analyser la suite, encore sans l'avoir préparée. Après la classe, pendant que la cloche sonnait et que tout le monde partait en courant dans le couloir pour le cours de physique, elle m'a arrêtée et a demandé : « Morwenna, Deirdre et toi, vous avez un peu coopéré sur ce passage de Virgile ?

— Elle était un peu bloquée », ai-je répondu, ce qui était vrai, et semblait plus prudent que d'avouer qu'elle avait tout copié.

« Elle n'apprendra jamais, si elle n'apprend pas à apprendre par elle-même », a dit Miss Martin, ce qui ressemble à un aphorisme — peut-être même un aphorisme latin, mais il aurait tenu en beaucoup moins de mots !

Une lettre de Daniel pour dire qu'il passera me prendre vendredi et qu'il est d'accord pour que j'aille dimanche à Aberdare, et aussi que je pourrais avoir une surprise avant ça. Je me demande ce qu'il veut dire. Il m'a peut-être envoyé des livres séparément ?

Club de lecture ce soir, où nous devons parler de *Pavane*.

MERCREDI 13 FÉVRIER 1980

Hussein animait la rencontre et nous n'avons pas parlé seulement de *Pavane*, mais aussi du génial roman de Brunner, *À perte de temps*, du *Maître du Haut Château* de Dick (que je n'ai pas lu), d'*Autant en emporte le temps* de Ward Moore et du concept d'histoire parallèle. Nous avons aussi évoqué *Les*

Temps parallèles, Les Gardiens du Temps et *Futur intérieur* (à commander!) de Christopher Priest, que Wim assure être génial. La question s'est posée de savoir si c'était vraiment de la SF, ce que c'est manifestement, et s'il y avait une différence entre le genre d'histoire de «paratemps», comme *Kalvan d'Outre-temps*, et un livre comme *Pavane* qui se situe entièrement dans un univers où l'histoire a suivi un autre cours.

Nous revenions sans cesse à *Pavane* et à la façon dont l'histoire se déroule sur un tel laps de temps, ce qui lui donne de la perspective et en fait de la SF, d'après Greg. Puis Brian a mentionné les histoires de Lord Darcy (j'adore Randall Garrett!) et a demandé si c'était de la SF, ce qui serait de l'escroquerie, parce que c'est manifestement de la *fantasy*, sauf qu'elles ne sont pas du tout comme de la *fantasy*, elles sont comme de la SF. Harriet trouvait qu'elles entraient plutôt dans la même catégorie que les *Contes* de Dunsany, elles étaient baroques. J'ai dit que je n'étais pas d'accord (peut-être trop véhémentement), parce que je pense que la façon dont elles sont de la SF est le contraire du baroque, elles prennent la magie et la traitent comme un autre aspect de la science, en particulier dans *Tous des magiciens*!

Janine a l'air de ne pas vouloir me parler, et Pete non plus. Ça leur passera, d'après Wim. Je l'espère.

Hugh avait l'air un peu désorienté. Greg croit — il me l'a dit dans la voiture — qu'il pensait sans doute que lui et moi allions automatiquement nous mettre ensemble, parce que nous avions le même âge. Je n'ai jamais rien entendu d'aussi stupide de toute ma vie, parce que si j'aime bien Hugh, je n'ai jamais pensé à lui deux secondes de cette façon. Greg s'est contenté de rire et a dit que ces choses s'arrangent d'elles-mêmes, et avais-je lu McCaffrey? Je ne sais pas quel peut être le rapport, mais nous avons parlé d'empreindre des dragons tout le reste du trajet.

Wim me rejoint encore demain à Gobowen. Il a l'air de trouver que ce n'est pas nous voir très souvent, mais je pense que c'est beaucoup. J'ai besoin de temps entre deux rencontres pour réfléchir... et pour tout écrire! Je suppose que ce n'est pas son cas.

J'ai pensé un peu tard que demain c'est la Saint-Valentin. Mais il n'y fera sans doute pas attention... ou bien si? Je n'en ai pas la moindre idée. Miss Carroll pense que c'est possible et que je devrais avoir quelque chose à lui offrir s'il me fait un cadeau. Le problème, c'est que je n'ai rien. Elle a suggéré un livre, et ça serait une super idée, si j'avais le temps de passer dans une librairie. Je pourrais lui dessiner une carte. Enfin, sauf que personne ne voudrait d'une carte que j'aurais dessinée. Je pourrais écrire un poème, ou plus exactement écrire joliment un des poèmes que j'ai déjà écrits sur lui. Mais s'il ne l'aime pas? Nous n'avons jamais parlé poésie, je ne sais pas s'il aime ça ou non. S'il ne détestait pas Heinlein, je pourrais lui offrir *The Number of the Beast*, mais c'est exclu. Je n'ai rien d'autre de neuf, et il a probablement tout ce que j'ai ici.

Si je pars de l'école un peu plus tôt, je pourrai passer à la librairie en chemin.

JEUDI 14 FÉVRIER 1980

Eh bien, la situation était délicate.

La «surprise» de Daniel était qu'il venait me conduire à Shrewsbury. Je ne comprends pas pourquoi il fait ça aujourd'hui, alors que les vacances commencent demain, mais je ne devrais pas compter sur lui pour qu'il soit logique. Il attendait dehors dans la voiture, l'air très content de lui, comme un chat qui a volé un rôti. Je me suis arrêtée net en le voyant, convulsée d'horreur.

Wim devait me retrouver à la gare de Gobowen. Je n'avais aucun moyen de le contacter pour lui dire ce qui s'était passé. Si je ne le retrouvais pas, je ne le reverrais pas avant la fin des vacances. Il penserait que je l'avais laissé tomber, et en plus le jour de la Saint-Valentin.

L'autre solution était de parler de Wim à Daniel. J'ai réfléchi à ça en montant dans la voiture. Le problème était que je n'en avais rien dit jusque-là, parce que toutes mes lettres à Daniel parlaient exclusivement de livres. C'était intenable. Je ne pouvais pas demander à Daniel de rentrer chez lui et de me laisser, ce qui était en réalité ce que j'aurais préféré.

« J'ai réussi à m'échapper, a-t-il dit. Nous pourrons retourner au restaurant chinois.

— C'est extra, mais… », ai-je dit, et je me suis arrêtée.

« Mais quoi ? » a-t-il demandé en lançant le moteur et en descendant l'allée, entre les deux ormes morts, de nouveau affreux maintenant que les autres arbres commençaient à avoir des feuilles. « J'ai cru que ça te ferait plaisir. » Il avait vraiment l'air pathétique.

« Je dois retrouver un ami à la gare de Gobowen, ai-je dit. Tu crois que nous pouvons passer le prendre et l'emmener ? »

Son visage est devenu bizarrement inexpressif, puis il a souri. « Bien sûr », a-t-il dit, et il a fait demi-tour sur la route, qui par chance était déserte.

Après ça, je ne pouvais décemment pas dire que je voulais aller d'abord à la librairie.

« C'est un petit ami, ou juste un ami qui se trouve être un garçon ? a-t-il demandé.

— Plutôt un petit ami. En fait, oui, un petit ami. » J'en bafouillais d'embarras.

« Parle-moi donc de lui. » Daniel avait l'air encourageant, mais aussi dérouté.

Je ne savais pas trop quoi dire. « Il s'appelle Wim. Je l'ai rencontré au club de lecture. Il a dix-sept ans. Il aime Delany et Zelazny. Il prépare l'anglais, l'histoire et la chimie pour le A Level, au collège, tout en travaillant à mi-temps. Je pense faire pareil l'année prochaine, si j'en ai besoin.

— Pourquoi en aurais-tu besoin ?

— J'aurai seize ans en juin. Tu ne seras plus obligé de m'entretenir. Je pourrai me débrouiller toute seule.

— Je subviendrai à tes besoins aussi longtemps que tu voudras suivre une éducation à plein-temps», a-t-il dit. Il n'avait manifestement lu ni *La Pierre des étoiles* ni *The Number of the Beast.*

Ce qui m'a rappelé... « Savais-tu qu'il y avait un nouveau Heinlein ? ai-je demandé.

— Tu m'en as parlé dimanche. Je suis impatient de le lire, même si ce n'est pas le meilleur. »

À cet instant, nous sommes arrivés à la gare de Gobowen. Elle était déserte. Pour une fois, j'étais arrivée quelque part avant Wim, parce qu'il s'attendait à ce que j'arrive en bus, qui faisait un détour, alors que j'arrivais en fait en voiture par le chemin le plus direct. « Il sera bientôt là, il est toujours en avance », ai-je dit. Daniel s'est garé sur le parking.

« Depuis combien de temps vous voyez-vous ? » a-t-il demandé.

J'ai calculé. « À peu près deux semaines. »

À son crédit, Daniel n'a pas dit que j'aurais dû le lui dire, ni que j'étais trop jeune ni rien de ce genre. « Encore un nouveau rôle, a-il dit, mais il souriait. Je me sens terriblement nerveux.

— Et moi, comment crois-tu que je me sente ? » ai-je demandé.

Il a ri, et juste à ce moment Wim est entré en roue libre sur le parking, les cheveux volant au vent. « C'est lui ? a demandé Daniel.

— Oui », ai-je dit, me sentant plus fière que jamais. Je suis descendue de la voiture, à laquelle Wim n'avait prêté aucune attention. Il n'est pas très attentif.

Daniel est descendu aussi.

« Nous pouvons mettre le vélo dans le coffre, a-t-il proposé.

— Attends ici le temps que je lui explique », ai-je dit.

Je me suis dirigée vers Wim. Daniel, appuyé à la voiture, regardait en fumant une cigarette. Wim m'a vue, a vu la Bentley, puis il a vu Daniel et compris. «Wim, mon père est passé à l'improviste pour m'emmener chez l'acupuncteur. Je ne m'y attendais pas. Veux-tu venir à Shrewbury en voiture avec nous?»

Il a eu l'air très surpris. «En voiture? Avec ton père?

— Ça ne le dérange pas. Si tu as envie de venir. Mais nous ne serons pas seuls et nous ne pourrons pas parler de magie et du reste, car il n'est pas au courant.

— N'importe quoi pour une vie bizarre», a-t-il dit, citant Zappy Bibicy. Puis il m'a embrassée, un peu timidement, mais pourtant bravement, vu que Daniel était juste à côté. Il a sorti un paquet de la poche de son manteau et me l'a tendu presque d'un air de défi. «Bonne Saint-Valentin.»

Je l'ai ouvert tout de suite. C'étaient trois livres! Un recueil de Theodore Sturgeon à la très belle couverture avec une tête de femme et la lune, *Un rien d'étrange*, *Le Monde inverti*, de Christopher Priest, et un livre d'un auteur qui m'était inconnu, C. J. Cherryh, *Les Portes d'Ivrel*. J'étais comblée. «Oh, Wim, c'est adorable. Et je n'en avais aucun. Je n'ai pas encore eu l'occasion de t'acheter un cadeau, mais j'ai fait ça pour toi.» J'ai sorti le poème de ma poche. Je l'avais recopié de ma plus belle écriture sur un joli papier bleu que m'avait donné Miss Carroll. (Il commence par «Te traîner sur la roche stérile des déserts de l'esprit».)

Il l'a lu et j'ai attendu pendant qu'il le lisait, l'observant, très consciente de Daniel qui patientait derrière moi. Wim a rougi et l'a enfoui dans sa poche. Je ne sais pas s'il lui a plu ou non.

Puis je l'ai présenté à Daniel et ils se sont serré la main d'un air un peu guindé. L'atmosphère s'est détendue un peu quand ils ont coopéré pour mettre le vélo dans le coffre de la Bentley. Puis nous sommes montés en voiture tous les trois et sommes partis pour Shrewsbury. En route, je me suis rendu compte qu'ils allaient devoir passer une heure tous les deux sans moi pendant ma séance d'acupuncture. Y a-t-il jamais eu rien de plus gênant ? C'était bien fait pour Daniel qui ne m'avait pas prévenue, mais le pauvre Wim ne méritait pas ça.

Dans la voiture, nous avons parlé de Zelazny, sujet d'un intérêt aussi profond qu'inépuisable, puis d'*Empire Star*, qui aurait juste pu être une aventure ordinaire, mais ne l'était pas. Je sentais que Daniel et Wim commençaient à s'apprécier, quoique Wim fût assis à l'arrière, si bien qu'ils ne pouvaient pas exactement se voir. Nous sommes arrivés à Shrewsbury en avance pour mon rendez-vous. Nous avons jeté un coup d'œil à la librairie et Wim et Daniel ont eu une discussion sur Heinlein, pratiquement la même que nous avions eue, Wim et moi, mais qui a duré plus longtemps. J'étais du côté de Daniel, et ils le savaient tous les deux, mais j'essayais de me taire et de regarder simplement les livres. Pendant qu'il regardait ailleurs, j'ai acheté pour Wim *Le Signe de la Licorne* et *Le Berceau du chat*, que je lui ai donné une fois dehors.

Puis j'ai dû les laisser ensemble. Ils ont dit qu'ils passeraient me chercher après la séance. Je n'avais jamais éprouvé une telle appréhension avant une séance d'acupuncture, pas même la première fois quand j'avais peur des aiguilles. J'essayais juste de reprendre mentalement mon souffle quand je me suis trouvée sur la table, je ne me concentrais pas sur le diagramme, ni sur quoi que ce soit. Ça n'a pas semblé me faire autant de bien que les autres fois, ou bien j'allais mieux en entrant et je n'avais pas remarqué la différence. Ils m'attendaient quand je suis ressortie, tous deux appuyés contre le mur. À côté de Wim, Daniel avait l'air vieux et fatigué. Quand je suis arrivée près d'eux ils parlaient des souvenirs de Wim à la Seacon de Brighton et de ses espoirs pour l'Albacon de Glasgow. « Je voudrais pouvoir y aller, dit Daniel.

— Pourquoi n'y allez-vous pas ? » a demandé Wim.

Daniel a simplement haussé les épaules, l'air abattu.

Nous sommes allés au restaurant chinois, où nous avons mangé pratiquement les mêmes choses que la dernière fois, Wim et moi nous débattant avec les baguettes, en parlant de

Silverberg, et de tout ce dont il avait été question le mardi précédent, au cours de la soirée *Pavane*. Daniel avait tout lu, sauf *Futur intérieur*. Je pouvais voir que Wim et lui étaient mutuellement impressionnés, ce que je trouvais merveilleux, et très bizarre. Quand Daniel est allé aux toilettes, Wim m'a pris la main. « J'aime bien ton père, a-t-il dit.

— Tant mieux.

— Tu as tellement de chance.

— Oui, je pourrais en avoir beaucoup moins », ai-je dit. La plupart des gens penseraient que Daniel ne vaut pas grand-chose comme père, mais on peut trouver bien pire. Puis je me suis rappelé la dernière fois que Wim avait dit ça et de quoi nous parlions alors. « Oh, c'est super, et il a dit qu'il financerait mes études jusqu'à la fin. Mais il n'a pas lu... »

Wim a éclaté de rire juste au moment où Daniel revenait, nous avons donc dû lui expliquer. Par chance, il a aussi trouvé que c'était drôle.

Le biscuit divinatoire de Wim disait : « On vous a fait un cadeau », celui de Daniel : « La fortune sourit aux audacieux », et le mien : « C'est le moment d'être heureux. »

Puis Daniel nous a raccompagnés. Il a demandé à Wim où il voulait être déposé et Wim a répondu n'importe où sur la route d'Arlinghurst, aussi l'a-t-il laissé près du rond-point. Je suis descendue pendant qu'ils sortaient le vélo du coffre et ai osé demander à Wim son numéro de téléphone. « Je pourrai t'appeler la semaine prochaine, quand je serai en vacances, lui ai-je dit. Et ça aurait aussi été utile cet après-midi.

— Non, ça n'aurait servi à rien, je suis venu directement de mon travail », a-t-il dit. Mais il me l'a donné et Daniel l'a noté aussi. Daniel a ensuite donné à Wim sa carte en échange. Wim m'a serrée dans ses bras et nous nous sommes embrassés, très convenablement, puis Daniel m'a ramenée à l'école à temps pour l'étude du soir.

VENDREDI 15 FÉVRIER 1980

Les parents de Sharon sont passés la prendre la première, comme d'habitude. Il y a tout un tas d'avantages à être juif, si vous voulez mon avis. Mais il y a aussi un tas d'obligations à respecter. Il faut que je pense à demander à Sam ce qui se passe quand on enfreint les règles. Mais Daniel est arrivé parmi les premiers parents ordinaires. «J'ai bien aimé ton jeune ami, a-t-il dit pendant que je montais en voiture.

— Il t'a bien aimé aussi, ai-je dit en bouclant ma ceinture.

— Je me suis dit que tu pourrais l'inviter à prendre le thé demain, au Vieux Manoir. S'il vient en train à Shrewsbury, nous pouvons l'y retrouver. Vous pourriez aller faire une promenade tous les deux et puis nous pourrions prendre le thé.»

Daniel avait l'air si hésitant et si plein d'espoir que je ne pouvais pas vraiment dire non. Je savais aussi que Wim serait d'accord. Il aimerait voir le Vieux Manoir et il aimerait voir les tantes, parce qu'il savait qu'elles avaient un rapport avec la magie. Il n'aurait pas peur d'elles, parce qu'il n'a peur de rien. Moi aussi, je voulais voir Wim, bien entendu, même dans des conditions moins qu'idéales. «Génial, ai-je dit. Mais tu as demandé à tes sœurs?

— C'est Anthea qui l'a suggéré.

— J'aurais cru qu'elles désapprouveraient que je voie un garçon de la ville, ai-je dit.

— Eh bien…» Daniel a hésité. «Elles ont dit que de leur temps ça ne se faisait pas, mais je suis sûr qu'elles changeront d'avis quand elles auront rencontré Wim et auront vu comme il est intelligent et a de la conversation.»

Avoir de la conversation c'est le code pour *de classe moyenne*, au passage. J'ai découvert ça depuis que je suis à Arlinghurst. Quelqu'un a dit un jour que le système britannique de classes sociales était caractérisé par le langage. Wim a l'accent du Shropshire mais il manie correctement la grammaire. Il a l'air d'une personne éduquée. Il n'est pas vaniteux et prétentieux comme les filles de l'école, mais je suppose que je suis contente qu'il ait suffisamment de conversation aux yeux de Daniel. Tout cela est si stupide!

J'ai dîné avec eux tous et dû répondre à un tas de questions sur l'école et sur Wim et encore sur l'école. J'ai fait la Gentille Nièce du mieux que j'ai pu. Tout s'est passé sans anicroche. Il n'a pas été question de perçage d'oreilles.

Après le dîner, j'ai appelé Wim. Quelqu'un, sa mère, je suppose, a répondu, mais me l'a passé rapidement. J'étais soulagée qu'il soit là. Il aurait très bien pu aller à la discothèque avec Shirley. «Qu'est-ce que tu fais demain? ai-je demandé.

— Pourquoi?

— Daniel se demandait si tu aimerais venir ici pour le thé. Tu pourrais venir en train à Shrewsbury et nous t'y retrouverons.

— Je croyais que tu allais en Galles du Sud?» Il avait l'air très loin.

«Pas avant dimanche, ai-je dit. Mais ce n'est pas grave si tu ne veux pas venir. Tu travailles le samedi, non?

— Oui, mais uniquement le matin.

— Eh bien, à toi de décider.» Je ne voulais pas le forcer.

«Est-ce que je te verrai? a-t-il demandé. Seul à seul, je veux dire.»

Merci, merci. «Daniel a dit que nous pourrions aller faire une promenade. Et la plus grande partie du temps on me laisse seule.

— Comment dois-je m'habiller, pour prendre le thé dans un manoir?»

C'était si gentil de se préoccuper de ça. «Viens comme tu es, ça ira très très bien. Ce n'est pas un dîner en habit.

— Les sœurs seront-elles là? a-t-il demandé.

— Absolument.

— Quel honneur! a-t-il dit d'un ton plein d'ironie.

— Bon, à demain. Au train d'une heure?

— C'est ça, à demain. »

Après avoir raccroché, j'ai erré de pièce en pièce, solitaire et glacée. Daniel buvait dans son bureau et les sœurs regardaient la télévision au salon. Le fait de savoir que j'allais le voir le lendemain rendait les choses presque pires que si je ne devais pas le voir d'une semaine, ce à quoi je m'étais préparée.

SAMEDI 16 FÉVRIER 1980

Le soleil brillait et Wim est arrivé à la gare en faux col et cravate, ce qui lui donnait un peu l'air d'un écolier et le faisait paraître plus jeune. Je ne le lui ai pas dit, bien sûr. Daniel nous a obligeamment conduits au château d'Acton Burnell. C'est une ruine, couverte d'herbe de printemps et de lierre.

« Il n'y a personne d'autre, ici, a dit Wim en descendant de voiture.

— On est en février. Ce n'est pas trop la saison des grockles », a dit Daniel.

Wim a haussé les sourcils. « Des touristes, a dit Daniel. Nous en avons pas mal en été. Vous pouvez rentrer à pied, d'ici, il n'y a pas plus d'un mile. Ou bien, si vous n'avez pas envie de marcher, appelez de la cabine, Morwenna, d'accord ? » Il y avait une cabine téléphonique rouge à côté de la grille du château.

« D'accord », ai-je marmonné. Il voulait dire si ma jambe me lâchait, bien sûr. Je ne devrais pas être revêche avec les gens qui cherchent à m'aider, vraiment. C'est grossier.

Le mur d'enceinte était écroulé, le fossé plein d'orties et on pouvait tout juste voir ce qui restait du donjon, si on avait visité un château qui se respecte comme Pembroke ou Caerphilly. Il y avait partout des fées, bien sûr, ce pourquoi j'avais suggéré cette promenade.

J'ai déjà remarqué qu'il y a deux sortes de gens qui visitent les châteaux. Il y a ceux qui disent : « Et c'est par ici qu'on

jetait l'huile bouillante et là qu'étaient postés les archers», et
ceux qui disent : «Et c'est là qu'on mettra le canapé et là qu'on
accrochera les tableaux.» Wim s'est révélé de façon très satis-
faisante de la première espèce. Il avait visité Conwy et Beau-
maris avec son école, il s'y connaissait donc en châteaux. Nous
avons soutenu victorieusement un siège (et fait quelques câlins
dans les coins abrités du vent) avant même qu'il demande si je
voyais des fées.

«Des tonnes», ai-je dit en m'asseyant sur un banc près
d'une fenêtre pour qu'il puisse prendre ma canne et les voir.
J'ai regardé par la meurtrière en forme de croix, mais la vue
si joliment encadrée ne montrait que des pylônes tendant des
fils au-dessus des champs bien tenus du Shropshire et la cabine
téléphonique rouge en bas.

Wim s'est assis à côté de moi, ma canne sur les genoux, et
a observé un moment les fées. Elles ne faisaient guère attention à nous, assis là. Quand nous étions enfants elles jouaient
avec nous à cache-cache et à d'autres jeux de poursuite. Celles
du château avaient l'air de jouer entre elles à des jeux de ce
genre, courant à travers les pièces, se dissimulant à la vue des
autres, filant par les portes ou les murs écroulés. Ne pas avoir
ma canne ne m'empêchait pas de les voir, bien sûr, si bien que
Wim et moi restions assis là en nous demandant à haute voix
ce qu'elles faisaient. Puis l'une d'elles, une femme incroyablement grande avec une longue chevelure parsemée de plumes
de cygne, a traversé un mur abattu, nous a vus et s'est arrêtée.
Je lui ai adressé un hochement de tête. Elle a tiqué et est venue
se tenir devant nous. «Bonjour», ai-je dit, puis en gallois :
«Bon après-midi.

— Va», m'a-t-elle dit, en anglais. «Besoin. Dans...» Elle a
fait un geste.

«Dans les Vallées?» ai-je demandé. J'étais habituée à jouer
aux devinettes quand il s'agissait des fées et des noms. «À
Aberdare? Dans les vallons de charbon et de fer?»

Je sentais Wim qui m'observait.

«Appartiens, a-t-elle dit, et elle m'a désignée.
— D'où je viens? ai-je demandé. J'y vais demain.
— Va, a-t-elle dit. Rejoins.» Puis elle a regardé Wim, souri et passé une main sur le côté de son visage. «Beau.» Oui, il l'était. Elle s'est éloignée, a franchi la porte et un cortège de gnomes noueux et gris est entré par le trou dans le mur et l'a suivie sans un regard dans notre direction.

Wim l'a regardée partir, stupéfait. «Waou, a-t-il dit au bout d'un moment.

— Tu vois maintenant pourquoi je dis qu'il est dur d'avoir une conversation?

— C'est impossible, oui. Des fragments comme ça, on ne peut pas savoir si on invente la bonne ou la mauvaise moitié.» Il avait l'air très distrait en parlant et regardait toujours dans la direction où elle était partie. «Elle était vraiment belle.

— Elle t'a trouvé beau», ai-je dit.

Il a ri. «Tu n'es pas sérieuse? Non, tu es sérieuse? Seigneur!» Il l'a cherchée du regard, mais elle avait disparu.

«Tu es magnifique, ai-je dit.

— J'ai des boutons, a-t-il dit. Je me suis coupé en me rasant. Je porte une cravate stupide. Elle…

— As-tu lu *Firiel*? Dans *Les Aventures de Tom Bombadil*? La fin du poème? Tu ressens la même chose.

— Tolkien savait vraiment de quoi il parlait, a dit Wim.

— Je crois qu'il les voyait. Je crois qu'il les voyait et qu'il en a fait les elfes de ses rêves. Je pense qu'ils sont les derniers vestiges de ses souvenirs.

— Il les avait peut-être vus quand il était enfant et s'en est rappelé ensuite. Je voudrais savoir ce qu'ils sont vraiment. Tu avais raison, ce ne sont pas des fantômes, pas que des fantômes. Ce ne sont certainement pas des extraterrestres non plus. Ils n'ont pas de substance. Quand elle m'a touché…

— Ils peuvent avoir parfois plus de substance», ai-je dit, me rappelant la chaleur de Gorfindel près de moi à Halloween.

«Qu'a-t-elle voulu dire? Va, besoin, dans, appartiens, va, rejoins.»

J'étais impressionnée qu'il s'en souvienne si précisément. «Je pense qu'elle voulait dire que je devrais aller dans les Vallées parce qu'on y a besoin de moi pour quelque chose. Tu avais peut-être raison pour ma mère, ou c'est peut-être autre chose. J'y vais demain, de toute façon.

— La moitié du temps je n'arrive pas à y croire. Ce que tu m'as dit sur ta mère et la magie et tout ça. Et puis ça» — il s'est tourné vers moi et m'a serrée très fort dans ses bras. «Si tu pars sauver le monde, je veux venir.

— Je te téléphonerai tous les jours.

— Tu auras besoin de moi.»

Je n'ai pas demandé de quelle aide il pourrait être, parce que ça aurait été cruel. «Je l'ai déjà fait toute seule.

— Tu t'es fait écrabouiller et as failli te faire tuer. Ta sœur est morte.

— Elle ne peut plus me faire de mal, maintenant. Je ne crois même pas qu'elle voulait nous tuer, à l'époque. Et ceci ce n'est pas inhabituel. Ou plutôt c'est inhabituel uniquement parce que c'est en anglais, et ici, où elles ne viennent pas me chercher, d'habitude. C'est peut-être parce que nous sommes plus près.

— Pas inhabituel!» Wim m'a regardée comme si c'était la chose la plus étrange qu'il avait jamais entendue. «Et plus près de quoi?

— Du pays de Galles.

— Plus près, dans un sens, ça veut dire plus loin. La frontière galloise n'est qu'à quelques miles d'Oswestry.

— D'accord. Mais elles veulent que je fasse quelque chose, et je le ferai ou je ne le ferai pas, et ça marchera ou non, et je survivrai ou non.

— Je viens avec toi.

— Je ne pars pas au pays des elfes vivre des aventures, ai-je dit. Je vais en Galles du Sud, où, entre deux visites à ma famille, elles vont probablement vouloir que je fasse quelque chose qui a l'air de ne rimer à rien, comme laisser tomber une fleur dans une mare ou jeter un peigne dans un marais, et qui aura de lointaines répercussions.

— Un peigne dans un marais ? a-t-il répété. Qu'est-ce que ça a fait ?

— Ça a fait s'éloigner quelqu'un qui en est mort », ai-je dit en détournant les yeux, regrettant de l'avoir mentionné.

« Tu vas faire ce genre de trucs tout le temps ? a-t-il demandé.

— Je ne sais pas. Je l'ai toujours fait. Mais je leur suis moins utile maintenant. Et je crois... je crois que les enfants sont meilleurs pour ça parce qu'ils sont moins nuancés.

— Je peux t'aider, a-t-il dit.

— Je verrai. Si je pense que tu pourrais m'aider, je te le ferai savoir et tu pourras accourir. »

Il s'est calmé, Dieu merci.

Nous sommes revenus au Vieux Manoir à travers champs. Il y a un sentier, que Daniel m'avait montré sur la carte et qui était facile à trouver, à l'exception d'un passage où un panneau avait été abattu. Tout autour, il n'y a que des cultures.

Les tantes ont été très gentilles avec Wim, quoique d'une condescendance révoltante. Elles lui ont demandé ce que faisait son père. J'ai été surprise de découvrir qu'il était fermier. Wim ne ressemble pas du tout à l'idée que je me faisais d'un fils de fermier. Sa mère travaille comme cuisinière à mi-temps à l'hôpital. Il a deux petites sœurs de huit et six ans qui s'appellent Katrina et Daisy. Je ne savais rien de tout ça, alors qu'il sait tout de ma drôle de famille. Je savais que je parlais trop !

Le thé a été un désastre, cake indigeste, scones desséchés, thé insipide et, parce que c'était un thé dînatoire, tranches de jambon racornies. Le pain était bon, Daniel l'avait rapporté de Shrewsbury.

Elles n'ont pas essayé d'user de magie contre Wim, je suis sûre que je l'aurais remarqué. Elles l'approuvaient. C'était normal, c'était ce qu'elles attendaient de moi. La Gentille Nièce avait son amoureux, et s'il n'était pas exactement ce qu'elles escomptaient, Wim pouvait faire l'affaire. Du moment que j'allais grandir, m'en aller et ne pas perturber leur monde, elles pouvaient me supporter. Elles n'étaient pas méchantes, tout compte fait, elles étaient juste bizarres d'une façon très anglaise.

Je suis allée raccompagner Wim à la gare avec Daniel. «N'oublie pas, téléphone tous les jours, et si tu as besoin de moi, j'arrive de suite. Je peux être là en trois heures et demie», a-t-il dit. C'est si gentil de sa part, vraiment gentil. Je le revois dans un peu plus d'une semaine.

DIMANCHE 17 FÉVRIER 1980

Dans le train.

Le Monde inverti est bizarre. Je ne suis même pas sûre que ce soit de la science-fiction. Au début, j'ai pensé que j'aimais vraiment, mais maintenant je n'en suis plus sûre du tout.

Tante Teg doit me retrouver à la gare de Cardiff. Mais si elle n'est pas là, ce n'est pas grave. J'ai 6,72 livres. D'une certaine façon, l'argent, c'est la liberté, ou plutôt l'argent veut dire qu'on a le choix. Je crois que c'est ce à quoi pensait Heinlein.

Ce train suit tout le temps la frontière galloise. Un jour, il faut que j'aille en Galles du Nord, ou même de l'autre côté de la frontière que Wim dit n'être qu'à quelques miles d'Oswestry. C'est marqué sur ma carte, je le sais maintenant. Je voudrais qu'on nous apprenne la cartographie, en cours de géographie, au lieu de cette stupide ère glaciaire tout le temps. Quoique je suppose que ça aide à voir le paysage, ou du moins où se trouvaient les glaciers. Dans certaines parties du monde, il y a eu si longtemps des glaciers qu'ils ont complètement usé les montagnes et que tout est comme le fond plat d'un lac, à part d'anciennes cheminées volcaniques dégagées par l'érosion. Ça doit être super à voir, mais je suis contente que ce ne soit pas arrivé ici. J'aime les montagnes comme elles sont.

En dépassant Abergavenny (et en passant la frontière du pays de Galles), il y eut une soudaine floraison de primevères sur le talus. Il faudra que je pense à le dire à Grampar. Les jonquilles seront à Cardiff bien en avance pour la Saint-David. J'ajoute ceci chez tante Teg, juste avant d'aller au lit.

Nous sommes passées voir Grampar à l'heure de la visite. À ma grande horreur, quand nous sommes arrivées, tante Flossie était là, ce qui aurait été très bien, mais elle était accompagnée de tante Gwennie, une des personnes que j'aime le moins au monde. Il n'y a guère pire qu'une salle commune pleine de vieillards séniles et mourants, et elle était là. Tante Gwennie n'a aucun tact, ni aucune gentillesse. Elle est brutale et agaçante, et se glorifie de dire ce qu'elle pense. Elle a quatre-vingt-deux ans, mais ce n'est pas parce qu'elle est vieille et intolérante, Gramma disait qu'elle était déjà comme ça à l'âge de six ans.

« Alors, pourquoi t'es-tu enfuie de chez Liz ? m'a-t-elle lancé en guise de salut.

— Parce qu'elle est folle et qu'il est impossible de vivre avec elle », ai-je répliqué. Il faut lui tenir tête, sinon elle vous marche dessus. « Pourquoi la famille a-t-elle pensé que c'était un endroit judicieux où m'envoyer vivre ?

— Peuh. Et comment apprécies-tu de vivre avec ton bon à rien de père ?

— Je ne le vois pas beaucoup, je suis toujours à l'école », ai-je répondu, ce qui était une façon de me défiler, je l'avoue.

Nous avions, bien sûr, réussi à cacher à Grampar que Daniel m'avait recueillie, mais cela éclatait maintenant au grand jour. Pour essayer de revenir à un sujet moins polémique, tante Teg a parlé des plans qu'elle envisageait pour faire sortir Grampar de Fedw Hir pendant les grandes vacances, quand elle pourrait prendre le relais si on ne trouvait pas d'autre arrangement. Tante Gwennie a suggéré immédiatement qu'elle arrête l'enseignement et vende son appartement pour retourner à Aberdare et s'occuper de Grampar à plein-temps. Quelle idée! Imaginez un peu quand il mourra! Je n'arrive pas à croire que des gens égoïstes comme tante Gwennie pensent que les autres devraient se sacrifier. Elle dit des choses, et vous restez simplement là parce que vous ne pouvez pas croire que ce qu'elle a dit est vraiment sorti de sa bouche. Grampar lui a interdit de dire de telles absurdités, c'est ma seule satisfaction.

Mais tante Gwennie a raconté comment elle avait perdu son permis de conduire, et c'est vraiment drôle. Elle a quatre-vingt-deux ans, vous vous souvenez? Elle allait de Manchester, où vit son horrible fille, à Swansea, où elle habite. Elle était sur la route des vallées, qui est une nationale à deux fois deux voies, mais pas une autoroute, donc la vitesse est limitée à soixante miles à l'heure. Elle roulait à quatre-vingt-dix. Elle s'est fait arrêter par un policier — «un jeune blanc-bec de policier», a-t-elle dit. «Savez-vous à quelle vitesse vous alliez, madame? a-t-il demandé.

— Quatre-vingt-dix», a-t-elle répondu, sans aucune honte et sans chercher à se cacher.

«Vous êtes consciente que sur cette route la vitesse est limitée à soixante?

— Jeune homme, a répliqué tante Gwennie, je roulais à quatre-vingt-dix sur cette route avant même que vous soyez né.

— Alors il est grand temps de vous retirer votre permis», a-t-il répondu du tac au tac. Il le lui a confisqué et depuis elle doit prendre le train!

Contrairement à moi, elle n'aime pas ce moyen de transport. «Je ne peux pas supporter ça. Je déteste la gare de Crewe. Je ne supporte pas d'y changer de train. Il faut aller jusqu'au quai n° 12, monter un escalier et puis redescendre! Je ne ferai plus jamais ça! Non, Luke, c'est la dernière fois que tu me vois. Je ne descendrai plus en Galles du Sud jusqu'à ma mort, et alors ce sera mon cercueil qui fera le changement à Crewe!»

J'ai éclaté de rire à ces paroles, ce dont, il faut le reconnaître, elle ne s'est pas du tout formalisée.

J'ai appelé Wim et lui ai dit que je n'avais pas encore avancé. Je ferais mieux d'aller voir demain si je peux trouver Glorfindel. J'ai parlé de Wim à tante Teg et elle a voulu tout savoir — pas ce que fait son père ni quels examens il prépare, mais comment il est. Je lui ai dit qu'il était très beau et qu'il avait l'air de bien m'aimer. Elle veut le rencontrer. J'ai dit qu'il avait envie de venir et elle s'est aussitôt mise à se demander où il pourrait dormir. Ses nouveaux canapés marron sont beaucoup trop petits pour des visiteurs.

LUNDI 18 FÉVRIER 1980

Je suis montée à la combe. Je n'ai pas menti à tante Teg, mais je ne lui ai pas dit toute la vérité. J'ai dit que j'avais envie d'aller me promener toute seule. Je suis montée derrière la bibliothèque. Il n'y a jamais personne là-haut. Je ne sais pas pourquoi. La rivière coule le long de la «dramroad» et le paysage est très beau, surtout en ce moment avec les bouleaux qui commencent à se couvrir de feuilles. Il n'y a pas de couleur qui puisse se comparer à celle de ces toutes jeunes pousses. Il y avait de gros nuages dans le ciel, filant vers le haut de la vallée comme s'ils avaient un rendez-vous urgent à Brecon. Le soleil brillait par intermittence, faisant resplendir le feuillage.

Quand je suis arrivée à Ithilien, Glorfindel était là avec Mor, et la fée qui m'avait donné la canne, et beaucoup d'autres que je connais bien. Je ne vais pas essayer de recommencer cet exercice impossible de restituer les conversations. Ce que Glorfindel a dit, c'est que j'avais besoin d'ouvrir une porte afin que Mor puisse vivre avec eux, devenir l'une d'eux pour leur fournir un moyen d'utiliser la magie qu'ils connaissent. «Vous êtes donc des fantômes?» ai-je demandé. Je savais que

Wim voudrait connaître la réponse, et je le voulais d'ailleurs moi aussi.

«Quelques-uns, a-t-il dit.

— Certains le sont? Alors que sont les autres?

— Êtres», a-t-il répondu.

Oui, d'accord, je le savais. Ce sont des êtres. Ils existent. Ils sont là et ils connaissent la magie et vivent leur vie qui n'est pas comme la nôtre. Mais d'où viennent-ils? Et ceux qui parlent sont-ils ceux qui étaient humains, jadis?

La porte qu'il veut me faire ouvrir doit l'être avec du sang. Et il y a autre chose en plus, quelque chose que je n'ai pas compris. J'ai demandé en ce qui concernait ma mère et il a dit qu'elle ne pouvait pas nous faire de mal, ou qu'elle n'en serait plus jamais capable après que j'aurai ouvert la porte. Ça veut vraiment dire que je le fais pour empêcher un mal. Ce ne doit pas se passer dans le labyrinthe, heureusement, parce que ça fait loin. C'est juste en bas, à l'ancienne Phurnacite. Je peux m'y rendre presque jusqu'au bout en bus. Se servir de sang pour la magie est toujours risqué, mais Glorfindel sait ce qu'il fait. Comme toujours. Ce qu'il y a de curieux, c'est qu'il le sait, mais qu'il a besoin de moi, parce qu'il ne peut pas déplacer les objets.

C'était bizarre de voir Mor comme ça parmi les fées, comme si elle l'était déjà à demi. Ça me faisait bizarre. Elle paraissait si lointaine. Il ne lui était pas poussé des feuilles ni rien de tel, mais je n'en aurais pas été surprise.

Ce soir, j'ai téléphoné à Wim et lui ai tout raconté du mieux que je pouvais. «Quels sont les risques? a-t-il demandé.

— Voyons, me faire trop prendre par la magie, ou en faire plus qu'il ne faut.

— Qu'est-ce que tu veux dire, te faire trop prendre par elle? Tu veux dire mourir?» À l'autre bout de la ligne, sa voix était irritée.

«Peut-être.

— Mourir, peut-être! Écoute, je viens.

— C'est inutile, ai-je dit. Ça va aller. Il sait ce qu'il fait.

— Tu as bien plus confiance que moi. »

Les conversations téléphoniques sont si imparfaites, il leur manque les expressions, les gestes, tout. Je ne suis pas sûre d'avoir vraiment réussi à le rassurer.

Le problème de mourir — enfin, de la mort — c'est qu'il y a une différence entre quelqu'un qui sait qu'il peut vraiment mourir n'importe quand et quelqu'un qui ne sait pas. Je le sais, et pas Wim. C'est tout. Je ne souhaite à personne de connaître l'instant horrible où j'ai compris que les phares qui venaient vers nous étaient réels. Mais, sans cette compréhension, les gens pensent qu'il y a des choses dangereuses qui peuvent vous tuer et que tout le reste est sans danger. Pas du tout. Nous avions dépassé le moment le plus dangereux où nous risquions de mourir et traversions simplement la route. Je pense qu'elle ne voulait même pas nous tuer. Nous lui étions plus utiles en vie.

Je dois le faire au coucher du soleil, qui aura lieu à cinq heures et demie selon le journal.

MARDI 19 FÉVRIER 1980

Je suis montée dans la vallée en bus après le déjeuner. Tante Teg devait aller à l'école pour une réunion puis venir à Fedw Hir pour la visite de sept heures. Je suis descendue du bus à Abercwmboi, près des ruines de la Phurnacite. J'étais en avance. J'aurais voulu avoir prévu une autre activité dans l'après-midi, peut-être une rencontre avec Moira, Leah et Nasreen. J'avais envisagé de les appeler, mais j'ai repensé à la dernière fois où je les avais vues, à la fête chez Leah, et je me suis dit que ce n'étaient plus vraiment mes amies, juste de simples connaissances. Elles voudraient savoir pour Wim, et essayer de parler de lui avec elles rabaisserait ce que j'éprouvais réellement pour lui.

Il y avait une pancarte sur la grille rouillée au sommet de la route menant à la Phurnacite. «Projet de réhabilitation territoriale. Conseil du comté de Glamorgan-Central.» Ça m'a mis du baume sur le cœur, parce que ça m'a rappelé le marais des Seigneurs du Gondor. Nous avions appelé cet endroit Mordor et il était tombé. Il n'y avait plus de flammes de l'enfer, maintenant. Certains arbres commençaient à se parer d'un vert printanier. Il n'y avait pas de fées. Ma jambe me faisait un peu mal, assez probablement pour les tenir à l'écart.

Les cheminées étaient froides et toutes les fenêtres brisées. C'était sinistre, depuis cinq ans une ruine, pas encore assez effondrée pour servir de forteresse aux fées. La pancarte «Attention aux chiens» pendait de guingois. Les chiens, s'il y en avait jamais eu, avaient disparu avec les ouvriers. La mare d'eau sombre avait toujours l'air maléfique, même s'il y avait maintenant de l'herbe tout autour. Je suis passée de l'autre côté de l'usine où je pourrais lever les yeux vers les collines et m'asseoir dans un renfoncement. Je voulais me reposer en attendant que la douleur de ma jambe soit redescendue au niveau normal d'un simple bruit de fond que les fées puissent supporter. J'ai lu *Un rien d'étrange*, qui est génial, et magnifiquement écrit, mais un peu bizarre. Ce sont des nouvelles. Je suis contente qu'au moins un des livres que Wim m'a offerts soit bon.

Après l'avoir terminé, au lieu d'attaquer *Les Portes d'Ivrel*, j'ai essayé de voir si je pouvais chasser la douleur de ma jambe comme avec l'acupuncture. Ce n'est pas réellement de la magie, mais presque. Ce n'est pas de la magie qui va chercher les choses dans le monde pour les changer. Tout se passe à l'intérieur de mon corps. Je me suis dit, assise là, que tout est magique. Utiliser les choses les connecte à vous, être dans le monde vous connecte au monde, le soleil déverse sa magie et les gens, les animaux et les plantes grandissent grâce à lui, le monde tourne et tout est magique. Les fées sont plus dans la magie que dans le monde, et les gens plus dans le monde que dans la magie. Peut-être que les fées, celles qui ne sont pas des personnes mortes, sont des concentrés, des incarnations de la magie? Et Dieu? Dieu est dans tout, se déplace à travers tout, est le modèle que tout fait en se déplaçant. C'est pourquoi toucher à la magie tourne souvent mal, parce que ça va à l'encontre de ce modèle. Je pouvais presque en voir la structure tandis que le soleil et les nuages se succédaient au-dessus des collines et j'ai tenu un peu la douleur à l'écart, là où elle ne me faisait pas souffrir.

Glorfindel est arrivé le premier, puis tous les autres derrière lui. Je n'avais jamais vu un tel défilé de fées, pas même l'année dernière quand nous avions dû bloquer Liz. En regardant Glorfindel à la lueur de ma compréhension nouvelle de la magie, j'ai décidé que je devais cesser de l'appeler ainsi, de le faire correspondre à un modèle trouvé dans une histoire. Ce nom n'était pas le sien, vraiment pas, même si les noms étaient des étiquettes bien utiles. Les fées étaient tout autour de moi, elles me serraient de près. Personne ne m'avait dit de rien apporter de spécial, et je ne l'avais pas fait, mais j'étais prête.

Le soleil commençait à s'enfoncer derrière les collines. Glorfindel, sans un mot, nous a tous conduits à la mare. J'aurais dû savoir que ce serait là. Je me suis arrêtée à côté de lui. Mor s'est approchée de moi. Elle avait l'air si jeune, et en même temps si lointaine. Je pouvais à peine supporter de la regarder. Ses expressions étaient celles d'une fée. Elle était semblable à elle-même, mais elle s'était éloignée, dans la magie. Elle était déjà plus une fée qu'une personne. J'ai sorti mon canif, prête à m'entailler le pouce pour accomplir la magie, mais Glorfindel — je n'arrive pas à penser à lui autrement — a secoué la tête.

«Réunis, dit-il. Guéris.

— Quoi?

— Brisé.» Il nous a désignées, Mor et moi. «Soyez ensemble.»

La fée qui m'avait donné la canne, un vieil homme, s'est avancée.

« Fais, restez ensemble, a dit Glorfindel. Restez.

— Non ! ai-je dit. Ce n'est pas ce que je veux. Ce n'est pas ce que tu veux non plus. À mi-chemin, as-tu dit, à Halloween. J'aurais pu le faire alors si tu l'avais voulu.

— Reste. Guéris. Réunis », a dit Glorfindel.

Le vieil homme a touché ma canne, qui s'est transformée en couteau, un couteau de bois affilé. Il a mimé le fait de me le plonger dans le cœur.

« Non ! » ai-je dit, et je l'ai lâchée.

« Vis, a dit Glorfindel. Parmi. Ensemble.

— Non ! » J'ai commencé à m'éloigner du couteau, lentement, parce que bien sûr c'était aussi ma canne, et sans elle je ne pouvais bouger que lentement. Mor l'a ramassé et me l'a tendu.

« Après mourir, a dit le vieillard. Vivre parmi, devenir, rejoindre. Ensemble. Guérir. Force, atteindre, toucher, toujours sauves, toujours fortes, ensemble.

— Non, ai-je dit plus tranquillement. Écoutez, ce n'est pas ce que je veux. L'hiver dernier, peut-être, juste après l'accident, mais pas maintenant. Mor sait. Glorfindel sait. J'ai évolué. Des choses sont arrivées. J'ai changé. Vous pouvez me voir comme la moitié d'une paire brisée, et vous pouvez voir ma mort comme un moyen de recoller les morceaux et d'obtenir plus de prise sur le monde réel, mais ce n'est pas comme ça que je vois les choses. Plus maintenant. J'ai entrepris de faire des choses.

— Faire c'est faire », a-t-il dit, ce que j'ai trouvé beaucoup moins rassurant que la dernière fois. « Aide. Réunis. Agis. »

Mor a tendu le couteau, la lame vers moi. Il y avait des fées tout autour de moi, des fées tangibles, substantielles, qui me poussaient vers le couteau. Je savais que le couteau était substantiel. Je m'étais appuyée dessus pendant des semaines. J'avais établi une connexion magique avec lui, comme lui avec moi.

« Non. Je ne veux pas, ai-je insisté. Un peu de sang et de

magie pour aider Mor, pour vous aider, si ça vous aide, oui, j'ai accepté ça, mais pas de mourir. »

Que penserait Wim ? Pire, que penserait tante Teg, qui n'avait aucune idée des fées, qui croirait que j'étais montée ici sans rien dire et que je m'étais tuée ? Et Daniel ? « Je ne peux pas », ai-je dit.

J'ai essayé de m'écarter, de reculer, mais elles se pressaient contre moi, me poussaient vers la lame.

« Non », ai-je répété, fermement. Elles étaient tout autour de moi, et le couteau plus près que jamais, il voulait mon sang, ma vie, m'invitant à devenir une fée. Si j'étais une fée je pourrais voir en permanence la structure de la magie. Il n'y aurait plus de douleur, plus de larmes. Je comprendrais la magie. Je serais avec Mor, je serais Mor, nous serions une seule personne, réunies. Mais nous n'avions jamais vraiment été ça, et c'était tout. J'ai fait un pas en arrière et déclaré le plus calmement possible : « Non. Je ne veux pas être une fée. Je ne veux pas me joindre à vous. Je veux vivre et être une personne. Je veux grandir dans le monde. » Être calme m'a aidée, pour la même raison que la Litanie contre la peur marche, parce que la peur est ce dont se sert la magie. Et la rejeter de mon cœur aidait encore davantage, car une autre chose dont elle se servait était la partie de moi-même qui voulait devenir une fée, qui avait toujours voulu cela.

Devant moi, il y avait Mor et le couteau et, derrière elle, la mare. Tout autour de moi, les fées. J'ai tendu la main vers le couteau. Quoi qu'il soit d'autre, il était en bois, et le bois aime brûler, brûler est dans la nature du bois, son feu potentiel est le feu du soleil. Le soleil se couchait, mais le bois s'est enflammé, et j'étais une flamme, j'étais une flamme un moment contenue dans ma propre enveloppe, et puis j'ai été une immense flamme. La terre ici connaissait la flamme. Ici les flammes de l'enfer avaient brûlé, ici le charbon des mines avait été traité de façon à perdre sa fumée et ses poisons. Le charbon voulait brûler, il savait brûler encore mieux que le

bois. Les fées m'avaient fui, toutes sauf Mor qui tenait le couteau enflammé et, à travers lui, était connectée à moi. Nous
étions deux immenses flammes symétriques.

Je n'avais pas de feuille de chêne et nous n'étions pas près de
la porte de la mort, mais j'étais du feu et elle était du feu, et
je possédais le schéma et je l'aimais. Elle n'était pas moi, mais
elle était dans mon cœur, elle l'avait toujours été. «Tiens bon,
Mor», ai-je dit et, bien qu'elle fût une flamme, elle a souri de
son vrai sourire, le sourire qu'elle avait le matin de Noël quand
Gramma était vivante et que nous nous réveillions pour voir
les ballons accrochés dans le couloir qui voulaient dire que le
Père Noël était passé et qu'il y avait des bas attendant d'être
explorés. J'ai ouvert un espace entre la flamme et l'endroit
où les morts tombaient suivant le schéma et je l'ai projetée
dedans, avec le couteau, puis je l'ai refermé, me suis affais-
sée, ai étouffé les flammes jusqu'à ce que j'aie repris ma forme.
Je brûlais encore, mais je savais comment arrêter les flammes,
comment réintégrer la chair qui est la mienne. Il aurait été
facile d'oublier, d'être consumée par la transformation. J'ai
repris ma chair, et avec la chair est venue la douleur. Je n'avais
même pas de brûlures superficielles, mais ma jambe protestait
à force de soutenir tout mon poids.

Les fées s'étaient écartées, mais elles étaient toujours tout
autour de moi. Glorfindel était lugubre et le vieil homme avait
l'air en colère. «Adieu», ai-je dit, et j'ai reculé de plusieurs pas
vers le haut de la colline. Le soleil s'était couché pendant que
je parlais et tout était plongé dans l'ombre. Les fées disparaissaient. Je me suis retournée lentement.

Et elle était là, bien sûr, sur la route dans le crépuscule.
Tante Gwennie devait lui avoir dit que j'étais là et elle avait
probablement suivi l'effervescence parmi les fées pour me
trouver.

Elle n'avait pas du tout changé. Elle a l'air d'une sorcière.
Elle a de longs cheveux noirs et gras, une peau sombre, un
nez crochu et une verrue sur la joue. On ne pourrait trouver

personne qui ressemble davantage à une sorcière — quoique, bien sûr, les sœurs sont aussi des sorcières et elles sont impeccablement blondes et parfaitement bien élevées. Ses vêtements étaient typiques d'elle — c'est-à-dire tout ce qui lui tombait sous la main en comptant trois par trois dans la penderie. Ça lui permet de trouver les choses les plus chargées magiquement, ou du moins c'est ce qu'elle croit. Ça fait aussi trouver des choses qui étaient incroyablement mal assorties et inappropriées pour la saison, dans ce cas un énorme tricot en patchwork et une jupe noire longue et légère.

«Maman», ai-je dit, d'une voix qui n'était qu'un murmure. J'étais terrifiée, plus que je ne l'avais été par les fées et le couteau. J'ai toujours eu peur d'elle.

«Tu as toujours été celle qui me ressemblait le plus, a-t-elle dit sur le ton de la conversation.

— Non», ai-je dit, mais la voix m'a fait défaut et il n'est sorti qu'un chuchotement.

«Ensemble nous pourrions faire tant de choses. Je pourrais t'en apprendre beaucoup.»

Je me suis rappelé comment nous l'avions tourmentée une fois, quand elle était en pleine crise. Nous devions avoir dix ou onze ans. Elle m'avait précipitée au bas des marches du perron parce qu'elle m'avait envoyée au magasin chercher des cigarettes et que j'étais revenue les mains vides parce qu'ils n'avaient pas voulu m'en vendre. Je saignais et Mor m'aidait à me relever, quand nous avons vu un gros oiseau noir passer en battant lentement des ailes au-dessus de la grille du cimetière — c'était probablement une corneille, mais à cet âge nous appelions tous les oiseaux noirs des corbeaux. De toute façon c'est le même mot en gallois. «Une fois, par un minuit lugubre», avait commencé Mor et j'avais joint ma voix à la sienne, et elle, Liz, ma mère, avait battu en retraite dans la maison, puis dans sa chambre pendant que nous continuions à réciter *Le Corbeau* de Poe de plus en plus fort.

J'avais vu le schéma du monde. J'avais envoyé Mor où les

gens sont censés aller quand ils meurent. J'avais été flamme. Ma mère était un pathétique patchwork de sorcière qui avait tellement utilisé la magie pour intervenir dans sa propre vie qu'il ne lui restait plus aucune intégrité et qu'elle n'était qu'un nœud de haines se consumant en vain. Nous avions déjà contré son pouvoir avec l'aide des fées.

« Je n'ai rien à te dire », ai-je dit à haute voix et j'ai fait un pas en avant.

J'ai fait un autre pas, ce qui a déclenché la douleur de ma jambe, mais je l'ai ignorée, comme je l'ai ignorée, elle. J'ai senti qu'elle tentait quelque chose de magique, un sort dirigé contre moi, mais mes protections, celles que j'avais faites à l'école, ont tenu bon et il s'est écoulé, inoffensif, dans le sol, à la façon dont la douleur disparaît avec l'acupuncture.

J'ai fait encore un pas et je suis passée à côté d'elle. Elle a tendu le bras et m'a empoignée. Ses mains étaient comme des serres.

Je me suis retournée et l'ai regardée. Ses yeux étaient terrifiants, comme toujours. J'ai pris une profonde inspiration. « Fiche-moi la paix », ai-je dit, et je l'ai repoussée.

Elle a levé le bras pour me frapper, et je me suis aperçue qu'elle devait vraiment lever le bras en l'air. J'étais plus grande qu'elle. Je l'ai poussée, me servant de l'inertie de son propre mouvement et de la rotation terrestre. Elle est tombée. J'ai fait encore un pas pour m'éloigner d'elle, vers le haut de la colline. Je ne pouvais pas courir, j'arrivais tout juste à claudiquer, mais je montai en boitillant.

« Comment oses-tu ? » a-t-elle dit sans se relever. Elle paraissait vraiment surprise. Puis elle a refait appel à la magie et, comme lorsque Mor avait été tuée, elle a envoyé tourbillonner autour de moi de monstrueuses formes illusoires. À l'époque, nous avions fait de notre mieux pour les ignorer. Là, j'en ai pris le contrôle et les ai rassemblées autour de moi. Sans la peur pour les nourrir, c'étaient de tristes choses creuses.

Ayant entendu un bruit de déchirure, je me suis retournée et figée d'horreur. Elle avait pris l'édition en un volume du *Seigneur des Anneaux*, qui était à elle, mais c'était le premier livre que j'avais jamais lu, et elle en avait déchiré une page. Elle l'a lancée vers moi et la page est devenue un javelot enflammé fendant les airs. Il faisait maintenant assez sombre pour tout éclairer en projetant d'étranges ombres. Je l'ai évité. Elle a déchiré une autre page. C'était insupportable. Je sais que les livres ne sont que des mots, et j'en possède moi-même deux exemplaires, mais je voulais aller lui reprendre le livre. Les javelots n'étaient pas aussi graves que l'outrage, ils ne l'auraient pas été même s'ils m'avaient touchée. Comment pouvait-elle employer des livres contre moi ? Mais je pouvais voir pourquoi cela lui avait semblé évident.

Je pouvais faire la même chose. J'ai attiré à moi les monstres illusoires et les ai poussés dans sa direction. Ils se sont transformés et sont devenus des dragons et d'énormes tortues extraterrestres et des gens en combinaison spatiale et un garçon et une fille en armure avec des épées nues qui ont fait une barrière entre nous pour me protéger et se sont précipités vers elle dans la pénombre. Je me suis éloignée encore d'un pas vers le haut.

Elle pouvait ignorer une illusion aussi bien que moi, bien entendu.

Les javelots continuaient à pleuvoir. Ils n'étaient plus enflammés, et ils étaient plus difficiles à voir. Elle devait en avoir arraché des poignées à la fois et les lançait furieusement. Je me suis arrêtée et ai puisé dans la structure du monde. C'était du papier. Le papier était du bois, si facile à façonner en javelot, mais que voulait vraiment être le bois ? L'un d'eux est passé si près que j'ai senti le vent de son passage et su. J'ai ri. C'était ce que Mor avait dit ici, il y avait si longtemps. Ce n'était même pas difficile. Le javelot était une page devenue un arbre. Et les autres aussi, ceux qu'elle avait déjà lancés et qui étaient fichés dans le sol. Pendant un moment ils sont restés là, enracinés dans la terre, étendant leurs branches, chênes et frênes et aubépines, bouleaux, sorbiers et sapins, beaux arbres majestueux en pleine maturité. Puis ils se sont mis en route vers le pied de la colline, telle la forêt de Burnham marchant sur Dunsinane. «Les Huorns me viennent en aide», ai-je dit, et j'avais les larmes aux yeux.

Si vous aimez suffisamment les livres, les livres vous aimeront en retour.

Ce n'étaient pas des illusions. C'étaient des arbres. Les arbres sont ce que le papier était, et veut redevenir. Je la voyais entre les troncs. Elle s'emportait et me hurlait quelque chose. Les pages devenaient des arbres à mesure qu'elle les déchirait. Le livre, qu'elle tenait à la main, s'est transformé en une énorme masse de lierre et de ronces, envahissant tout. La désolation qu'avait été le Phurnacite était une forêt, avec les ruines de l'usine en son cœur. Il y avait des fées parmi les arbres. Bien entendu. Un hibou a piqué sur la mare obscure.

«Parfois ça prend un peu plus longtemps qu'on ne pense», ai-je dit.

Je continuais à m'éloigner de la Phurnacite, vers le haut de la colline. Elle délirait toujours, furieuse, entre les arbres. Je me suis contentée de m'éloigner, le plus vite que je pouvais, ce qui n'était pas très rapide. J'étais maintenant hors d'atteinte. Encore deux pas et j'ai débouché sur la route.

Une fois là, j'ai pu me tenir aux barreaux de la grille pour m'aider à marcher. C'était presque aussi bien qu'une canne. Je n'avais qu'à aller jusqu'à l'arrêt de bus. Ma vieille canne était dans la maison de Grampar. Puis j'ai vu que j'étais exactement comme cette idiote de Fanny Robin, dans le livre stupide de Hardy, à me traîner le long de la grille, et j'ai éclaté de rire.

Quand je suis arrivée au bout de la grille, à côté de l'arrêt de bus, riant toujours un peu, je les ai vus en face de moi.

J'ai été légèrement surprise de voir Wim, étonnée de voir Daniel (comment s'était-il éclipsé?) et complètement éberluée de voir Sam. Tous trois avaient apparemment surgi du néant comme la Trinité, mais, bien sûr, l'explication était simple.

Wim avait décidé de venir et il avait téléphoné à Daniel qui avait appelé Sam. Ils ne m'avaient pas vue me changer en flamme et transformer les pages en arbres, du moins pas Daniel. Je pense que Wim avait peut-être vu quelque chose du coin de l'œil. Je ne sais pas ce qu'avait vu Sam. Il souriait simplement.

Je n'avais pas besoin de leur raconter quoi que ce soit, mais c'était merveilleux de les voir.

MERCREDI 20 FÉVRIER 1980

Nous sommes montés en voiture pour aller chercher ma canne, puis nous sommes tous allés voir Grampar à Fedw Hir. Il n'est pas près de pardonner à Daniel, mais c'est comme ça. Tante Teg a fait à dîner pour tout le monde, avec mon aide, puis nous avons décidé de passer la nuit dans la maison de Grampar, parce qu'il n'y avait pas vraiment la place dans l'appartement. C'était comme un de ces rêves où tout le monde est au mauvais endroit. Grampar aime bien Wim. Il a toujours voulu un fils. Et Wim aime vraiment bien Sam. C'est si étrange de les voir tous réunis ici.

Et je suis là, toujours en vie, toujours de ce monde. J'ai bien l'intention de continuer à vivre dans ce monde, jusqu'à ma mort. À Pâques j'irai à Glasgow et je verrai à quoi ressemblent les fans de science-fiction. En juin je passerai mes examens, qui me donneront des qualifications. Puis je préparerai au mieux mes A Levels. J'irai à l'université. Je vivrai, et je lirai, et j'aurai des amis, un *karass*, des gens à qui parler. Je grandirai et j'évoluerai et je serai moi-même. Je fréquenterai les bibliothèques partout où j'irai. Je finirai peut-être par fréquenter des bibliothèques d'autres planètes. Je parlerai aux fées que je vois et je pratiquerai la magie quand ça se présentera pour empêcher le mal — je ne vais rien oublier. Mais je n'y aurai pas recours pour tricher ou rendre ma vie meilleure ou aller contre l'ordre naturel. Il se passera des événements que je ne peux imaginer. Je changerai et grandirai dans un futur inimaginablement différent du passé. Je vivrai. Je serai moi. Je lirai mes livres et ne les jetterai jamais à l'eau, ni ne casserai ma canne. J'apprendrai tant que je vivrai. Enfin viendra la mort et je mourrai, et par la mort j'accéderai à une nouvelle vie, ou au ciel, ou à ce qu'il est censé arriver d'inconcevable aux gens quand ils meurent. Je mourrai et je pourrirai et je rendrai mes cellules à la vie, conformément au schéma, quelle que soit la planète sur laquelle je me trouverai être.

C'est la vie, et j'ai l'intention de vivre comme ça.

Les Portes d'Ivrel est vraiment excellent.

Hal Duncan
Vélum (Le livre de toutes les heures 1/2)
Encre (Le livre de toutes les heures 2/2)
Lord Dunsany, *La Fille du roi des elfes*
Greg Egan, *Isolation*
(Ditmar Award 1993)
Jack Finney, *Le Voyage de Simon Morley* (Grand Prix de l'Imaginaire 1994)
Jeffrey Ford, *La Fille dans le verre* (prix Edgar Allan Poe 2006)
John Gardner
Grendel
L'Homme-Soleil
Laurent Genefort
Omale, l'aire humaine, tome 1
Omale, l'aire humaine, tome 2
Les Vaisseaux d'Omale
Mary Gentle
La Guerrière oubliée, le Livre de Cendres 1/4
La Puissance de Carthage, le Livre de Cendres 2/4
Les Machines sauvages, le Livre de Cendres 3/4
La Dispersion des ténèbres, le Livre de Cendres 4/4
(British Science Fiction Award 2000, Sidewise Award 2000,
prix Julia Verlanger 2005 pour la série *Le Livre de Cendres*)
L'Énigme du cadran solaire 1/2
L'Énigme du cadran solaire 2/2
Edmond Hamilton, *Les Loups des étoiles* (l'intégrale)
Johan Heliot, *Obsidio*
(prix Bob Morane 2004 pour le récit « Obsidio »)
Robert Holdstock
La Forêt des Mythagos 1/2
(World Fantasy Award 1985, British Science Fiction Award 1984)
La Forêt des Mythagos 2/2
Le Souffle du temps
Dans la vallée des statues et autres récits
La Chair et l'Ombre
Avilion
Barry Hughart
La Magnificence des oiseaux (World Fantasy Award 1985, Mythopoeic Award
1986)
La Légende de la Pierre
Huit Honorables Magiciens
Adam Johnson, *Des parasites comme nous*

❦

Richard Kadrey
Butcher Bird
Sandman Slim
John Kessel, *L'Amour au temps des dinosaures*
Laurent Kloetzer, *Le Royaume blessé*
L.L. Kloetzer
CLEER, une fantaisie corporate
Anamnèse de Lady Star
Ludovic Lamarque & Pierre Portrait, *AD Noctum*
Serge Lehman, *Le Haut-Lieu et autres espaces inhabitables*
Serge Lehman présente, *Retour sur l'horizon, 15 grands récits de science-fiction*
(anthologie)
Kelly Link, *La Jeune Détective et autres histoires étranges*
George R.R. Martin & Lisa Tuttle, *Elle qui chevauche les tempêtes*
Ian R. MacLeod, *L'Âge des lumières*
Ian McDonald
Roi du matin, reine du jour (Grand Prix de l'imaginaire 2010, prix Imaginales
2009, Philip K. Dickt Award 1992)
Le Fleuve des dieux (Grand Prix de l'imaginaire 2011, prix Bob Morane 2011, British Science Fiction Award 2004)
La Maison des derviches (British Science Fiction Award 2010, John W. Campbell
Award 2011)
La Petite déesse et autres histoires d'une Inde future (Grand Prix de l'imaginaire 2013
pour la nouvelle « La Petite déesse »)
Richard Matheson
Journal des années de poudre
Légendes de la nuit
Norbert Merjagnan
Les Tours de Samarante
Treis, Altitude zéro
Michael Moorcock
Les Danseurs de la fin des temps (l'intégrale)
Mother London
Déjeuners d'affaires avec l'Antéchrist
Jérôme Noirez, *Leçons du monde fluctuant*
Michel Pagel
Les Flammes de la nuit (l'intégrale)
L'Équilibre des paradoxes (prix Julia Verlanger 2000, prix Rosny Aîné 2000)
Françoise-Sylvie Pauly & Pascal Croci
L'Invitée de Dracula
Pierre Pelot, *Delirium Circus*

.

Composition UTIBI
Impression 🦁 *Grafica Veneta S.p.A.*
à Trebaseleghe (Pd).
Dépôt légal : avril 2014

ISBN : 978-2-20711654-8/Imprimé en Italie

255294